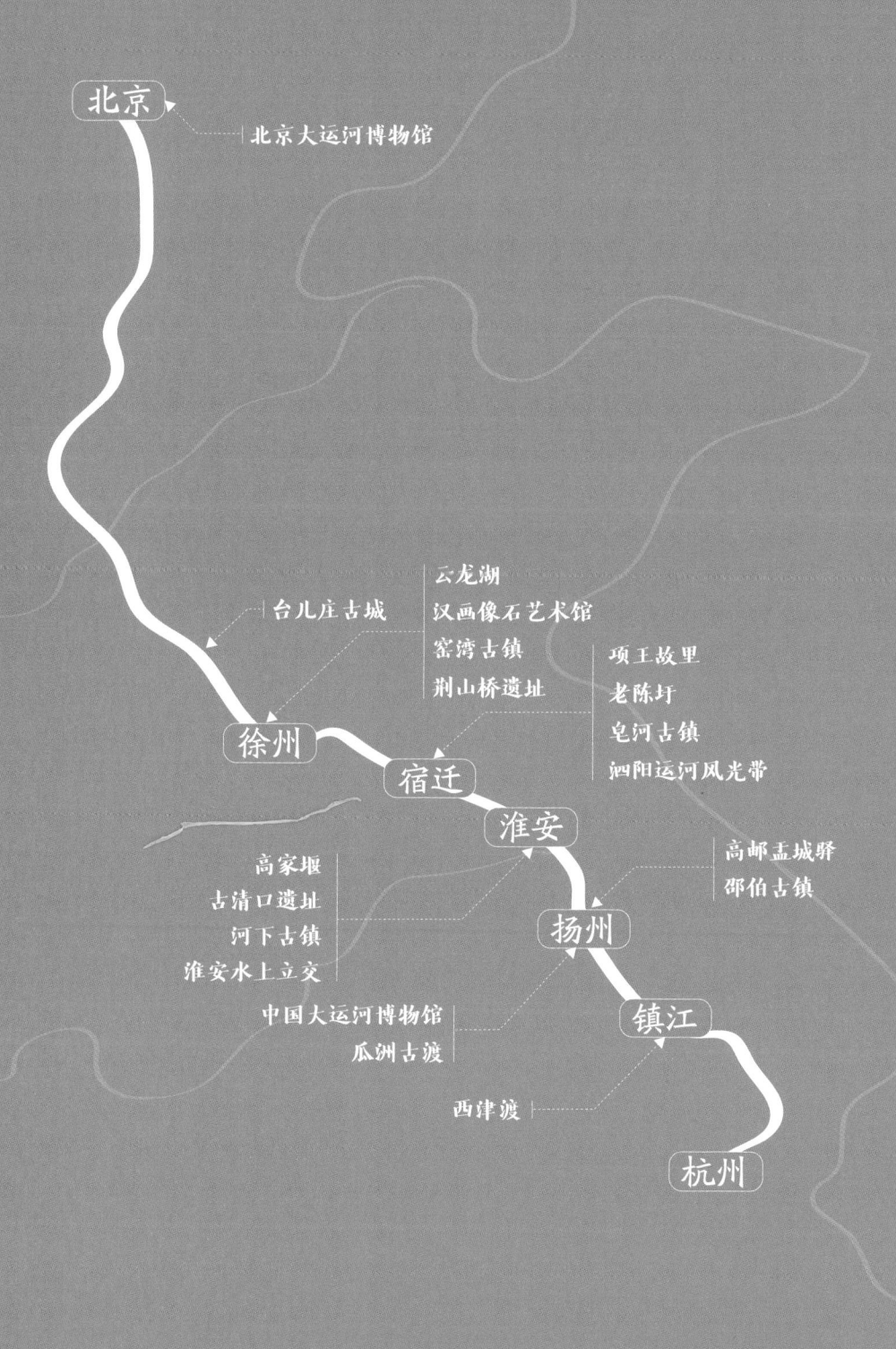

- 北京
  - 北京大运河博物馆
- 徐州
  - 台儿庄古城
  - 云龙湖
  - 汉画像石艺术馆
  - 窑湾古镇
  - 荆山桥遗址
- 宿迁
  - 项王故里
  - 老陈圩
  - 皂河古镇
  - 泗阳运河风光带
- 淮安
  - 高家堰
  - 古清口遗址
  - 河下古镇
  - 淮安水上立交
- 扬州
  - 高邮盂城驿
  - 邵伯古镇
  - 中国大运河博物馆
  - 瓜洲古渡
- 镇江
  - 西津渡
- 杭州

大运河

流淌的史诗

吴光辉 著

江苏凤凰文艺出版社

图书在版编目（CIP）数据

大运河：流淌的史诗 / 吴光辉著. -- 南京：江苏凤凰文艺出版社，2025.3
ISBN 978-7-5594-7746-0

Ⅰ．①大… Ⅱ．①吴… Ⅲ．①散文－中国－当代 Ⅳ．①I267

中国国家版本馆CIP数据核字(2023)第085270号

大运河：流淌的史诗

吴光辉　著

出 版 人	张在健
选题策划	李　黎
责任编辑	李珊珊
责任印制	杨　丹
出版发行	江苏凤凰文艺出版社
	南京市中央路165号，邮编：210009
网　　址	http://www.jswenyi.com
印　　刷	徐州绪权印刷有限公司
开　　本	652毫米×960毫米　1/16
印　　张	22.5
字　　数	272千字
版　　次	2025年3月第1版
印　　次	2025年3月第1次印刷
书　　号	ISBN 978-7-5594-7746-0
定　　价	58.00元

江苏凤凰文艺版图书凡印刷、装订错误，可向出版社调换：联系电话 025 - 83280257

目录

引子

第一部　发现运河

第一章　枕着运河入梦
——文化视角下的运河古镇 / 007

一、盐运古街：枕着运河入梦 / 009

二、埭坝古镇：沿着运河去寻诗 / 022

三、漕运古镇：伫立在古巷的尽头 / 032

四、运河之城："清明'下'河图" / 042

五、商运古镇：四季窑湾 / 054

第二章　浮华不会随风而去
——苏北运河古建筑的发现之旅 / 062

一、盐商园林：个园独徘徊 / 064

二、古运驿站：流淌在宣纸上的运河 / 072

三、河道府署：浮华不会随风而去 / 079

四、龙王神庙：一条河的盛典 / 086

五、镇水黄楼：静立于诗的远方 / 093

第三章　她的梦里是江南
　　　　——另眼相看运河岸景 / 104

一、运河古渡：追寻你诗里的模样 / 106

二、盐商之湖：她的梦里是江南 / 114

三、运河航规：叩问第一山 / 124

四、治水画石：石刻上的王朝 / 130

五、引湖通运：带着风声的湖 / 140

第二部　运河往事

第一章　爱垂青史
　　　　——苏北运河沿岸历史人物的文化归宿 / 153

一、运河三帝王：三块古碑的寓言 / 154

二、汉高祖刘邦：高祖十二年的"文化秀" / 162

三、楚霸王项羽：爱垂青史 / 171

四、淮阴侯韩信：一个人的"成语传奇" / 177

第二章　一眼看千年
　　　　——苏北运河沿岸文化名人的悲剧发现 / 187

一、刘向：散文里的王朝 / 188

二、秦观：悲观时代的罗曼蒂克 / 198

三、吴承恩：一个浪漫灵魂的最后挣扎 / 208

四、施耐庵：一曲豪侠时代的挽歌 / 214

五、郑板桥：一眼看千年 / 222

第三章 漕运帝国的背影
　　——打捞运河里的往事 / 229

一、运道之变：漕运帝国的背影 / 230

二、拦水古堤：刻在古堰石上的图腾 / 243

三、治水名臣：梦断运河古道 / 251

第三部　运河新生

第一章 运河抗争
　　——近代以来治理运河的文化精神 / 263

一、民国治水：一个状元的乌托邦 / 265

二、清口枢纽：水上乾坤 / 273

三、治淮战役：一条河的激情岁月 / 293

四、亲历治淮：父亲的燃情时代 / 297

第二章 运河之上
　　——文化视角下的运河新生 / 307

一、运河展馆：新解扬州梦 / 310

二、引湖济运：一座湖的风华绝代 / 318

三、运河桥梁：运河之上 / 328

四、沿运城市：移来一座锦绣江南 / 339

后记

引 子

大运河是一条地理的河,也是一条历史的河。

当我走近扬州古运河畔的那座大运塔,就能看到它浑身上下充满了历史的沧桑。它那伟岸挺拔、晶莹剔透的躯体,从头到脚全都在诉说着这条京杭大运河荣辱兴衰的身世。这时,在晨曦的映衬之下,大运塔那高大的身影正默默地倒映在千古流淌的历史长河中。

今天,多少个世纪吹来的古风,到此便会停息,似乎只是为了倾听塔下那座运河博物馆的娓娓道来。

这条大运河起源于2500多年前吴王夫差开凿扬州至淮安的邗沟,隋炀帝后来在淮扬之间开通山阳渎,唐代诗人皮日休这才在他的《汴河怀古》中感叹曰:"尽道隋亡为此河,至今千里赖通波。"元朝疏浚淮安至扬州的楚扬运河,又利用古泗水河道,从淮安至徐州,再抵鲁南,直至北京,京杭大运河便由此全线贯通。

南宋末年为了抗金,"以水代兵",人为地造成黄河夺淮,使处于淮河、运河交界处的苏北运河时常决堤成灾。为了治理水患,确保漕运,明清两朝将总督河道、总督漕运的两个部级机构设置于淮安,统管京杭大运河的治理和运输,使苏北成为全国漕运指挥中心、河道治理中心、漕船制造中心、漕粮转运中心和淮盐集散中心,苏北运河也就成为京杭大运河上最繁忙的一段,由此形成了舳舻蔽水、桅帆如林的盛况。

这条天下长河，跨越千年，纵横千里，连接京杭，吞吐八方。其苏北运河（京杭大运河苏北段）北自徐州蔺家坝，南至扬州六圩口，全长404千米（未计入中运河江苏段13.5千米和淮安城区段里运河33.5千米），贯穿沂沭泗流域、淮河流域和长江流域。

《新唐书》有言："天下大计，仰于东南。"位于中国东南部江淮大平原上的苏北运河，是中国大运河开凿最早、历史最悠久的一段，在隋唐、北宋时期，全国约三分之二的漕粮税收要经过这里运往京都。对此，唐代诗人李敬芳的七绝《汴河直进船》这样描述道："东南四十三州地，取尽膏脂是此河。"可见，苏北运河是一条维系封建王朝政治经济命运的大动脉。

是的，这里有千度秋风、千度夕阳，这里还有千处河湾、千处船港，这里更有千座码头、千座粮仓。

苏北运河是整个京杭大运河上历史文化名人、名城、名镇最多的一段，也是古代黄河夺淮之后全国治理水患最前沿的一段。

明万历年间，总河潘季驯为了"束水攻沙，蓄清刷黄济运"，大筑高家堰，形成了洪泽湖。后黄淮洪水每每冲毁洪泽湖的大堤和大运河的河道，形成了黄、淮、运、洪泽湖一荣俱荣、一损俱损的局面。因而，清乾隆皇帝在他的《堤上偶成》中写出了自己内心深处的忧患："运河转漕达都京，策马春风堤上行。九里岗临御黄坝，曾无长策只心惊。"元、明、清三朝为了确保京杭大运河的畅通，不得不对黄、淮、运、洪泽湖进行重点整治。

由于清末的社会动乱，造成苏北运河年久失修，特别是1938年国民政府为了阻止日军继续南侵，"以水代兵"，再一次人为地造成黄河夺淮，对苏北运河以毁灭性的打击，自此整个京杭大运河基本断航。

面对"夏日消融,江河横溢,人或为鱼鳖"的水患,在中华人民共和国成立之后,政府对黄、淮、运、洪泽湖水系进行了全面综合治理,使苏北运河获得了新生,使之成为整个京杭大运河中恢复通航最早、航道等级最高、现代化程度最高的一段,现已成为国家北煤南运、南水北调的黄金水道。

千里大运河,何止是治理水患?何止是运送漕粮?分明还是一部史诗在不分昼夜地流淌。

一桅白帆,两桨涟漪,驶进长河深处;一声号子,两杆竹篙,写就文化青史。

天下长河,千年流淌,大浪淘沙,留下的不是金子,而是文化。

古镇古建是文化,古树古景是文化,古人古事也是文化,大运河的抗争精神更是文化。在中华人民共和国成立以后的数十年里,正是历久弥新的运河文化催促了这条大河的新生。

小清曲,大悲调,沿着大河流淌;柳琴戏,拉魂腔,吼一声京剧浩荡。唱不完淮安老淮调,演不尽徐州梆子腔,无限江山,风流激荡,你方唱罢我登场。

大运河啊,你就是一出历史大戏,演绎着悲喜沧桑;你就是一代文化风尚,汇集着家国兴亡……

第一部
发现运河

运河沿岸的古镇古建、风景名胜、是两千余年来运河文化留下的记忆符号。

发现运河,就是通过运河遗存发现运河的文化。

第一章　枕着运河入梦
——文化视角下的运河古镇

　　沿着运河行走，你就会发现隐藏于每一座古镇深处的文化内涵。

　　这些运河古镇是运河历史留下的一种建筑符号，全都深深地打上了民族优秀文化精神、历史传统文化意识和地方特色文化习俗的烙印。

　　这条运河对于沿岸市镇的形成发展产生了巨大的影响，古人沿着大运河逐水而居，让运河水系和城镇生活巧妙连接，催生了一批繁华集市，出现了许多文化名镇，苏北就有因渡成镇的瓜洲，因驿成镇的界首，因闸成镇的邵伯、高堰，因漕成镇的河下、皂河，因盐成镇的庙湾、西坝，因商成镇的窑湾，等等。

　　当然，大运河不但对沿线城镇的兴起繁荣起到了催生作用，而且创造出各个市镇明显不同的文化特色。由于产生的历史背景、形成原因、地理位置的不同，各个市镇所形成的文化个性也有所不同。我们行走于运河沿岸的古城镇，用心去体会它们各不相同的文化气质，用眼去发现它们各有特色的文化内涵。

　　扬州东关是扬州最繁华的要冲，古运河进扬州时就必须从这里通过，东关古渡边的东关古街也成为盐运、漕运的闹市。然而，对我而言，扬州的东关街就是先人留给我的一处缥缈的梦境，我总是觉得这条东关古街留给我的扬州梦，肯定不是十年一觉，而是一生一觉。我在东关街看到的所有明清建筑,似乎全都是一种虚幻,壶园、华氏园、个园就是盐商浮华一梦之后留给这条古街的一处处建筑记忆。

《晋书·谢安传》记载言:"时会稽王道子专权,而奸谄颇相扇构,(谢)安出镇广陵之步丘,筑垒曰新城以避之。帝出祖于西池,献觞赋诗焉。及至新城,筑埭于城北。后人追思之,名为召伯埭。"这便是邵伯古镇诞生的缘由。因此,邵伯古镇自它诞生之日起,谢安的诗文就给这座古镇种下了文学的基因。从此,它吸引了众多文学大师的到来,苏轼、秦观、苏辙、文天祥、朱自清等,他们为这座古镇增添了一道不朽的文学高光。

河下是一座因运河而兴起的千年古镇。据《淮安河下志》记载:"河下曾名北辰镇,有一百零八条街巷,四十四座桥梁,一百零二处园林,六十三座牌坊,五十五座祠庙。"或许是这座古镇的繁华,才孕育出世界名著《西游记》。我觉得走进河下古镇,就是走进了历史给这座古镇营造的一处文学的意境,整个河下古镇仿佛变成了文学巨著《西游记》。

淮安是明清时期的京杭大运河漕运指挥中心,城里城外的景致成了一幅运河之都的"清明'下'河图"。在这幅繁华图卷里,官府衙门、作坊店铺、民居宅院、寺庙楼宇,林林总总,鳞次栉比。运河边绿色的田畴,稀疏的柳林,飘拂的迷雾,构成了这条京杭大运河的苍茫背景。所有的商船全向关税码头驶去,运河东岸由近而远地躺着数十条还未完工的漕船,运河边的御码头是当年康熙、乾隆二帝南巡舍舟登陆之处,漕运总督的官衙则是这幅"清明'下'河图"的压轴戏。

徐州新沂的窑湾古镇坐落于京杭大运河与骆马湖的交汇处,素有"黄金水道金三角""苏北水域胜江南"之称。据《徐州市志》记载:"在明清漕运鼎盛时期,窑湾为南北水陆要津,往来船只南达苏杭,北抵京津,工商贸易曾昌盛一时。"窑湾古镇便是在这样的环境中,面对着古镇的四季更替,面对着文化的千年传承。这运河之水、自然气象和古镇商事的和谐相处,是古镇繁华千年的根本,也是这座古城堡隐藏千年的天机。

这就是苏北运河古镇的文化个性。

当然,走访古镇不但要发现古镇个性,还要发掘这种个性产生的历史缘由。

我觉得不管是迥然不同的古镇个性,还是各具特色的古镇风貌,全都是运河文化的物化外表。

两千多年运河文化的深厚积淀,培育了运河古镇的天然属性。

一、盐运古街:枕着运河入梦

> 我不由得想起杜牧的那句"十年一觉扬州梦",总觉得这条东关街留给我的扬州梦,肯定不是十年一觉,而是一生一觉了。
>
> ——题记

1

扬州的东关街就是先人留给我的一处缥缈的梦境。

我看到整条古街的所有明清建筑一起沉默着,矜持而飘逸,就像一位恬静安详的仕女。这时,一曲扬州小调在细雨之中悠扬地飘散开来,我眼前的景致随之变得朦胧起来了,觉得这片细雨如同给这位古典美人披上了一层薄纱。

多情的雨仍在不紧不慢地下着,将东关街打扮得分外浪漫。

在古街的四处徜徉许久，仍然无法寻找到我当年出生的那座老茶灶之所在，唯有高悬着的五颜六色的店幡一直在无声地摇曳，像是在给我打着一个哑谜。

无数次，我在梦里将东关街调成了静音、滤去了色彩；无数次，我在梦里让东关街永远下着江南细雨，飘着扬州小调；又有无数次，我在梦里因为寻不到自己的出生地，寻不到自己的根而惶然不安。

这一天是个深秋，我带着这种心境，再一次来到东关街，古街两侧是青砖黑瓦的建筑，中间的街道是一条青石板，其间还有正在飘零落叶的杨柳，还有与古街相连的无数条狭窄的巷陌，加上穿梭于街头巷尾撑着花伞的佳人，这些景致联合在一起构成了一幅东关古街的风情画。

这条由青砖黑瓦、飞檐翘角组成的东关街，和飘逸灵动的苏州粉墙黛瓦有着明显的不同，给人一种稳重厚实之感。这条古街东西延伸约一千米，全都是明清时期遗留下来的一至两层的古建筑。放眼望去，低矮的古屋密匝匝、黑压压的一片。这时，会有一阵扬州小调《茉莉花》伴随着丝竹管弦的乐曲，不时地缭绕在这些古建筑的四周，缠绵而悠扬，就像是对这些古建筑专门唱起的情歌。

我走到古街边的那家生产销售香粉的老店"谢馥春"，一阵扑鼻而来的脂粉香气，会让人感到好像坠进了软香暖玉的温柔乡。在这片鳞次栉比的商店里，无论是铺面的装潢、香粉的陈设，还是美貌如花、粉脸微笑的店员，谢馥春总是一副风姿绰约的模样，在整条古街上肯定算是最靓丽的一道风景。

离开了谢馥春，我一心想寻到当年自己出生的地方，便来到它隔壁的一家杂货店门前，然后在这座古建筑的四周徘徊起来，却看到这个商家的山墙边伸出两根老藤。它们以紫色的花语给这条古街和这户商家带来了无言的叙述。老藤与青砖依偎在一起,一丛一丛地在墙头匍匐着。已经凋谢了花朵的老藤,带着秋季的冷静在轻轻地摇曳着,它是想告诉我这条古街的变迁,还是想告诉我当年出生的往事?

这时,我不由得想起杜牧的那句"十年一觉扬州梦",今日故地重游,总觉得这条东关街留给我的扬州梦,肯定不是十年一觉,而是一生一觉了……

2

东关街两侧的古建筑群一片"灰暗",全都是一两层高的青砖灰瓦木板门,高悬着大红灯笼,飘拂着早已褪色的店幡,全都隐藏着延续千年的故事。

沿着东关街寻觅,看着这市井的繁华,仿佛回到了几百年前的古扬州。油米坊、鲜鱼行、八鲜行、瓜果行、竹木行等近百家的店铺开门迎客,酱园、五金、豆腐、鞋店、纸店、粉店、当铺、茶社、麻油、南货等有几百年历史的老字号也都一字排开,前店后坊的连家店遍及整条古街,伞店、匾额、漆器、糖坊、玉器、袜厂等应有尽有。

徜徉在石板青砖铺成的街面上,宁静的巷子里轻轻地飘荡着一阵阵轻柔的乐曲。我抬头四望到处是黛瓦青砖,只感到它们的古朴厚重,却寻不到自己当年的故地。

儿时的东关街好像没有现在这么宽阔,街面也坑洼不平,路中间铺着一条青黑色的石板,两侧的石板则是竖着铺的,早就被车碾得油光发亮,还留下一道道深陷于石板里的车辙。拉车的苦力沿着这条石板路一直向东,朝运河边的东关城门而去。然后,装满了货物,沿着这条石板路一直向西,车把上挂着一只水壶,走到东关街上的老虎灶时,就停下车来,花一分钱买一壶开水。这家开老虎灶的老头个头很高，总是穿着一件晚清遗留下来的青色旧长袍，在没有客人时就将他的重外孙放在自己的脖子上骑着，在老虎灶的四周街巷里炫耀，走路时他的两条腿显得一拉一拉的不平衡。这个重外孙不是别人，就是我，当时还不到一周岁。这是我时常听父辈描述的场景。

然而，我注定只是这条古街的过客，注定无法在此永驻，注定再也不可能返老还童了。

其实，东关街的两侧保留下来的几十条名巷，全都是一样的弯弯曲曲，全都是一至两米的宽度。大多数小巷的名字都有来历，甚至还会有一段耐人寻味的故事。有的街巷因形状像剪刀，便取名为剪刀巷；有的因姓氏而得名，如马巷、蔡总门；有的是因观赏琼花，便取名得观巷；还有的因为是百年老店之所在，如苏姓商家开有金桂园面馆，起名金桂巷，等等。

过去，东关街哪家生伢子，都要去"带老娘"。老娘是老扬州人的专有称呼，老娘就是接生婆。我便是老娘接生的，按东关街的习俗，老娘接生后会将新生儿的衣胞，也就是胎盘，深埋于产妇住的院子里，这叫作"衣胞之地"，意思是你长大成人之后，无论你走到哪里，都不要忘记你的根。母亲曾经告诉我，我的衣胞之地就在东关街小巷深处老虎灶的后院，只是因为东关街被改造过了，现在已经找不到了。

面对这条古街，我在想我已经无法回到过去，我的外太爷早已作古，再也不可能骑在他老人家的脖子上，发出稚嫩的笑声了。

细雨仍在淅淅沥沥地下着，脚下的石板路早已被雨水淋得发亮。片片秋叶落在积着雨水的石板上，给这条古街平添了几分凉意。我感到，东关街的每一条小巷都深藏着一段鲜为人知的故事，这里仿佛不是一条古街，而是由许多古建筑、旧遗址组成的一个个饱经沧桑的人生。

3

到东关街的人都想去冶春茶社品尝扬州的早茶,因而弄得这里每天都是人山人海,排队要等好久。这时,闻到茶社飘来的香味,听着扬州小调《茉莉花》,这婉转悠扬的乐曲会让许多人原本着急的心情放松下来,这时的等待似乎比品尝更是一种享受了。

我从西朝东关街一路走来,两侧的店铺大多是叫卖扬州小吃特产,什么云片糕、马蹄酥、菊花饼、牛皮糖、煮干丝、扬州炒饭、狮子头、干菜包子、三丁包子、四喜汤团、黄桥烧饼、翡翠烧卖、千层油糕……一口气说不完,听着柔软如水的扬州方言的叫卖,让我似乎回到了自己的幼儿时代,让我联想起母亲曾经给我说过的早已变得断断续续的往事。

冶春茶社不远处有一家挂着"扬州一绝"旗幌的牛皮糖专卖店,有许多外地人来买伴手礼带回去。这时,一位穿着一身白衣的厨师正在门前吆喝着,声音依旧是带着水一般:"扬州牛皮糖!芝麻均匀,棕色光亮,金黄透明,富有弹性,嚼不粘牙,口味香甜……"听着扬州口音的叫卖,我自然想起母亲曾经和我说过,外太爷在我出生之后,一下子买了几大袋牛皮糖,两条腿一拉一拉地沿着一条巷子一路散发过去,所有的街坊邻居一家不落。我晓得,母亲从小就和外太爷相依为命,母亲生下了我,外太爷高兴得合不拢嘴,将自己的所有积蓄取出来买了牛皮糖。

"扬州牛皮糖!"街头仍然飘拂着这似曾相识的声音。

眼下这条东关街变成了美食街,整个东关街有很多扬州有名的小吃。当然,我觉得整条东关街上百种小吃中,最适合我的口味的是藕粉圆。我每次去东关街,总爱吃一碗藕粉圆。我知道我的身体里遗传着父母遗传给我的基因，总是喜欢甜食，这藕粉圆就是一种甜点。传统的汤圆是用糯米粉作原料，而藕粉圆则是用藕粉做外皮，馅儿是用腌渍过的糖、猪油做成的，再加上金橘饼、核桃仁、花生仁等多种果料，吃在嘴里感到均匀圆滑，富有弹性，甜润爽口，再在汤汁里加上些许桂花汁，就更是清香了。只是甜食不能吃得太多，也就吃不饱，真正让人吃饱的还是来冶春茶社吃早茶。

扬州人有吃早茶的习惯，说是早上"皮包水"，端一杯香茶，吃一笼包子，尝一碟干丝，是扬州人一天慢生活最美妙的开始。

其实，在我看来，扬州吃早茶的好去处，并不是东关街上的这家冶春茶社，这只是冶春茶社的一处分店，它的总部设在扬州北门外大街的问月桥下。当然，我还晓得扬州人吃早茶的其他去处，是在国庆路上的富春茶社，那里每天早上吃早茶的人更是络绎不绝。

只是因为我对东关街的这份情缘，对这家冶春茶社有着自己的偏好。因此，来这里吃扬州的早茶，已经不仅仅是口中之享受，而是一种心理上的回味了。

早饭之前喝一壶茶，对于扬州人而言，完全是一种生活态度。

这家冶春茶社卖的魁龙珠是用扬州本地的珠兰、浙江的龙井、安徽的魁针配制而成，又取长江之水来冲泡江浙皖三省之茶，将珠兰香、龙井味、魁针色融汇于一壶，色如碧，质醇厚，味清香。

扬州人每天早上喝这样的早茶，喝的虽然是茶，品的却是兼容。

古人云："扬州多水，水波，扬也。"一语道出了扬州的水城特质。早上"皮包水"，晚上"水包皮"，晚上老扬州人还要去澡堂子里泡一把热水澡，所以东关街的几十条支巷里到处都是浴室。我仿佛记得我外太爷在世时，生活再艰难每天晚上也要去"水包皮"，久而久之，他身上的皮肤全都被热水烫得通红。

当然,扬州早茶里最让我久吃不厌的是那道干丝。

这干丝有煮干丝和烫干丝之分。煮干丝的制法十分地精细,先将豆腐干切成均匀的薄片,然后再切成细丝,接着配以鸡丝、笋片等辅料,加鸡汤烧制而成。对此,清代文人惺庵居士在《望江南》一词中这样称赞:"扬州好,茶社客堪邀。加料干丝堆细缕,熟铜烟袋卧长苗,烧酒水晶肴。"关于烫干丝,朱自清曾说过:"烫干丝就是清的好,不妨碍你吃别的。浇头也最好不要鸡火的而改为清鲜的浸酒开洋。"可见朱自清也常吃干丝,这才如此熟谙此道。

想着朱自清的话,吃罢早茶之后,依然沿着东关街一路寻过去,后来居然鬼差使似的从琼花观的那条巷子里走到了朱自清的故居,只见那几间低矮陈旧的平房的门前,挂着一个经日晒雨淋过褪了色的小木牌,上面写着"朱自清故居"几个字。

4

在我看来,自己在东关街所看到的所有明清建筑是一种虚幻,壶园、华氏园、个园就是盐商浮华一梦之后,留给东关街的一处处建筑语境。作为东关街寒门小户出身的一个漂泊者,走进这座偌大的个园之后,我便立即感到一种缥缈恍惚。

谁让这座偌大的个园的山水全都是"假造"的?谁让这里竟有四个形态逼真的假山区还分别命名为春夏秋冬?

我怀着入梦的心情走向个园中心的宜雨轩,原本下着的细雨到了这里便变得格外的迷蒙起来了。雨雾变成了乳白色,缠缠绵绵地环绕在这片人造的山水之间。

我沿着石径向前,居然在一园之间就能尽览四季的美景。

这里是奇石和秀竹组成的梦境,那形态各异的十二生肖石就是春天的萌动,姿态秀美的太湖石就是盛夏的燥热,挺拔粗犷的黄石烘托出了秋天的金黄,颜色洁白的雪石突显了冬日的寒冷。它们一起用建筑语言表达出了"春景艳冶而如笑,夏山苍翠而如滴,秋山明净而如妆,冬景惨淡而如睡"的人造梦境。

走到这里,我虽然一直没有寻到自己的衣胞之地,却找到了东关街兴隆千年的一个缘由。

听了导游小姐带着扬州口音的普通话介绍,我知道这座个园是清代扬州盐商的私家园林,以遍植青竹而得名,以春夏秋冬四季假山而取胜,是由两淮盐业商总黄至筠于清嘉庆二十三年(1818)在原明代寿芝园的基础上拓建而成的。

据清人刘凤诰所撰《个园记》记载:"园内池馆清幽,水木明瑟,并种竹万竿,故曰个园。"个者,竹也。竹叶的影子,就是"个"字,名字的由来与园主人黄至筠有关,由于"筠"字的意思是指竹子,取名个园既文雅又贴切。

刚才,我是从东关街走进个园的,首先展现给我的是个园主人的生活、会客场所,只见曲折回廊,左右天井,连通所有房间,一进堂,二进堂,三进堂,厅、房纵横交错,青砖砌墙,红木制窗,雕梁画栋,极尽奢华。可见,在这里这位盐商当年是怎样地享受这浮华一梦。

亭台、回廊、假山、池塘、翠竹、柳树等,全都是个园留下的梦的语境。那一片竹林,如仙如梦。竹丛下是小径,小径之外有凉亭,清风徐来,竹叶沙沙响,真是一处让人入梦之地。

导游又说,这条东关街在明清时就成为盐商的聚居地,现存的盐务会馆、山陕会馆、街南书屋、个园、汪氏小苑等盐商旧迹,以及众多气势恢宏的大宅门和呈现徽派建筑特色的深深庭院,都是那个显赫的盐商时代遗留的历史凭证。

扬州自古便因盐而兴,及至明清两朝,扬州已然成为南方盐运中心。因而，历史用一个特定的名字来称呼这些腰缠万贯的暴发户——扬州盐商。

5

我在东关街上向东踽踽而行，看见前面有一家皮五书场，门口支着一块小黑板，上面写着"今日上演扬州评话《板桥道情》"，门前有个做小买卖的女人在不断吆喝着。她是个卖熟菱角的，头上戴着一块印着蓝花的方巾，将叫卖的尾音拖得很长，韵味十足，让外乡人乍听起来根本听不懂她在叫啥。

扬州人讲的方言是江淮官话，江淮官话里还能细分出几个片区，扬州人说的江淮官话属于洪巢片，舌头根就像是从水底下伸出来似的，声音里都带着水声。

我听着扬州女人的叫卖，伸着脖子朝那家书场往里张望，里面的陈设古色古香，前排正中放着一方书台，下面摆放着几十张八仙桌椅，桌子上摆放着茶盏。

我便想起了说扬州评话的王少堂，耳边回响起他那沙哑低沉、同样带着水声的腔调，接着又将王少堂的声音和我外太爷的记忆联系起来，也就不由自主地朝书场走去，一直走进了原汁原味的扬州评话的语言世界里。

恐怕没有一个老扬州人不晓得皮五辣子的大名，他是扬州评话的标志性人物之一。这家书场以这位经典人物命名，确是精明到家了。当然，许多人误以为皮五辣子是扬州的一个无赖，其实他只是扬州评话中的一个故事的名称。"皮五辣子"的故事原名"清风闸"，是扬州评话的传统书目，它的主人公不是英雄豪杰，而是一个亡命之徒，但他作为社会底层的人，却能同贪官恶绅斗智斗勇。皮五辣子代表了东关街上市井小民的机智幽默、疾恶如仇。

这时，一位六十多岁的老先生穿着一件长袍，走到那张书台边坐了下来，开始了他的演唱，手里弹奏起一把三弦，后面还有两个女人，一个弹琵琶，一个敲着打击乐器。他们演奏起的就是扬州清曲鲜花调《茉莉花》，我估计是为后面的扬州评话热场。

"好一朵茉莉花，好一朵茉莉花，满园花开，比也比不过它；我有心采一朵戴，又怕来年不发芽……"

这时，坐在下面听书的人都十分惬意地端起了茶盏，开始了"水包皮"的扬州慢生活。

6

每次走到东关街最东边的坡道时，我总是产生一种揪心的感觉。

夜色阑珊，虽是深秋时节，偶有梅雨，凄风苦雨，淅淅沥沥，可东关街的游人依旧不减。他们撑着伞，在古街上无言地游走着，似乎是想尽享扬州雨夜的寒意。

这时，所有店铺次第亮起了各色灯盏，有的挂起了大红的灯笼，有的装点了彩色的灯饰，把一条古街修饰得如幻如梦，沿街廊檐下的灯笼相连，幽静绵延，令夜幕下的古街更显妩媚。雨渐渐小了，雾气仍然氤氲，稍远的景致就显得更加的朦胧。游人却更多起来，其中不乏本地晚饭后消食的市民。

我走到东关街的尽东头，那条通往河边的斜坡却被一座城门楼挡住了，只见那城门楼高耸在云雾之间，两层高的飞檐翘角已经被灯光亮化，闪耀出古城楼的轮廓。城门楼下便是一个半圆形的门洞，门洞上方挂着"东关"两个大字的牌匾。我站在东关街头驻足，目光从门洞穿过，想看到那条长长的斜坡，却看到城门楼东面的凉亭、吊桥、牌坊。

古城的夜色如此安详,所有的杂乱都被白天的秋雨荡涤得一干二净,留给我的只是一份宁静,似乎是专门为了让我在此能够静静地回想。

我曾多次来过东关街,每次来都要在这里驻足。这座东关城门楼是在宋代原址上复建的,接着就看到城门下面有一块介绍东关城门的石碑,上面写道:"南宋建炎二年(1128)十月,宋高宗赵构在扬州诏命'扬州浚隍修城',扬州知州吕颐浩主其事,调动国力,以都城形制,用大砖修砌,史称宋大城,后在元代末年毁于战乱。2000年,对东门遗址进行了考古发掘;2009年参照宋城门,复建城墙及城门楼。"

这个东关是扬州城最东边的一个关口,因为街道由西向东直抵东关城门,这条古街故名东关街。

斗拱,青砖,雕梁,在夜间加上红色的灯笼,加上古街上游人如织,再加上桂花暗香浮动和偶尔传来的小曲,这条如水一般的小巷,就如同国画里的渲染,亦如京剧中的水袖,灵动而不失韵味,绵长而悠远。

走到东关街的尽头,这处古城门楼上一片片残破的砖墙,都被周围的枯草映衬着,让我的心绪一下子回到了几十年前。

我徘徊在这座古城的残垣断壁之间,看着静静地沉睡在钢化玻璃的保护之下长满了青苔绿草的南宋时期的瓮城、便门、露道、城壕遗迹,走向城门楼外的遗址广场,古炮台、仿吊桥、宋井亭等遗迹一一呈现在眼前。

直到这时,我才看到广场边那条通往东关街的坡道,看到一位三轮车夫正奋力向前蹬行,车上坐着两个游客,三轮车夫已经满头大汗。他看到已经来到东关街头的上坡,不得已跳下车来,身体向前倾倒,双手推着车把,用力推车前行。

我看到那条长长的坡道早就被雨水淋得闪着光亮,所有的石板静静地躺在夜色之中,任凭那位三轮车夫从自己的身上奋力踏过。

这时,我外太爷的身影仿佛出现在我的视线之中,只见他老人家身穿那件旧长袍,用一根长布条扎着他的腰,肩上挑着一担水,正在向高坡一步一步地吃力前行,嘴里不停地喊着"哎哟,哎哟"的劳动号子,两条腿还是一拉一拉的不平衡。

当年,许多人并不晓得我外太爷的故事,他从少年时期起就到这里担水,回去烧老虎灶。因为年龄太小,挑的水担子太重,他自小就得了大气泡卵子的病,平时他的阴囊就有大碗那么大,一旦劳累就会充气变成了足球那么大。为了不让别人看出来,他整天穿着那件青色长袍,只是走起路来腿裆里的大气泡卵子太大了,所以一拉一拉地不太平衡。

我知道,眼前的这条长长的坡道,静静地深埋着我外太爷的艰辛人生。

7

已是夜深人静时分,梦一般的古运河展现在了我的眼前。古渡码头的夜景被夜雾笼罩得虚无缥缈,古运河里流淌着波光粼粼的一溪秋水,运河岸边高耸着东关古渡飞檐翘角的牌坊,东门遗址公园的杨柳、银杏、桂花在泛光灯的照射下,显现出仙境一般的色调。河岸的石堤上伸展出无数趋于枯萎的藤蔓,在恣意地攀缘着,延伸至有些苍凉的古运河的水间。

这处古渡位于东关街的东尽头,和古运河呈丁字形,现在成了扬州的一处景点。

早在唐代,扬州就有东南第一商埠的美誉,东关古渡是当时扬州最繁华的交通要冲。北宋天禧二年(1018)江淮发运使贾宗力开掘了扬州新运河。这条新运河绕扬州古城东南,南接古运河,再折向东行。从这条古运河进扬州就从东关经过,东关古渡也就成为盐运、漕运之要冲。

有了码头就有街市,舟楫的便利和漕运的繁忙,催化出东关街密集的商贸。在明清时期,东关街渐渐成为盐商的聚居地,盐务会馆、山陕会馆、街南书屋、个园、汪氏小苑等盐商大宅林立,众多气势恢宏的大宅门昭示着这条古街曾经显赫一时的盐商辉煌。

这条古运河,这条东关街,成就了盐商与徽商的扬州一梦。

这时,我看到古运河两岸无数彩灯辉映在水面上,河面也就变成了一条流动着色彩的河。有一条游船静静地驶过,河水便起伏波动,水中的灯光也跟着一起晃动,使这条古运河多了几分恍然如梦的意境。

我站在古运河边听到东关街上传来的叫卖声,悠长,清脆,如同带着水一般。

此时此刻,我真的想枕着运河入梦,梦见那黑白的、静音的东关老街,梦见我的外太爷。这时,我又忽然想起母亲曾经含着泪水对我说的话,外太爷最终在孤苦伶仃之中死去,临死之前躺在床上连一个端水送饭的人都没有。我不敢想象,他老人家临死之前是怎样的痛苦。

母亲说外太爷死于他的大气泡卵子病,因为没钱医治,又要干力气活,大气泡卵子后来长到篮球那么大,我外太爷最终因气泡卵子爆裂而死。

想着外太爷令人唏嘘的人生,看着眼前东关街牌坊下的那块刻着无数平民百姓开掘运河景象的铜雕壁画,我在想,这千万百姓没有一个留下自己的姓名,却留下了这条举世闻名的人工运河。

眼前的这条运河理应属于那些无名无姓的千万民众。

今天的东关街上,过去的盐商巨贾早已烟消云散,而小商小贩仍然生生不息。东关街不但是盐商巨贾的东关街,东关街还是像外太爷那样的小商小贩的东关街。东关街不但属于盐商巨贾,更属于市井小民。

运河是东关街的根,东关街是我的根。

天下百姓则是大运河的根。

二、埭坝古镇:沿着运河去寻诗

> 沧桑看花,看到的是这座古镇的沧桑巨变,看到的是古镇身上始终笼罩着文学的高光。
>
> ——题记

1

在我看来,那棵甘棠花树生来就是一位飘逸超脱、玉树临风的诗人,仿佛 1600 多年前谢安(320—385)的诗文佳句至今仍然挂满枝头,令人惊艳称奇。

位于邵伯古镇老街深处的那株甘棠,苍古而高奇,全身上下闪烁着文学的高光。这棵甘棠仿佛就是诗的化身,每一根枝条就是一行诗句,每一片树叶就是一个汉字,整个高伟华美的大树便是一首激情澎湃的诗歌。

邵伯古镇巡检司门前的这棵古树,名曰甘棠,高达 20 米,虽然树龄已近千年,可依旧郁郁葱葱,生机盎然,每到夏季便盛开点点黄花,形状似桂,清香至极。

这种甘棠是极为稀少的树种,粗壮的树干厚实枯黑,皮老如鳞,弯曲如虬,仿佛是一条黑龙在树间盘旋而上。当看到干枯粗黑的树干时,你会误以为老树早已枯死,可它的树冠、树枝正生长出无数绿叶黄花,鲜艳欲滴,生机勃勃,浓荫蔽日。当人们仰望它的绰约风姿时,会感受到一股挺拔飘逸之气,就会情不自禁地想起当年谢安的风采。

这棵甘棠树肯定挂满了谢安在这里筑埭为民的如烟往事。

当地人相传这棵甘棠树在世上有公母两棵,公树便是眼前邵伯巡检司门前的这棵,另一棵母树则在长江的尽头。否则,为何会有"君住长江头,我住长江尾"的诗句呢?当然,这只是一个传说,并无科学依据。当地人这样口口相传的目的,估计是为了增加这棵古树的传奇色彩。为此,当地人还说,这棵甘棠在夏日开花时有三奇,一奇华而不实,二奇无风自动,三奇先开后合,他们以此来怀念赞美谢安,给这棵古树增添了一股诗人的浪漫。恰巧的是《诗经》里居然也有一首《甘棠》诗,也是用甘棠树来怀念另一位圣贤召伯的。由此可见,甘棠树的身上确实充满了诗歌的品质。

凝视着这棵长满岁月皱纹的千年古树,看着它默默无言地伸展着带着沧桑的身姿,便觉得它的每一根盘弯遒劲的枝干,它的每一片鲜艳娇嫩的绿叶黄花,都能给人们许多诗意。如果说它的绿叶黄花一切如诗,那么,它的树干、树枝、树根也就一切如史诗了,能让你读出它的古老,读出它的灵魂,读出它的文化。

这棵甘棠就是一棵闪烁着文学高光的树。

2

甘棠树一直隐身于邵伯老街的深处,邵伯老街成了甘棠延续千年的独特背景。

那棵甘棠树今天仍然身姿绰约,风流倜傥,亦如当年的翩翩美男谢安。

谢安不仅是一位历史上著名的美男子,也是一位文武奇才,他指挥了我国历史上著名的以少胜多的"淝水之战",使东晋王朝得以延续。然而,正是因为他功高震主而受到排挤,主动辞职来到了广陵(今扬州)避祸,这才有了他在邵伯这个地方为民建埭的故事。

当然,谢安的名垂青史,远远不止是因为"淝水之战",还有他的文学成就。现存的《全晋文》就录有他的六篇散文:《上疏论王恭》《魏陟周丧拜时议》《简文帝谥议》《遗王坦之书》《与某书》《与支遁书》;《晋诗》还录有他的三首诗作:《兰亭诗二首》《与王胡之诗》。他的那首"相与欣佳节,率尔同褰裳。薄云罗阳景,微风翼轻航"被后世评价极高。除了诗歌散文作品,谢安的诗论也在中国文学史上留下"谢安论诗"的浓重一笔。他在同子弟们纵论《诗经》,《世说新语·文学》便专门做了详尽的记载,就连才高八斗的苏轼都对他景仰有加,有诗句"谢公含雅量,世运属艰难"为证。

《晋书·谢安传》记载言:"时会稽王道子专权,而奸谄颇相扇构,(谢)安出镇广陵之步丘,筑垒曰新城以避之。帝出祖于西池,献觞赋诗焉。及至新城,筑埭于城北。后人追思之,名为召伯埭。"这里说的"召伯"便是邵伯。

谢安到扬州城东北步丘这个地方,发现大运河的西面高,水浅,经常干旱,而东面低,水涨,又易浸农田。对此,谢安遂率领民众在运河上筑起了一道埭坝。从此,西无旱忧,东无涝患,高低两利。乡民们为了纪念谢安的治水之德,将埭坝命名为"邵伯埭",后来称为邵伯镇,并且建造了一座甘棠庙,再后来又植下了甘棠花树,以此纪念这位圣贤。

如今,从古埭坝的遗址出发,穿过一段古街,来到巡检司的门前,便会看到那棵参天古树正无比洒脱地伫立于门前,全身上下都飘逸着一股浓郁的诗意。

3

　　似乎古街上的石板路、古石桥、大马头，全都是为了让另一位大诗人一路踏来，追寻古运河边梵业寺下的那片山茶花。仿佛运河边上的这片山茶花，因这位大诗人而变得格外艳丽，成为花中之王。如果说古镇是运河之子，那么这片山茶花便是运河之女了。因此，邵伯山茶花也就成了运河之花、文学之花。

　　那天正是一个隆冬的雨雪天，只见位于生态公园北侧、古运河边的山茶园里，有一条桃花坞木栈道，栈道沿岸的那侧岸边山茶树连成了一片，每一棵山茶树上挂着许多盏红色的小灯笼，在四处白雪纷飞的背景里显得格外艳丽夺目。此时此刻，其他的花朵都枯萎了，唯有这片红色的山茶花在这冰天雪地里独领风骚，让人走在栈道上就能闻到一股淡淡的花香，也让人看到一种生意盎然的文学张力。

　　山茶花开得美丽而自得，安静而热烈，似乎还有一种让你很容易感染到的清傲，一种带着文学气质的清傲。

　　她们一齐用雪花作为自己的陪衬，一齐用诗句作为自己的内涵，把自己打扮成了花中之王。她们千姿百态，千娇百媚，有的是在高声朗诵诗句，有的是在枝头应节起舞，有的是在迎着寒风高歌。她们肆无忌惮、争先恐后地绽放着自己的美，尽情地展示着自己的艳，向着严寒，向着运河，也向着历史。这时，一阵寒风吹来，山茶花们抖落了一身的雨雪，就像抖落一个个激情的汉字、一行行唯美的诗句。

　　据清代文人董恂《甘棠小志》记载，东晋宁康三年（375），高僧行密看中了这块风水宝地，便建造了一座梵行寺。隋时，有人又在附近建了一座茶庵,以山茶为神加以供奉。唐代邵伯山茶就已成为贡品,山茶树更是遍植于邵伯的土冈之上,尤以梵行寺一周山茶最为绝胜,故名"梵行山茶"。

这座山茶园的河对岸就是江淮名刹梵行寺了,那里正是当年苏轼来赏山茶花时的留宿之处。苏轼雕像、石刻碑廊、茶花园、梵行寺连在一起,构成了邵伯"梵行茶花"的胜景,也是苏轼经过邵伯造访梵行寺时看到过的美景了。

据说是一个隆冬的雨雪天,苏轼乘着一条小船,在秦观、孙觉等朋友的陪同下,从古运河踽踽而来。在这繁华商埠邵伯古镇的大码头泊船上岸,然后拾级而下,沿着古镇中心的那条古街一直向东,朋友来到了梵行寺。

苏轼和朋友们游览了梵行寺后,又独自重回梵行寺,再次欣赏山茶花。

这时,正是寒冬之季,天上雨雪霏霏,古寺空寂无人,那片山茶花便静静地绽放着,如火如荼,热烈奔放。面对此情此景,苏轼一下子就陶醉了,不禁触景生情,诗兴大发,写下了这首《邵伯梵行寺山茶》:"山茶相对阿谁栽,细雨无人我独来。说似与君君不会,烂红如火雪中开。"

在这首七言绝句里,苏轼为邵伯的山茶花发出了流传千古的惊叹,诗人自比山茶花,不畏风雨,遇寒傲立,风骨展露无遗。

自此,邵伯的山茶花也就变成了苏轼不朽的魂。

就这样,古镇梵行寺边的山茶花,因为苏轼的诗兴大发,而被永久地罩上了文学的高光。

4

踏着古街的石板小径,从运河生态文化公园向北就到了斗野亭。

斗野亭为一座近水建筑,雄踞于高丘之上,面临河湖,若登高远眺,眼前是水光浩渺,帆影片片。脚下的古运河承接着高宝诸湖之水,使这座斗野亭下水天一色,舟帆往来,水鸟群飞,朝晖夕霞,气象万千,确实是一处文人墨客聚会的绝妙之处。

这座斗野亭始建于北宋熙宁二年(1069),因为此地和天象相对应,属于斗牛二星的分野处,也就取亭名为斗野了。

走进斗野园的大门,便看见里面一座高大的古建寂静地坐落于高丘之上,白墙黛瓦,飞檐翘角,雕花窗棂,门楣上高悬着"斗野亭"三个金色大字。左侧建有一道长长的回廊,右侧建了一座名为"唱晚"的凉亭。园内遍植红枫、绿柳、意杨、山茶、玫瑰、芍药、紫藤等名花异草,呈现出红绿相间,高低相宜,生机一片。

我推想,那斗野亭屋顶的一排排青色小瓦上,肯定落满了宋代文豪们的诗句,否则怎么会让人感到如此熠熠生辉?而那片绿树之间的红枫,肯定就是苏轼大作的化身了,否则它为何显得这样艳丽炫目?

进入亭内,首先映入眼帘的是宋代文人孙觉的那首《题邵伯斗野亭》。从孙觉的诗可看出斗野亭的位置处于运河的堤岸高丘,气势十分地雄伟,"檐楯斗杓落,帘帷河汉倾",亭子的檐楯就像天上落下的北斗星,亭里的帷幕犹如天上倾泻的银河。

孙觉是高邮人,历任右谏议大夫、御史中丞等职,和苏轼同朝为官,结为忘年之交。他曾竭力推荐同乡文豪秦观,并将其介绍给苏轼。他从高邮南下途径邵伯时,在此留下了这首《题邵伯斗野亭》。

在孙觉走后不到一个月,苏轼也来到了邵伯,登上了斗野亭,看到了孙觉的这首大作,自然要认真地拜读了。

在读了全诗之后，苏轼诗意汹涌，挥毫写下了《次孙觉谏议韵寄子由》。接着，秦观也诗兴大发，吟诗一首。

在此之后，黄庭坚、苏辙、张耒、张舜民先后来邵伯等候过闸时，也慕名登上了斗野亭，看见有其孙觉、苏轼、秦观的诗，也都一一赋诗和之。

就这样，一座小小的亭阁居然有七位大文豪为之挥毫题诗，这是何等荣耀？当然，后来又加上了一个文天祥，写了一首《过邵伯镇》，更是锦上添花了。

运河东岸这条古街尽头的斗野亭从此大放异彩，因为这批文豪的题诗而名扬天下。

5

清乾隆十六年(1751)春，40岁的乾隆皇帝第一次南巡来到了邵伯古镇。

他在前呼后拥之下，威风凛凛地从运河御码头下来，一路逶迤来到那条南北三里长的老街上，在那条石板路上徐徐前行。这天周围的一切变得静悄悄的，闲杂人等早就被清场了。他走过古街上的徐家大楼、王氏大楼、四角楼等一批古宅院，又经过谢公祠、巡检司、云川阁、万寿宫、江西会馆等古建筑，细细地感受着这个古镇的韵致。最终，在运河边的那座斗野亭停了下来，登上了这座建于运河大堤上的亭子，然后极目四望，他脸上的表情居然愈加严峻起来，一路恭候左右的官员们也就随之提心吊胆起来了。乾隆皇帝坐在亭里喝了几口茶之后，突然提出要继续前行，然后就一直朝古镇边的邵伯埭坝而去。

乾隆皇帝沿着大运河六下江南，六次来到邵伯并非只是来这条古街一游，他的根本目的还是古镇边上的运河水利工程。

这里的邵伯埭坝是一座非常古老的水利设施,为东晋太元十年(385)太傅谢安所建。宋仁宗天圣年间(1023—1032),在运河上建造了复闸。到了明清,又在邵伯运河上先后建造了金湾六闸。

乾隆皇帝仔细察看了古今邵伯运河水利工程之后,心中顿生无限感慨,当即作了题为《邵伯镇》的一首诗,表达他对谢安太傅为民造福的钦佩。

后来,他第二次南巡经过邵伯时又作了《邵伯湖》一诗,表达了他对水患的忧虑。他第三次到第六次南巡,又四次经过邵伯古镇,居然接连四次作了同题诗《阅金湾六闸书事》,表达了他对邵伯金湾六闸的运河水患治理时刻牵挂于心。

这个时候,邵伯古镇也就有了诗的背景。

邵伯不但是运河古镇,还成了一座文学重镇。仅在清朝康乾嘉时期,邵伯载入地方史籍的诗人就有数十人之多。一个小小的集镇,在一百多年间,诗人辈出,可谓是文风昌盛了。据《清代乾隆时期的邵伯诗事》一文记述:"我们至今仍能查阅到诗集的地方诗人,就有王楠的《青箱堂》二卷,张孺的《听鹂集》,王启心的《吟存》二卷,张连翼的《清胜亭杂咏》,谢良瑜的《畦园集》四卷,周玺的《雪峤漫兴诗稿》,史克封的《扣角下簾集》《余闲集》等,这不能不说是文学创作的一代盛世。"

当然,这和谢安当年为古镇植下的文学基因,宋代苏轼等七贤留下的文学佳话,乾隆皇帝亲自树立的文学传统,有着十分紧密的联系。

6

沿着棠湖路向西而行,过了一座廊桥,就能看到运河边有一座假山、一座凉亭,再向北就走到了运河生态文化公园,只见一座长长的木栈桥伸向河心,河面上的夏荷正在热烈奔放地盛开着。这里便是位于净瓶广场边的荷花塘了,是取景于朱自清散文《荷塘月色》的一处景点。

果然,河边有一把长椅,正"坐"着朱自清跷着二郎腿的雕像,只见他戴着一副眼镜,穿着一袭长衫,右手搭着长椅的背上,脸上现出一股沉思的表情,两眼正凝视着那片荷花盛开的荷塘。

这座与茶花园相邻的荷花塘,正碧水传情,风情万种,彰显着朱自清笔下荷塘月色的散文意境。

似乎邵伯古镇从古到今,从里到外,无时无刻不洋溢着文学的气息,甘棠、茶花、荷花都在这里和古今大文豪们结下了不解之缘。

眼前,整个荷塘有几十亩方圆,水面上所有的荷花尽情开放着。满塘的荷花既彰显了亮丽的色彩,又展现着浪漫的诗意。突然之间,闷热的天空下起了一阵雷雨,清凉的雨点打在了花伞一般的荷叶上,晶莹剔透的雨珠便在荷叶上轻盈滑过。那颀长高挑的荷秆摇摆着头上艳丽夺目的荷花,像是一个个美人在尽情地沐浴,将她们的娇艳都摇曳出来了。十几分钟后,雨过天晴,水面上又逐渐平静下来,那一朵朵水灵灵的荷花就如同刚刚出浴的少女,红花般的脸蛋上还流淌着水珠。

天终于黑了下来,一轮明月静静地爬过了对岸的梵业寺,升到了荷塘的上空,好像是故意为我展示出朱自清散文描绘的意境。此刻,一股扑鼻而来的清香弥漫在夜空之中,我闻着这股幽香居然看到荷塘边长着许多树,居然看到月光如流水一般地倾泻在荷叶和荷花上,居然看到也有一片白雾飘浮在荷塘里,居然看到叶子和花也像是被牛乳洗过一般的梦,居然月下荷塘都复制了朱自清在《荷塘月色》里描绘的景象。

其实,朱自清确实在这里生活过,眼前的这片荷塘和朱自清的塑像,绝不是随意伪造附会,而是一种园林情景的真实再现。

朱自清是儿时因父亲赴扬州府邵伯镇上任,跟随父亲一起移居邵伯的。他的童年时期在邵伯古镇上生活过两年,虽然时间不长,但给他留下了深刻的印象,后来他在《我是扬州人》一文中还专门写到这里的童年生活。

朱自清在《我是扬州人》一文中这样写道:"我在邵伯住了差不多两年,是在万寿宫里,院子很大,门口就是运河。铁牛湾那儿有条铁牛,我常去骑它、抚摸它。镇里的情形我也差不多忘记了,只记住在镇里一家人家的私塾里读过书,在那里认识了一个好朋友叫江家振,我常到他家玩儿,傍晚和他坐在他家荒园里一根横倒的枯树干上说着话,依依不舍,不想回家。"

朱自清和父亲居住的万寿宫,在1931年发生的那次特大洪水中,因运河决堤而被冲毁。1949年以后,就是在这座万寿宫遗址不远的大运河上,先后建造了三座大型现代化船闸,使之成为千里运河线上最大的一处船闸群。不过,朱自清当年就读的那家私塾可能还在,只是不知是古街深处的哪一座古宅了。

这时,朱自清的塑像在迷蒙的月色下,正静静地凝望着那片唯美的荷塘。

你敢说朱自清在创作《荷塘月色》时,心里没想过邵伯的这片荷塘?

7

邵伯古街上宽阔的条石,斑驳的瓦头,厚重的砖墙,欲倾的老宅,全都是古镇传说的载体,也是历史给后人留下的遗存。

漫步在老街上的那条石径,在两边沧桑古朴的老宅里寻找,透过一扇漏着缝的大门,可以看到一个坍圮的大宅,院内的青砖缝隙之间长满了野草,那渐渐腐朽老去的木梁之下居然还生出一株野树。眼前这古老沧桑的一切,让人感到历史正静静地抖落着古街往日的浮华,当年的荣华富贵全部随着大运河漂浮而去了。

然而,朱自清描绘的那篇散文的意境还在,谢安、苏轼、秦观、苏辙、文天祥等大文豪们和乾隆皇帝留下的诗文还在。

三、漕运古镇:伫立在古巷的尽头

> 我将河下古镇理解成文学名著中的一个个定格的场景,将古镇上所有的建筑理解成文学场景中的方块字符,整个古镇仿佛变成了文学巨著《西游记》。
>
> ——题记

1

走进江苏淮安的河下古镇,在空无一人、幽深曲折的街巷里,就感到古镇的所有景致都暗藏着离奇曲折的故事。

我便将古镇理解成文学名著中的一个个定格的场景,将古镇上所有的建筑理解成文学场景中的方块字符,整个河下古镇仿佛变成了文学巨著《西游记》。

那座刻着"河下古镇"大字的青石牌坊就是它的扉页,那运河边的花草树木就是它的插图,那铺着石板的大街小巷就是它的故事情节,那雄伟的古塔和环绕古塔的湖水就是它的男女主人公,那挂在古巷两侧的无数灯笼肯定就是它的一个个修饰词了。

河下古镇就是一部线装的古书,厚重,深邃。

我来古镇原本是想寻觅它当年雄姿英发、羽扇纶巾的模样,看见的却是古镇笼罩在一片阴沉沉的氛围中,四周阴森诡异,仿佛成了唐僧师徒经过的玉华城。

　　灯笼、店旗、牌匾,在历史的肌理中无声地飘摇着;青瓦、飞檐、翘脊,藏身于一条条古巷的时间深处。所有的景致被千年风雨过滤成了灰色,走进古巷的深处就觉得自己的灵魂跟随唐僧师徒,一起走在玉华城的那条虚拟的石板街上。此刻,没有人会预感到危险的逼近,更没有人想到唐僧会在半道被妖魔掳走。

　　天色已晚,河下的古街老巷更显出阴森,眼前的街景像是玉华城的复现,"两边有茶坊酒肆、米市油房",现实中的河下与小说里的玉华几乎一模一样。继续向前行走,古巷就成了迷宫,一条接着另一条,居然全都是空巷,没有一个行人。我看着古巷两侧屋檐之下悬挂的闪着幽光的灯笼,竟然也和玉华城一样"六街三市灯亮",只是今晚的古镇一片黑暗,那灯笼的幽光根本敌不过无边的暗淡。我便觉得这古巷里的灯笼,真的有几分瘆人,似乎两侧阴暗的古屋早已埋伏着无数妖魔。

　　一阵阴森的晚风徐徐吹过,无数枯叶在我眼前的石板路上无声地游走起来。

　　古巷里的文学世界肯定被调成了静音。

2

　　走进河下古镇,仿佛走进了历史的深巷。

　　我感到眼前这无数闪烁着红光的灯笼,就是想营造出一种怀古的文学氛围,以此表达对这座古镇当年繁华的深沉凭吊和无限怀想。

　　读到明代诗人邱濬写的诗句"十里朱旗两岸舟,夜深歌舞几曾休"便知晓河下古镇当年是何等的繁华了。这让我再次联想起《西游记》对玉华城描写的"万千家灯火楼台,十数里云烟世界"的佳句。当年河下的石板路上肯定有玉华城那样的"辚辘辘香车"碾过,有"红妆楼上,倚着栏,隔着帘,并着肩,携着手"的美女贪欢,也有"绿水桥边,闹吵吵,锦簇簇,醉醺醺,笑呵呵"的俊男戏彩。玉华城的这些文学场景,你敢说不是吴承恩在河下镇的亲历?

河下是一座因运河而兴起的千年古镇。河下之"河"就是大运河,河下之"下"就是位于运河的下面,因为这里的运河是一条高悬于地面的河。

河下古镇位于古邗沟入淮处的古末口。公元前486年,吴王夫差为了向北方运送军队和粮草,开凿了沟通长江和淮河的邗沟,在河下附近与淮河相接,这里便成为南北漕运必经之地。明清时期,盐河的开凿使河下又成为淮盐的集散地。清朝特派盐运分司驻于河下,主管淮北盐政并分巡各盐场。淮安府境内沿海各地所产淮盐,全部从盐河运到河下镇,经检验抽税之后再通过运河运销各地。从明永乐十三年(1415)到清光绪十一年(1885),漕运和盐务使河下进入鼎盛时期。

这段时期,山西、陕西、安徽、江西、福建等省的大批客商,纷纷来此投资盐业。为了进行商贸活动,盐商们在河下建立了众多的会馆。康熙年间,这条傍着运河而建的河下街道,就是由程姓徽商捐资购来的条形麻石铺设而成的。此后,石板街两侧便陆续建成了一片青砖灰瓦的小楼,再后来又在估衣街上建筑了"二帝阁",在竹巷街上建起了"魁星楼""文昌阁"等一大批地标式建筑,将河下的城镇建设推向了高潮。

今天,独自漫步在几百年前铺成的石板路上,看到远处的旧街被幽暗淹没了,我不禁要问,幽幽古巷的尽头会有什么?沿着脚下的这条小径,或许能够走进一座古老的神话宫殿?抑或走进一处文学意境的园林?

只见街道两侧全是层层叠起的飞檐,店依着店,门挨着门,全是陈旧的牌楼、陈旧的店面、陈旧的院落、陈旧的民居,每一处缝隙都在无言地散发着沧桑悠久的霉味,每一条街巷阡陌都在细说着兴衰荣辱的过往。

走进了河下就像是揭去了古镇记忆的封条。

3

夜晚,古镇的色彩仿佛被调成了黑白。

来到估衣巷,看到小街两侧全都是经营服装布匹的店铺,一面面布满灰尘的旗幌在夜色里飘动。一家经营丝绸小饰品的杂货铺,静静地伫立在这条巷子的拐角处,货铺门面上悬挂着"吴记丝绸饰品铺"的店牌,吴家的住宅就在拐弯向南的那条打铜巷的尽头。

走在打铜巷更加狭窄的石板路上,看到两侧斑驳的旧砖墙模糊不清地伫立在幽暗之中,让人倍感压抑。

这时,一只晚睡的乌鸦在头顶盘旋,不厌其烦地重复着一句我听不懂的鸟语。

我有些忐忑地走过了打铜巷,一直走到了巷尾,前面柳暗花明般呈现出一片光亮来。

我看到前面有一大片古典园林,再走近院门便看清了"吴承恩故居"的门匾。

从古巷的幽暗一路走来,这里的一切便有豁然开朗的感觉。

整个园林已被修缮一新,并且被美化亮化过了,眼下虽是夜晚,居然还是灯火通明。现代电子灯具被安装在园林的各个部位,亭台楼阁被光线勾勒出古朴的轮廓,假山湖水被彩灯衬托出华美的身姿,花草树木也在灯光中展现茂盛的翠绿。

整个园林拥有四个院落，由"射阳簃"的门房、客房、轩厅、书斋和后花园"悟园"组成，辅以回环曲幽的抱廊、假山、亭轩、舫桥、竹木、花卉，从而构成了一座具有明代风格的庞大建筑群。

我推想穷困潦倒的吴承恩当年居住的房子肯定没有今天这般气派。清人李元庚之子李鸿年在他的《山阳河下亭园记续编》中，是这样记述吴宅的："门东向，入门而北，重门编篱为之。"民国时期的汪继先在他的《山阳河下亭园记补编》中，又对河下已经破败的私家园林进行补记，其中就有吴承恩故居的"射阳簃"一节："宅院为两进院落，有门房客厅书房，亦已废圮。"由此可见，作为在估衣巷开一爿杂货铺子的吴家，自然不可能像当年河下盐商富豪那样建造豪宅甲第的。

然而，吴承恩做梦也没有想到自己会在500年后突然暴富起来，死后竟然会变得如此兴盛阔绰。据记载，吴承恩旧宅毁于抗日战争时期，我们今天看到的"射阳簃"和"悟园"，分别于1982年和1999年在原址上重建而成。

如今，走进"射阳簃"，首先会看到一片苍翠的竹林，绿叶婆娑，摇曳生姿。进入"悟园"，从镂空的照壁方洞里看到一座太湖假山，山峰挺立，曲涧深沉。整个庭园俨然就是一处富豪大宅，松风轩、笔峰山、灵根石、廊轩、旱舫、醉墨斋、猴趣园，水榭亭阁，假山湖泊，花木石雕，一应俱全，应有尽有。

至此，一座偌大的河下古镇的所有幽晦阴暗的旧街巷，全都变成了衬托光鲜亮丽的射阳簃和悟园的一种铺垫之笔。

4

走进状元府的寓园，看到揽秀楼、跃如阁、殿春轩、涌云楼、香云阁、澄潭山房、半红楼、蕴墨楼、荫绿草堂、点水阁、平远山堂、樵峰阁等古建筑,也都一齐沉默着,似乎在共同等待着状元楼能够一觉醒来。

这座状元楼是河下古镇历史上第一位状元、抗倭民族英雄沈坤(1507—1560)的故居。

沈坤高中状元之后,回乡为母守孝,恰逢东洋倭寇来犯,便变卖家产,训练乡丁,抵抗外侮,平定倭患,被称为"抗倭状元"。然而,就在取得抗倭胜利之时,有人诬陷他"私自团练乡勇,图谋背叛朝廷"。明代嘉靖皇帝居然下旨将他逮捕入狱,最后被刑讯逼供而死。河下百姓为了纪念他的抗倭功绩,在他家的原址上建造了这座状元楼。

此楼坐北朝南,恰好能望见大运河的风光。据《状元楼余事》记载:"楼南有窗,直向状元里巷。凭窗南望,正当运堤石坝。堤外,帆樯林立,小车辘辘,行旅摩肩,云树苍茫,万家烟火,荻庄紫藤,俱历历如绘。"此楼在抗战期间被日军尽毁,政府2017年在原址上重建。

因为沈坤是被皇帝钦定的罪犯,死后的事迹也就无法载入正史。吴承恩和沈坤不但是同窗挚友,而且是儿女亲家,本想进京替沈坤讨个公道,被河下镇光福寺的智广法师劝阻,最后只能在《西游记》里为沈坤鸣冤叫屈。

就这样,吴承恩将明朝淮安的沈坤,化名成了唐朝海州的陈光蕊,让他"考毕中选,及廷试三策,唐王御笔亲赐状元,跨马游街三日",又让他被丞相的千金用绣球打中了乌纱帽。接着,还尽情地描写了他高中状元、迎娶相府千金时的狂喜:"猛听得一派笙箫细乐,十数个婢妾走下楼来,把马头挽住,迎状元入相府成婚。那丞相和夫人,即时出堂,唤宾人赞礼,将小姐配与。拜了天地,夫妻交拜,又拜了岳丈岳母。丞相盼咐安排酒席,欢饮一宵。"(《西游记》)

当然,吴承恩并非仅仅描写他高中状元的欣喜,而且描写了他中了状元之后被奸人冤杀,丞相千金忍辱产子,这孩子就是长大成人之后去西天取经的唐僧,最后又写了唐僧成为旃檀功德佛。

就这样,吴承恩无可奈何地在他的小说世界里,为沈坤树了碑、立了传。

今天,走进状元府的寓园,经过一片写意山水,踏过一条通幽曲径,便看到有一片光秃秃的桃林生长在奇山怪石之下,立马使我产生一种推想,一个美猴王会从这人造的山水园林之间蹦跳出来,然后大闹蟠桃宴,吃光树上的所有仙桃。

此时,眼前的这片桃树上空空如也,不要说仙桃了,就连树叶几乎落光了,整个寓园只剩下一树的悲凉。

5

沿着湖嘴巷一直向前,经过文楼、医馆、水局,便能看到桐园了。

这是一座青砖灰瓦的徽商建筑,门前悬着"邱心如故居"的小木牌。我走进这一方有些局促的园子,首先迎接我的就是一株孤零零的梧桐,让我立刻感受到了它的苍老和寂寞。梧桐并不高大,又值深秋,树上的叶子亦已枯黄,正伴随地上的落花一起随风飘舞。

"花开得意人言美,花落凋零无人怜。"(《笔生花》)那一片片无人怜惜的枯叶落花,想必就是邱心如一句句悲悲戚戚的弹词?无数句弹词也就如同纷繁的枯叶一般,在桐园的小小庭院里游荡起来。

这座败落破旧的桐园便是邱心如娘家的后花园,二百年前的邱心如就是在这座旧园里伏案笔耕。在那昏黄的油灯之下，邱心如在《笔生花》里呻吟诉说着自己一生的哀怨。她用一支纤弱的羊毫，抒发着胸中的无奈，更用一阕弹词，唱尽了人间的辛酸。

这位在中国文学史上有着重要影响的女性，生于清嘉庆末年，一百多年后，桐园的落花仍旧飘零，淡淡的哀愁仍旧弥漫在深秋的空气之中。

然而，从这座小小的桐园中我们却能看出，在河下像邱心如这样的贫困户都是如此崇文，就更不用说那些富商巨贾了。

或许是来淮安躲避战乱的难民施耐庵给邱心如做了表率？

据说，施耐庵在淮安开了一爿小店，因为终日著书将生意给忘了，导致小店亏损倒闭，最后在艰难困苦之中死去，埋在了淮安城东南的施河。他死后留下了《水浒传》这部文学巨著。据明人王道生撰写的《施耐庵墓志》记述："施耐庵客居淮安时，著《水浒传》一百卷。"

诚然，河下古镇不仅商业繁华，文化也十分昌盛。明清两代，河下就出过67名进士、123名举人、12名翰林，更有状元1名、榜眼2名、探花1名，三鼎甲齐全。那时候读书的直接动力首先是做官，河下的文人中有官至翰林、侍郎、尚书、御膳房总管、光禄大夫，甚至是帝师者，不亚数十人。当官不成的文人们不得已转向著文，又催生了河下文学创作的繁荣。

这种崇文之风从河下镇古建筑的名称上也可略见一斑，河下有名的古建筑就有文昌阁、状元楼、魁星楼、文楼、书店巷、文字店巷、曲坊巷、藤花书屋、曲江书楼、笔店巷等，这些建筑正是崇文的见证。

崇文确实是河下千年传承的古风。

6

凝视着吴承恩故居里那座陈旧的竹门篱笆,感到有一种苍凉古远之气不停地飘拂着。我推想风烛残年、贫病交加的吴承恩,在这里是怎样度完他人生的最后一个秋天的。

明神宗万历十年(1582)的一天,风雨凄凄,落叶飘飞,吴承恩孤苦伶仃地躺在"射阳簃"这座四处漏雨的破屋里,气若游丝,奄奄一息。

在行将离世之际,他或许会回想起自己一生七次科考的失败,回想起自己家境的败落,回想起自己中年丧子的悲痛还有晚年丧妻的忧伤,肯定还回想起自己的挚友沈坤被诬入狱、含冤而死的悲愤……

这时,他无可奈何地仰天长叹道:"功名富贵自有命,必须得之无乃痴!"叹罢双手捂脸失声痛哭起来。

我推想他这万般无奈的人生长叹,肯定会在他的《西游记》中变幻成席卷大地的飓风,他便是乘着这股巨风,带着自己的灵魂一起与人间做最后的诀别,又让铺天盖地的冰雪把自己的思绪冻僵,最终让孙悟空向玉帝讨来一杯人生的苦酒,举首狂饮而下。他就是在这次酩酊大醉之后,孤苦伶仃、万般无奈地死去。

就这样,吴承恩死在了运河重镇河下的一片繁华景象里。

吴承恩死后也给河下古镇留下了一部文学巨著。

在这部著作里,有这样的一段描写:"连年亢旱,累岁干荒,民田旱而军地薄,河道浅而沟渠空。富室聊以全生,穷民难以活命。十岁女易米三升,五岁男随人带去。城中惧法,典衣当物以存身。乡下欺公,打劫吃人而顾命。"

我十分固执地认为这绝不仅仅是《西游记》的一个场景描写,

而是吴承恩对河下悲惨结局的一次文学预感。

果不其然,就在吴承恩去世整整三百年之后,河下古镇的经济一落千丈,往日的繁华也随之烟消云散,而造成这样悲剧结局的根本原因恰恰就是干旱水灾。

清朝末期,由于淮盐集散中心从河下移走,漕粮也由河运改为海运,使河下迅速走向衰败。据《山阳河下亭园记》言:"自道光年纲盐改票,而后黄河改道,漕运不通,利源中断,河下之华堂广厦,转瞬化为瓦砾之场,又遭战乱,房屋十存二三。"其根本原因自然是黄河经常决口,导致运河堤防屡屡被洪水冲毁,运道时常梗阻,漕粮不得不由河运改为海运。水灾过后又连续多年干旱,加之水利年久失修,又致使盐河枯竭,几成废河,淮北盐运也就无法从河下中转了。

对于河下古镇这样的结局,久住淮安的文学大师刘鹗也像他《老残游记》里的老残那样摇个串铃,游走于古镇的石板深巷,最后长叹道:"棋局已残,吾人将老,欲不哭泣也得乎!"

风水变了,人气没了,古镇没落了,从此再也没有出过文学巨匠。

今天,历史站在古镇长长的背影里不禁发问,难道仅仅靠古镇的经济繁荣就能孕育出传世巨著?此刻,被不断扩建的"吴承恩故居",远远地站立在古巷的尽头,始终缄口不答。我估计在河下古镇这部尘封已久的古书里应该能找到答案吧?

一只失眠的乌鸦在喋喋不休,像是在反复背诵着古书里的一句秘诀。

四、运河之城:"清明'下'河图"

城里城外的所有景致一起组成了一幅运河之都的"清明'下'河图"。

——题记

1

一片晚清时期的雾像是患上了抑郁症,将淮安城郊运河边的景致笼罩上了一层淡淡的忧伤。

运河边绿色的田畴也情绪低落地一直往下斜去,田坡上沉默寡言的麦苗已经长至半尺,导入沟渠的溪水有些伤感地流着,一个老农拖着一条枯黄的辫子,正垂头丧气地引水灌溉。一行垂柳心事重重地立在水边,一棵断头柳长相奇特,畸形的树冠和长着肿瘤一般的树干似乎就要离异,黑乎乎的树冠即将坠落下去,树旁的路人居然没有看到,一个个都像是掉了魂似的,低着头向那片坟地走去。

稀疏的柳林,飘拂的迷雾,泛绿的田畴,构成了这条京杭大运河的苍茫背景。

在这运河边的大道上,有几个行人正在薄雾里瑟缩前行。一个老妪骑着一头瘦驴,一个小伙跟在后面,他们像是去扫墓。大路的尽头另有一老一少赶着两头毛驴,驴身上驮着沉重的货物,像是去淮安城里出售,估计会买些小商品再去乡下贩卖。这个小小的驮队由小伙牵着驴头,长者跟在后面一路沙哑地吆喝着,留下一路驴粪的骚味。

几户农家小院静静地坐落在一片落寞的柳林中,树丫之间依稀可见几处鸟窝,这些农舍后面的平地上还有一处谷场。只是过于寂静了,就连鸦雀也飞到运河的水面上,都不肯在这里饶舌吐槽。

这段流淌在苏北里下河地区的运河不算宽阔,仅十余丈的样子,水流却很湍急,南来北往的漕船不得不放慢行船的速度,商船都已降下了桅帆,岸边拉纤的劳工也放慢了脚步。然后,所有的商船无可奈何地停靠到了关税码头。

一座两层高的关楼飞着檐、翘头角,虎视眈眈地伫立在运河大堤之上,楼顶上高悬着"淮关大楼"四个大字,让船家老远就能望见,所有的商船万般无奈地在这里停泊,然后查验、报关、缴税。

这座"淮安大关"是一处税务局,又称淮安钞关、淮安榷关、淮关,专门向运河上的来往商船强行征收税费。据《山阳县志》记载:"凡湖广、江西、浙江、江南之船艘,衔尾而至山阳(今淮安市淮安区),沿运河北运,而山阳板闸实为咽喉要地也。"淮安大关设立在运河"咽喉要地"的板闸,成为明清两朝运河沿线全国最大的税收关口。

淮安税关的门口,几个船主因贩运食盐的税率正在和税官争执,身材肥胖的税官指着麻包说出了高额税钱,引起了商贩们的不满,有的正在解释,有的大声吵嚷,惊动了税关楼上的官员打开了窗户朝下张望。另一个年老的商贩交完关税之后,铁青着老脸从关门出来,然后朝那座三元宫而去,留下了一路骂声。

从寺庙里升起的焚香白烟飘拂在大雄宝殿、前殿和山门之间,使这座三元宫彰显出几许威严肃穆,也给这片城郊的雾景增添了几分古意。那硬山顶抬梁式的结构,朱红色的柱子,连通大雄宝殿和两侧厢房的廊轩,古色古香、错落有致,在这片建筑群的寂静中又加上了雾和烟的流动,令这幅城郊图景变得更加凝重而苍远。

这时，繁忙的桅帆从白色水雾中探出头来，所有桅杆上情绪低落地飘扬着船旗，下面又挂着一串没心没肺的空心灯笼。

这一层层如同淡墨铺陈的雾气，不厌其烦地渲染着淮安城郊的景致，给人们的心头涂上了一层淡淡的阴影，也给淮安运河的繁华景象带来一种悲怆的预感。

2

运河岸边的柳树就像是清代女子的细腿小脚，歪歪扭扭地立着，诱惑了众多男性的杨槐围绕着她们，不舍离去。

运河东岸由近而远地躺着十数条还未完工的漕船，全都船底朝天。督造船厂的东侧便是通京大道，路边的占道经营现象很是严重，各种摊贩应有尽有，操着半蛮半侉的江淮官话在不停地叫卖。

督造船厂附近有一家茶水铺子，一座用毛竹搭建成的屋棚，能够遮点风挡些雨，行人或是船厂的工人可以进去歇歇脚，喝碗茶水。铺子主人在棚前竖起一根木桩，上端高悬着一面写着"茶"字的彩幌，还在茶水铺门口立了一个灯箱广告，里面可以点燃蜡烛，以便在夜间招揽从船厂下班的工人。铺子里有位浓妆艳抹的老板娘，一手拎着茶壶，一手托着茶盘，茶盘上有四只没有经过严格消毒杀菌的茶碗。茶水铺子的紧隔壁就是一家销售各种铁器的地摊，出售铁制的钉子、铰链、铆扣、铁链、锁具等，全都是造船必用的，有几个买主正在地摊边勾着腰寻找自己所需的铁器。摆地摊的小老板嘴上像是抹了油似的，推销自己的商品，滔滔不绝，飞沫喷溅，眼睛却不时地往老板娘的身上瞟。

一阵从运河边传来的鞭炮声吸引了岸边所有人的目光。一艘即将下水试航的漕船全身放着油光，船头刻着一个巨大的狮子头，船上从头到尾插着彩旗，船舷上贴着大红对联。有几个人正在船头焚香祭神，已经摆出几碟小菜、一壶白酒、一碗猪头肉。在一阵鞭炮声中，新船正缓缓地滑向运河。

运河两侧的岸边停满了各种木船，船头站着船工，他们在不断地大声吼叫着，警示着这艘新船不要撞过来。在这一片喊叫声中，新船义无反顾地冲进了运河。因为这里河道狭窄，河水湍急，装满货物的漕船吃水很深，眼看这艘新船就要撞过来了，船工们手忙脚乱起来，有的大声呼叫，有的用力划桨，有的拼命拉绳，船老大早就满头大汗地扳着船舵。终于，这艘新船被几个纤夫拖拉着逆流而上，新船的船头上一个船夫手里拿着一杆长长的竹篙，奋力地改变着船行的方向。

这时，运河岸边还在响着叮叮咚咚的施工的声音，还有十几条新船趴在船坞上，造船工人们分别在忙着铁钉连接、船锔加固、榫构拼接、桐油粘缝、船底涂漆。这些船头雕上了狮子头，船尾则雕着良渚文化的图腾。

据明代沈棨的《南船记》记载："淮安造船厂位于河下至清江浦之运河沿岸，共设四个主厂，均能建造黄船、沙船、风船、快船、桥船，甚至各类战船。"可见这个造船厂的规模确实很大，它是漕运总督下属的机构，被尊称为督造船厂，估计还享受着五品官员的待遇。

督造船厂南侧的运河里已经停满了各式漕船商舟，船家全落了帆，桅杆高高地竖着，远远地望去像是一片掉光了树叶只剩下树干的树林。所有的船相互依傍着，船帮靠着船帮，两船之间用蒲草垫着，以免撞坏。一场场无声无息的交易便是在这些船上悄悄地进行着，这些让官方的漕船夹带私货的买卖，悄无声息地促进了运河的繁华。

这时，一只上坟祭祖的唢呐吹起了悲哀思念的曲调，却并未影响船上官员们的秘密交易，唯有岸边的垂柳跟随唢呐一起摇摆出悲哀之情来。

清明的雾带着水汽，沾着眼泪，充斥着忧伤，笼罩在这片漕运码头的上空，静静地为它们构成了一幕悠远苍凉的意境。

3

我觉得白色的雾气像是对漕运繁忙景象的一种刻意反衬。

站立在湖心寺桥上眺望着那座漕运码头，只能看到朦朦胧胧的一片桅杆，再往远处就只能看到雾将运河和天空粘连在一起了，就像是画水墨画时蘸多了水，让画面上全都是湿漉漉的水洇痕迹。

脚下的这座横跨运河的双拱廊桥，因为桥下需要通过漕船，拱桥也就建造得十分高大巍峨。这座廊桥将两岸的街市连接起来了，桥身由两道拱梁承托着，桥面两侧又建有飞檐长廊，可供行人避风挡雨，自然也成为当年小摊小贩的首选。

当年，这座桥的中间车水马龙，人来人往，桥的两侧廊檐之下生意兴隆，热闹非凡。从桥上行走的有驮着货物的骡马、抬轿子的、推独轮车的、骑驴的、挑担子的、闲逛看热闹的。这时好像要交通堵塞的样子，一名漕兵充当起交警，正在指手画脚地指挥行人，样子很凶，两眼瞪得很圆，嘴也张得很大。偏巧桥头又来了一个马帮，十几匹马身负重担，走在最前面的马夫拽着领头的马一步一步地迈上了桥坡，后面的马夫则用马鞭将马队朝前驱赶。马帮很快就走上了桥，几十只马蹄一齐在桥板上撞击出清脆的声响，走到廊桥中间时终于将道路给堵死了。这是这座大桥当年的繁忙景象。

这座双曲廊桥的两端各建有一座四角亭，站立在四角亭朝桥下望去，就能依稀看到云雾缭绕的御码头和接驾亭，再向西边几丈远就是那座被雾气遮去一半的闻思寺古建筑群了。

运河边的御码头是一座漕运码头，因为当年康熙、乾隆二帝南巡来淮安漕运总督部院视察工作时在此舍舟登陆，就被漕督大人改称为御码头了。他又怕皇帝日晒雨淋，特地在御码头的接驾亭边建造了一排长廊，现在正在被水面的雾气紧紧地包裹着。一株高大的杨树傻傻地站立在御码头和接驾亭的背后，摆出一副表情茫然的姿势。

天一直阴着脸，又嗖嗖地刮起了冷风，雾便乘机四处游荡起来。

当年在这个漕运码头上，一家小酒馆门口的彩幡正在雾里乱飘。这家小酒馆主要是接待南来北往的漕官、商贩、运丁、船夫，生意很是兴隆，只是还没到吃饭喝酒的时候。码头货场有一个货主正在清点将要发出的货物，许多农民工将长辫子盘在脑袋上，正在从船上扛下一个个沉重的麻袋。酒馆对面是一间烟店，门前坐着一个算命先生，正在为几个船夫测字。他们旁边有一拨人围在一起，一个包工头子正在和一批农民工洽谈价格，仿佛还能听到他们在讨价还价。码头上还有几家排在一起的门面，全都是出售淮盐的，一并排地挂着"淮盐"的旗幌。几个刚从漕船上下来的漕兵，径直朝盐铺而来，像是要买些食盐夹带在漕船上走私。码头四周的水面上已经停满了许多大型漕船，一条吃水很深的漕船正在卸货，高大帆桅上悬挂着"漕"字的大旗正在雾气里默默地飘着。

据《说文解字》记载："漕者，水运粮谷也。"自隋朝开通大运河之后，历朝历代均通过大运河南粮北运，明永乐皇帝迁都北京后更是依靠从南方各省水运粮食，漕运也就成为明清王朝的基本国策。作为地处大运河中心位置的淮安，也就成为漕运之都、南粮北运的重要节点。

眼前的这个漕运码头建在京杭大运河和通京大道的交界之

处,极大方便了水陆客商,因而岸上车水马龙,店铺林立。这个漕运码头又是一处深水港,几十吨位的漕船只能到此停泊装卸货物,因此当年这里是一片繁忙。一条从杭州开来的高大漕船正在卸粮,几个码头苦力下河将沉重的麻袋吃力地扛上码头,就连跳板都被压得吱吱作响。漕运码头的周围,下河扛活的苦力不时地传来一阵接一阵劳动号子声。

淮安人称到河边去为"下河",去河边淘米就说是"下河淘米",去河边挑水说是"下河挑水",去河边干活自然就说是"下河干活"了。

这一天,有一支上坟祭祖的队伍走到了桥头,一路吹着唢呐、撒着纸钱,不大工夫就从桥上走了过来,下河放起了河灯。

4

在这幅漕运主题的风情画长卷里,一座巍峨的城楼高耸在充满象征和暗喻意味的风景里,拱形的城门似乎一直通向这座城市的必然归途。

在这个场景里呈现出以高大的城楼为中心,以鳞次栉比的屋宇为两翼的漕运繁华的景象。将夯土垒成的城墙外面全都用青砖砌成,城墙高处留有射箭的城垛,上面插着许多写着"漕督"的黄旗,有一个胸口印着"漕"字的老兵油子站在城墙上正在哈气连天,脑后的长辫子随风向西飘飞着。这座高大雄伟的城门建有两层高楼,楼顶两端雕有飞鱼,翘角砌有琉璃鸟兽。城墙外的护城河边尽栽垂柳,城河一头通向城外的运河,另一头通过巽门水关通向城内。

原本应该是有重兵把守的城防现在居然变成了税收站,税务官正在查货验货,会计正在忙于记账。有几匹骡马缓缓地向城门而来，一看便知是来淮安城做茶叶生意的浙江商贩。税官们一看来了生意，有些兴奋地围堵上去伸手要税，估计这些税官多征税就能多得提成。一个税官指着骡马背上的麻包说了一个数目，引起了浙江商贩的强烈不满，还没说上几句便大声争执起来，引来了许多看热闹的人。有一个小商贩乘机偷税，飞也似的逃进了城。这个逃税者的背影被一个税官看到了，也不去追赶，脸上现出了一丝冷笑，因为他根本进不了淮安的旧城门。

这座淮安城很是特别，同时建有三座城池，南部为旧城，北部为新城，南北二城之间又建有联城。南宋时修建的淮安城池被称为旧城，明洪武年间为了防范倭寇对漕运衙门的袭扰，又在旧城之北建了一座新城。再后来，"明嘉靖三十九年（1560）倭寇犯境时，漕运都御史章焕奏准建造，连贯新旧二城，故曰联城。"就这样淮安建成了规模宏大的三座城池。这座北城门楼之上高悬着"淮安"两个朱漆大字，右侧还建有一个水门，悬着"巽关"的石质匾额。据漕运总督铁保《重开巽关河道碑记》云："巽关不审起自何时？考郡县志谓是明天启三年所建。"这个巽关便是一座收取进城商船税费的水城门。

巽门水关也有几个税务人员在把关，对进城的船只一一严查，交了税款才能放进城去。只见巽门水关驶来一条满载着各种商品的木船，税官与船主也为税款数额产生了严重的分歧，一个性急的税官突然发起飚来，一把揪住了船主的小辫子，疼得船主两眼朝天泛白眼，嘴里哇的一声张得很大，露出两排从来不刷的黑黄牙齿。

这时，一位太监快马加鞭地来到淮安城门口，他有皇帝的密旨要传送给漕督，便一边飞奔一边高喊着："圣旨到，诸人让道！"

半睡半醒的城楼似乎被这一声呼喊惊出了一身冷汗。

至此，缠绵悱恻的迷雾、孤寂高立的船帆和九曲回肠的运河重叠在一起，构成了淮安都市风光的苍凉背景，和呈现于近景中的高大城楼形成一组艺术对比，静寂与喧嚣、缥缈与明晰，都变成了浓淡虚实的笔墨，准确生动地描绘出一股大清漕运帝国的末日气象。

5

所有纷繁的景象似乎都在隐瞒着清朝漕运衰败的消息，所有忙碌的人们又似乎都在享受着最后的辉煌。

几间临街的门面高悬着斗大的一面"酒"字旗幌，店铺里有几个漕兵正一边吸着烟一边说着话，他们是奉命前来武装押运贡酒的。这家酒铺门前还立着一块推销洋河酒、高沟酒、双沟大曲的广告牌，酒铺后门的运河边停泊着一艘漕船，已经装满了白酒等待启帆，估计是这几个漕兵因为回扣之事，正在和酒铺的老板交涉。

向西不远便是一家五星级驿站，由前面的酒楼和后面的馆驿组成一座优雅的大院，后面有一座小木桥与驿站的后门相连。驿站前靠大街后靠运河，通过小桥能到达运河岸边，河边已经停满了装饰豪华的官船。院子里几个穿制服的官员或坐或站，都是威风凛凛的样子，有个文秘人员手上还拎着一只公文袋。他们像是在恭候着长官，随时准备出发。院子一角立着几匹已经吃饱喝足的官马，旁边停着一辆配制超标的公用马车，一个马夫斜倚在马厩边的一根木柱上，闭着眼睛耐心地等待着长官的到来。驿站门前那座三层酒楼十分气派，酒楼的窗户是开着的，漕官正在和盐商交谈甚欢，面前摆放着两碟干果和两只冒着热气的茶杯，估计是在干官商勾结、钱权交易的勾当。

就在驿站的旁边，有一家酒楼刚开业不久。这是一座两层木楼,上面高悬着"文楼"的牌匾,店外的棚子下面摆放着桌凳,是为了方便船上下来的客人就餐。店主的手里拿着一根长杆,调整着挂在酒楼前面的大红彩缎的位置,这几条彩缎上面写着祝贺开业的标语。此时,贵宾厅里已经摆上了软兜长鱼、开洋蒲菜、平桥豆腐、钦工肉圆等淮扬名菜,估计是漕运总督府的官员们要来这里大吃大喝。这家饭店还在门前设立了外卖业务,年轻的服务员正在给一个漕兵递上刚刚出笼的文楼汤包。那个漕兵满脸好奇地接过这热乎乎的文楼汤包,用一根芦柴管子一头插入汤包,一头放进自己嘴里歪着头咻吸了起来。一个从乡下进城打工的贫困户,肩头挑着一副空空的担子,像是还没找到活干,惶惶地站在酒店的门前,眼巴巴地望着这个吃汤包的漕兵,估计嘴里已经渗出了许多口水来。

文楼大酒店向西就是那座闻名遐迩的龙窝楼了,这座三层古楼坐西朝东,为重檐庑殿盝顶建筑,檐牙高啄,斗拱林立,气势宏伟。这座楼阁始建于唐贞观年间,后为宋太祖赵匡胤的行宫,清乾隆皇帝南巡时也曾驻跸于此,并在此题诗赐给漕运总督杨锡绂。

这时,一阵春风冷飕飕地刮过,将龙窝楼顶的那几株枯草刮得左右摇曳,也将淮安大街上的雾气刮得四处飘散。

作为明清时期的漕运指挥中心的淮安,城里的北门大街、东西长街、驸马巷、局巷、龙窝巷、多子巷、上坂街、小人堂巷等几十条街巷,组成了这幅淮安漕运之都的繁华图景。在这幅古城图卷里,官府衙门、作坊店铺、民居宅院、寺庙楼宇,林林总总,鳞次栉比。"酒楼店铺百肆杂陈,招牌幡幔目不暇接,饮食百货应有尽有。"(《淮安府志》)

淮安这座城市的繁华完全依赖于漕运的兴盛,到了晚清时期漕运已经由盛及衰。虽然眼前的繁华依旧,却早已透露出衰败的端倪。

放眼望去,运河之水仍然穿行于楼阁、亭台、城门、街市之间,整个古城虽然还是原来漕运之都的模样,可这天清明节的春风更凉,柳丝更衰,它们都在感叹这盛世好景不长,感叹着眼前的繁华顷刻之间就会化作过眼云烟。

乍起的春风能否保得住一城繁花?

6

漕运总督的官衙是这幅"清明下河图"的压轴戏。

将遍布于郊外、码头、城门、街市的所有繁华场景,一直延续到漕运总督部院方才结束,就是力图展现淮安这座运河城市的命运全然依赖于此。

这一天虽是清明节,漕运总督府并未放小长假,从各地前往这里请示汇报工作的官员络绎不绝。他们都要先行穿过镇淮楼,才能到达总督部院。

只见古朴敦实的镇淮楼在前拱卫,威风凛凛的漕运总督府居中傲立,沉默寡言的淮安府署在后守护,这三座建筑正好位居淮安古城的南北中轴线,那个小小的山阳县衙根本挨不上边。也是因为漕运总督部院驻扎于此,这座镇淮楼便高悬起了"南北枢机""天澈云衢"的金匾。从镇淮楼的拱门而过,正面就是漕运总督部院的那两扇朱漆铜钉大门了。

这时,镇淮楼的门洞里一起走进了两位官员,一位是坐轿的文官,督造船厂的厂长;一位是骑马的武官,淮安大关的长官。这二人都是正四品,都是高官,头上戴着青金石顶戴,穿着八蟒五爪的蟒袍。这时,他们因为走路的先后次序各不相让而争执起来。正在他们相持不下之时,从南边又来了一支由几十个漕兵簇拥着的、扫墓结束后回城的队伍。只见前有卫士鸣锣开道,后有卫队殿后压阵,一位长官趾高气扬地坐于官马之上,一位雍容华贵的女眷端坐轿中,后面还跟着几个担着物品的仆人。那两个正四品一见这个阵势,又一眼看到长官头上戴着的红宝石顶戴,便知道碰见从一品漕帅了,吓得赶紧让道,连滚带爬地从马上轿里下来,颤颤抖抖地跪在了一旁。漕帅好像根本没见到这两个人似的,眼睛斜都没斜一下,径直朝漕运总督府署踽踽而去。

只见那漕运总督府衙的大门之上高悬着"总督漕运部院"的金字招牌,东西分别悬着"重臣经理"和"专制中原"的银匾。大堂的屋顶建有重檐九脊。大门前面建有一座高大的石雕照壁,东西两侧又有两座牌坊、两尊石狮。

这座漕运总督府(今为全国重点文物保护单位)始建于宋乾道六年(1170),明万历七年(1579)移至现址重建。府署后部还建一园林,名为偷乐园,是总督大人办公之余"偷乐"之所。

这个漕运总督权力显赫,不但管理全国运河之漕运,而且还兼巡抚周边地方行政,因此又称"漕抚"。府署机构庞大,下辖粮仓、督造船厂、漕兵等众多机构。漕运总督在清代定为从一品或二品大员,因为还要负责指挥保障漕运的军队,故又有"漕帅"之称。

这时,这座总督官衙十分肃穆地伫立在弥漫着忧患情绪的雾气里,无言地暗示着漕运时代即将败落。

果不其然,运河因为受到连年洪灾的影响逐渐淤塞,漕运面临瘫痪,清政府也就不得不改走海运。清光绪三十年(1904)正式裁撤了漕运总督。自此,因漕运而兴盛的淮安城市繁华变得一落千丈,兴盛了几百年的漕运帝国顷刻之间轰然倒塌,漕运总督部院最终也化为一片废墟。

面对此情此景,我在推想那郊外的古道、榷关、拱桥所表现出的寒意、寂静、薄雾,和城里的街道、城楼、官衙所描绘出的忙碌、喧器、繁荣,两相交融在一起,形成了正反对比和冷热反差。这种反差对比恰恰表现出了当时淮安这座运河城市的畸形发展,形象地暗喻了漕运帝国经济兴盛之后的衰败必然。

这时,三面临水的偷乐园里姹紫嫣红,一群浓妆艳抹的美人遍布于水榭歌台各处,或凭窗,或倚阑,或卧榻,都在搔首弄姿,一齐思春,可惜的是漕帅仍然在前衙的大堂里公干,无法抽身前来偷乐。

运河水边的雾气却更浓了。

五、商运古镇:四季窑湾

这运河之水、自然气象和古镇商事的和谐相处,是古镇繁华千年的根本,也是这座古城堡隐藏千年的天机。

——题记

1

长河冷,城堡暗,白雪飞冰。

遥望窑湾古镇就像一头充满神秘感的怪兽,无声无息地冬眠在冰天雪地之间,似乎它从自己诞生之日起就一直酣睡着,千百年来从未开口说过话,也就从未泄露过自己的人生秘密。

这座窑湾古镇西依古运河,北拥护城河,东临骆马湖,三面环水,中间还有一条中心河,就像是一个没有开口的"日"字,紧紧闭着上下两只"口"。

自北向南奔流而过的大运河在它的脚下变得格外宽广,然后连接着一望无际的骆马湖,水流也就变得更加湍急,发出一阵阵哗啦啦的声响,似乎是想打破这座古镇千百年来的沉默。它的北面则被一条护城河严密地包围着,由大运河、中心河和护城河组成了一个牢固的防卫体系,在这条防卫体系的边上和外界相联的所有桥头,筑起了高大而坚固的炮台,窑湾古镇也就成为一座名副其实的古城堡。

窑湾古镇便是在这样的环境中,默不作声地严守着自己的秘密。

雪还在潇潇洒洒地下着,风仍在呼呼啦啦地刮着,将这座神秘的古城堡覆盖成了一片洁白,似乎是想掩盖它留在历史深处的传奇人生,更是想刻意掩盖藏于古建筑深处的天机。

雪野。古桥。寂寥。寒水独钓。

这座古镇坐落于江苏省新沂市之西南,徐州宿迁两市交界之处,京杭大运河与骆马湖在此交汇,素有"东望于海,西顾彭城,南瞰淮泗,北瞻泰岱"之说,亦有"黄金水道金三角""苏北水域胜江南"之誉。

这时,鹅毛大雪静静地将古镇的一切掩盖起来了,唯有高大的城门楼、威震四方的古炮楼、高耸入云的天主教堂、运河码头古牌坊耸立在一片雪原之间,大雪掩盖了街巷、宅院、会馆、作坊、商行、货栈等建筑的所有风貌,令古镇变得十分苍茫。

运河古镇便是在这片洁白的原野中,静静地享受着冬夜的幽静和优雅。

镇南的大堤默默地横卧在大运河与黄墩湖的水中央,现在已经被大雪完全淹没了,只剩下一条长长的轮廓。这条运河古堤边的水面被称为黄墩湖,这片黄墩湖又与东边的骆马湖水面相连。一座高大巍峨的牌坊高耸于运河码头上,上面写着"窑湾码头"四个鎏金大字,此刻牌坊的飞檐翘角上早已落满了积雪。

在这样的背景下,一位老者正默默地蹲守在运河边,等待着鱼儿上钩。

放眼古镇内外,所有的河流、堤岸、湖泊、城堡,在这片冬夜的雪景之中显得更加烟波浩渺。这骆马湖、黄墩湖、古运河,湖与河相通,河与湖相连,在大雪之中变得更加静寂。那位不畏严寒的老者也一直沉默无语,静静地组成了一幅"寒水独钓图"。

这座古城堡便是横卧在这幅"寒水独钓图"之间,一夜无话。

2

小桥流水人家,绿色尽奢发,自古窑湾繁华。

春天是古镇色彩对比最强烈的季节,在一片灰暗阴冷的古镇的背景上,似乎一夜之间就点缀出了无数艳丽温暖的花草树木来。所有的树生长出了叶,所有的花吐出了蕊,所有的草长出了绿。

中宁街的青石板路的缝隙里也伸展出无数棵嫩草,两边古屋店铺的青色墙缝里也探头探脑地爬出许多绿藤,西大街上的吴家大院里的花草也都集体发了芽,赵信隆酱园里砖砌的围墙上一群爬山虎正在贴着墙壁向上攀缘,绿豆烧酒厂的屋顶也摇晃出了许多宝塔草。

春天给这座古镇带来许多艳丽的气象。

前朝建成的城门、古楼、店铺、庭院、寺庙、炮楼,原本古朴厚重,色彩灰暗,一经春风的吹拂,就好像原本长满皱纹的脸都舒展开来了。早已进入老年期的街巷、宅院、会馆、作坊、商行、货栈、典当、码头,现在也都容光焕发起来,似乎返老还童了,就连大清邮局、江西会馆、山西会馆、苏镇扬会馆也都披上了绿色的新装。

生长在山西会馆里的那株千年古槐也绿了高大的华盖,远远地就能看到它的一片绿色。这位饱经风霜的"老者",伫立在古镇已经将近两千年了,它见证并诉说着古镇的历史。老槐的主干粗壮异常,成年人展开双臂也搂抱不过来。由于主干过于往一侧倾斜,现在它粗壮的树干上支起了铁架,四周围了木栏,木栏上系满了红绸,远远看去好似一片红霞,和树顶的绿叶一起,形成鲜明的色彩对比。

"清康熙七年(1668)六月十七日,山东郯城发生大地震,波及窑湾,古槐在地震波的冲击下向西南倾斜,也就变成了现在的模样。相传震后不久,古黄河决口,洪水经大运河从西北方向朝窑湾冲来,水冲到槐树前百米处竟突然拐了一个弯向东南方向而去,窑湾在古槐的庇荫下,免除了灾难。"(《窑湾的千年槐树》)从此,窑湾人视古槐为神灵。逢年过节人们纷纷来到这棵古槐树下燃香,系上红丝带,保佑家人平安。1938年9月,日军飞机轰炸窑湾,一夜之间古槐被炸得枝断叶离,老树因此多年没有冒出新叶,枯杆洞内还不断地流出血水来。新中国成立之后,千年古槐居然出现了生机,又长出了新叶新枝,叶茂枝繁起来。因此,人们都感到神奇,说这棵古槐肯定是一位经历千年沧桑的神人。

现在,古槐是整个古镇最高的树木,人们看到它的绿叶便知道冬天已经过去,春天已经到来,它浓郁的绿叶成了季节的象征。

所有的后人都会向这棵古槐致敬。

3

夏季到了,树上的知了都在齐心协力地鸣叫着,似乎非将这座沉睡千年的古镇吵醒不可。

中午,本地人躲进了屋里,整个古镇只剩下外地来的游客冒着大汗走在石板路上。

这座古镇的街巷大多用青石板砖铺砌而成,平时走在古风古色的街巷之中，仿佛穿越到了明清时期，可是今天酷暑难耐，肯定没有心思去体验这种乐趣了。街巷的石板路被晒得滚烫，一只肥胖的鸭子赤着双脚，从一条小巷的石板上飞奔出来，并且一路发出呱呱呱呱的惊叫，最后一头钻进了一家典当行。

典当行在明清时期是商业活动的重要场所，生意人可以从这里进行资金周转。如今这座古镇里还保存着诸多的典当行，这些典当行见证着这座古镇的当时商业的繁荣。

听说这座古镇的"夜猫子集"就是在酷暑季节里开设的一种夜市。

这里的夏季有一个"半夜开张，天明罢市"的集市，因而被人称之为"夜猫子集"。夜猫子集的形成，自然与古镇脚下的大运河有关。据《窑湾古镇》记述："京杭大运河经过徐州进入江苏后，运河被称为中运河，中运河上南来北往的船只途经窑湾时，因为中运河在窑湾以北水位较浅，只能行走空船，而窑湾以南则水位较深，可行货船。因此，不论南方来的商品，还是北方来的货物，都需要在窑湾装货卸货。长此以往，窑湾也就成为运河上重要的码头之一。"

当时，商船白天航行，夜间停靠窑湾，在这里装卸货物、补充食物。夏天天气炎热，每到三更半夜，小商小贩来到窑湾街市做起小生意，为南来北往的船家提供服务，打朝牌饼、烧芝麻糊、蒸包子、煮五香蛋，五花八门，应有尽有。天亮之后，商船起航出发，当地赶集的商贩逐渐散去。时间一长，这个夜市也就传延至今。由此可见，虽然天气炎热，也阻挡不住这座古镇商业的繁荣。

另据《窑湾古镇》记载："在明清漕运鼎盛时期，窑湾为南北水陆要津，往来船只南达苏杭，北抵京津，工商贸易曾昌盛一时。到民国初期，镇上常住人口三万人，流动人口一万五千余人。清末民初,窑湾镇就有商号、工厂、作坊等三百六十余家,其中钱庄有十三家。东北货物经窑湾远销南洋、新加坡、日本等地。英国、法国、荷兰等国家的商人、传教士来窑湾经商传教,当年镇上设有美孚石油公司、亚西亚石油公司和五洋百货三家外国公司。外国的汽艇、国内的小货轮在窑湾码头来往穿梭,河面桅樯林立,街道人流如织。"

现今位于西大街上的吴家大院正处于一片热浪之中,一批又一批游客不顾天气炎热,争相挤进大院一睹这座被誉为"吴半街"的豪宅。

这座吴家大宅始建于清康熙年间,是窑湾古镇中保存最为完整的一座古宅院。此时,吴家大院里人头攒动,所有人汗流浃背,争相一睹吴家当年的富有。

夏季是一年四季故事情节里的高潮,是大自然的一次尽情发泄。

高温之下,古镇繁华依旧,只是运河里的帆影早已远去。

4

秋天,是古镇收获果实的季节。

西大街充满了收获的味道,到处飘荡着果实的芳香。这里有赵信隆酱园的酱香,有绿豆烧酒厂的酒香,还有云片桂花糕的桂花香。

秋天的细雨会一连几天下个不停,运河边便会飘起一片淡淡的秋雾。古镇的香味也就会穿透这片雨雾,向四处弥漫开去,似乎是这座城堡给游客布下的迷香,吸引着外地游客流连忘返。

一股酱香味伴随着清淡的雾,在西大街的那片青灰色老屋四处徘徊着,人们顺着香味追寻而去,便会感到香味越来越浓,随即就看到一座赵信隆酱园店横亘于你的眼前,看到门前的对联上写道:"黑酱自黑非墨染,甜油微甜似蜜香。"然后就能看到一处生产甜油的老作坊。

走进院子呈现于眼前的是星罗棋布的两百多口大酱缸,每一口酱缸上盖着一只大大的斗笠,用来给酱缸遮风挡雨。此刻的毛毛秋雨只是将斗笠淋湿了,而这些酱缸里面的酱汁则安然无恙。

这里的工匠们将第一年秋天的大豆、小麦精选出来洗净,再将黄豆面粉发酵后放入缸里,加入水和盐,经过整整半年的日晒夜露,到第二年的春夏才能逐渐酿造成酱汁。这种酱汁比酱油更提味儿。

相传这家酱园店始建于明熹宗三年(1622),至今已有四百年历史。赵信隆酱园店现存房屋三十余间,整体格局基本保存完好,仍在以传统的手工艺生产酱油。

古镇不仅生产甜油,而且还是绿豆烧酒的生产基地。

绿豆烧酒的颜色呈现绿色,故而称之为"绿豆烧"。

这时,秋雨仍在淅淅沥沥地下着,干完一天活的人们,坐在自家的小院子里,喝一口绿豆烧酒,看上去别提多惬意了。

除此之外,你还能闻到云片桂花糕的桂花香。

这窑湾的云片桂花糕已有三百多年的历史,质地细软,口感绵甜。当你走进桂花糕的作坊,一股清淡的香味便会扑鼻而来。

深秋的雨性子慢,下起来没完没了。

雨雾之中,古镇上一棵棵高大的柿子树成为一道风景。乳白色的雨雾里,那些柿子树枝头挂满的红黄色的柿子,仿佛成了古镇的精灵,也成了古镇的秋天符号。

面对着古镇的四季更替,面对着古镇的千年传承,我感到古镇之中肯定隐藏着一种繁衍生息的秘密。

春天使古镇与自然融合,夏天促成了古镇夜间的繁忙,秋天收获了古镇特有的果实,冬天则让古镇与大自然浑然一体。这些运河之水、自然气象和古镇商事的和谐相处,正是古镇繁华千年的根本,这或许就是这座古城堡隐藏千年的天机!

秋雨浸,古镇醒,香气四溢。

第二章　浮华不会随风而去
——苏北运河古建筑的发现之旅

沿着运河行走，就是一次运河古建筑的文化发现之旅。

古老的京杭大运河自北向南穿越整个苏北，从徐州开始沿着运河南下，经过宿迁、淮安，一直到达扬州。在这条运河上，你能看到历史上繁忙的漕运商贸给两岸留下的大量古建筑。

这些古建筑是古代劳动人民用自己的血汗，蘸着运河之水在沿岸大地上画出的历史图标。

这些古建筑虽然经过漫长的岁月变迁，依旧以它古老的姿态呈现在后人的面前。在大运河沿线，古建筑连接成了一条长龙：徐州有云龙山行宫、楚王陵、戏马台、汉高祖庙、大风歌碑、云龙山摩崖造像；宿迁有龙王庙、挂剑台、乾隆行宫、真如禅寺、清凉寺、闽商会馆、天后宫；淮安有二帝阁、龙光阁、总督漕运公署、镇淮楼、淮安府署、明祖陵、文通塔、魁星阁、泗州城遗址、清江浦楼、清晏园、江南河道总督府署；扬州有栖灵塔、莲花桥、个园、吹台、二十四桥、熙春台、盂城驿、文游台、纵棹园等。

我们沿着运河行走，去欣赏这些古建筑，就会发现它们身上深厚的文化底蕴，发现它们身上隐秘的文化密码。

在扬州的个园行走，就是追寻一个孤儿的创富传奇，也是解读那个时代留给后人的运河古建，更能旁观一代盐商巨贾的南柯一梦。个园似乎已经不是人间的现实，而是一场残梦的意境。在这里,我仿佛看到那个当年怀揣十五贯,骑驴下扬州的黄至筠还在个园的梦境里没有醒来。

在高邮馆驿巷里行走,会发现鼓楼下面的盂城驿,那里每一座古建筑的身上仿佛都能清晰地看到封建皇权残留的痕迹。面对这些陈旧斑驳的古建筑,人们已经不单单是看那些建筑了,而是在感受一种文化。

在淮安的清晏园里行走,会发现这座江南河道总督府署的古园林,彰显着儒家文化的中庸致和。这种文化品格,早已深入了淮安这座运河城市的骨髓,或者说这座城市中庸兼容的文化基因,早已深入清晏园的骨髓里去了。

在宿迁皂河古镇行走,就会发现那座乾隆行宫龙王庙因漕运而兴,却并未因漕运而衰,它的身上仍然保持着几分苍凉、几分肃穆、几分悲壮。这龙王庙仿佛皇权和神威共同驾驭运河的一个象征,也是这条关系大清国运的运河的一个祭坛,更是早已远去的漕运帝国留下的一个背影。

在徐州的荆山桥遗址上行走,就会发现每一块断碑颓石全都残存着大气苍凉之风。我推想,当年若站在桥北向桥南望去,便会看到无数的桥洞连环相接,无数的栏杆如木相邻,肯定会误以为自己置身于豪放大气的大汉王朝吧!荆山桥遗址的残缺之美,便是在大气苍凉之中得以尽情展示。这种美一半是大气,另一半是歌。大风是大气磅礴之风,歌是慷慨悲凉之歌。

假设在徐州古泗水边的那座当年苏轼建造的黄楼,是诗的化身。试问,楼毁了可以重建,诗毁了还有谁能重写?

沿着苏北运河行走,寻访一座座古建筑,就是和每一座古建筑进行心灵的对话。

每一座古建筑就如同一位古稀老人,有着各自鲜活的生命,有着各不相同的秉性,也有着各具特色的文化内涵。

一、盐商园林:个园独徘徊

　　走进扬州个园,就像是追寻一个孤儿的创富传奇,也像是解读那个时代留给后人的运河古建,更能旁观一代盐商巨贾的南柯一梦。

——题记

1

　　来到位于个园北大门内的万竹园,铺天盖地的翠竹扑面而来,你立马就会感受到这万千翠竹正齐心协力营造出的清高氛围。

　　这一大片高大挺拔的竹子青翠高耸,将一条石板小径掩映着、覆盖着,仿佛是为我们留下的一条翠绿色的时光隧道,可以直通二百年前的那个历史场景,去观看个园的主人黄至筠是怎样在竹林深处徘徊踌躇。

　　只见竹林之外是艳阳高照,步入石径则是满目清凉。

　　曲径通幽是古人对园林审美的一个基本要素,个园里的竹林石径便符合这个标准。行走在这条曲径通幽的竹林小径上,就是走进了天然的绿色氧吧。这时,你能听到风吹竹林的唇语,你能闻到翠竹散发的扑鼻而来的体香,更能看到翠竹摇曳的曼妙身姿。万竿修竹如同无数位杨柳细腰的美人,一簇一簇,迎风而舞。

　　万竹园的中心有一座小小的湖,湖边便是那座映碧水榭了。水榭前一泓碧水沁润着曲桥,竹林的清风轻轻地吹拂着湖面。站立在水榭前向东望去,便能看到那座重檐六角的步芳亭。这步芳亭伫立于湖畔,与水榭以曲廊相连,四周则是万竿翠竹相拥。就这样,高耸入云的竹、飞檐翘角的亭、白墙黛瓦的榭,被一潭湖水连缀着,将人的所有感觉器官都调动起来了,让你清晰地感受到一股清高脱俗的气息,让你不由自主地陶醉在这片竹林之中了。

经过竹影横斜,亲历竹香清幽,行至这条竹间石径的尽头,便可看见白墙黛瓦的月亮门上镶有一块匾额,上面题着"竹西佳处"。"竹西"的来历,出自晚唐诗人杜牧吟咏扬州的诗句:"谁知竹西路,歌吹是扬州。"到了宋代词人姜夔这里,又有"淮左名都,竹西佳处"之句。"竹西佳处"在这里显然是一种提示,这条竹林石径正是观赏竹景的最佳位置。

这里正是黄至筠用万竿翠竹营造出的清高脱俗的绝佳境界,然后让他自己独自在这个境界里徘徊吟诵。

这些精心营造出来的竹西佳境便是黄至筠的个性表达。

黄至筠生性爱竹,在他的眼里竹子是形直、心虚、节贞的象征,有一股君子之气。因为三片竹叶的形状似"个"字,便取清代诗人袁枚"月映竹成千个字"之意,将这座庭园命名为"个园"。当然,这"个"字又有独一无二之意,表现了黄至筠内心深处绝世无双的自诩之情和自命不凡的孤傲。

这座竹林就是黄至筠为人性格的一种修饰,仿佛是女人朝自己的脸上涂了一层清雅的粉黛。

这时,一阵轻风吹来,万竹园里层层叠叠的翠竹摆动出飘逸的姿态,个园清高脱俗的灵性也就被激发出来了。远处那座竹里馆正悄悄地掩隐于这片竹林的深处,我便想象二百年前的黄至筠徘徊于这座竹里馆,静听窗外万竹在婆娑轻吟,冷看月色透过竹林缝隙洒落窗前,他的脑海中肯定会闪现出许多诗情画意来的,那一幅幅扇面写意画肯定就会一挥而就了。

琴瑟无语，竹影婆娑，徘徊于这片幽暗如晦的竹海里，深溺其中，几欲断魂。

万竹园，似乎已经不是人间，而是一场残梦的意境。

2

玉筝当楼，余音凄幽，亦如雨丝云秀。

一曲咿咿呀呀的昆曲水磨腔，便在这个园四季假山的四处徘徊起来，缠绵如泣，婉转如诉，每一块山石上便落满了一板一眼的花腔慢调。

这支昆曲想必就是为了衬托黄至筠当年在这里徘徊时的心境。

我知道，个园的中部是园林之精华所在，以筑有春夏秋冬四季假山而著名于世。

从南面的住宅区进入四季假山，首先映入眼帘的便是一处月洞形的园门，门上石额书写着"个园"二字。园门两侧许多枝叶扶疏的翠竹，便是衬托着"个园"门额的内涵。

在这里由万千叠石描画的四季假山，成就了它的"江南四大名园"之一的地位。精湛的叠石技法，独特的造山立意，在此得到了空前绝后的展示。

一年四季，春夏秋冬，全部的景色浓缩在这个园子里了。

我觉得个园里的四季假山肯定就是黄至筠对自己人生预感的一种表达，一眼看尽春夏秋冬，肯定就是一眼看尽荣辱兴衰。

走过一座寻求人生坦途的曲桥，经过一座叩问世事沧桑的回廊，再过一座淋着人生风雨的凉亭，最后绕过一座抖落人间心事的荷塘，这才登上抱山楼的最高层。这时，你的眼前会豁然开朗，一年四季的景致便会展现在你的眼前了。

那首昆曲也就在此轻轻地唱起:"梦回莺啭,乱煞年光遍,人立小庭深院。炷尽沉烟,抛残绣线,恁今春关情似去年……"

南曲慢调,柔漫悠远,四季假山便沐浴在这缠绵婉转之中了。

位于宜雨轩之西北的春山四处洋溢着"荣"。高大的广玉兰掩映着一座假山。只见那青灰色假山,形态飘逸,绰约多姿,如同一朵朵固体的春花。圆门外的竹石图给人报春,白墙内的闹春图给人表达春的喜悦。各种太湖石酷似各种姿态的小动物,构成一幅十二生肖闹春图,塑造出一派繁荣景象。

位于园之西北的夏山充满着"兴"。夏山亦以太湖石为主,叠石如雾卷云翻,远观流畅舒卷,近看剔透玲珑。山下有洞,可以穿行,拾级登顶,顶上建有鹤亭。山上磴道,东接长楼,与黄石山相连。山下架一曲桥,隔水相望,幽深无限,平添出夏日的葱郁气氛,也就表现出一股兴旺之气来。

位于个园之东的秋山便是"衰"。秋山是一座黄石假山,用粗犷黄石累叠而成。山上修建了三条石道。黄昏时节,丹枫如血,夕阳凝彩,霜色渐浓,会使人顿生一种衰秋之感。

位于东南庭院中的冬山便是"辱"。冬山为一座宣石假山,迎光则晶晶闪亮,背光则粼粼泛白。在南墙上开四行圆孔,产生北风呼啸之声。雪石造山之时,还刻意塑造出一群大大小小的雪狮,或立或坐,或卧或跳,好像用残雪堆成的山脉,山顶终年积雪。冬山延伸出花台,分别种植着三株蜡梅、两丛天竺、一棵老榆,由此营造出残雪冬景、老树昏鸦的萧条之景。

我觉得,整个园林便是运用不同的石料堆叠成四季景色,表面上呈现出"春山艳冶而如笑,夏山苍翠而如滴,秋山明净而如妆,冬山惨淡而如睡"的春夏秋冬景象,实质上则暗喻了"荣辱兴衰"的内涵。

因此，我推想，黄至筠在这里徘徊，肯定能一眼看尽春夏秋冬，更能一眼看破荣辱兴衰了。因此，看破世事也就是他想在这四季假山的身上要表达的潜台词了。

四季假山是黄至筠想要塑造的一种人生哲学，也是他流露出的一种人生预感。

事实果然如此，黄至筠家族很快就走向败落，这座个园也几易其主，先后归属于李氏、朱氏等人，并且一天天地走向衰败。

此刻，那支昆曲仍在缠绵悱恻地飘散着："原来姹紫嫣红开遍，似这般都付与断井颓垣。良辰美景奈何天，赏心乐事谁家院……"

这昆曲越调的缠绵给这四季假山平添了几分世事沧桑之哀叹。

风摇竹，琴疏促，富贵今谁属？

3

个园的汉学堂和丛书楼，是一片被书卷之气笼罩的亭台楼阁。

它们是黄至筠崇文重教的遗迹，寄托了一代盐商大亨一夜暴富之后的精神向往。

走到这里，我才认为自己对个园印象最深的不仅是秀竹、假山，还有文字，其中最为突显的莫过于黄至筠关于崇文重教的文字表达了。对此，悬挂在个园墙壁上的那些黄氏家联便可佐证："传家无别法，非耕即读；裕后有良图，唯俭与勤。""几百年人家无非积善，一等好事只是读书。"个园里这类文字还有很多，它们足以表明黄至筠心中坚韧执着的崇文情结。

踏着石径，沿着竹巷，循着云墙，走过荷池，便能听到那座巍峨的汉学堂里，正朗读着几许竹林细雨，吟诵着许多假山明月。

走进汉学堂就好像走进一座传统文化的殿堂。

这座汉学堂高大阔绰,屋梁屋柱全都是粗壮的柏木,中堂敞亮开阔,高悬着郑板桥所撰对联:"咬定几句有用书可忘饮食,养成数竿新生竹直似儿孙",它能精准地表达黄至筠的家教准则。堂侧还挂有一副对联:"三千余年上下古,八十一家文字奇。"地面柱础上圆下方,立柱古朴雄浑,上刻一副楹联:"家余风月四时乐,大羹有味是读书。"这里到处彰显出一副书香门第的气派。

离汉学堂不远的便是那座丛书楼了,它是一座白色两层小楼,是黄家藏书之所。丛书楼位于秋山南端,山与楼巧妙组合,楼也就成了秋山最文雅的结尾。要想到丛书楼第二层看书,必须从山间石阶上行。据《扬州览胜录》言:"丛书楼藏书之富、质量之高,皆富甲东南。丛书楼,楼分两层,曾以藏书十余万卷,名噪一时。"

我凝望着这座青瓦飞檐的古建筑,感受着这股清雅脱俗的书卷之气,看见那朱门画窗,飞檐回廊,金粉遍洒,熏风轻拂,一阵竹香正徐徐渗入汉学堂和丛书楼。

从汉学堂、丛书楼的众多楹联上面,我们可以看出黄至筠不仅仅是一个商人,还是一个饱学之士。在短短的六十八年人生中,他始终在商人求利和读书研学之间徘徊踌躇着,一直到他病逝为止。

当然,他读书研学的目的,绝不是为了做一个百无一用的书生,而是为了求取功名,光宗耀祖。他深深地明白,在中国几千年的封建统治下,读书为官才是正途。也正因如此,他本人官至正二品顶戴、诰授资政大夫、钦赐盐运使司盐运使,他的长子被加赏盐运使衔,次子当上了刑部浙江司郎中,三子加赏知府官衔,只是四子后来家道中落,不得不寓居泰州,做了一个悬壶济世的郎中。

黄至筠崇文重教,诗文歌赋无一不精,对中国山水画更是情有独钟。《扬州画苑录》便说他:"素工绘事,有石刻山水花卉折扇面十数个,深得王(翚)、恽(寿平)旨趣。"因此,我在个园里就看到他画的一幅扇面嵌于壁石之上,画的是枯树、山石、流水,还画了一叶小舟,上坐一人,显得十分孤独的样子。画左有题款:"拟宋人小品,个园黄至筠。"下押一印:"个园画印。"显然,黄至筠绝非只会做生意赚钱,而且精于绘画设计。他购下这座园林之后,便更名个园,还按照自己的理念、审美和财力,对个园进行了全面的修缮。

由此看来,从竹林到假山是黄至筠在清高孤傲和看破世事之间的徘徊;从假山到书房则是黄至筠在看破世事和追求功名之间的选择。

此刻,月如冰,园凄清,秋风醒,吹来岁月无情。

个园竹径独徘徊。

4

这确是一座徘徊者的个园。

对于黄至筠而言,竹园是为了人生作秀,假山是为了人生思考,书楼是为了人生理想,豪宅才是他的人生本质。因此,黄至筠的一生始终在竹园和假山之间徘徊,始终在假山和书楼之间徘徊,更是始终在书楼和豪宅之间徘徊。就这样,他将富豪、高官和名士三重角色完美地融汇于一身,也将他的人生演绎到极致。

位于个园最南端的这片超级豪宅,现存三路大院,奢侈豪华,金碧辉煌。

个园南大门的对面是一座高大精美的砖雕照壁。这照壁是显示堂堂两淮盐商总高贵显赫的身份,自然需要精雕细琢,精美绝伦。对此,今人陈从周在《园林丛话》做了这样的描述:"华丽的照壁,贴水磨面砖,雕刻花纹,正中嵌'福'字,像个园大门上的,制作精美"。照壁采用八字形雁翅的造型,高大宽阔,气势宏伟,装饰精美,庄重雅致。清水双砖砌墙,石砌壁座,正中嵌着一个硕大的福字,正面四角饰有蝙蝠砖雕图案。

据记载,个园在鼎盛时期的豪宅,有福禄寿财喜五路豪宅,共有房屋二百余间,目前保存下来的仅有三路。整个豪宅一厅一堂,一梁一柱、一门一窗,无不显示出盐商巨贾家居生活的考究与奢华。

因此,个园的豪宅就是盐商时代超级富豪传奇人生的一个缩影。

扬州作为运河和长江的交汇点,是明清时期的食盐集散中心和两淮盐商的聚集地,两淮盐业的管理中心也设在扬州,这样为盐商的发展提供了一个绝好的平台,黄至筠便是在这种形势下怀揣十五贯,骑驴下扬州的。

黄至筠(1770—1838),又名应泰,字韵芬,又字个园。原籍浙江,因经营两淮盐业著籍扬州,清嘉道年间为两淮盐商首总。清人汪鋆在《扬州画苑录》中说他:"幼即以盐策名闻天下,能断大事,肩艰巨,为两淮之冠者垂五十年。"他的父亲在赵州做官时生下了他,可是他十几岁时父亲就因病去世了,家产也被人全部掠去。变成孤儿的黄至筠骑着一头毛驴独自进京,求见父亲的好友,时任直隶总督梁肯堂。经梁肯堂等人的栽培推荐,他来到了扬州从事盐务经营,后来凭借过人的毅力和高超的经商能力,当上了两淮盐商的首总,官职也加赏正二品顶戴,钦赐盐运使司盐运使。他在扬州经商期间,三起三落,历经坎坷,一直到道光年间盐政改制,显赫一时的两淮盐商走向衰落,黄至筠也在万般无奈之中病逝。此后,各大盐商也纷纷破产,沦为贫户,昔日叱咤风云、八面威风的两淮盐业也从此一蹶不振。

不久,个园这座庞大的超级豪宅也几易其手,屡遭毁坏,最终变成了盐商时代留下的一道沧桑背影。

今天回首那段往事，万竿翠竹、四季假山和万卷书香全都是黄至筠的人生装饰，当他的盐业王国败落了，翠竹、假山、书楼，也和豪宅一样化作如烟往事。

"梦回莺啭，乱煞年光遍，人立小庭深院。炷尽沉烟，抛残绣线，恁今春关情似去年。则为你如花美眷，似水流年……"

这支昆曲似乎是故意放慢了节奏，使声调变得更加清柔委婉，缠绵婉转，就像是下了一场缠绵悱恻的秋雨，让那悲戚凄惨的音符一直不停地在这座个园的上空回旋。

此时，我仿佛看到那个当年怀揣十五贯，骑驴下扬州的黄至筠，在个园里孤独地徘徊。

二、古运驿站：流淌在宣纸上的运河

> 我觉得现在的人们已经不单单是在看那些历史遗存，而是看那些历史遗存衍生出来的文化。
>
> ——题记

1

位于高邮市馆驿巷尽头的鼓楼高耸于一片古建筑之上，一眼就能看出极富官署气势。这座两层高的古建筑上下透露出官家的威仪，似乎是想让平头百姓退避三舍。只见一层门楣上悬挂着"置邮传命"匾额，二层檐下悬挂着"古驿重光"匾额。行至楼顶，运河之景尽收眼底。极目河湖，渔帆点点，再观原野，稼禾葱葱，真令人心旷神怡。

这座鼓楼又名"魁星阁"，飞檐翘角三重檐，造型优美张扬，高出周边古建一头,自有封建官署飞扬跋扈之气。

鼓楼的下面就是一座庞大的古建筑群,这便是大名鼎鼎的盂城驿了。它是由门厅、正厅皇华厅、送礼房、礼宾轩、驿丞宅、马神庙、后厅驻节堂等组成,建筑面积达到一万六千多平方米。

从盂城驿的每一处古建筑上,都能清晰地看到封建皇权残留的痕迹。

高邮馆驿巷的巷口立有一座牌坊,后面便是皇华厅,它是接待皇家和官员之地,清乾隆皇帝由京杭大运河南巡至高邮,就曾驻跸于此。"皇华"二字可不是随便使用的词语,要不是当年乾隆皇帝六下江南驻跸于此,谁又敢用这个词?

也正因为此,汪曾祺当年才吟诵出"盂城驿建在何年?廨宇遗规尚宛然""秦王亭何在,子墨水悠悠"的诗句。"廨宇"就是官署房屋之意,"秦王"则是指秦始皇嬴政,两个词都指官府和皇家。可见,盂城驿确实是一处皇家官府的设置,并非平头百姓之家,作为土生土长的汪曾祺自然对盂城驿有着深刻的认识。

汪曾祺在《我的家乡》中则更是这样明确地写道:"全国以邮字为地名的,似只高邮一县。为什么叫作高邮?因为秦始皇曾在高处建邮亭。传说,高邮是秦王子婴的封地,至今还有一条河叫子婴河,旧有子婴庙,今不存。高邮为秦代始建,故又名秦邮。"

古代皇家在此设立官署盂城驿的原因,自然是高邮地处京杭大运河畔、南北交通之要冲。对此,汪曾祺又写道:"我的家乡高邮在京杭大运河的下面。我小时候常常到运河堤上去玩。我读的小学的西面是一片菜园,穿过菜园就是河堤。我的大姑妈的家,出门西望,就看见爬上河堤的石级。这段河堤有石级,地名御码头,康熙或乾隆曾在此泊舟登岸。"他说来说去,又说到了皇家,说到了运河边的"御码头"。

这座盂城驿始建于明朝洪武年间,距今已有六百多年历史。盂城驿濒临运河,邮路有陆路和水路,有驿马驿车,还有驿船,是水陆兼备的驿站。据《高邮一支邮字歌从古唱到今》一文记述:"古代驿站不仅是跑马送信、传送公文军情的中转站,还是一个集邮政、库房、马房及鼓楼于一体,加上公馆、客栈等体系完备的馆驿,具有接转物资、迎送使臣、转押囚犯等诸多功能,盂城驿还兼有漕运功能,担负着南北粮食和食盐输送的任务。"历史上的盂城驿规模很大,鼎盛时期有厅房 100 多间,驿马 65 匹,驿船 18 条,马夫、水夫 200 多人,是目前全国规模最大、保存最完好的古代驿站。对此,清代知州赵来亨《公馆记》记述了盂城驿的宏大气势:"皇华有堂,堂构峨峨,后寝渠渠,缭以周垣,启以高门,赭垩黝碧。"

据传《聊斋志异》的作者蒲松龄曾在盂城驿担任过驿长,在这里写过有关驿站的文书《高邮驿站》呈送皇上,可见盂城驿的地位确实十分重要,才有直接向皇帝汇报的权利。

意大利旅行家马可·波罗也曾来此,并在游记中写道:"所有通至各省之要道上,每隔二十五英里,或三十英里,必有一驿。无人居之地,全无道路可通,此类驿站,亦必设立。全国驿站计之,备马有三十万匹,专门钦使之用。驿站设备妍丽,其华靡情形,使人难以笔述也。"他真实地记载了封建王朝对在全国设立驿站之重视。

今天,面对这些陈旧斑驳的古建筑,我在想现在的人们已经不单单看那些历史遗存了,肯定是看那些历史遗存所衍生出来的一种文化。

2

因为有了大运河和盂城驿,才衍生出了历代文人名士来到高邮,才衍生出了北宋时的"四贤雅集",才衍生出了文游台。

我去过几次文游台,总感到它有一股与众不同的气息。三十年前,从苏北去南京上海的公路就修在文游台脚下,远远地就能看到高台之上、树丛之间的文游台古建筑了。当时的公路修建在运河大堤上,路的一边是浩浩汤汤的京杭大运河,另一侧则是这座享誉江淮的文游台。对此,汪曾祺曾深情地说:"我读小学时每年春游都要上文游台,趴在两边窗台上看半天。东边是农田,碧绿的麦苗、油菜、蚕豆正在开花,很喜人。西边是人家,鳞次栉比,最西可看到运河堤上的杨柳,看到船帆在树头后面缓缓移动,缓缓移动的船帆叫我的心有点酸酸的,也甜甜的。"

在这座高大土墩之上,古文游台的石牌坊披着满身的青苔,高耸于半山之间,一尊秦观的汉白玉塑像便站立在牌坊的后面,看上去倒像是戏曲里风流倜傥的小生,接着便是那座最有内涵的盍簪堂,再往最高处走就是那座飞檐翘角的文游台了。

文游台因为地处运河之滨、孟城驿之侧而文人墨客纷至沓来。

文游台是一座文学的高台,浑身上下散发着文学的气息。

最高处的文游台是一座两层重檐的古建筑,下层是面阔五间、进深四间,东西山墙嵌有北宋文学大家苏轼、秦观的墨迹,第二层是面阔三间、进深三间,当年的文豪们在此登高远望,东可观禾田,西可览河湖,秦少游所描绘的"吾乡如覆盂,地据扬楚脊,环以万顷湖,天粘四无壁"的运河之景,便尽收眼底。

为了纪念这些大文豪,在盍簪堂的西侧建了一座四贤祠,"四贤"便是苏轼、秦观、孙觉、王巩,祠后是幽静典雅的秦观读书台,再往西则是映翠园、重光亭、碑廊等古建筑,无一不与文学有关,简直就是文气冲天,这就难怪我总是感到这里的气氛与众不同了。

这座文游台始建于北宋太平兴国年间(976—983),现存建筑大部分为清嘉庆十九年(1814)重建。据《高邮州志》记载:"宋苏轼过高邮,与寓贤王巩、郡人孙觉、秦观载酒论文于此。时郡守以群贤毕集,曰文游台。"自宋以来,此处名胜一直吸引四方文人学士前来访古拜贤。宋代诗人曾几在《文游台》一诗中就写道:"忆昔坡仙此地游,一时人物尽风流。"

值得一提的是文游台前的那座盍簪堂,为单檐歇山顶建筑,前面建有卷轩廊,面阔五间,进深三间,堂内东、西、北三面嵌有书法石刻《秦邮帖》二十五方和《东坡小像》《祝东坡生日图》《修禊图》画像三方,一看便是满满的文学氛围。其《秦邮帖》,乃清嘉庆年间高邮知州师兆龙集苏轼、黄庭坚、米芾、秦观、赵孟頫、董其昌等名家之书法,由著名金石家钱泳勒刻而成,因此具有极高的文学和书法价值。

对此,汪曾祺在他的《文游台》一文中这样写道:"文游台是我们县首屈一指的名胜古迹。台在泰山庙后。泰山庙正殿的后面,即属于文游台范围。沿砖路北行,路东有秦少游读书台。更北,地势渐高,即文游台。台基是一个大土墩。墩之一侧为四贤祠。墩之正面为盍簪堂。'盍簪'之名比较生僻,出处在《易经》,如果用大白话说,就是'快来堂'。我觉得'快来堂'也挺不错。我们小时候对'快来堂'的兴趣比四贤祠大得多,因为堂的两壁刻着《秦邮帖》。小时候以为帖上的字是这些书法家在高邮写的。不是的。是把名家的书法杂凑起来的,皆取苏东坡、黄山谷、米元章、秦少游诸公书。盍簪堂后是一座木结构的楼,是文游台的主体建筑。楼颇宏大,东西两面都是大窗户。"在这些大窗户里,途经高邮的苏轼,和本土诗人秦观曾经一边豪饮白酒,一边畅谈文学,然后在半醉半醒的状态下挥毫著文。

盂城驿不仅仅运送物资,传播的还有文学。

诚然，当年经过大运河运送的堆积如山的物资早已烟消云散，唯有文学至今仍在光耀中华。

3

和盂城驿隔河相望的是镇国寺。

这座镇国寺和盂城驿、文游台一样，因水而生，因水而长，也因水而变得富有灵性。这条运河之水成了它们的血脉，它们全都因水有了永恒的生命。

在盂城驿你能听到君臣同乐，歌舞升平；在文游台你能听到大文豪们放浪形骸，对酒当歌；在镇国寺你则能听到晨钟暮鼓，经声如涛。

镇国寺建在大运河中心的一个岛上，这座镇国寺生来就和大运河命运相联。站在河东的盂城驿边的大堤上，向西远远地望去，看到那座镇国寺宝塔在那个郁郁葱葱的河心岛上，巍然矗立着，奔流不息的运河之水便倒映着宝塔的雄姿。河面上船来船往、百帆竞驶的气象构成了千年运河的一道经典背景，镇国寺塔便是在这样运动着的背景里变得灵动起来了。

旧时的镇国寺塔就像是一位孤独的英雄，让人无限崇敬却又难以接近。当时，人们说镇国寺塔孤独的原因有二：一是它有塔无寺，只是孤身一人，有些突兀地耸立在一片芦苇和野草丛中，好像是一位历史巨人，一身披满了沧桑；二是它位于河心的小岛上，似乎生来就是形单影只。正因为此，当地的人们当时才将它比喻为孤独的英雄。

镇国寺塔又叫西塔、西门宝塔，最初位于古运河之滨，并非在运河中间。20世纪50年代，对古运河进行拓宽，于是便造就了这座古运河上的河心岛。正因为一水之隔，才使镇国寺塔成为华夏景观之一绝。

汪曾祺在描写镇国寺时这样写道："寺外有一堵紫色的石制的照壁,这堵照壁向前倾斜,却不倒。照壁上刻着海水,故名海水照壁。"他描写的倾斜照壁却不倒,难道不是神奇？因为这座倾斜照壁和水相联,水便是它与生俱来的属性。

当然,这座镇国寺当年也是因运河而生。

远在盛唐,唐懿宗的弟弟看破世事红尘,决定出家,一日沿着大运河云游到此,感到俗念尘思顿消,决定在此结庐修禅。唐僖宗便拨款修建了这座寺院佛塔,并赐寺名镇国禅院。只是后来寺庙不知因何而毁,只剩下这座古塔。

我一直在想,或许是这座镇国寺塔,使汪曾祺一生中写下了许多和寺庙相关的作品,他在那篇《受戒》的文末就写道："写四十三年前的一个梦"。我还推想,他的这个梦的起因,肯定就是他在高邮时常见到的这座镇国寺塔。

镇国寺塔被誉为"南方的大雁塔",是一座方形七层楼阁式砖塔,塔高 35.36 米,顶为四角攒尖式,顶端直立着 2 米高葫芦式紫铜塔尖。底层建有南北拱门,二层到七层建有塔门,整个建筑留存着唐代古塔的风格。

如今,我注目古塔,只见它全身古朴端庄,壮观大气,从头到脚洋溢着英雄气概。

如果登上古塔的最高层极目四望,就能看到一条银练似的运河从远处蜿蜒而来,又从脚下蜿蜒而去。对岸的盂城驿、文游台和脚下的这座古塔,仿佛是运河母亲的三个儿子默默地依偎在母亲的身边。

望着这样的景致,我陷入了沉思。

我在想,今天流淌在运河上的早就不是曾经繁忙的万船运输,也不是镇国寺孤独英雄的气概,而是文游台流传千年的文学精神。当然,就连盂城驿和镇国寺、文游台本身也因时间的推移而衍生成了一种文化的符号。

盂城驿、文游台、镇国寺仿佛是宣纸上的一个个泛黄的图像,那条蜿蜒而来的大运河,便从它们的脚下流淌而过,又蜿蜒而去。

这时,落日映照下的镇国寺塔更见风采,它的灵性毫无掩饰地彰显出来了,落日的余晖将大运河水染成了红色,古塔便在大运河的水中倒映出自己英雄无双的身影。一阵晚风骤起,吹动河水涟漪,塔的倒影便随风荡漾起来。接着,落日渐渐地在远处的水面上消失殆尽,它的身边雀鸣四起,黑鸦点点,最终又渐渐地沉寂下来,古塔便模糊在一片苍茫的夜色之中了。

第二天清晨,它再次盛装登场,依然孤独地耸立于水天之间。

如此日复一日,年复一年。

三、河道府署:浮华不会随风而去

> 这座清晏园留下的中庸与兼容的文化品格早已深入了这座运河城市的骨髓,或者说这座城市中庸兼容的文化品格也早已深入清晏园的骨髓。
>
> ——题记

1

清晏园就像是一位红颜已逝的贵妇,清静,落寞。

我每次走进淮安那座被称为"江淮第一园"的清晏园,就如同聆听一位古典美人在倾诉家道败落之后的种种怀旧忧伤,就觉得清隽秀美、古典精致的清晏园很深邃,深邃得像一位久经风霜且风韵犹存的贵妇人，从她的脸上很容易读出曾经发生过许多缠绵悱恻的风花雪月和波澜起伏的荣辱兴衰。

清晏园从头到尾都流露出一种王室贵胄的皇家气度，经济实力雄厚而无须张扬跋扈，身份显赫高贵而无须争强斗胜，完全摆出一副帝王的风范。

谁让她的身份本来就十分高贵呢？她本来就是朝廷钦命从一品大员的府第，又曾经多次作为皇帝的行宫。

当然，这仅仅是我个人的一种谬赞，其实清晏园不但从来没想与谁对决比试，更没有看不起谁，反而表现得十分内敛与低调。

这恐怕也蕴含着淮安人的个性和淮安这座城市的个性吧！

2

玉妃山是一座温柔无比的假山，那群太湖美人般的玉石故作许多曼妙的姿态，摆出千奇百态的造型，气韵非凡、层峦叠嶂地耸立在清晏园的入口处。我想她肯定就是清晏园的玉屏了。这座巨大玉屏的肤色已经被时间慢慢地风化斑驳，六百年的风雨早已磨滑了她脸上所有的棱角。

我看到时光在假山底下穿行了六百年的步履，甚至听到了时光穿行时发出的轻微而艰难的喘息。

徘徊在玉妃山的石径之间，我能听到从她那美丽的玉体内发出的延续了六百年的一声长叹，这肯定是一个没落贵族对自己身世的喟然叹息。我推想她是在叹韶华已逝，岁月最是无情物；她是在叹门庭冷落，昔日的显赫已被雨打风吹去吧？

秋天的气味笼罩着用洁白如玉的石头构成的花一般的三维空间，犹如贵妇玉体上散发的清香，令无数朵白牡丹般的太湖石叠加而成的假山的骨髓里，浸透了无上高贵而又无边忧愁的内蕴。高达数丈的假山上与蓝天相接,下与湖水相连。山间长满青藤、花草、绿树,她们想将一季的秋色独揽入怀,山下湖水涟漪,荷花、莲蓬、香蒲,荡漾出一湖秋景。为此,林则徐在清道光二年(1822)到淮安时曾写过一副名联:"秋从天上至,水由地中行。"我想,林则徐对清晏园的这座玉妃山仅仅用了十个字就道出她的全部特征了。人造的山水成就了一幅江南风景,似水的忧愁和无尽的长叹便依偎在这幅江南风景那袅袅婷婷的山石之间了。

的确,这是一座女性的山,阴柔的山,江南女子般的山。

当然,我从清晏园假山身上读出的远远不止于此,我还读出了她与苏州、扬州、杭州园林明显不同的风格和完全不同的气质,也读出了淮安这座城市的性格。因为就在玉妃山之南数十丈远之处,还有一座全身红黄、巍峨高大的黄石山。

这座山采用太行山石料堆积而成,满身彤红,粗犷豪放,大义凛然,独具君临天下的威仪,更有大气磅礴的气概。同一座园林内的两座假山,一南一北,一阴一阳,一柔一刚,和谐共处,相得益彰。

这便是淮安园林南北兼容、阴阳合一的个性特征了,因此以和谐兼容出彩的满汉全席在这座清晏园里诞生也就成了顺理成章的事,淮安人说的那一口半蛮不侉的江淮官话也就成为必然。谁让淮安这座城市本身就坐落在中国的南北分界线上?就在清晏园不远处还有一座中国南北分界标。

两座假山之间有一座三十多公顷的荷花池,碧波荡漾的湖里有许多南方的鱼和无数条北方的鱼,混淆掺杂,它们一边逍遥漫游,一边仿佛在窃窃私语。我想它们肯定是在议论这座园林的前世今生,肯定是在喟叹这座园林的浮华人生吧?

在这里,我读出了淮安这座运河城市的中和包容。

3

  春已去，花已落，唯有已经风化了三百年的残碑，在喋喋不休地叙述着昨天的故事。

  一排正在落叶的古柳搀扶着秋天，歪歪扭扭地在碑廊边站立成一道伤感的风景，一片片金黄色树叶沿着缓慢而伤感的节奏飘落在一块块残碑断石之间，每一块头顶着龙雕、脚踏着龟甲的御碑，都落满了昔日帝王恩宠的余晖。这些残缺不全的御碑上皇帝钦题的宫阁体大字，依旧气度非凡地站立在清晏园的碑廊之间，它们在默默地向后人诉说着那段辉煌显赫的人生。

  康熙六次下江南，乾隆六次下江南，无一例外地在这座清晏园停留，有时甚至还将清晏园作为他们的行宫，也就一次又一次地为清晏园留下了多达二十三块钦赐的御碑。我从那块单独敬奉于碑亭之中的康熙皇帝钦题"淡泊宁静"的巨碑上，看出了什么是皇家气派，什么是九五之尊，石碑右上部康熙皇帝用小楷亲书"赐兵部尚书兼都察院右都御史总督可首"，在左下方又用小楷写下"康熙四十三年三月十日"的落款。整个御碑题字工稳大气，笔力遒劲，再加上石碑高达 2.28 米，这一切都彰显出御碑唯我独尊、无与伦比的皇家气派。

  如今，从乾隆御赐的"绩奏安澜"碑的斑驳陆离中，从乾隆七言诗碑底座的弯丝祥图雕刻上，从乾隆御赐寿辰碑的风化苍老中，从乾隆御赐懋安碑的断裂破损里，从乾隆御赐保障碑的残缺不全中，从乾隆御赐白钟山碑最后"御笔"二字的皇家风范里，从乾隆御赐总督李奉翰碑的宫阁体的气度中，我们仍然还能看出清晏园昔日无与伦比的辉煌。

  每一块御碑都是清晏园的一块金字招牌，每一块御碑都是清晏园的一种贵族象征。试问还有哪一座园林能够拥有如此众多的皇帝钦赐的御碑？

4

和苏州拙政园、扬州个园、杭州郭庄可以"不出城郭而获山林之怡，身居闹市而有林泉之乐"的目的不同的是，清晏园的诞生本来就自有一种独特官宦园林之气度。所以，我在观赏苏州、扬州、杭州园林时总是感觉一种轻松和休闲，而来淮安园林游览时心间总是有一种压抑和沉重。这或许就是不同的历史文化、不同的城市性格造成的吧！

清晏园是一座保存完好的府署园林，明代原为户部分司的后园，始于明永乐十五年(1417)，建成园林在明成化年间，至今已有500多年的历史了。清康熙十五年，靳辅被朝廷授为河道总督，为了靠前指挥治理运河而进驻淮安清江浦，以原户部分司署为河道总督府署，自此以后历任河道总督共37人皆驻节于此。康熙乾隆二帝十多次下江南巡视治水，每次必经淮安的河道总督府，而作为府署后园的清晏园也就每每变成接驾的行宫，为了迎接圣驾，河督们一次又一次地扩建清晏园，也就使这座官署园林成为"淮上园林以河帅署中为最。池广数亩，叠石为峰。有荷芳书屋、听莺处、恬波楼，颇极水木之胜"。（《金咽食府》）

今天，我从荷芳书院那座古建筑身上还能体会到当年这里皇帝御驾亲临时的辉煌。

遥想当年，作为乾隆皇帝老丈人的江南河道总督高斌，是多么荣幸，多么欣喜。据说，他为了取悦皇帝，在乾隆十五年春天，在荷花池的北面建起了这座荷芳书院。当皇帝女婿第一次南巡来到清晏园，浩浩荡荡、前呼后拥地摆驾荷芳书院之后，对高斌修建的这座行宫大加赞赏。为此,清代大诗人袁枚还专门做了一首《留别荷芳书院》:"看取君恩最深处,碑亭无数卧斜阳。"

至今,这座荷芳书院的翘角飞檐、雕梁画柱上,仿佛还残存着皇帝亲临时留下的浩荡恩泽。那淮香堂、蕉吟馆、今雨轩、蔷薇园,哪一处没有留下皇帝的身影?那谦豫斋、紫叶园,哪一处没有留下皇帝的墨宝?那回廊、水榭、船楼、假山、曲桥,哪一处没有留下皇帝的足迹?

清晏园用她那特有的古典建筑语言,悄悄地对我诉说着她几百年的荣华富贵。

5

荷花池是一座落寞的湖,一座生活在回忆之中的湖。

湖心的湛亭像是一下子清减了小腰围的思妇,高贵、颀长、清瘦,孤零零地伫立在几十顷荡漾的碧波之中。一曲清冷幽怨的老淮调好像从湖心的湛亭中传播开来,无数落寞的音符便落满了凄凉的湖面。她是在唱"春花秋月何时了、往事知多少",是在唱"玉砌雕栏今犹在、只是朱颜改",还是在唱"故国不堪回首月明中"?

当年的繁华兴盛早已化作过眼云烟,眼前剩下的仅仅是一片门前冷落鞍马稀的凋零。清晏园似乎在静静地回忆着那曾经的漫长岁月。

我推想她这时的心态肯定是不会平静了,谁让她曾经得到的太多太多,然后一下子从云端摔到了地上。

这座荷花池当年"满园花木绣春风"和"骊歌一曲柳千行"的得意早已无影无踪,唯有湖边的垂杨无语地随风摆动着她们细长的腰肢;当年"开成香雪海,疑是广寒宫"的盛况早已好花不再,唯有湖中的清水在默默地问君能有几多愁,恰似一"湖""秋水"向东流了。

　　我想清晏园如果没有那曾经的辉煌,她肯定就不会像今天这样落寞了。

　　从这座荷花池向南流淌的那条"泉流激响,行自地中"的小溪穿过曲桥、船楼、假山、回廊,在蕉吟馆和戏水榭前形成了又一座更大的湖泊。从这座占地百亩的湖水里读出了更多的落寞和无奈,因为她的东面就是当年江南河道总督府署那高大威武的大堂和二堂。

　　我徜徉在湖边的垂杨树下,看到湖面上漂浮着太多悲欢离合的生命记忆,荡漾着太多荣辱兴衰的历史风霜。

6

　　一曲老淮调悲悲戚戚、一唱三叹地从水榭歌台上扩散开来,悲叹的音符在河道总督府大堂的西山墙上碰了壁,撞倒了坠落在满是枯叶的石板小径上,这些悲伤的音符便与那些寂寞的枯叶一起盘旋而起,将这两座高大巍峨的古代府署层层叠叠地笼罩起来。

　　大堂二堂是当年总督开会办公的地方,严格按照规制建造,高大气派,威武庄严,远非一般州府能及。大堂的正南大门上方高悬着"江南河道总督府署"的门匾,可想而知这里的当年是何等的盛况。那时河帅升堂时定是门庭若市,威武壮观。而眼下大堂内外空无一人,门可罗雀,连一个游客都没有。那门前两尊巨大的石狮居然梳着当今流行的卷发,高高地端坐在那里,早已失去了往日的威严。

　　我每次走到大堂时,总是为这座曾经盛极一时的江南河道总督府署深深地叹息,因为现在这座高大的总督府署连大门都没有了,大堂前面早已盖起了几座住宅楼,想进清晏园的游客必须从后门进入。现在游览路线设置是从后门进来由后向前行走,最后方能见到这两座本来应是"龙首"现在却变作"蛇尾"的河道总督府署,大堂二堂反而变成了大户人家闺房似的,躲藏到了最隐秘的地方,哪里还能看出当年总督不可一世的气派?这真可谓物是人非、今非昔比了。

7

当然,清晏园给后人留下的,绝对不仅是落寞。

在我看来,总被雨打风吹去的只是这里曾经的皇权富贵,总被洪水席卷而去的只是这里曾经的物质繁华,而这座清晏园留下的中和与兼容的文化品格却早已深入了这座运河城市的骨髓,或者说这座城市中和兼容的文化品格也早已深入清晏园的骨髓。

在这里,我从物质的脆弱中,看到了文化的坚韧。

四、龙王神庙:一条河的盛典

> 这座龙王庙是这条关系大清国运的运河的一个祭坛,也是漕运帝国留下的一个背影。
>
> ——题记

1

宿迁龙王庙因漕运而兴,却并未因漕运而衰。

今天,你若望着龙王庙那片古建筑,就如同看到一个早已远去的漕运帝国留下的背影,有几分苍凉,有几分肃穆,还有几分悲壮。

这座古朴斑驳的龙王庙坐落于江苏省宿迁市皂河古镇之南,东靠京杭大运河,南临黄河故道,北与骆马湖毗邻,因乾隆皇帝多次驾临而又被称为乾隆行宫。尽管时过境迁,在没落之中仍能嗅出几分皇家的大气。

那年出差路过皂河古镇龙王庙,便看到这片古建筑群有一股隐隐的苍凉,连一棵树木都没有,枯黄的一大片,到处透露出荒寂与肃穆。

这座龙王庙古建筑分为三进院,全都布局对称,轴线分明,殿宇巍峨,重檐斗拱。中轴线上的古建筑主次分明,错落有致,表现出一种正统、威严的建筑特点。

那座高大的石牌坊就像是一个皇室卫士,高高地伫立于庙门之前,上面刻着"乾隆行宫"四个鎏金大字,三重飞檐就像三只虎视眈眈的雄鹰,大有雄视天下之气概。

在这里,除了苍凉,我还能清晰地看到皇权和神威的叠加,领略到这座龙王庙行宫曾经拥有过的威风。

走过禅门跨进第一进院落,就看到院子的中心位置,站立着一座当年乾隆皇帝下旨建造的御碑亭。亭顶两层,上层为琉璃圆顶,下层为四角飞檐。亭内置有一块五米高的御碑。石碑上还刻着龙凤图案,彰显着这座石碑的皇家身份。在这座御碑亭的东边建有一座钟楼,西边建有一座鼓楼。御碑亭的北面就是怡殿了。第二进院落是整个建筑群的中心,主建筑为龙王殿。龙王殿面积超过四百平方米。大殿正中供奉着东海龙王,表现出神仙的凛凛威仪。第三进院落曾是乾隆寝宫,第二三进院落相交处的两侧,分别是灵官殿和东西庑殿,是皇帝驾临时处理政务之处。

我看到院门前放着一张龙王庙简介,上面写着这座龙王庙行宫始建于清代康熙二十三年(1684),后经雍正、乾隆、嘉庆等历代皇帝的修复和扩建,才形成今天的规模。现占地33亩,总建筑面积为1920平方米。

走出龙王庙，爬上东边的运河大堤，看到这条高悬地面的河流从苍茫的远方而来，流经龙王庙的脚下，又流向远方的苍茫，这座龙王庙便默默地横卧于这条古运河的岸边。

我觉得，这龙王庙就是皇权和神威曾经一起驾驭运河的一个缩影，也是这条关系大清国运的运河的一个祭坛，更是早已远去的漕运帝国留下的一个背影。

2

这是一场皇家主办的盛大祭祀活动，充满了肃穆和庄严。

康熙二十三年（1684）十月十九日，康熙皇帝南巡期间在翰林院大学士孙在丰等大臣的陪同下，来到龙王庙祭祀运河神。

这场御祭是何等隆重、何等盛大，只见康熙皇帝亲自来到庙里拈香叩拜，四周早已被御林军里三层外三层地守卫着，整个庙宇也被装扮一新，披挂起了象征皇室身份的黄绸。

根据《龙王庙行宫》一文记述，龙王殿是全庙的主要建筑，殿宇重檐歇山，清式龙吻。六色琉璃瓦覆面，面阔七间，进深四间。殿前有白石月台、玉石栏杆。大殿高悬着"福佑荣河"的镏金牌匾。月台当中就是那座祭龙台了，台前置有大铁鼎一尊，供焚香之用。大殿的正中供奉着东海龙王的贴金坐像，左右分列着八位水神。龙王塑像的背后绘着一幅彩色壁画，画中有一大象，象边立一童子，手持一盆万年青，其意象征"万象长青"。

这时，祭龙台上供放着三对正在燃烧的烛台，那只焚香炉正燃着袅袅的香火，龙王塑像前的祭龙台上早已供满了各种祭品，包括一只全羊、一头全猪、三只白磁酒杯、一尊白酒壶，等等。

准备工作全部完成之后，教坊司开始奏乐，这些皇家仪仗队的吹鼓手们吹奏起了祀礼的乐曲。康熙皇帝带着一副严肃的表情走进了龙王殿。

典仪唱道:"迎神!上香!"

康熙皇帝走到了香炉前,一连上了三炷香,接着便行三跪九叩之礼。

典仪又唱道:"奠帛,行初献礼!"

一位官员捧着丝帛跪着献上了祭龙台,接着就行三叩头礼,礼毕退着出了大殿,又有一位官员捧着酒杯献于祭龙台之上,再一位官员双手捧着由康熙亲自撰写的祭文来到祭龙台前,一跪三叩头,然后就抑扬顿挫地宣读起了《龙王庙祭文》:"惟神忠心贯日,正气凌霄,奠蔀屋之宁,居功襄平土,挽银河之激浪,力奏安澜……"

在读完祭文之后,康熙皇帝行三跪九叩头之礼,接着来到祭龙台前向龙王献酒。等到典仪再唱"送神"时,康熙皇帝再行三跪九叩头之礼。

典仪最后唱道:"礼毕!"

祭祀的音乐再次奏响,外面一片鞭炮齐鸣,周围十乡八村的百姓便开始了庙会活动,玩花船、踩高跷、打竹板、舞龙狮、唱淮海戏,万民齐乐,也就将这场皇家祭祀活动推向了高潮。

这座龙王庙因为皇帝亲自来此祭祀,才被命名为"敕建安澜龙王庙"。根据史料记载,除了康熙皇帝这次御祭外,乾隆皇帝也曾五次来此祭祀并下榻,还在这里理政议事,可见这座古庙对于皇家的重要程度。

原来,自南宋建炎二年(1128),黄河夺淮之后,滚滚洪水带来了大量泥沙,使淮河下游全被淤塞,切断了淮河排水的出路,汹涌狂奔的洪水便在苏北淤积成了洪泽湖、骆马湖。后来,运河的河床又被黄河泥沙淤积,河床不断垫高,运河两侧的大堤也就不得不随之增高，形成了苏北的运河高悬于地面之上，运河大堤也就经常决堤，造成了这里无数次触目惊心的水灾。仅清康熙元年至十二年（1662—1673）的十二年间，就发生了九年的特大洪水，导致运河大堤决口八次之多。康熙在位六十一年，其中康熙四年、七年、八年、九年、十年、十一年、十二年、十五年、十九年、二十四年、三十五年、三十六年、三十八年，苏北运河均发生了决堤之灾，灾情之重，频率之高，在中国水灾史上实属罕见。

也就在康熙皇帝这次来宿迁龙王庙御祭的几个月后，这一带再次发生了特大水灾。

由此可见，康熙、乾隆皇帝三番五次来此祭祀时，他们的心情肯定十分凝重，要知道运河可是直接关乎大清国运的命门所在，如此三番五次地决堤，作为一国之君能不忧心如焚吗？

清朝的皇帝选择宿迁这座龙王庙作为皇家祭祀之处，完全是因为他们想祈求龙王"安澜息波，消除水患"，目的是保证运河漕运的畅通，因此才在这里建造规模如此宏大的龙王庙。

在20世纪80年代，经江苏文物专家对这座龙王庙考察论证，认为它是全国众多清代行宫中规格较高、规模较大，保存较为完好且具价值的清代北方宫殿式古建筑群之一。

对于清朝皇家祭祀河神仪式的规格，《清会典》做了明确的记载，祭祀运河神的仪典和祭祀黄河神基本上相同，遣官献香帛、读文致祭。祭文一般由翰林院撰拟，香帛由太常寺备办，一应礼仪俱照黄河神例行。但因皇家祭祀运河神的庙宇远在宿迁皂河，故而多由皇帝派遣河道总督等大臣前往致祭，这种祭祀在礼制上称之为遣祭。康熙、乾隆二帝曾多次亲临宿迁龙王庙祭祀，礼制上则称之为御祭。关于康熙皇帝的这次御祭，在《康熙实录》中便有记载，《宿迁县志》亦有记载，还记录了这次《龙王庙祭文》是康熙皇帝御笔亲写。

在祭祀时间上，运河神和其他诸神祭祀一样，都是春秋两祭，正月一次，十月一次，皂河龙王庙初九庙会恰好在正月里，春季祭祀便和庙会的时间合在了一起。

这时，我看到这座威严和悲怆交加的古建筑，高高地矗立在运河岸边，觉得在这种神秘威严的祭祀气氛的深处，也隐藏着人类对水患的抗争与无奈。

3

自清咸丰年间（1851—1861）漕运改用海运，继而改用火车运输，清朝朝廷便废除了对运河神的祭祀典礼，地方官员也渐而将皂河龙王庙从官方祀典中清除了。据光绪年间印行的《宿迁县志》记载："皂河安澜龙王庙，不在祀典者。"从此，皂河龙王庙祭祀由国家祭祀变成单一的民间庙会。

有一年正月初九，我回老家祭祖时恰巧赶上庙会，便顺道去了一趟皂河古镇。走进古镇一看，方才知道名不虚传。只见龙王庙门前高悬着一条巨大的横幅，上面印着"世界文化遗产点龙王庙欢迎您"的大字，红墙翘角的龙王庙内外早已是人山人海，热闹非凡了，这个宏大的场面确是一般其他庙会无法相比的。

上午8时，龙王庙里民间祭祀龙王的仪式正式开始，一位当地的长者率众人祈福还愿，燃烛放炮，鼓乐齐鸣，一直忙乎到中午12时方才结束。接着，当地村民自发组织的民俗表演就开始了，花车、花船、花挑、舞龙、舞狮、杂技、魔术等表演班子拉开了架势，走街串巷，鱼贯出场。巡演之后，各个民俗演出队又在龙王庙前的古戏台上轮番表演各自的拿手好戏。

龙王庙祭祀之后，从各地前来赶庙会的人或去听柳琴戏、看小杂耍，或去集市品尝特色小吃、买小商品。这时的古镇街头传统手艺人纷纷亮相，捏糖画、吹糖人、玩花灯、捏面人，应有尽有；传统小吃摊点也随处可见，有乾隆贡酥、车轮饼、水晶山楂糕、酸辣汤、馄饨面，让赶庙会的人大饱口福。他们吃饱喝足之后，再去看传统民俗表演，去龙王庙门前的广场上看柳琴戏，《小姑贤》《张郎休妻》《乾隆与秀娘》也就赢得了观众们的阵阵掌声。广场的东边空地上正在举行舞龙舞狮、踩高跷、打钱竹等民俗表演，还有套圈、打靶等娱乐游戏，让所有人流连忘返。

这一天，整个皂河地区以及山东、安徽、河南等外省来的买卖人齐聚此地，有卖衣服鞋帽的，有卖五金工具的，有卖儿童玩具的，有卖各类小吃的，有卖宠物用品和文创纪念品的，五花八门，各式俱全，整个龙王庙外的广场，甚至皂河古镇各条街巷也都变成了各类商品的展销现场。

对于这里的龙王庙庙会，《宿迁文史资料》记载道："自清代以来，每年的农历正月初八、初九、初十这三天，是皂河安澜龙王庙庙会之日。届时，附近百里众多善男信女纷纷前来烧香拜佛，被列为苏北地区三十六处香火盛会之首。数百年来，年年如此。"

皂河龙王庙会相传起源于明代。史载，明弘治八年（1495），黄河水从兰封县铜佤乡向东南流经徐州、宿迁，在皂河镇冲毁运河，致使皂河地区洪灾频发，人们常年遭受洪灾侵袭。当地百姓为了祈求神灵保佑，消除水患，于农历正月初九在皂河镇的东首建了一座大王庙。从此，每逢正月初九，人们就结伙集队到大王庙敬香祭神，祈求国泰民安、风调雨顺。到了清初，康熙下江南巡视，发现皂河地区时生水患，严重地影响了运河漕运，故宣旨"奠安民居，惟神功是敕"，于是"拨帑金，鼎新神庙"，在皂河镇的南首建了这座龙王庙。皂河地区方圆百里的百姓，每年正月初九，都聚集皂河龙王庙,祭拜龙王。

可见,清朝皇帝祭祀龙王明显地带着护漕保运的目的,一旦漕运改道便立马废除了,倒是当地农民几百年来初心不改,始终延续赶庙会的传统风俗。

这是地方民俗文化的一种持久力量。

五、 镇水黄楼:静立于诗的远方

> 在我眼里,镇压水患的黄楼就是诗的一种化身,诗的一种符号,诗的一种建筑语境。没有诗,这座楼就没了生命。
>
> ——题记

1

千年已过,这座黄楼依旧静静地立于古泗水的岸边。

千年已过,这座黄楼仿佛依旧回响着苏轼爽朗的笑声。

千年已过,这座黄楼依旧闪烁着诗的幽光。

当我走近黄楼边的那条古泗水时,远远地便感受到了一股氤氲如雾的诗意环绕在古楼的四周,甚至还能感受到苏轼当年留下的豪放性格的强大气场。

时值清秋,黄楼的所有建筑被这种诗意笼罩着,亦如秋晨缥缈迷蒙的水汽。

这座位于徐州市区黄河南路的宋代风格的楼宇,就静静地坐落在诗的悲壮意境里。

我在想这18米高的黄楼肯定就是用苏轼飞扬的文思设计而成的,那双层飞檐,歇山抱厦,琉璃顶瓦,肯定就是苏轼作为一代文豪的精神展示;那上有平台,中有立柱,下有栏杆,肯定就是苏轼作为一代治水名臣的思想表达；那顶檐下的蓝底匾额上苏轼亲书的"黄楼"二字，正是苏轼作为一代书家张扬个性的艺术再现；而那楼下立柱上的对联"湖山共唱黄楼赋，天地同忆苏子功"，也可以说是对苏轼在徐州治理水患、确保运河畅通的真情讴歌了。

感受着这座黄楼的豪放大气，似乎从中能看到苏轼的身影，似乎能听到苏轼在这里仰天大笑的声音。

苏轼豪放率真的个性影响了他的一生。当年，苏轼因上书谈论新法的弊端，被御史在宋神宗面前弹劾，只得请求出京，先后被外放到杭州、密州等地，后又改任徐州知州，这便有了他和这座黄楼之间的人生机缘。

就这样，苏轼因为个性张扬豪爽，仕途一路坎坷来到徐州时已过不惑之年。

因此，苏轼来徐州和这座镇慑水患的黄楼相遇，大概正是他人生的一种必然。

当然，苏轼到徐州之后并未将个人的荣辱得失放在心上，个性依旧豁达率真，依旧按照他的本性生活，依旧谈笑风生地走上了这座刚刚竣工的高楼。

半生的寻觅，一世的依恋。

今天，我寻着苏轼当年的脚印，来到徐州古城的这座黄楼公园，看到黄楼脚下粼粼的碧水依旧默默东流，知道这条古水正是苏轼当年乘舟而下的北宋运河。我看到"五省通衢"巍巍的牌坊傲然耸立，恐怕早已不是苏轼当年汴泗在此交汇的模样；我看到那黄楼的玉砌雕栏，绿拥黄墙，檐衔皓光，推想还是苏轼当年用他诗人审美设计营造的唯美意境；我看到黄楼脚下岸柳婆娑，园深径幽，轻雾缭绕，画境如仙，想来也是今人对苏轼的一种诗意解读。

今天，千年已过，黄楼的诗意依然在四处飘拂，我似乎再一次听到了楼顶残存的苏轼一千年前的爽朗笑声。

2

楼身和诗魂组成了这座黄楼的整个人生。

在秋天晨曦普照之下,整个黄楼彰显出一派浑厚端庄、金碧辉煌的豪迈气象,这肯定就是黄楼豪放大气之身了。

据《徐州揽胜》记载:"黄楼初建于东门城墙上,二层,高十丈,下建五丈旗。直至金末,黄楼一直在东门城墙上,而后移建于地面。清代多次重修,规模虽较小,但大体格局不减当年。清代复修的黄楼上下两层,飞檐挑角,楼四周有平台石栏,每个石栏柱头上端都刻有石狮。"

至于为何取名"黄楼",仍因苏轼"历史治水名臣"之本性,含有"土实胜水"之义。苏轼在他的一首诗里这样写道:"霜风可使吹黄帽,樽酒那能泛浪花。"意思是说徐州城正在被洪水包围,船家戴着黄帽驾船忙碌抗洪,哪有时间端起酒杯畅饮。对于"黄帽"一词,苏轼又自注曰:"舟人黄帽,土胜水也。"因为黄代表土,以土克水,船家头戴黄帽,乃古泗水岸边徐州人特有的一种风俗。

"黄楼镇水"便由此得来,黄楼也就由此得名了。

苏轼建造这座黄楼的起因,完全是为了治理水患。当然,因为治水之人是大文豪苏轼,也就给这座黄楼烙上了诗的印记,诗便成为这座楼的魂。

诗人就是诗人,会永远葆有诗人的天性。

3

在我看来,古泗水千年流淌的,何止是绵延不绝的水,而且是跌宕起伏的诗。

那条从黄楼的脚下蜿蜒而过的古泗水本身就是一首诗,见了她会让人立马想起"汴水流,泗水流,流到瓜洲古渡头",会感到她本身就充满了诗性的缠绵。今天,我感到她在这座黄楼豪放旷达的映衬之下,更加显现出她飘逸着诗性的温情了。

你看,黄楼之西、泗水之南的那座"五省通衢"牌坊就是诗的地标,牌坊两侧的楹联"地锁江淮,人文一脉兴秦汉;渠通南北,气势千秋贯古今",便点明了这座黄楼所处的位置。

我立于牌坊之下,凝视着眼前这条静静流淌的河流,看着水边那条古石舫,知道这里早已没有苏轼当年的漕运繁忙。

这条现在被人称为黄河故道的河流,就是当年的古汴水、古泗水,实质上都是唐宋时期的运河。因此,站在黄楼上眺望,还能看到东面几百米处立着的一块汴泗交汇碑。对此,苏轼当年还赋诗曰:"汴泗交流处,清潭百丈深。"《辞海》则为之定义道:"从中原通往东南的水运干道。"因此,徐州正是得两河之便,成为运河之要冲、军事之重镇。

约1000年前,苏轼就是带着他的一身豪气,走近了这条充满诗意的河流,然后在这条河上进行了一场豪迈卓绝的治水保运抗争,并且在古泗水的岸边建起了这座寄托他理想的高楼。

这年八月徐州城突然被一场洪水包围。这时,黄河在澶州曹村(今河南境内)决口,大水冲进了梁山泊,然后冲入泗水运道,以排山倒海之势冲到徐州城下。泗水河床已经被全部淹没,徐州城外一片汪洋,民房被冲毁,树木被冲倒,漕运被断航,水面上漂浮着家禽牲畜的尸体,暴涨的洪水随时都会将城墙冲毁。

这时,情况已经万分危急,城里一片混乱,有钱人争相出城逃难。刚来徐州不久的苏轼,面对这种危险形势对大家说:"富民出城,全城百姓都会动摇,我和谁来守城?"又说:"我在这里,洪水就决不会冲毁城墙!"接着,他命令士兵们驱使有钱人回城。他又来到武卫营,对官兵们高声喊道:"虽然你们是禁军,但也请你们为抗洪尽力!"说完,他便指挥官兵拿起畚箕铁锹,一起去修筑抗洪长堤。苏轼又在城墙上搭建了一个茅屋,日夜住在城墙上指挥抗洪。

经过四十多个日夜的艰苦奋战,直至十月初黄河终于归入旧河道,被大水围困了45天的徐州城保住了。

据记载,苏轼当年指挥修筑的东南长堤,头起戏马台,尾连古城墙,长984丈,宽2丈,高1丈,等于3100米。苏轼《奖谕敕记》中对此记载曰:"堤成之日,水自东南隅入,遇堤而止。"《宋史·苏轼传》亦记载:苏轼"率其徒持畚锸以出,筑东南长堤,首起戏马台,尾属于城"。明嘉靖《徐州志·山川·苏堤》亦言:"宋苏轼守徐时,河决为患,因筑以障城,自城属于台,长二里许,民赖以全,活者众,今尚存。"

苏轼当年在徐州修筑的这条长堤就是最早的苏堤,现在位于云龙湖边的那座苏公塔,就是为了纪念苏轼当年修筑苏堤而建。

在洪水退后,苏轼上书朝廷,请求免除徐州百姓赋税,增筑城外小城。次年,朝廷拨款三万余贯铜钱及一千八百石米粮,用于城防设施的建设。接着,苏轼便在东三角的城墙之上兴建了这座黄楼。

4

这一天,古泗水的波澜里除了暗藏着苏轼人生坎坷的变幻,更闪烁着苏轼豪情万丈的诗光。

这一天,苏轼仿佛从这条古运河漂流而至,随身带来了整条泗水蕴含的诗情。

这一天,这条古泗水流到黄楼的脚下,便掀起了苏轼豁达人生诗歌的高潮,苏轼因此站立在黄楼的高台上仰天大笑起来了。

这一天是九月九日重阳节。

这天在一片浓雾缭绕之中,苏轼为刚刚竣工的黄楼举行了一场盛大的庆典。

金秋时节,晨雾缥缈,霜林染醉,黄叶飞舞,唯有泗水匆匆东流。

这时,傲立于古泗水边的这座黄楼,仿佛变成了苏轼的化身,楼上楼下一身的豪气,楼左楼右八面的威风,简直就是苏轼旷达豪放品格的一种翻版。只见飞檐翘角的黄楼耸立于古城墙东门之上,楼下站立着一根五丈余高的旗杆,在萧瑟的秋风里高高地飘扬着一面像诗一般的旗帜。

庆典开始了,全城万人空巷,争相目睹这一盛况。

对此,《苏轼守徐州史话》一文提到:"这一天,黄楼内嘉宾如云,张灯结彩。好一个黄楼高耸,巍峨壮观,高朋满座,盛况空前,泗水扬波,把酒吟诗。城门内外,人山人海,锣鼓喧天,鞭炮齐鸣。黄楼下还舞起了龙狮,旌旗招展,菊花盛开。"

这时,秋季的景色也就成了这场盛会的唯美衬托。

黄楼下的那片尽情挥洒着自己体香的桂花,乘着一阵秋风轻轻地掠过,就像一只只金色的蝴蝶纷纷扬扬地飘落而下。

在这股桂花的香气里,苏轼在黄楼上摆酒设宴,三十多位从汴京、洛阳、杭州等地赶来的宾客以及本地名流一一上前庆贺,也就使这次庆典变成了一次名人诗会。这些名人大多是天下闻名的才子,王巩、雷胜、陈师道等都是名震大宋文坛的名人。酒过三巡之后,便是来宾献诗的环节,黄楼大厅里你唱我和,此起彼伏,欢声笑语,高潮迭起。

苏轼已经喝足了老酒,乘着一股酒兴,一连写下了三首诗,先是深情地写下《九日黄楼作》一诗,回忆去年徐州抗洪抢险的情景,接着他又兴奋地写下《九日次韵工巩》一诗,抒发自己在取得胜利后的喜悦。

此前,苏轼还邀请苏辙、秦观、陈师道等文坛名人为黄楼作赋写铭,苏辙便寄来了千言长赋《黄楼赋》,黄庭坚寄来了两首诗,陈师道也朗诵了《黄楼铭》,他们全盛赞苏轼治水之功绩和黄楼之壮观。

就这样,这座黄楼因为苏轼、黄庭坚、王巩、苏辙、秦观、陈师道等一批文豪的诗赋,成为一座在中国文学史上耸立的文学丰碑。

这时,面对浓雾环绕,听到楼下泗水过往的漕船商舟桨橹哗哗声响,随着浓雾慢慢散去,又见楼下泗水横流,四周景色一览无余,苏轼便兴高采烈地写了《太虚以黄楼赋见寄作诗为谢》一诗:

"我在黄楼上,欲作黄楼诗。忽得故人书,中有黄楼词。黄楼高十丈,下建五丈旗。楚山以为城,泗水以为池。"

他在同一首诗里居然一连用了四个"黄楼",可见他对黄楼之情深。

庆典结束之后,苏轼兴致仍高,又领着大家一起参观,来到楼下时回头仰视起这座黄楼,良久未语。

诚然,这座黄楼是苏轼任徐州太守的杰作,自然值得他细细地品味,这座高楼所包含的深义恐怕只有他一个人明白。

这时,秋天里的黄楼景象别具一番声色。泗水边的岸柳正多情地摇曳着她们长长的柳条,树叶摇动时发出了一阵阵沙沙的声响,仿佛是在轻吟她们自己人生的诗句。黄楼下的那片梧桐正优雅地伫立着,默默地坠落着她们泛着红光的枯叶,仿佛是在给自己的生命作最后的礼别。这秋天里的声音有高有低,这秋天里的色彩有红有黄。

苏轼站在秋天的风景里,静静地看着黄楼,肯定如同看见了灵魂里的自己。

这时,想必苏轼早已有几分醉意,肯定是满脸的绯红,晃晃悠悠地指着楼下泗水边的一片乱石,说是一群羊在水边饮水,然后便在一块石头边醉倒了,将这块石头当成了床,从而引得大家捧腹大笑起来,也就"路人举首东南望,拍手大笑使君狂"了。想必他还会对王巩得意非凡地说:"李太白死,世无此乐三百年矣!"

苏轼说罢便晃晃悠悠地重登黄楼,站在楼顶上仰天大笑起来。这笑声爽朗而粗犷,似乎还带着一丝忧伤。

"西风烈,碧树凋,独登高楼,你能望尽天涯路?"

"哈哈哈……"

5

三月如秋,春雨如愁。

北宋元丰二年(1079)三月,苏轼不得不告别徐州,告别黄楼,重新踏上身无定所的人生旅途。

前半生寻觅,后半生相恋。如果说苏轼此前的人生就是为了这座黄楼而来,那么此后的人生则是与这座黄楼的苦恋了。

徐州是苏轼继杭州、密州外任地方的第三站,被林语堂先生称之为苏轼的"黄楼时期",也是苏轼短暂人生的巅峰期,而黄楼诗会也成了苏轼人生巅峰的一个象征。离开黄楼之后,苏轼的人生便更加困顿,甚至差点儿丢掉性命。

当徐州父老闻知苏太守要调离远行,纷纷来到黄楼之下挽留,有的跪求,有的抹泪,有的敬酒,千言万语表达他们难舍之情,引得苏轼热泪潸然。

他含着眼泪,望着这座黄楼,端起送别的酒,仰头一饮而尽,然后大声说道:"相逢一醉是前缘,风雨散、飘然何处?"说完沙哑地笑了起来,这笑声里自然少了往日的豪爽,多了今日的惆怅。

父老目送着他一步一步地走下了黄楼,一步一步地走下了泗水码头,又一步一步地登上了停泊在河边的孤舟。

他站立在船头告慰父老道:"暂别还复见,依然有余情。"对徐州满怀深情的他以为自己还会回来,甚至计划要回徐州养老至终。

只有短短的两年时间,苏轼在徐州建苏堤,筑黄楼,种青松,查石炭,祈晴雨,深受徐州百姓的爱戴,对徐州产生了深厚的感情。因此,在离开徐州之前,他还专门到城南的尔家川买了一块地。"欲买尔家田,归种三顷稻。因营山前宅,遂作泗滨老。"他称自己是"余为彭城二年,乐其土风。将去不忍,而彭城之父老亦莫余厌也,将买田于泗水之上而老焉"。他是想在这条泗水河岸边终老余生。

此时此刻,苏轼万万没有料到,自己离开了徐州,离开了黄楼,他的命运会变得更加坎坷。

水悠悠,恨悠悠,泗水如泪流。流不尽,许多愁,从此不登楼。

我觉得,诗和楼是一个人,是苏轼,楼是身,诗是魂。

失意的苏轼来到徐州只有两年,这两年可谓百感交集,五味杂陈。苏轼在公务之余,游历徐州的名山大川,使他文思泉涌,挥毫成篇,留下了记述徐州的诗文居然有 327 篇之多,后人将他在徐州所作诗文编汇成了《黄楼集》。

"黄楼时期"所著的《黄楼集》,便是苏轼在徐州两年的情感记录。

当然,也正是苏轼的《黄楼集》里的诗文,有个别诗句流露出对朝政的讽刺,为后来的"乌台诗案"埋下了祸根。

这就导致他到湖州上任仅仅三个月,有人就污蔑他"衔怨怀怒""指斥乘舆""包藏祸心",对皇帝不忠,不久就因"乌台诗案"被逮捕解往京师,打入了大牢。

从此,苏轼的晚年也就更加的坎坷,最后含恨而逝。

此时,他还没有料到此后的这些遭遇,站立在船头凝视着黄楼越来越小,满眼的柳絮在黄楼的四周漫天飞舞,像是下了一场白雪,像一首挽歌。

就这样,他高声吟诵起他写的那首《江城子·别徐州》:"天涯流落思无穷,既相逢,却匆匆。"他端起徐州父老送来的白酒,猛喝了一口,然后又接着吟诵道:"为问东风余几许?春纵在,与谁同!"这时,他的两眼早已热泪盈眶了,泪眼望着黄楼渐渐地消逝,再呷上一口白酒,带着泣声吟诵下去:"回首彭城,清泗与淮通。欲寄相思千点泪,流不到,楚江东!"

芳草萋萋,清风凄切,孤帆几多惆怅,唯有老泪千行。

就这样,苏轼沿着北宋这条"清泗与淮通"的运河,满怀忧伤地离开了徐州。他频频回首,还在凝视着早已看不见的黄楼,两只眼睛里充满了泪水,看见清澈的古泗水由西北而东南,向着那条淮水静静流去,便更加感到万分的沉痛怅惘、肝肠寸断了。

从此,苏轼离开黄楼走了,就再也没能回来。

孤帆远去,离愁渐远,唯有泗水泪流。

6

从此,这座黄楼居然也和苏轼一样,历经磨难,几次损毁。

据《黄楼揽胜》记载:"从清末到民国,由于年久失修,逐渐衰颓。解放初期,黄楼早已破烂不堪,为避免危险而拆除。"

我眼前看到的这座黄楼是在1988年重建的,位置也早已不在东城墙上,而是移至古泗水南侧的大堤上了。

物质有形早已失去本来,诗文无形却能与世永恒。

眼前的这座黄楼经历几毁几建,早已不是当年的黄楼,而苏轼的《黄楼集》却依旧是当年苏轼所作的诗文。黄楼之身早已毁灭,而它的魂千年不死。

今天,我不知是赏一座楼,还是读一部诗集?因为在我的眼里,这座楼就是诗的一种化身,诗的一种符号,诗的一种建筑语境。没有诗,这座楼就没了生命。

试问,楼毁了可以重建,诗毁了谁能重写?

我觉得,真正的黄楼不是高耸于我的眼前,而是静静地伫立于诗的远方。

第三章　她的梦里是江南
——另眼相看运河岸景

大运河就像一条闪光的纽带,将沿岸的风景名胜串连在一起。在苏北运河沿岸的名山有云龙山、马陵山、钵池山、第一山、龟山等;名湖有瘦西湖、白马湖、邵伯湖、高邮湖、洪泽湖、骆马湖、微山湖等;人文景点有彭祖园、汉画像石、宿迁运河风景区、洪泽湖湿地景区、淮安里运河风景区、铁山寺景区、扬州凤凰岛国家湿地公园、蜀岗风景区等。这些风景名胜就像是一颗颗明珠,用这条大运河将它们气息相连,血脉相通。

关于大运河沿岸的美丽风光,杜牧描绘扬州曰:"二十四桥明月夜,玉人何处教吹箫。"白居易赞美淮安道:"淮水东南第一州,山围雉堞月当楼。"乾隆评价宿迁言:"第一江山春好处,十分梅柳色徒传。"苏轼赞叹徐州说:"明月如霜,好风如水,清景无限。"可见运河沿岸的风光自古就令人赏心悦目、赞赏有加。

古景已然多娇,却又增添新景。最近,江苏确定开展京杭大运河江苏段绿色现代航运示范区建设,其中苏北的运河就有邵伯船闸至古运河口段要打造的集古镇旅游、生态休闲、工业研学、智慧航运于一体的运河绿洲凤舞江滩文化旅游风景区,还有淮安船闸到九龙湖公园这段运河要打造的漕运文化休闲风光带。联结这些运河风光带的纽带,便是大运河的千年文脉。

古老运河沿岸渗透着民族优秀的文化内涵,在大运河沿岸的风景里行走,就是阅读和发现这种深厚的文化内涵。

因此,如果用"另眼"看这些风景名胜,便是一次文化发现之旅。

瓜洲古镇位于运河和长江的交汇处,是大运河南下入江的要冲,从唐代开始,漕船、商船沿着大运河北上,必须经过这座古镇。然而,今天的瓜洲古渡早已不复存在,只存在于唐诗宋词描绘的意境里。唐诗宋词一旦涉及瓜洲古渡,总会不由自主地流露出凄凄悲情来,哪怕是豪气冲天的李白也在所难免,瓜洲古渡俨然成为愁苦怆然诗情本性的一种符号。

在我看来,当年盐商营造的瘦西湖的潺潺流水和丰茂草木和其表现出来的烟花意境,就是为了烘托扬州这座城市的灵魂。那座白塔从头到脚被江南特色的园林渲染烘托,始终是想表达它对江南的向往。一湖柔软的水,滋养了扬州这座城市的灵魂,也滋生了扬州人向往江南的梦境。

走进镌刻着运河航道规则的第一山,就是走进一个石刻的世界,让人不由得产生陶醉与神往。第一山是一座悲情的山,石刻就是第一山的人生履历,悲情就是第一山的独特气质,俊秀就是第一山的体态仪表,而山腰的那座大成殿肯定就是第一山的文化底蕴了。

参观徐州汉画像石艺术馆,就是去体会《大风歌》的史诗遗韵。那些古朴怪异、粗犷厚重的汉画像石,绝不仅仅是大汉贵族墓葬的石雕装饰,而是大汉时代人文精神的艺术表达。每一块厚重古朴的汉画像石就是一页大汉王朝的史书。它们一起描绘出大汉气象,一起吟诵出大风起兮云飞扬。

那座连通大运河的云龙湖,是一座大气磅礴的湖,一座雄性的湖,一座男人的湖。这座湖上激荡的风声,是汉刘邦的大风歌,是徐州梆子的荡气回肠,是苏轼豪放诗风的大江东去,是贯通南北的运河之风,也是淮海战役摧枯拉朽的英雄豪气。

在"二十四桥明月夜"的扬州,在"淮水东南第一州"的淮安,在"第一江山春好处"的宿迁,在"清景无限"的徐州,我因大运河两岸的美丽风光而流连忘返,更因这些风景的文化内涵而品味沉吟。

一、运河古渡：追寻你诗里的模样

今天的瓜洲古镇早已不复存在于现实当中,只存在于唐诗宋词描绘的意境里。

——题记

1

瓜洲古渡,你不在现实的生活中,而在唐诗宋词的意境里。

只有踩着唐诗宋词的韵律,踏着古代文豪留下的诗行,才能一步步地走近你,才能看清你原来的模样。

你就像一位多愁善感的古代仕女,在不经意之间总是流露出一丝淡淡的惆怅。也正是因为你这与生俱来的气质,才使无数文豪为你倾倒,为你讴歌,为你写出流传千古的精彩华章。

你更像我的前世情人,一直到今秋,我去扬子江头、古运河畔,才和你有了一场跨越时空的邂逅。

2

读了《春江花月夜》,便是见到了你当年生活的唯美环境。

坐落于江苏省扬州市瓜洲镇上的张若虚纪念馆,是一处充满诗意的三层小楼,透过那灰墙青瓦的小楼,能感受到一股强烈的诗意,唐代诗人张若虚当年的愁思像一片秋雾向我袅袅袭来。

据介绍,这是全国第一家张若虚《春江花月夜》主题展馆,目的是再现一千多年前瓜洲古渡的月夜胜景。展馆直观地展示了瓜洲古渡千年之前的山水明月。

就这样,张若虚风流倜傥地出现在我的面前,风情万种地吟诵出那首千古绝唱《春江花月夜》。

那是一个明月高照之夜,作为扬州人的唐代大诗人张若虚,孤独地乘坐一叶小舟,从扬州沿着京杭大运河来到了瓜洲古渡。他看到小舟徐徐驶入长江,月色变得更加迷人了。那轮皎皎的空中孤月,那片流霜似霰的月光,那个江天一色的夜境,一下子点燃了张若虚的诗兴,于是便发出了"江畔何人初见月?江月何年初照人"的感慨,也就自然而然地流露出隐藏于他心底的那股惆怅。

《春江花月夜》全诗紧扣春、江、花、月、夜五大景色来写,又以月为全诗的主线,连贯始终,触景生情,跌宕起伏,从而叙写了一轮明月从东升、高悬、西斜,再到西落的全过程,描绘了在月光照耀之下的江水、天空、沙滩、原野、花林、枫树、飞霜、扁舟、白沙、镜台、高楼、砧石、鸿雁、鱼龙、思妇、游子等意象,从而抒发了作者对人生的思考。

就这样,张若虚给我们营造了一幅淡雅飘逸的中国水墨画,呈现出春江花月夜的意境之美。

张若虚这首诗的取景之地就是瓜洲古渡。

面对瓜洲这样的意境,面对瓜洲这样的唯美,他的诗兴大发,从而将瓜洲古渡上空的江月写得出神入化,使之成为"以孤篇压全唐"的传世杰作。

"白云一片去悠悠,青枫浦上不胜愁。谁家今夜扁舟子?何处相思明月楼?"他在描绘这个唯美的月景之后,便不由自主地倾诉出自己的愁绪来。

瓜洲古渡啊,张若虚营造的春江花月夜,就是写你当年的唯美意境,也是写你当年的忧愁天性。

3

从张若虚纪念馆出来,一路走一路问,被问的人居然全然不知瓜洲古渡在哪里,有人甚至指着运河边的那个轮渡。最后,一老者说,前面有个闸口,古渡可能在那里。

然而,走到闸口一看,却非瓜洲古渡,而是看到了一面镶嵌着很多石刻的墙。只见这面石墙很长,从这一头望不到另一头。走近再看,方才看清这是一面诗墙,上面刻着古诗。我便十分兴奋地踩着荒草枯叶,一首首地读了过去。

吟诵着这些古老的诗句,踩踏着李白、白居易、陆游、王安石等大文豪留下的诗行,就像寻到了通往瓜洲古渡的路径。

寻寻觅觅,一路走来,我在唐诗宋词的字里行间,看到了你的倩影。

4

所有的唐诗宋词一旦涉及瓜洲古渡,便不由自主地流露出凄凄悲情来,哪怕是豪气冲天的李白也在所难免。

李白素以诗才飘逸、浪漫狂放著称,可是到了瓜洲古渡竟然吟诵出:"白浪如山那可渡?狂风愁杀峭帆人。"然后便对着瓜洲古渡,仰天长叹起来了,眼睛里还流露出几分无奈。

这时,瓜洲古渡就像是一名怨妇,不管是谁沾上了她,便会跟着她一起悲愁哀叹起来了。

李白前脚刚刚忧愁叹息,白居易后脚就倾诉起离愁来了。

白居易泪眼婆娑地凝视着自己的爱妾樊素乘着一条小船,在朦胧的月色下缓缓地离开了自己,沿着汴水、抑或泗水这条古运河蜿蜒曲折而来,又想起这条运河静静地流向瓜洲古渡,便在心里徒生出无限愁思来。

这次,白居易与樊素的离别,竟是他们的永诀。

此时的白居易快要走到生命的尽头,他们此次分别之后,今生也就不可能再见了。因此,一股无法抑制的离情别绪,在他的心头油然而生,他最后便是含着泪水哽咽着吟诵起:"汴水流,泗水流,流到瓜洲古渡头,吴山点点愁。思悠悠,恨悠悠,恨到归时方始休,月明人倚楼。"

在这里,白居易将对瓜洲古渡的悲情写到了极致,也将瓜洲古渡的诗意本性写到了极致,从而更加确定了瓜洲古渡在古人心中的悲情形象。

佳人已去,妆楼已空,只剩下痴情一片。

白居易满眼相思之泪,独倚危楼,遣散心中郁闷。

为瓜洲古渡本身的悲情韵味,又增添了一丝离别之苦。

5

我来到江边,吹着带着腥味的江风,看着暮色渐渐将蓝天和江水融为一体,望着与古运河交汇处的扬子江还在亘古不变地流淌,心中顿生一种说不出来的苍凉。

这时,那片杂木衰草丛中,一束夕阳静静地照射在一块陈旧的石碑上。石碑上面刻着"瓜洲古渡"四个大字,似乎是在提醒着后人,让人推想出这座千年古渡昔日的容颜。

据《水经注》言:"汉以后江中涨有沙碛,形如瓜,故名瓜洲。"此后,沙洲渐长,接连扬州郡城,成为长江北岸的渡口。另据《名胜志》言:"瓜洲昔为瓜洲村,扬子江之沙碛也,或称瓜埠洲,亦称瓜洲渡。自开元(713—741)后遂为南北襟喉之处,及唐末渐有城垒,宋乾道四年(1168)始筑城,号簸箕城。"可见,瓜洲在历史上曾经有过一座坚固的城池。

瓜洲古渡还是伊娄河的终点,现在是全国重点文物保护单位。

这条人工开凿的运河,是唐开元二十五年(737)为缩短运河入江航道而开凿的,从而使瓜洲占据了大运河和长江的十字交汇点,变成了漕运(南粮北运)与盐运(淮盐西运)的要冲。瓜洲古渡也就成为南渡长江、西渡运河的重要渡口。宋金对峙时期,这里成了战争的前线。

这便是我们在唐宋诗句里,经常读到瓜洲古渡这个词的历史和地理的缘由了。

今天,站立在这里,看着百舸争流于长江运河,谁人不会生出"借酒消愁愁更愁,抽刀断水水更流"之惆怅?谁人不会发出"念天地之悠悠,独怆然而涕下"之喟叹?谁人不会发出"问君能有几多愁,恰似一江春水向东流"之悲怆?

抚摸着"瓜洲古渡"的石碑,看着夕阳正慢慢地坠落于江面,一时间感慨良多。

瓜洲古渡啊,我终究还是来迟了,已经寻不到你的真迹,这里除了荒草浮烟,苍凉寂静,早已看不见你昔日的模样。

6

或许是宋王朝的软弱衰败,给这座瓜洲古渡增添了更加惆怅的容貌,让宋朝的诗词大家吟诵出更加幽怨、更加凄楚的名句。

这天傍晚,在一片暮色之中,我居然在杂草丛中看到一块石碑平卧着,上面刻着"康王南渡碑"的大字,还刻有几行小字,记载宋高宗赵构经此南渡杭州的史实。

在赵构南逃之后,这里成了宋金两国的古战场,这里也因此留下了无数文人志士仰天长叹的吟诵,也就有了秦少游的《难渡瓜洲》:"谁念断肠南陌,回首西楼。奈何绵绵,此恨难休。"也就有了文天祥的《渡瓜洲》:"坐上有人正愁绝,胡儿便道是偻儸。"也就有了杨万里的《过瓜洲镇》:"夜愁风浪不成眠,晓渡清平却晏然。"当然,还有陆游、王安石,等等,从而给瓜洲古渡平添了更多的惆怅。

7

陆游的一生曾经多次来过瓜洲,每次来时总会发出一番悲叹。

宋绍兴二年(1164),陆游任镇江通判,经常到江边巡视,眺望对岸的瓜洲古渡,常常"慨然尽醉"。乾道六年(1170)五月,陆游途经瓜洲时,在记述行旅见闻时这样写道:"午间,过瓜洲,江平如镜。二十九日,泊瓜洲,天气澄爽。然江不可横决,放舟稍西,乃能达,故渡者皆迟回久之。"他真实地记录了当时瓜洲古渡的情景。

宋孝宗淳熙十三年(1186),陆游已经61岁,罢官回乡,蛰居山阴(今浙江绍兴)亦已六年。他想望国家山河破碎,中原未收而自己报国无门,感慨于世事多艰,来日无多,郁愤之情喷薄而出,《书愤》一诗也就脱口而出,瓜洲古渡这个悲伤点再次被他触发出来了。

"早岁那知世事艰,中原北望气如山。楼船夜雪瓜洲渡,铁马秋风大散关。"

他回想自己当年在镇江任通判时,看到宋军的江淮水兵楼船往来于江面之上,屯兵于瓜洲古渡,可不久就兵败符离,收复故土的愿望也就化成了泡影。此后八年,宋军再次谋划收复中原,陆游作为军幕奔赴南郑（今陕西汉中），亲临大散关前线，研究抗敌策略，然而不久收复国土的愿望又一次落空。

就这样，陆游一直到死也没有看到故土收复，祖国统一。他只得在临死之前万般无奈地写下了"死去元知万事空，但悲不见九州同"的绝笔，不得不带着遗憾离开了人世。

我推想，他在临死之前，大概会想起那"楼船夜雪瓜洲渡，铁马秋风大散关"的两次兵败垂成，脑海里也会闪现出瓜洲古渡的形象吧！

8

王安石是北宋著名的政治家、思想家、文学家，"唐宋八大家"之一。当年，他踏上官场的第一站便是扬州，先后担任过县官、知府、参知政事，直至宰相。当然，他也曾先后多次被罢黜，多次途经瓜洲回乡。因此，瓜洲古渡对于王安石而言，也是一处伤心长叹之地。

这一年的春天，已经步入晚年的王安石真想摆脱权力之争，抛开繁杂事务，去江宁的半山园了此残生。然而，宋神宗决定重新启用王安石为相，他只得重返京城。因此，他由江宁乘船沿江而下，一日之间便到了瓜洲古渡。

此时，天色将晚，夕阳西下。这里是他十分熟悉的地方，当年他来扬州赴任就是从瓜洲古渡进入扬州的。于是，他在瓜洲古渡码头上泊舟系缆，走出船舱，伫立船头，眺望长江，感慨万千。

他想到自己又要告别美丽的江南，去京城参与那些尔虞我诈的朝廷纷争，不禁感伤起来，写出了那首千古绝唱《泊船瓜洲》："京口瓜洲一水间，钟山只隔数重山。春风又绿江南岸，明月何时照我还？"

这时，他心中的伤感、彷徨、留恋、感叹之情，全寄托于瓜洲古渡这个意象上了。

9

瓜洲古渡啊，我真的来迟了。

如今我只能从唐诗宋词的字里行间，寻到你旧时的凄美模样，在现实中却再也寻不到你的芳踪。

据记载，明清两代，瓜洲因漕运、盐运的兴旺变得更加繁盛。对此，清乾隆年间《江都县志》记载言："瓜洲虽弹丸，然瞰京口，接建康，际沧海，襟大江，实七省咽喉，全扬保障也。且每岁漕艘百万浮江而至，百洲贸易迁徙之人，往返络绎，必停泊于是。"然而，到了清朝中晚期，由于长江江岸的北移，南岸淤涨，北岸坍塌，到了光绪十年（1884），瓜洲全城终于完全坍入江中，昔日繁盛的街市巷铺、园林亭楼，一并沉入江中，瓜洲古渡也就随之被滚滚长江湮没了。

今天，史料所述之盛况，诗词描绘之美景，和我眼前的这片荒草残碑产生了强烈的反差。

最终，我在瓜洲古渡公园的大门旁，看到了一幅瓜洲地形图和一段文字介绍，方才知晓眼前的瓜洲镇并非古时的瓜洲古渡，二者虽然都称瓜洲，实质却相距甚远。

瓜洲古渡早已荡然无存，只剩下一个有名无实的诗词意境。

瓜洲古渡，你用你的凄美，吸引了唐宋所有文豪的目光，让他们心甘情愿地为你写下诗词三千，让古今中外的任何一个美人都无法与你作比。

正因为此，瓜洲古渡变成了千百年来无数诗人共同创作出来的一个凄美意象。

今天，我踏着这些纵横千年的诗行，一路寻你而来，最后只看到一尊汉白玉雕像,一位叫作杜十娘的美人亭亭玉立于江边,她那美丽的脸上居然也流露出忧愤苍凉。

瓜洲古渡啊,难道这就是你留给我的模样?

二、 盐商之湖:她的梦里是江南

> 那座白塔从头到脚被江南特色的园林渲染烘托着,始终是想表达她对江南的向往。一湖柔软的水,滋养了扬州这座城市的灵魂,也滋生了扬州人向往江南的梦境。
>
> ——题记

1

走进瘦西湖,首先映入我眼帘的是那片清澈如许的湖水和岸边随风飘拂的垂柳。这时,一群薄雾在水面上轻轻地游动,将岸柳都笼罩在烟雾之中。翠绿的柳,清澈的水,湛蓝的天,飘拂的雾,湖面的倒影,共同构成一幅江南春景图,将李白"烟花三月下扬州"的诗意,都映在这个繁花似锦的春天里。

瘦西湖体态颀长,水势丰沛,如同一位如花美眷,在扬州城度过了无数个似水年华,而阳春三月大概是她的生日,每到这个时候她便更加婀娜多姿,全身都荡漾出烂漫的春情。

那湖面乳白色的水雾和岸边柳林满天的柳絮交融在一起,所有的柳叶刚刚抽芽,嫩黄未绿,远远地望去,这片柳林仿佛被轻烟笼罩着。美丽的柳树婷婷伫立于水岸,在柔风中摇曳着自己的风采,水汽蒙蒙,柳烟随风,让我眼前浮现出青烟浮动的浪漫,仿佛走进了一处神美的至境。

走在瘦西湖边的长堤上,看见柳中还夹有桃,桃柳相间,柳的翠,桃的粉,色彩更是艳丽。柳丝翩翩起舞,肯定舞的是美眷的彩带,桃花粉面相映,肯定是美眷多情的颊。翠如美男,粉若佳人,脚下的这潭湖水肯定是他们的深情。

相传当年隋炀帝杨广下令开凿大运河之后,翰林学士虞世基建议在扬州运河的两岸种植柳树,既可遮阴,又能护堤。据传隋炀帝还在这里亲手栽了一株柳树,并且赐姓为杨,后来的人们便称柳树为杨柳了。从此,作为古运河河道的瘦西湖也就遍植杨柳,从而成就了今天的"烟花三月"。

沿着水面向东一直前行,道路两侧的树木逐渐变得高大茂密起来了,只能透过绿荫的间隙欣赏到对岸的美景。

这里除了柳林,还有桑、槐、榆、椿、枫、楠、朴等植物,形成了一座树种繁多的森林公园。这片柳林和后山的森林形成了高、中、低、地的植物群落,层次有序,枝繁叶茂,蔚为大观,成就了一座天然氧吧。

花草遍植的湖边,被烟花绰约笼罩,为瘦西湖营造出一处充满温情的烟花之境。

我觉得瘦西湖就是扬州这座城市如水性格的集中体现,如果没有瘦西湖,扬州城恐怕会失去不少温情。

2

瘦西湖的桥不仅是联通两岸的一个纽带,更是包容南北的一种精神。

扬州是一座水城,河多桥便多,正所谓"春城三百七十桥,夹岸朱楼隔柳条",桥与桥相连,桥与桥相接,桥与桥相望,使瘦西湖变成了一个桥的世界。

二十四桥应该是一座"女性"的桥,温情的桥,南方的桥。

唐朝大诗人杜牧的那首《寄扬州韩绰判官》就是吟咏这座桥的:"二十四桥明月夜,玉人何处教吹箫。"还是那位隋炀帝,据说因为梦见了一朵琼花而沿着这条大运河而来,结果爱上了扬州这座水做的城市。他在那个烟花明月之夜,看到二十四位吹箫的佳人为自己吹奏了新曲。当然,这位多情好色的皇帝始终没能看到那朵梦中盛开的琼花,却被拥有二十四位佳人和二十四支美箫的这座石桥深深的吸引,最终反而成就了这座石桥的凄美而浪漫的芳名。

《扬州鼓吹词》言:"是桥因古之二十四美人吹箫于此,故名。"二十四桥原为吴家砖桥,周围山清水秀,风光旖旎,是一处文人聚会、歌女吟唱之地。古时有二十四位歌女,一个个姿容媚艳,体态轻盈,曾于月明之夜来此吹箫弄笛,故得此名。那个有关隋炀帝的故事只是后人的一种附会,并无历史资料加以佐证,只是给瘦西湖里的桥增加了几许浪漫。

在瘦西湖桥的家族里,除了二十四桥,名气最大的自然要数五亭桥了。

五亭桥位于二十四桥不远处,是一座具有北方风格的桥,一座具有阳刚之气的桥,一座"男性"的桥。

清乾隆二十二年(1757),巡盐御史高恒及扬州盐商为了迎接皇帝下江南而建五亭桥。与二十四桥柔情似水地横卧于湖面有着明显的不同,它高大巍峨,造型刚直,似乎是一位北方壮汉,全身充满了阳刚之气。

亭与桥的结合,形成了亭桥,再将亭分为五座,亭与亭之间以廊相接,又形成了完整统一的整体。每一座亭子仿佛就是一块发达的胸肌,充分地秀出了一个猛男的健壮。桥身建成拱卷形状,中心的桥孔半圆最大,直贯东西,旁边十二桥孔分布在桥础的三面,可通南北,这样可以尽展八面威风。五座亭子的顶为绿色琉璃瓦,亭与亭之间又以石梁相连,珠栏画栋,呈现出一派显达与富贵。据《扬州画舫录》所言:"每当清风月满之时,每洞各衔一月。金色荡漾,众月争辉,莫可名状。"

或许瘦西湖早就将五亭桥视为一位充满阳刚的壮汉,将二十四桥看作一位婀娜多姿的佳人了。据说二十四桥是仿杭州西湖的桥而建的,五亭桥则是仿北京北海的五龙亭和颐和园十七孔桥而建,恰巧将南方的温柔和北方的刚强融到了一座湖里。

瘦西湖的桥,似乎都是为了包容而建,连通两处风景,选择南北风格,成全一段佳话。

当南方的佳人从桥的一端,沿着这条富有诗意的弧线袅袅婷婷而来,她的足音仿佛变成了一部爱情影片的画外音。这时,一位北方的美男正从桥的另一端风度翩翩而去,他们在弧线的顶端——桥顶进行着一场一见钟情的邂逅,接着相拥着走过瘦西湖的每一座桥,最后走进瘦西湖的历史深处。

藕香桥是一座石拱桥,精致小巧,带着明显的南方秀丽;小虹桥色彩最艳,位于徐园和小金山之间,仿佛是一位个性艳丽的女性;春波桥是一座很小的木桥,尽显娇小和妩媚;玉版桥是一座典型的拱桥,宛如碧绿的玉带一般,像是一位风情万种的古典美人。

瘦西湖共有五十多座桥,不论是大气磅礴,还是小巧玲珑,不论是色彩艳丽,还是青黑相间,所有的桥都在瘦西湖里和谐相处。在这座石拱桥的西侧,建了一座长长的栈桥,站在栈桥上向北可以看到廊桥,向南又有一座九曲桥。九曲桥向东,便能看到一座石拱桥。瘦西湖里的所有桥都是大桥连小桥,高桥连平桥,拱桥连柱桥,北方的桥连着南方的桥,男性的桥连着女性的桥。在这里,不论是五亭桥的黄瓦赤柱,二十四桥的白玉栏杆,大小虹桥的富丽堂皇,春波桥的婉约精巧,无一遗漏地被包容在湖面之上。

连通与包容,是瘦西湖所有桥一直在给人们展示的一种人生态度,一种生存哲学,一种城市精神。

3

从瘦西湖公园的西门入口处出发,穿过一条林荫道,跨过那座曲尺桥,在绿树掩映之间,一座体量颇为壮观的两层楼宇便十分庄重地映入眼帘,这就是大名鼎鼎的熙春台了。

熙春台是瘦西湖的一座主体建筑,筑于三级石台之上。

我从熙春台的身上一眼看出了中庸致和。整个建筑厚重大气,两侧对称工稳,重檐屋顶,飞檐翘角,屋顶覆盖着绿色琉璃,四面建有回廊,正面上层檐下高悬"熙春台"、下层檐下高悬"春台祝寿"的匾额。对此,郁达夫先生曾经说过:"熙春台一带的建筑风格处处体现出皇家园林的宏大气派,所有的建筑都选用了绿色的琉璃瓦,朱栋,白玉的玉体金顶。"可见这座建筑彰显的气象是无比的恢宏。

熙春台是瘦西湖古建筑群中体量最大的一座,其名取自《老子》中"众人熙熙,如登春台"之意,"熙熙"有和乐之意。明清时这里是二十四景之一的"春台明月",也就称之为"春台祝寿"了。熙春台是扬州盐商汪氏为乾隆皇帝祝寿的地方,花费万金修建如此金碧辉煌的楼台,也可见当年扬州的盐商是多么地富有。

走进熙春台,迎面便是一幅大型的壁画《玉女月夜吹箫图》,采用了扬州磨漆画的工艺,用浪漫主义手法再现了杜牧诗中的意境。大厅四角各有一扇圆形月洞窗,半明半暗,体现出唐代诗人徐凝的诗句"天下三分明月夜,二分无赖是扬州"的诗意。登上熙春台的二楼,可以品茗听筝,亦可临窗凭眺。

我从熙春台走了出来,回身望去,看到飞出去的檐角好似大鹏展翅一般,彰显出一种雄浑之气,正面的匾额上"熙春台"的鎏金大字,尽显出皇家君临天下的气派。

据有关资料记载,当年扬州盐商们为了讨好乾隆皇帝,在瘦西湖大兴土木,修建了各种园林,乾隆来一次扬州就造一次园林,以致于今天的瘦西湖两岸,处处都是楼台亭阁,展现出了"一路楼台直到山"的盛况。

熙春台,以及五亭桥、钓鱼台、望春楼、莲性寺、晴云轩等所有古建筑,大多采用对称型结构,无一不是中庸致和建筑理念的艺术再现。

4

在我看来,瘦西湖里的那座白塔是一种持久的伫立,是对江南文化的一种永恒的守望。

瘦西湖二十四景之一的白塔晴云是扬州的特色景点,其主要建筑是这一座颀长丰润的高塔,它就像是一位独领风骚的贵妇,雍容华贵地伫立于瘦西湖的中心。她的脚下是汀屿、池水、曲溪、绿丘,它们用"别业临青甸,前轩枕大河"的江南意境,做她的衬托。当你进入塔下的晴云东院,会看到积翠轩、曲廊、花树、翠竹、湖石、流水,还有假山围成的一汪池水,呈现出一片体现出江南园林的韵味景致。

我觉得,这座白塔从头到脚都被江南特色的园林渲染烘托着,或许是想表达她对江南的向往。

据《瘦西湖白塔晴云》一文记述:"这座全身洁白的塔是一座喇嘛塔,又称覆钵式塔,是藏传佛教的一种独特的建筑形式。在一个高大基座上安置了一个巨大的圆形塔肚,其上竖立着一根长长的塔顶,塔顶上刻有许多的圆轮,再安上华盖和仰月宝珠。这样的建筑在西藏、青海、甘肃、内蒙古、川西等地比比皆是,但在南方并不多见。"

扬州至今还流传着一夜造白塔的故事。

据《清朝野史大观》记载,乾隆皇帝在瘦西湖乘船游览时,忽然对身边陪同的官员说:"这里多像京城北海的'琼岛春晴'啊,只可惜差了一座白塔。"扬州的盐商们听到后,立即请画师画成图纸,连夜用白色的盐包为基础,外面覆盖一层白色的银皮,建成了一座白塔。第二天清晨,乾隆皇帝看见五亭桥旁居然真的有一座白塔巍然耸立,又听随从跪奏:"这是扬州的盐商大贾,为弥补圣上昨日游湖之憾,连夜赶制而成。"便连连感叹:"人道扬州盐商富甲天下,果然名不虚传呀!"待乾隆皇帝走后,当地盐商又集资建造了今天我们看到的这座白塔。

当然,虽然瘦西湖白塔模仿了北海白塔,但还是脱不了江南的特色,展现江南建筑的柔秀。对此,当代著名建筑家陈从周在《园林谈丛》中,曾将北海白塔和瘦西湖白塔进行对比,说瘦西湖白塔"比例秀匀,玉立亭亭,晴云临水,有别于北海塔的厚重工稳也"。可见北方之塔到了扬州,也入乡随俗,雄壮之气顿减,窈窕之气倍增了。

扬州地处长江北岸,肯定不是地理意义上的江南。但从文化特征上看,扬州人骨子里早就具有江南的风韵。

扬州的风华绝代,绝不是靠江南这个地理概念来获得,而是靠自己的气度和品质。

事实上,除了这座白塔,整个瘦西湖的每一处景点,都深深地烙上江南的印记。自然景色旖旎多姿,迤逦伸展,媚态动人。

面对这样的风景,又有谁敢说扬州不是江南?

5

这天下午,瘦西湖悄然下了一场蒙蒙春雨。

随着这场细雨,似乎所有的景致都放慢了节奏,似乎所有的人物都调成了慢动作,似乎所有的建筑都超越了外界的纷扰,似乎所有的色彩都变得朦胧起来。

整个瘦西湖便笼罩在薄薄的雨雾之中,仿佛是一位绝色佳人披上了一件美丽的轻纱。这个时候,所有景致不再是那么明艳夺目,柳树的绿变得淡淡的,桃花的红变得粉粉的,迎春花的黄变得浅浅的,湖里的水也变得格外虚无。

原来卸去盛妆的瘦西湖,才是最纯美的,少了都市的喧闹,多了自然界的娴静。

近处河堤上的一切都被雨雾过滤过,花伞、垂柳、桃花、古桥、白塔,都处于朦胧缥缈的状态,呈现出一种凄美的意境。透过柳条组成的帘,几条小船在细雨中无声无息地游弋而来,接着隐约听到了摇着橹的船娘吟唱着扬州小调《茉莉花》,隐隐地透露出几分悠闲自在。

一座长湖碧波粼粼,漂来一叶扁舟悠悠。只见船娘身穿青花小袄,亭亭玉立于船头,目光凝视着一汪湖水,袅袅婷婷的身影随着游船在湖面上荡漾,她宁静安娴的神情感染了船上的所有游客。

一片雨霭湖,尽在氤氲里。摇橹船娘的歌声由远而近,再由近而远,最后只留下眼前这个无声的画面。此时,瘦西湖仿佛只剩下美丽船娘的一曲扬州小调,只剩下她纤柔的身姿、温情的模样、柔和的声色,以及已经调慢了节奏的水世界。

进入月夜之时,月光洒满地,玉人箫声起。船娘一袭碎花袄裹着婀娜的细腰,一躬身划着小船隐入了月影徘徊之处。"二十四桥明月夜,玉人何处教吹箫?"当年的杜牧肯定就是在这种月色之下,乘着一条小船,寻箫声、表心情的吧?

此时此刻,瘦西湖上,一湾湖水,宛若绸缎,如丝如绵,若飘若拂;又见扬州月下,一片银辉,如水如泻,亦霜亦雾,犹昼犹梦。我真的不知道是谁清减了瘦西湖的腰围,又是谁妩媚了扬州这轮江南月?

诗与画组成的瘦西湖,歌与箫吟诵的古扬州,更像是慢品着一杯千年的古酒,陶醉其中,陶醉于放慢了节奏的唯美世界。

瘦西湖的雨景,透露出扬州人"慢生活"的品质。

6

瘦西湖本不是一座湖,而是一条河,只是一条弯曲狭长的河,可扬州人偏偏要将她说成是一座湖。这正是扬州这座城市品格的一种表达,是虚夸,是精明,也是一种向往。

我觉得瘦西湖的一切都透露着娇小玲珑的意味,在西湖的前面加了个"瘦"字,在金山的前面加了个"小"字,在白塔的身上增加了江南的意境,仿佛整个湖变得灵动轻盈起来了。

提起扬州,谁能不说起瘦西湖?李太白的"烟花三月下扬州",想必就是来了瘦西湖吧?他肯定想起了瘦西湖给他留下的令人心颤的怜爱,才写下这首《送孟浩然之广陵》?因为只有在瘦西湖里,人们才会将自己的人生轻轻地按下暂停键,让时光悄然停留在这湖光山色的唯美画面里。

水做的瘦西湖,水做的俏扬州。瘦西湖的美,美就美在这蜿蜒曲折的流水,美就美在这座酷似一位身形苗条的"瘦"佳人仰卧于一片绿野之间的湖。

瘦西湖本来是扬州这座城市的一条护城河，原名叫保障湖。她的北段为唐代扬州城的一条城濠，她的南段为宋代扬州城的一条城濠，她的中段为清雍正十年所开浚。清乾隆年间（1736—1796），扬州的盐业兴盛，由于瘦西湖年长日久湖心淤塞，盐商们出资疏浚，并在东西岸兴建起许多亭台楼阁，将唐宋明清等不同时代的城濠连缀而成了带状的景观，从而基本形成了"园林之盛，甲于天下"的园林。

瘦西湖之名最早见于文献记载为清初吴绮的《扬州鼓吹词序》："城北一水通平山堂，名瘦西湖，本名保障湖。"乾隆元年（1736），钱塘（今杭州）诗人汪沆慕名来到扬州，在饱览了这里的美景之后，与家乡的西湖做比较，赋诗道："垂杨不断接残芜，雁齿虹桥俨画图。也是销金一锅子，故应唤作瘦西湖。"扬州人便从此将她命名为瘦西湖了。

事实上，瘦西湖一直是运河的一条支流，今天她的水系和大运河仍然相连，是一座活水的湖。这就难怪瘦西湖的水是这样清澈，是这样丰沛，是这样明亮了。

这座瘦西湖的每一处景物，就是扬州这座城市品格的一种建筑表达，慢生活，兼容南北，中庸致和，等等，都在这座湖的景致中得以形象地阐述。

游瘦西湖，就是品味扬州。

眼前的湖水如明镜一样的平，瘦西湖也就显得更加矫情了。这一湖柔软的水，滋养了扬州这座城市的灵魂，也滋生了扬州人向往江南的梦境。

三、运河航规：叩问第一山

> 镌刻着运河航规的第一山是一座悲情的山,石刻就是第一山的人生履历。
>
> ——题记

1

走进苏北盱眙县的第一山,就是走进一个石刻的世界,让人不由得产生陶醉与神往。

整个第一山的每一座形态各异的山石,每一条清澈潺潺的河流,每一棵姿态卓绝的树木,每一块形态古朴的石刻,似乎都蕴藏着深厚的思想内涵,使我仿佛走进了宋代赵构《翰墨志》中描绘的书法石刻的天地,让人从内心深处产生一种巨大的惊异。

第一山背倚群峰面临淮河,原名南山、都梁山,因其盛产都梁香草又名都梁。北宋书画大家米芾赴涟水任知县,由汴京(今开封)经汴水(古运河)南下一路平川,行至古运河和淮河交汇处时,忽见一座奇秀的山峰呈现于眼前,遂诗兴大发:"京洛风尘千里还,船头出汴翠屏间。莫论横霍撞星斗,且是东南第一山。"并且欣然写下"第一山"三个大字。后来,南山便易名为"第一山"。

所有到过第一山的人,定会被这座山深邃的文化内涵震撼。究其缘由,正是这座山和运河的历史关联。

早在春秋时期,吴王夫差为了与中原各国交往,开凿邗沟入淮,贯通了江淮。到了隋朝开凿大运河,漕运由扬州、淮安溯淮水而上,再经盱眙入汴河,连成了中国的古运河。对此,南宋大诗人陆游来此作《盱眙军翠屏堂记》,道出登临此山的达官骚人多得难以计数的原因:"盱眙者为天下之重地也,进京出使者,南船北舟之往来必入淮。"这便佐证了来往于江南鱼米之乡和京城之间的漕船,都必经盱眙,在盱眙落帆抛锚,上岸之后便漫游第一山,并纷纷留下墨宝。

当我走进山门,就看到那座高耸入云的米芾手书的第一山碑,立马给我一种肃然起敬之感,让我感到这座山完全被历史深深地浸化过了。只见那"第一山"三个大字稳健俊逸,如同一位文化巨人俯瞰着山下四野,更雄视着古运河的古往今来。

从山道石阶缓缓上行,穿越大成殿之后,到达第一山翠屏峰的山腰,便会看到瑞岩了。只见这座瑞岩巨壁西临深谷,林木葱茏,超然尘世之外。瑞岩素以清幽著称,是游览的胜地,人们来第一山必到此处一游,其原因也正是因为宋元以后名家题咏甚多,摩崖石刻多达 22 块。其中的瑞岩泉石刻,是记载北宋时期鲍氏令人剪削榛莽而得新泉,"润及草木诚嘉瑞也",于是"泉因瑞名,岩因泉名"。其书刻文笔雄健,书法古雅。米芾当年来此山游览时,吟下了七绝一首:"西山月落楚天低,不放红尘点翠微。鹤唳一声松露滴,水晶寒湿道人衣。"后来,已经病入膏肓的米芾,再次来到第一山题写了一方石刻。十年前,米芾曾第一次到此写下了"第一山",这一次他离开第一山之后就弃世而去。因此,这几行字是米芾给第一山的绝笔,此时年老的米芾笔力不减,愈见书法功力。米芾绝笔上方的两块,也是南宋作品,一是苏轼、张耒的文友张釜,另一是书法"宋四家"之一、曾任户部尚书等职的蔡京。

第一山的这些众多题刻中,除了名士诗文,还有一处北宋制定的一个水上行船的交通规则,也就是在山上那块"仪制令"碑了,其碑文为:"贱辟贵,少辟老,轻辟重。"这是官府给古运河上交通航行制定的法令。可见,当年这里运河上的运输是多么繁忙。

然而，明清两朝定都北京，京杭大运河改道在淮安交汇，不再从盱眙经过，使这第一山石刻的辉煌履历，变成了落寞的回忆。

2

第一山又是一座悲情的山。

第一山让我惊奇的却是那方《重登玻璃泉清心亭寄怀汪孟棠》石刻，给我昭示着山水万物之间的爱情宝典，让我觉得这第一山是男女阴阳共存于世的一种文化符号。

这方石刻是盱眙名士王荫槐所作，他自称"逸民"而愧对"时贤"。他中举之后，回到盱眙在第一山北的风坡岭建了一座偶园，藏书万卷，与来游的名士出题吟诵，有诗钞十卷行世。清道光年间（1821—1850）两江总督陶澍途经盱眙，作诗数首，有百人和诗，其中这位王荫槐和得最好，深得陶总督的赏赞。王荫槐这个弃绝官场、隐居山野的"逸民"，确是才华横溢。他后来写下了这篇《重登玻璃泉清心亭寄怀汪孟棠》，记载了汪孟棠因为自己美丽多情的爱人张瑶娘的因病早逝，用泪水写下了《秋舫吟》，最后也气绝身亡，堪称"千古之绝唱"。

其实，第一山的爱情悲剧还不止这一个，还有一个痴情女和负心汉的故事让人心碎。

我在通往西域寺的山崖上，看到有许多凿去的陈旧痕迹，许多嵌进的石刻被人盗走，心情本来已经不爽了，再往前行便是西域寺，又看到了一个爱情悲剧，就更是让我替古人悲伤起来。

这座西域寺庙建于宋代，寺里的一块石碑上记载着这样的一个凄美传说。一个贫寒的孤女独守在这座破庙里，省吃俭用，资助她的情郎读书，进京赶考，结果情郎中了状元。可是，这位姑娘没有得到他任何音信，原来那负心汉已娶了相府千金，姑娘最终含恨而死,她的尸体也被山洪暴发的土石所埋。后来,有人扒开了土石,发现姑娘的尸体,只见她的头颅还是朝着京城的方向,一直到死还在等待着她的情郎。

读到这里,我在想,第一山给我昭示的悲情难道不正是这座山的秉性气质吗?

3

然而,我们似乎从第一山的石刻里,读懂古代历史的记录;似乎从第一山的悲情传说中,了解凄美感人的爱情故事;然而,我们却无法得知上苍是怎样通过洪流、崩塌、风化、岩溶、下切、侵蚀、剥腐、溶解,去造就我眼前让人惊叹不已的第一山之峻美。因此,我断言上苍在创造第一山时,肯定潜藏着人类至今仍无法知晓的巨大玄机。

庄子在《秋水篇》里说过这样的一句话:"物之生也,若骤若驰,无动而不变,无时而不移。何为乎?何不为乎?夫固将自化也。"他在这里说的"自化"正是庄子学说的要义所在。然而,"自化"是什么?怎样"自化"?为何"自化"?他都没说。我对远古的"自化"无法猜测臆想,面对眼前的山峰峦嶂的奇美,难道就能说清道明?

我推想,第一山的每一座山峰都是它的形体,第一山的每一块石头都是它的骨肉,第一山的每一处石纹都是它的肤色,而那石刻之红肯定就是它身上流出的血液了,这体形、骨肉、肤色、血液揉捏在一起,构成了第一山有血有肉的古老而漫长的人生。

当我行走于登山古道时,我的心中便会产生一种离世隔俗的超然;在我大汗淋漓之后登上建在那险峻绝崖的魁星亭时,便会为这幅古朴恢宏、苍远神秘的古人图画所震慑。只见魁星亭下的石壁之上,有"青山绿树"四个大字赫然在目。这座魁星亭是整个第一山的"心脏"所在,为道光甲辰(1844)重修敬一书院时所建。魁星又作奎星,二十八宿之一,俗称"文曲星",是传说中主宰文运的神仙。王安石有诗云:"地灵奎宿照。"亭中刻有魁星像和魁星赞,只见那亭壁之上有一幅非字非画、异形异态的《魁星图》。画面上的那个魁字为鬼形神像,一脚着地,一手捧斗,如执笔写点。

这魁星亭便是遗世独立于第一山的绝崖之上。在它的周围,青色的岩石上遍布着无数风化的洞穴,犹如蛟龙鳞片闪耀天光。云雾也在它的脚下腾飞,万物则在它的眼前静穆。

我想它们肯定是在思考这座第一山的命运,它们肯定是在苦思冥想这座第一山的前因后果,否则这位魁星的形象为什么总是那么的严肃?

我气喘吁吁地立于魁星亭下,凝视着天地之间的一切,顿时感到自己是万般的渺小。

在这里看着竹波烟雨,听着清松涧涛声,闻得晨钟暮鼓,真想悟出什么人生哲理,更想悟出什么秘宗隐语。然而,我的头脑中却充斥着茫然,不知所思,更不知所悟。因为在这里,面对着从千万年前演变而来的山峰,面对着从山脚川流而过的滚滚淮河东逝之水,每一个人都会感到自己的渺小,唯有"念天地之悠悠,独怆然而涕下"了。

当我从这里再攀至第一山的顶峰举目远眺,尽收眼底的是龟山山峰。若晨观日出,昏赏夕阳,时而轻纱薄雾,时而缥缥缈缈,时而云开日出,时而霞落云飞。将自己置身于这样的仙境美景之中,心里肯定会顿生无限感慨。

我忽而想起胡适先生注《易经》说:"以为天地万物的变化,都起于一个动字,而动的原力则是阴阳,所以说刚柔相推而生变化。"如果按照他的这一说法,第一山也就是被天地万物之"阴阳之力刚柔相推",而变化成了我眼前的这座奇特之山。

这山林的秀美如果是第一山的一副人生外表,那么,我们能从它的表象上读懂它的内心世界吗?

4

当我行走到那座古建筑翠屏堂,就能看到杏花园了。

只见那杏花园前有一座玻璃泉,满园开着杏花,呈现一片香霞。

据《第一山国家森林公园》记述:"当年,米芾来到此,春光正好,花园里一派繁花似锦,有绯云丝丝飘来,清香之气袭人,于是米芾吟了一首七绝:'风轻云淡舞天春,花外游人载酒樽。不是山屏遮隔断,牧童错指是孤村。'由于此诗名为《杏花园春昼》,这座重檐攒尖的六角亭便叫作春昼亭了。"

这时,一阵春风刮来,将相互映衬的红杏绿树吹得哗哗作响。

第一山的自然风光充满了原生态气息。只见眼前有一棵参天古树,高大而繁茂,恰像是一处盆景,却全是大自然的鬼斧神工。

我想,这便是胡适所说的天地万物变化,是因为刚柔相推而成吧?我又推想,恐怕正是这前世的万物造化,才形成了第一山的独特今生吧?

石刻就是第一山的人生履历,悲情就是第一山的独特气质,俊秀就是第一山的体态仪表,而山腰的那座大成殿肯定就是第一山的文化底蕴了。

然而,面对着第一山的山峦俊逸的外美,面对着第一山石刻文化的内秀,也面对着第一山悲情的气质,我不禁要问,在千百年之后它又将会被"阴阳之力刚柔相推"变化成什么模样?它还会像眼前这般俊美,还会像眼前这样内秀吗?

眼前第一山这外美内秀之果，是千百年来历史的因所致。那么，第一山石刻的盗毁、淮河生态的破坏、全球气候变暖等种下的因，第一山千百年之后又会结下什么果呢？

四、治水画石：石刻上的王朝

> 每一块厚重古朴的汉画像石仿佛就是一页大汉王朝的史书。它们一起描绘出大汉气象，一起吟诵出"大风起兮云飞扬"。
> ——题记

1

参观徐州汉画像石艺术馆，就是体会《大风歌》的史诗遗韵。

那些古朴怪异、粗犷厚重的汉画像石，绝不仅仅是大汉王族墓葬的石雕装饰，而是大汉时代人文精神的艺术表达。

每一块厚重古朴的汉画像石，就是一页大汉王朝的史书。解读一块汉画像石，就是解读一首恢宏史诗。这1500块汉画像石，就是1500首史诗。它们一起描绘出大汉气象，一起吟诵出"大风起兮云飞扬"。

这1500块汉画像石在地下沉睡了漫漫两千年后纷纷醒来，洗去身上的泥土，洁净脸上的尘垢，他们发现自己变成了两千岁的老人，便争先恐后地诉说各自古老的故事。

这座汉画像石艺术馆位于徐州云龙湖东岸风景区，依山傍水，是一座陈列、收藏、研究汉画像石的专题性博物馆。大门用青石建成，门上书刻着"徐州汉画像石艺术馆"九个大字。展区以大殿为中轴线，建有南、北、中三组院落。一座座白墙黛瓦的建筑通过廊房连接，正静静地伫立于山石峭壁、绿树林荫之间。展区分南馆和北馆,南馆为新馆,具有现代化的外观;北馆为旧馆,仿唐宋建筑样式。

北馆展出的主要是清代末年至1989年之间发掘的汉画像石。这些汉画像石镶嵌在长廊和七个展室内。第一展室为炎黄升仙图,第二展室为西王母图,第三展室为纺织图,第四展室为迎宾宴饮图,第五展室为泗水捞鼎图,第六展室第七展室为牛耕图。

根据导游词介绍:"南馆展出的是1900年以后新发掘的汉画像石,分六大部分,一是神道天路,展出的是陵墓神道两边的石刻;二是承天敬祖,展出的是祠堂石刻;三是天工神韵,展出的是具有艺术创意的汉画像石;四是汉石春秋,展出的是汉代社会生活石刻;五是千秋地宫,展出的是墓地里的石刻;六是碑刻题记,展出的是刻字石碑。"

"所谓汉画像石,原本是汉代地下墓室、墓地祠堂、墓阙庙阙等建筑上雕刻画像的建筑构石,是一种祭祀性的石刻艺术品,其内容涉及神话传说、历史故事、现实生活等方方面面,包含了汉代的政治、经济、思想、文化、民俗等各个领域,是汉代社会的一个缩影,也是一部石刻的汉代史记。"

这些冰冷的石头在默默地诠释着大汉文化的精神,定格着大汉历史的时光。

我以一种崇敬的心情走在展厅里,看着眼前形态各异的石雕,感受着它们身上散发出的大汉文化的魅力,觉得整个展馆都洋溢着一股恢宏的史诗气息。

不知不觉,我已在这座石刻艺术的宫殿里徘徊多时了。伫立四顾,巍峨大殿,气象万千,光芒四射,古石生辉,仿佛有无数大汉先民的精魂在浮荡,它们都依附于汉画像石的纹理缝隙之间,静静地向我们诉说着千古传奇。

直到这时,在每个参观者的眼里,这些汉画像石已经全然没有两千多年前的墓葬作用,看到的只有它们今天表现出来的文化价值。

每一块汉画像石就是一首史诗,每一幅图景就是诗的意象,每一笔画就是诗行,它们共同营造出大汉气象,一起吟诵出大汉史诗。

我觉得这 1500 块汉画像石在这里一起合唱,方能表现出威加海内的大汉气派,才能吟诵出汉画像石粗犷豪放的一代诗风。

这确是一部与世永存的石上史诗。

2

彭城画派是汉画像石美术风格传承之果,汉画像石是彭城画派大气磅礴特色之源。

汉画像石,以刀代笔,勾以墨线,涂以色彩,刻成画石,成为传世华章。

徐州作为兵家必争之地,风俗劲悍,雄风四展,使汉画像石中的比武练力的画面也就屡屡可见,从铜山县洪楼出土的那块《力士图》便是代表作之一。

导游还介绍了大力士画像:"整个画面雕刻着七个大力士,左侧第一个正持剑执盾;第二个生缚一虎;第三个处于图中最显著的位置,正怒目凝视前方,裸露着肌肉发达的膀臂,弓步蹲身拔树,树上的宿鸟一下子惊飞起来。"这使我联想起鲁智深倒拔垂杨柳的故事;第四个手执牛尾,将一头黄牛背在自己的肩上;第五个双手执着巨鼎之耳,弓步蹬地,将巨鼎高举过顶;第六个双手抱犊;第七个手执铜壶。这块汉画像石抓住了七个大力士的瞬间动作,充分展现了大力士拔山扛鼎的大气雄姿,仿佛在大力士的体内蕴藏着无穷无尽的力量。

徐州汉画像石的雕刻技法或流畅刚直,或豪放粗壮,在石块上塑造了一个又一个艺术形象,给石头注入了艺术的生命,让大汉时光永恒地定格在了历史的时空。

参观徐州汉画像石艺术馆,便是品读大汉王朝刻在石头上的宏大叙事,也是为现代徐州书画的风格寻到了源头。

导游词还介绍说:"汉画像石对后世的中国画有着重要的影响,有人甚至认为汉画像石就是中国画的雏形。汉画像石在大气和磅礴之中彰显着艺术的生机活力,其大块面的写意手法成为后世中国画艺术的大写意画的先驱。"

当代徐州的彭城画派便是秉承汉画像石的大气磅礴,开创了独具徐州地方特色的一代画风。

彭城画派是以李可染、喻继高、赵绪成等众多当代徐州绘画大师组成的一个中国画流派。2017年5月开展的"汉风墨韵——李可染暨'彭城画派'美术作品展",就集中展出了他们的代表画作。这次展览共分"古风汉韵""大家气象""鉴古开今"三个部分,集中展现了具有徐州大气磅礴的绘画艺术风格的作品,其中李可染的代表画作《漓江胜景图》《万山红遍》《井冈山》,仿佛带着汉画像石独有的大气磅礴。

李可染的作品往往以黑、繁、厚、重的艺术特点为代表,用墨饱满的表现方式,呈现出一种清新浓重的整体面貌,从而使他的山水画气势恢宏、浑厚深邃,正如他形容自己作画时"像进入了战场,在枪林弹雨中",追求的艺术状态是"解衣磅礴"。赏析李可染的《钟山风雨》便可以从中感受到汉画像石的大气磅礴之风。这幅描绘渡江战役的写意画,表现出一个宏大的战争场景,你站在画前似乎能听到一场重大战役里的隆隆炮声。

汉画像石是石上画像,彭城画派是纸上画墨。尽管二者使用的工具完全不同,尽管它们相距两千余年,但它们表现出来的美术风格却是一脉相承的。

3

《庄园乐舞图》是一幅极具粗犷豪放特色的汉画像石。

导游词这样介绍:"整个画像石被分成了两层,一层正中是两匹矫健狂奔的战马,右侧刻着一间庖厨,一个庖丁正在持鱼下锅,其上方还悬挂有羊腿、猪腿。左侧刻着一间琴室,一女在抚琴弹奏,另一女在舞着长袖,旁边还刻着一个仆人。画中间刻有双扇大门,门两侧有两个仆人,一个躬身而立,一个跪地禀事。二层右侧刻的是两个仆人跪献小鸟,左侧刻着一女抚琴,另一女起舞。屋顶之上,又刻有四条龙和一个飞奔的羽人。整个画像石显出简朴、粗拙、宏大的艺术特点,雕刻的技法则采用浅浮雕的形式,大刀阔斧,粗犷豪放,犹如天马行空,体现了博大雄强的两汉文化精神。"

在我看来,这种粗犷豪放正是当代徐州人性格的一大特征,这个性格特征可以在柳琴戏里得到充分表现。

画像石和柳琴戏虽然在时间上相距两千年,可它们都具有粗犷豪放的特性。这自然不是简单的巧合,而是跨越时空传承文化的一个必然。

苏北运河沿岸城市流行各种不同的地方戏,恰好是每座城市性格的最好表现形式。扬剧表达了扬州人温柔如水的性格,位于中国南北分界线上的淮安的淮剧特点便是刚柔并济,在宿迁听淮海戏时便明显地"刚多柔少",而徐州的柳琴戏虽有柔软的成分,但比起扬剧、淮剧来说就粗犷豪放得多了。

其实,粗犷豪放也是汉画像石里礼乐主题石刻的一大特色。

在徐州汉画像石中有关礼乐方面的石刻非常地丰富。当时乐器的种类包括了弹奏乐的琴、瑟、筝等;吹奏类乐器的竽、笙、排箫、陶埙、横笛、羌笛、胡笳等;击奏类乐器的钟、磬、建鼓、应鼓、鼗鼓、柷敔、铜钹等。这些汉代乐器在汉画像石里都有展现。

由此,我们可以看到徐州曲艺粗犷豪放风格的雏形。

当今流行于徐州的剧种有柳琴戏、江苏梆子、花鼓戏、四平调、丁丁腔、皮影戏等,无一不是高亢、刚烈、粗犷、朴实风格的艺术体现。

由江苏柳琴剧院排演的《汉乐华章》便是对粗犷豪放风格的一次集中表达。那八音齐奏的《房内乐》、挥刀斩蛇的《相和大曲》、楚汉相争的《鼓乐》等器乐演奏,将铿锵有力的打击乐、雄浑壮观的吹奏乐、激昂高扬的弹拨乐结合在一起,合奏出了恢宏大气的大汉雄风,给现场观众带来了视听震撼,真可谓振聋发聩,余音绕梁,三日不息。

这柳琴戏的"九腔十八调七十二哼哼",大有北方剧种的阳刚粗犷。

诚然,在汉画像石的代表作《庄园生活图》的画面里,我们似乎能找到当今徐州柳琴戏的源头。这幅描述庄园生活的画像石上,上面一层刻着的人物,和下面一层刻着的一角庄园,仿佛就是柳琴戏的主角和他们演出的场景。在这座庄园的院落里,正在隆重举行的表演,莫非就是演奏着柳琴戏的音乐?而庄园主人、家属、侍从们正在观看,莫非是被"起板""慢四板""大八板""花四板"的柳琴戏音乐吸引?或者正在为"莲花落""银纽丝""刮地风"的柳琴戏唱腔叫好?这时,徐州风格的鼓吹乐,以唢呐为主奏乐器,以笙、笛等吹管乐器为主伴奏乐器,以梆子击拍,间或配以锣、钹等打击乐器,仿佛奏出了一统天下的大汉雄风。

4

上一次去徐州还是几年前的事，可徐州菜的辣味一直还留在记忆里。徐州菜给我的印象是分量大，口味重，火辣辣是徐州菜的特点。徐州菜一上桌便是热乎乎的一大盆，咸辣鲜香，充分刺激着食客的味觉神经。

当然，徐州的辣又区别于川菜的辣，比如拌五毒是清爽的辣，干煸鸡是脆香的辣，烧羊肉是油香的辣。去年去四川成都时，一位文友请客，这才发现，川菜居然还没有我们江苏徐州菜辣。小鱼炒辣椒、尖椒豆粒、尖椒粉丝、尖椒肉片，等等，特别是徐州菜的代表作南瓜炖小鸡、烙馍卷馓子，一眼望去全都是红红的辣椒。记得那次去徐州，一口吃下去，嘴里便像是火烧了似的，麻溜麻溜的，很快鼻尖顶上便冒出汗来了。

这一次去徐州汉画像石艺术馆参观时，居然不由自主地想起徐州菜的风味来。看着眼前一块块距今两千余年的汉画像石传世之作，感到徐州菜和这汉画像石大概也有着不可切断的关联。

眼前的这块《食饮图》就描绘了汉代食物加工的场景，我似乎从这块汉画像石上闻到了汉代饮食的味道。另一块《迎宾宴饮图》则是祠堂画像石刻，浅浮雕，分两层，刻绘了汉代贵族迎宾宴饮的情景。我仔细观察这块石像，似乎真的从画像上闻到了一股十分浓烈厚重的味道。下层是一个迎宾场景，高大的子母阙前，主人正在向客人作揖致礼，右侧停着一辆马车，上层两厅堂内帷幕高悬，餐桌上已经摆满了菜盆酒具，男女主宾分别坐在堂中交谈甚欢。这块石像不但反映了汉代贵族的礼仪和当时的建筑特色，还可窥见汉代的餐饮风格。

今天,我从《迎宾宴饮图》的汉代贵族宴会的热闹场景里,感受到了徐州菜的厚重浓烈,肯定是被徐州菜的这种风味笼罩着。画中的主人应是一位高级官吏,客人拜谒时有车骑队列,接待贵宾的菜肴肯定是顶级的徐州菜大厨所为了。只见餐厅里男女分开坐在餐桌旁,让我看出了汉代男女异席而食的风俗,也闻到了汉代贵族用餐时刺鼻的浓香。厅堂外面有十几个仆人,正端着一道道香喷喷的徐州菜朝宴会大厅匆匆而来。

徐州菜和其他地方菜风味迥异,香辣浓味,和江苏其他地方菜清淡喜甜完全不同。这是因为徐州位于苏鲁豫皖四省交界之处,菜系也就深受北方地区不同省份、不同风味的影响。这便是当代徐州菜风味形成的地域原因,而汉画像石里记载的餐饮历史,则是当代徐州菜形成的历史之源。

在众多的徐州菜里,地锅鸡是一道代表作。用石头垒成一座大锅灶,安放上一口大铁锅,灶下生了火,放上土鸡,让客人席地食用,这被称为地锅鸡。一眼望去是通红一片,红的辣椒,红的辣汤,红的带着辣味的香气。辣鸡汤的时间煮得越长,煮出来的鸡肉就越辣,吃的时候再蘸上花椒,真是辣上加辣,非将你辣出一身大汗不可,就连舌头都有可能被辣掉了,辣得你感到嘴里就像放了炮仗一样,直蹿心头。

当然,徐州菜不仅辣,而且重盐、重酸、重香,也就形成了浓烈厚重的口味。

这时,看着眼前的汉画像石所表现出来的厚重浓烈的艺术特点,恰恰就像当今徐州菜的口味特色。

面对此情此景,你敢说这二者之间没有关联?

5

那块《大禹治水》是东汉时期的作品，气势恢宏，大气磅礴，画像石长达3米就足以对参观者的视觉产生巨大的震撼。

整个石刻图案共分三组，雕刻了十个人物。从左到右的第一组是尧、舜、禹，左侧的尧坐于参天大树之下，脸面向右，正默默地看着舜、禹二人。禹身穿宽袍长衣，头戴斗笠，双手挥动，表现出一副不将水患治好决不罢休的气魄；第二组刻了三人，中间一人面朝左作迎请之状，左边一人右向跪坐，双手摆动。右边一人左向侧立，右手荷物，左手掩面作哭泣之态，表现出受灾的百姓生活十分艰难；第三组刻有四个人，左边一人与中间的禹妻正交谈，似乎是在告诉禹妻，大禹在外治水的情况，右边一人手拿包袱掩面而泣应为大禹的母亲，大禹的妻子怀抱婴儿泪水涟涟，整个石刻栩栩如生，十分传神。

我觉得这块《大禹治水》会在徐州出现的原因，不仅是古人对大禹治水精神的一种崇敬，而且是对处在河流纵横的地理位置的徐州的一种美好的祈望。

"徐州乃古彭城，东方大都，襟淮带济，为南北两京喉舌。"自古徐州就是我国东部地区沟通东西南北的通衢要地。古汴水，"实乃禹绩"，是大禹治水时开凿的一条人工运河，历史上这条人工河道称作汴渠。这条东西走向的人工大运河古汴水，和南北走向的天然河流古泗水，便在徐州城的脚下相交，"汴泗交流郡城角"。因此，徐州在汉代就是一座运河之城了。

西汉建都长安，"河、渭漕天下，西给京师。"在黄、淮之间形成了扇形漕运水系。汉明帝在永平十二年（69）"遣王景治水，修汴渠"，自浚仪（今河南开封）分水东流至徐州入古泗水，时称浚仪渠，使这条浚仪渠变成了维系黄淮之间漕运的骨干河道。

当然,徐州为运河的要冲,这里的经济得到了长足的发展,恰恰也促成徐州汉画像石创作的空前繁荣。

两汉时期,徐州一带经济富庶、文化发达,古泗水、古汴水在这里交汇横贯,既有漕运之便,又有灌溉之利,形成这片土地"人口殷盛,谷米丰赡",是汉代经济最发达的地区之一。

据《徐州汉画像石》记述:"徐州是汉高祖刘邦的故乡,两汉时期一直为封建王朝所重视。西汉初期,刘邦封其同父异母的弟弟刘交为楚王。后来在两汉四百年间,这里共有楚王、彭城王十八代,至于其荫封的王子侯孙、豪族世家就更多了。豪强贵族之家生时恣意享乐,死后崇尚厚葬,爱将崇拜爱慕之物在墓中雕刻成画。由此,徐州汉画像石也就蔚然成风。当然,徐州地区盛产石灰岩、青石,也为雕刻汉画像石提供了充足的石料来源,众多的汉画像石墓便在徐州一带盛行起来了。"

运河不仅是汉画像石产生的地理原因,也是当代徐州这座城市性格形成的地理原因之一。今天,我们解读这块巨型《泗水捞鼎图》便会清晰地体会到这一点。

这块巨石的上层刻着水榭、游鱼、射鹿等图案,下层刻着历史故事"泗水捞鼎"。据《史记·武帝纪》记载:"禹收九牧之金,铸九鼎,象九州。"九鼎即为王权的象征。《史记·秦始皇本纪》也记载:秦始皇巡行天下,"过彭城,斋戒祷祠,欲出周鼎泗水,使千人没水求之,弗得"。这块巨大的石刻中雕刻着一尊将坠未坠的巨鼎,拽绳拉鼎的人们正仰面跌倒,显示出大气磅礴之势。画面中的牛虎马等动物造型更是生动形象,表现出雄健豪放的气势。

五、引湖通运：带着风声的湖

云龙湖的风声是汉刘邦的大风歌，是徐州梆子的荡气回肠，是苏轼豪放诗风的大江东去，是贯通南北的运河之风，也是淮海战役威震四方的英雄豪气。

——题记

1

大气，豪放，充满阳刚，是徐州云龙湖的个性。

它和扬州瘦西湖的个性迥然不同，一个是大江东去，一个是小桥流水。如果用一个词来形容这两座湖的意象，云龙湖是"大风"，瘦西湖则是"烟花"；如果用一首歌曲给他们代言，云龙湖是《大风歌》，瘦西湖则是《拔根芦柴花》；如果用一句古诗来形容他们，云龙湖是"大风起兮云飞扬"，瘦西湖则是"烟花三月下扬州"。我甚至猜想云龙湖和瘦西湖的前世可能就是一对情侣，谁让云龙湖是猛男，瘦西湖是美女？他们一个位于苏北运河的最北端，一个位于苏北运河的最南端也是中国南北文化不同气质的展现。

云龙湖是一座豪放的湖，一座雄性的湖，一座男人的湖。

有一天，顶着夏季的炎炎烈日，我爬上云龙湖东岸云龙山上的观景台凭栏远眺，整个云龙湖便会尽收眼底。这时，给我的第一感觉就是云龙湖的大气豪放。

有了大山作为依靠的云龙湖，似乎就有了自己挺直腰杆的底气，更何况有五座山峰作为自己的后盾？它东靠云龙山，西依韩山、天齐山，南偎泉山、珠山，这让云龙湖显得更加雄伟壮丽，这个特点和扬州瘦西湖低吟浅唱自然完全不同了。

当然，它和瘦西湖的面积一大一小，一壮一瘦。云龙湖由东湖、西湖和小南湖组成，一条被命名为湖中路的水上大堤将云龙湖分为东湖和西湖，东湖周长8千米，西湖周长7千米，南边另一条被命名为湖南路的水上大堤，大堤的南端就是小南湖了，其周长也有3千米。这三湖相加，整个云龙湖水面面积达到6.76平方千米。我感到，云龙湖就像是一个体壮腰圆的猛男，而瘦西湖则像是一位身材苗条的美女。

云龙湖里有月亮岛、生态岛、苏公岛、紫薇岛、荷风岛、沙月岛等大大小小的岛屿，所有岛屿都被水间大堤、湖中桥梁连接起来，仿佛是一颗颗明珠被串成了一条条项链，挂在云龙湖那宽阔厚实的胸前。

当然，云龙湖上最显眼的还是那两座现代银白色高大建筑，一座是湖心岛上的那座大气磅礴的水上世界，其外形犹如长鲸击水，又如白豚卧波，它是整个亚洲最大的淡水水族馆；另一座是湖北岸的音乐厅，这巨大的建筑宛若一朵在水边盛开的花朵。我想，这两座现代化建筑就像云龙湖作为猛男的两块坚强有力的胸肌，体形庞大，健壮有力，尽显男性之美。

这时，一阵狂风乍起，紧接着就是电闪雷鸣，整个云龙湖便被暴风雨吞没了，所有的景致只留下一个模糊的轮廓。

夏日的暴雨狂风仿佛佐证了云龙湖的个性。

2

云龙湖最南端小南湖上架有云汇桥、泛月桥、龙华桥、解忧桥，四座桥贯通南北湖面，虽然各具特色，但总体上仍然彰显出大气豪迈的风格，犹如伫立湖上的四位北方大汉。

这四座桥中规模最小的是位于小南湖东南部的解忧桥，它是一座单拱石桥。远远地望去，解忧桥就像一位风流倜傥的书生，那高大的半圆拱梁就像他的脊梁，那汉白玉栏杆就像他身上的飘带，那青石铺成的桥体肯定就是他风流的身躯了。我推想他大概一直在忧思冥想，日夜思念着远在扬州瘦西湖上的那座二十四桥吧？它和二十四桥的造型虽然十分地相似，全都是单拱石桥，可它们的体量相差数倍之多，仅栏杆而言，二十四桥有24根，解忧桥就有56根之多。因此，我推断它们的性别肯定不同，一男一女，一雄一雌，难道它们是柳梦梅和杜丽娘的化身？

位于小南湖中部的泛月桥是一座建有百米画廊的廊桥，东连鸣鹤洲，西接苏公岛，造型如同一艘弯月形状的画船。从它那弯月形飞檐长廊上，我们能看出它的大汉气象，更能体现其豪放个性。这条长达80米的长廊上，共绘制了17幅壁画，将徐州当地的风俗特色一一进行展示，分别画有黄楼、戏马台、奎山塔、云龙山、汉楚王陵、龟山汉墓、汉皇故里等，尽展徐州汉文化风貌。看着眼前这座巨大的廊桥，也就让我联想起扬州瘦西湖上静香书屋东侧小涧上的那座小巧玲珑的天然桥了。虽然都是廊桥的造型，如果将它们放在一起比较，就足可佐证云龙湖的泛月桥是一座大汉风格的桥，一座雄性的桥了。

当然，我觉得最能代表云龙湖特色的还是云汇桥和华龙桥。

来到位于东湖和小南湖交界处的那条长长的湖南路大堤，就能看到湖南路大堤上有两座大桥连接着大堤，一是东边的云汇桥，二是西边的华龙桥。两座大桥一字儿排开，中间有大堤相连，更能彰显出云龙湖气势如龙的磅礴。

华龙桥如长龙卧波一般，气势雄伟地横跨于湖南路的西端，十七孔巨大的桥洞如巨龙之爪，数百根汉白玉栏杆如巨龙之鳞。它的背后是气势雄浑的云龙山，下面是苍茫大气的云龙湖。云龙湖和云龙山的叠加,成就了它的大山和苍水合一、飞云和巨龙共生的秉性。它和瘦西湖大虹桥的造型虽然相似,可体量相距甚远,更能看出两者一大一小,一魁一娇,一粗一细。

让我感到惊奇的是,云龙湖上居然也有一座和扬州著名的五亭桥相似的桥——云汇桥,只是五亭桥上有五座亭阁,而云汇桥上则有四座亭阁。这座云汇桥自然也是高大魁梧,气势雄伟,体量要比五亭桥大上十多倍。它是一座石砌多孔双道六拱结构的大桥,两端桥头各有两座方亭,亭内设有石桌石凳。据说在建桥时有位设计者居然就曾说过这样的一句话:"云汇桥和扬州瘦西湖上的五亭桥有些相似,但和而不同。"可见,这座体形巨大的云江桥,确实和体态娇小的五亭桥有着某种渊源。只是它们所处地方之不同,所彰显出来的个性也迥然不同。它们一个阳刚,一个阴柔;一个伟岸,一个娇美,简直就是桥中的佳配。

3

第一次去云龙湖还是三十多年前的深秋,那时我的堂弟大学毕业后被分配到徐州医学院工作,他们学校离云龙湖很近,他便几次带我去散步。后来,因工作的关系去北京出差,每次都要到徐州才能坐上火车,也就给我提供了去云龙湖的机会,因而对于这座湖也就有了比较深的记忆。

记得第一次去游览时是一个阴天,那天冷风飕飕,云龙湖宽阔的水面显出一片辽阔的寒意,似乎有意向我展示它大气磅礴的个性,也令我立刻联想起了扬州瘦西湖的精巧和婉约。

这时,我看到云龙湖已经发黄的岸柳显得一副苍茫的模样,自然不像瘦西湖那样温柔如烟。一片秋雾迅速聚拢而来,整个云龙湖也就渐渐变得模糊了。我们顺着湖边的回廊,来到了湖南路北的荷花岛上,看到有一座门楼高高地立着,上面写着"三故胜境"四个大字。这"三故"就是指彭祖故国、项羽故都、刘邦故里。这可是历史上的三位霸气十足的人物。

眼前一片迷雾缥缈,隐约之间立着许多亭台轩阁、水榭长廊,那片水边的竹林藤蔓、奇木异树肯定沉浸于秋思之中,湖面上所有的残荷也在秋风中陷入了集体的回忆。

这时,一阵狂风霸气十足地刮来,雾里的湖面顿时用波涛和浪花做出响应。这深秋的寒风似乎总是喜欢在广袤的湖面上翻滚,似乎是想给云龙湖增添一种波澜壮阔的气氛。此时此刻,云龙湖发出一阵阵深沉的涛声,湖水就像滚沸了一般,产生了无数白色的泡沫。至此,云龙湖也就变得更加活跃起来,层层叠叠的浪涛追风而起,伴随着跳跃的天光,令这片湖水发出不绝于耳的哗哗水声。这时,有几只前来云龙湖越冬的银鸥,在这风声浪声里发出一声声沙哑而欢快的嘶鸣。

或许这就是云龙湖在大风的日子里,给我们吟唱的一首《大风歌》吧?

后来,我们顺着湖边曲桥来到了湖东的一处石壁之下,看到一片岩石上镌刻着古今名人的诗文,踩着先人的诗行一一地读过去,读到了苏轼的"仰看白云天茫茫,歌声落谷秋风长";读到了萨都剌的"汉家陵阙起秋风,黍禾满关中";读到了郁达夫的"壮海风怀如大范,长淮形胜比雄关"。

我突然感到,自古至今,所有的文豪对云龙湖的感觉,居然和我一样,全都是"秋风长""起秋风""壮海风怀"。因此,我便感到,"大气如风"就是云龙湖天生的一种个性表达了。

4

造就云龙湖"大气如风"个性的根源之一是京杭大运河。

这是我最近去徐州参加苏北创作会,随团参观徐州博物馆,弄明白这座云龙湖的前世今生之后得出的一个结论。

云龙湖原来的名字有好几个,先叫簸箕洼,后称石沟湖,俗称石狗湖,再名尔家川、苏伯湖,最后才更名为云龙湖。

据今人《圆梦园记》碑刻所言:"云龙湖原为一环山负郭之洼地,其形如簸箕,故名簸箕洼。"簸箕乃三面有帮一面缺口,百姓簸麦簸米去糠瘪之粒的用具。云龙湖东有云龙山,南有大山头、拉犁山,西有韩山,唯北缺一口,其形如簸箕,故依形而名称簸箕洼了,相传簸箕洼已有千年以上的历史。

据《徐州风物志》载:"石狗湖,多雨时南山之水尽汇于此,久积不退,昔人作石狗镇之,故名石狗湖。另传,明万历年间,湖边住一老石匠,家养一条相依为命的黑狗。一天,黑狗被一财主打死剥皮为己治病。老石匠万分悲痛,到云龙山上找来一块石头,按黑狗之模样刻了一条石狗置于湖边。这条石狗在湖涝时能吸水,湖旱时能吐水,保护了周围百姓的安全。当地民众为了怀念这条石狗,便将这座湖命名为石狗湖。"

元世祖全面整治京杭大运河,打通南北运河之通道,完成了从北京到杭州大运河的全部工程。徐州位于这条大运河南北之要冲,经元初治理之后,徐州运河的航运能力有所提升。但时间久了,治理稍加松懈,就会因黄河夺淮留下的大量泥沙的淤积,从而造成运河断航。到了明代,黄河夺淮的水患更甚。"明万历十八年(1590),徐州大水,难以外泄。由河臣潘季驯主持,挑奎河自苏伯湖入小河。然后流入安徽境内,注入洪泽湖。"(《徐州府志》)

至此，徐州依仗这条奎河作为泄洪、灌溉、运输之用，奎河也就成为通往徐州城的一条运河。对此，《徐州文史资料》载："自清咸丰五年（1855），黄河决口北徙后，徐州一带的黄河河道（原作为京杭大运河徐州境内之一段）废弃不能通航，徐州城的对外交通便依赖于城南的一条较小的奎河。直至1915年前后，奎河上的运输船只仍然频繁往来，千帆云集。"

中华人民共和国成立后，徐州为解决苏伯湖常年洪水泛滥，决定正式启动苏伯湖水库建设工程，并将这座湖更名为云龙湖。对此，《重修云龙湖碑记》记载言："1958年开始浚湖工程，清淤叠堤，穿渠起闸，军民劳作，两易寒暑，八里长堤北卧，万亩绿波荡漾。1960年2月工竣之日，始有云龙湖之新称。1987年12月，为根本解决云龙湖的水源问题，决定实施闸河疏浚工程，引微山湖之水进入云龙湖，几个月后工程完工。至此，云龙湖之水可经玉带河、闸河、丁万新河，接通微山湖。"这座微山湖至今仍是京杭大运河的一段河道，这样云龙湖就和京杭大运河，和长江水系连成了一体。

由此可见，一条京杭大运河，使云龙湖的水和瘦西湖的水连在了一起，眼前的这座云龙湖和四百千米外的瘦西湖，也就真正达到"血脉相连""心灵相通"了。

5

我觉得，形成云龙湖"大气如风"的根源之二是豪放派词人苏轼。

前段时间，我又专门去了一趟云龙湖，深深地感到云龙湖所有关于苏轼的景点，都透露出这位豪放派大词人之风。

那云龙山的西麓长满了郁郁葱葱的杏树，它们与湖岸上的那片柳树遥相呼应。苏公塔、东坡石床、放鹤亭、东坡运动场、苏公岛、苏公桥、东坡书院便沉浸在这片青山绿水之间。这令我想起苏轼曾在这里挥毫写下的"一色杏花三十里,新郎君去马如飞",也就让我立刻感受到了一种"马如飞"的豪气。

位于云龙湖南边的苏公岛、鸣鹤洲是两个小岛,两岛之间通过一座廊桥相连。这两座湖中小岛就是以苏轼文化作为主题的景点。

踏上位于小南湖西南入口处的石拱桥苏公桥,行至湖中的苏公岛,你就会感受到一种唯独苏轼才有的豁达大气之风。这苏公岛和鸣鹤洲在小南湖的湖水中央,四面环水,拱桥相通,景色十分优美。岛上的苏公馆、文澜楼、南湖书院等建筑参差错落地掩映于一片林木之中,会让人一下子就能体会到苏轼当年在这里留下的豪迈之情。

那座苏公塔鹤立鸡群地高耸于云龙湖的东岸,塔高达 26 米,为五层八角金琉璃塔,是云龙湖的一座标志性建筑。苏公塔是一座仿宋风格的建筑,每层建有观景护栏,内有旋转塔梯,扶摇可上登塔顶。塔门正中高悬着"苏公塔"的镏金大字匾额,步入塔内,可见粉墙四周镶嵌着 35 幅《苏东坡行迹图》,生动地记录了苏轼在徐州的场景。

苏轼曾在徐州担任过知州,在徐州留下了许多佳话。他曾多次来此游览,并且说过:"若引上游丁塘之水注之,则此湖俨若西湖。"他站在云龙山上放眼眺望,眼前这片洼地犹如一条大沟,其沟三面环山一面临城,便在他的《答王定民》一诗中写道:"笔中好在留台寺,遥知旗队到石沟。"他所说的"石沟"就是云龙湖。后来,苏轼在调离徐州之际,又写了《罢徐州,往南京(今商丘),马上走笔寄子由诗五首》,在第五首诗中又写了"下有尔家川,千畦种秔稌",他所说的"尔家川"也是云龙湖。

《宋史》记载苏轼在徐州任知州期间,"率其徒持畚锸以出,筑东南长堤,首起戏马台,尾属于城。雨日夜不止,城不沉者三版。轼庐于其上,过家不入。"为了怀念苏轼当年的治水之功,后人便改称这片洼地为苏伯湖。

今天,我从苏公岛行至苏公塔,站在塔顶一览云龙湖之全景,便从浩瀚荡漾的大湖波涛中,还能听出苏轼"大江东去,浪淘尽,千古风流人物"的豪放之声。

6

"两千年岁月峥嵘,一万里江山纵横。楚河汉界遥听龙吟虎啸,天地之间当歌一代英豪。砀砀山下斩蛇的长剑,把一个汉字刻在历史的长空。大丈夫当如斯,威加海内,壮志如虹。大风起兮,大风起兮……"

这是从那座高大巍峨的音乐厅里传来的一阵徐州梆子的"跺子调"。

一曲伴随着敲击木梆鼓板高吼的徐州梆子曲,将《汉刘邦》的高亢激昂、淳厚刚烈演唱到了极致,云龙湖的所有景致也就浸入了大汉风格的粗犷豪放之中了。

位于云龙湖北岸的这座音乐厅,是云龙湖上一座体量很大的景观建筑,以徐州市花紫薇作为基本造型建造而成,整个建筑面积达到1万多平方米。建筑共分地上五层、地下三层,采用八瓣钢结构焊接,从外形上看就像是八个巨型的紫薇花瓣,建筑钢结构的外体采用玻璃、铝板的外幕墙包装,最大的一块玻璃的重量可以达到1吨。

在这座富丽堂皇的音乐厅的四周还建了一批附属建筑,一是东侧的那座十分开阔的音乐广场,仅广场边的露天舞台的面积就达1000平方米,能够让数千人领略露天音乐表演的魅力;二是在西南侧建有一座音乐桥,与音乐厅的主体建筑形成呼应,桥梁栏杆则采用亚光不锈钢,就像一个个钢琴上的琴键,桥边还装有音响设备,能让人听到优美的旋律;三是在临水岸边建造了一座翔台,是一座敞开式的临水广场,在乐翔台上可一边欣赏眼前的湖景,一边聆听来自音乐厅的乐声。

当年来徐州时这里还没有建音乐厅,记得每次晚饭后来云龙湖边散步,看到除了夜跑、散步、跳舞而外,还随处可见许多人围成一圈听徐州梆子的演唱。他们的脸上都是一副悠然自得的惬意与满足,陶醉在家乡独有的铿锵激昂的特色文化之中。后来,我堂弟考取了北京的研究生,我来徐州的次数也就少了,每次去北京到徐州乘坐火车时,也很少来游览。

今天,我乘会间空隙,独自来到云龙湖,来到这座音乐桥上,在这徐州梆子"跺子调"里,临水听涛,极目远眺。

徐州梆子戏在当地已流行三四百年了,以枣木梆子为打击乐器,以鼓板和梆子指挥曲调的快慢,也就有了梆子戏之名。梆子戏最早是由北方灾民带到徐州的,他们将河南、山东的梆子与徐州的曲艺、小调融合,又用徐州的方言演唱出来,也就带着十分明显的北方特有的高亢激越了。

徐州梆子的旋律,衬托出了云龙湖的大气。形成云龙湖"大气如风"的另一个根源,应该就是像徐州梆子这样的具有鲜明特色的徐州地方文化了。

我觉得,这座大汉文化景观——汉画像石馆,肯定是云龙湖的大气豪放的又一个表现。这座徐州汉画像石艺术馆就坐落在云龙湖的西岸,这座画像石馆里的画像石囊括了汉代各个方面,是两汉社会的一个艺术缩影,用这些汉画像石形象地表现出了气魄雄浑、大气磅礴的大汉风貌。我推想,徐州人肯定就是秉承了这种大汉之风,从而形成了"大风起兮云飞扬,威加海内兮归故乡"的豪气。

这时,徐州梆子戏《汉刘邦》还在音乐厅里上演着,慢板、流水、二八、非板、跺子、栽板、迎风、金挂钩、倒三拨等曲调,逐一呈现出徐州梆子的艺术特色。

"与高皇爷家把业创,在九里山前摆战场。大战场来小战场,九人九马九杆枪。立逼得霸王乌江丧,才扶刘邦坐咸阳……"

这高亢激昂、淳厚刚烈的演唱,如惊雷掠云,如闪电穿空,亦如暴雨倾盆。

我在想这激越高亢的徐州梆子,在云龙湖的水面上扩散开来,肯定会将云龙湖里的浩瀚之水激起层层波澜,云龙湖也就会随之响起一阵阵凛冽悠远的风声。

由此,云龙湖也成了一座带着风声的湖。

这风声是汉刘邦的大风歌,是徐州梆子的荡气回肠,是苏轼豪放诗风的大江东去,是贯通南北的运河之风,也是淮海战役摧枯拉朽的英雄豪气。

第二部
运河往事

大运河沿岸的历史人物和运河故事,是两千余年来运河文化的集中代表。

第一章　爱垂青史
——苏北运河沿岸历史人物的文化归宿

大运河是一条由各朝历史人物组成的文化传承之河。

在扬州的中国大运河博物馆里,可以看到穿越千年的运河百科全书,其中在"隋炀帝与大运河"的展厅里,还能看见隋炀帝杨广乘坐高大的龙舟沿大运河一路南下,在《早渡淮诗》的朗诵声中,讲述着隋炀帝在大运河上发生的传奇故事。

当然,在这条大运河的沿岸,还演绎出许许多多历史人物的精彩故事。

大运河就是一条由这些人物组成的思想之河、文化之河。

我觉得阅读历史人物的人生,就是在触摸他们各不相同的传奇经历中感觉人物的精神力量。

从扬州城外古运河边的古邗沟碑、隋炀帝陵碑和康王南渡碑上,我读出了隐藏在这三块石碑身后的历史巧合。尽管它们的主人分别是吴王夫差、隋炀帝和宋高宗,可它们居然在上千年的历史时空里做了一次又一次遥相呼应,这条古老的大运河成为三位帝王走向人生尽头的历史见证。

按照今天的说法,汉高祖十二年(前195),也就是刘邦驾崩前的那一年,作为一介武夫的刘邦一连进行了三次"文化秀"。让刘邦万万没有想到的是,他一心想保全的大汉只延续了四百年就灭亡了,而由他开启的大一统汉文化却传承了两千余年,延绵不绝。

对于四面楚歌、霸王别姬、自刎乌江的西楚霸王项羽而言,他的爱妾虞姬意外成就了他。在爱情这一点上,项羽是个胜者。

与淮阴侯韩信相关的成语有几十个,每一个成语都是经典,每一个成语都流传千古,每一个成语又都家喻户晓,这确是中华文化史上的一个传奇。

正因为此,苏北运河沿岸的这些历史人物,不但是民族优秀文化、封建传统文化、地方特色文化的代表,而且是大运河独特的文化表达。

自此,大运河留下的不仅有流传千年的古镇古建,也不仅有美不胜收的风景名胜,而且有从古到今、生生不息的历史人物。

今天,能够让人们一眼看千年的,是那些历朝历代的历史人物,也正是他们承载了大运河薪火相传的文化血脉。

一、运河三帝王:三块古碑的寓言

1

从扬州城外古运河边的古邗沟碑、隋炀帝陵碑和康王南渡碑上,我读出了隐藏在这三块石碑身后的历史巧合。尽管它们产生的时间相距上千年,尽管它们的主人分别是吴王夫差、隋炀帝和宋高宗,尽管它们产生的细节也早已被历史淹没,可它们居然在上千年的历史时空里一次又一次遥相呼应,这条古老的大运河成为三位帝王走向人生尽头的历史见证。

位于扬州市城北邗沟大王庙南侧的草地是古邗沟的遗址,是吴王夫差开凿邗沟之处,在这里曾出土过木船桅杆、硬陶残片,后经考古专家鉴定,这些都是春秋战国时期的遗物。在这片遗址上建了一座不算高大的碑亭,四角飞翘,青瓦红柱,亭下就伫立着那块石碑,上面刻着"古邗沟"三个红色的大字。

同样位于扬州市古运河边的邗江区槐泗镇的隋炀帝陵里,那块立于陵墓前的石碑则显得有些粗犷,似乎透露出一副盛气凌人的霸气。整个帝陵面积就达3万平方米,建有十分气派的石牌楼、青砖红窗的陵门、高大威严的城垣,在石阙、侧殿的后面便是那座10多米高的巨大陵冢,那块刻着"隋炀帝陵"四个黑色大字的石碑就高耸于这座陵墓前。

当然,在扬州城南瓜洲古渡边,斜躺着的那块康王南渡碑,和古邗沟碑、隋炀帝陵碑相比,就显得有几分苍凉落寞了。宋康王赵构,也就是宋高宗,当年从这里逃过了长江,后人为了纪念这一历史性事件,在此安放了这块石碑。那块不大的石碑上刻着"康王南渡碑"五个黄色大字,石碑的四周则是一处荒芜的杂草。

三块不同时期的石碑,都立于扬州古运河畔,记录着一代帝王的行踪,为后人留下了喋喋不休的千古话题。

我从这三块石碑的身上,看出了它们不同的模样。

古邗沟碑一副威风凛凛的样子,看上去像是一个即将远征的统帅。那块隋炀帝陵碑貌似伟岸,却透露出一股怀疑一切的姿态。隋炀帝生前多疑,死后据说有五处陵墓,而每一座隋炀帝陵碑都似乎呈现出怀疑一切的架势。那块半躺在地上的康王南渡碑,仿佛生来就是一副软骨头,直不起腰板。

然而,令我惊讶的是,这三块形态各异的石碑,产生的原因居然完全相同,全是因为曾经有三位帝王当年因战乱而仓皇地从这条古运河逃到了扬州。

2

春秋末期的公元前486年,和隋朝末期的公元605年之间相距长达1091年,可吴王夫差和隋炀帝杨广,居然同在扬州城北做了一件名垂青史的决定——开凿大运河。

这两位帝王先后开凿疏浚了从扬州到淮安的这条大运河——邗沟。

春秋末期吴王夫差(约公元前496—前473)为了北上争霸运送兵马粮食,在长江和淮河之间自然水系的基础上,开凿了这条人工河道。

公元前486年,在宣布开凿邗沟之后,吴王夫差挖下了第一锹土。从这一天起,他调集数万民夫开凿自今扬州向东北,经过射阳湖到今淮安入淮河,因途经邗城,故得名邗沟。这条邗沟南起位于今扬州的长江茱萸湾,北迄今淮安的山阳湾末口,全长170千米。末口地处淮水泗水的交汇处,由邗沟转入淮水泗水,即可达北方各地,由邗沟经茱萸湾溯长江而上,则可通达南方各地。

邗沟是有明确记载的最早的人工运河,也是京杭大运河上最为古老的一段河道。

对于吴王夫差开凿古邗沟的记载,最早见于《左传·哀公九年》:"秋,吴城邗沟,通江淮。"晋人杜预注释《左传》亦言:"于邗江筑城穿沟,东北通射阳湖,西北至末口入淮,通粮道也。"这是文献中最早出现"邗沟"的记载。

这条古邗沟的遗址位于现在的扬州竹西街道黄金坝以西至螺丝湾桥之间,长2000余米,宽20米左右。原先河貌古朴,2002年清淤之后,水系十分清澈,中段架有石桥一座,名为邗沟桥。旧时,沟畔曾有一座吴大王庙,是为了祭祀春秋吴王夫差,后在原址重建了一座邗沟大王庙。

据《寻梦大运河》一文记述:"吴王夫差开凿邗沟之后,还开凿了黄沟运河,沟通了泗水与济水。黄沟运河开凿之后,可沿邗沟北上淮水,再入泗水,又入济水,他就可以和齐晋争夺霸主的地位了。"

无独有偶,就在吴王夫差开凿邗沟一千年后,隋炀帝杨广也下令开凿大运河,疏浚邗沟。

隋炀帝杨广(569—618)和吴王夫差一样,是个雄心勃勃的帝王,对后世的影响莫过于他开凿这条大运河了。

在他刚刚登基的大业元年(605)就征发数百万士兵夫役,开始开凿大运河了,其中也包括征发淮南十万民工,对邗沟河道进行整治改造。

据《隋炀帝下令开凿大运河》一文记述:"在隋炀帝下令开凿大运河之后,只用了六年时间,就完成了大运河的开凿工程,一是完成了开凿疏浚由黄河进入汴水,再由汴水进入淮河的通济渠;二是完成了开凿疏浚从淮河进入长江的邗沟;三是完成了开凿疏浚从京口(今镇江)到达余杭(今杭州)的江南运河;四是完成了开凿疏浚从黄河到涿郡(今北京)的永济渠。"

关于隋炀帝开凿邗沟,《隋书》这样记载言:"又发淮南民十余万开邗沟,自山阳(今淮安)至扬子(今扬州)入江。"重修后的邗沟全长300多里,水面宽40步,自洛阳入通济渠,达泗州入淮水,浮淮水至山阳,顺流而下,又由扬子入江。

这条邗沟也就成为沟通江淮南北交通的黄金水道。

大运河北起北京,南达杭州,沟通了海河、黄河、淮河、长江、钱塘江五大水系,后称之为京杭大运河。

隋炀帝在修建运河的同时,还在运河的两岸筑起御道,种上杨柳,又在沿途建造离宫、粮仓。

　　隋炀帝强征数百万民工修筑运河,使成千上万的民工惨死在运河的工地上。唐人韩偓的《开河记》写道,隋炀帝派遣了酷吏主管修河,强制15岁以上的男丁服役,共征发360万人。又从五家抽一人,或老,或少,或女,担负供应民工的伙食炊事。

　　隋炀帝便是用他的血腥统治,完成了他一生最伟大的政绩,和一千年前的吴王夫差做了一次超时空的历史呼应。

3

　　邗沟和吴王夫差、隋炀帝、宋高宗有着"不解之缘",他们三人都是从邗沟向着扬州狼狈逃来。

　　公元前482年,吴王夫差亲率大军北上,与晋国争夺诸侯盟主之位,越王勾践这时趁吴国精兵在外,对其发动了突然袭击,一举打败了吴兵,还杀了吴国的太子。夫差听到这个消息之后,如雷击顶,急急忙忙带兵回国,这就出现了他指挥吴国的船队,从黄河转道淮河,然后来到了邗沟,再急匆匆地直奔扬州而来的狼狈场景。

　　无独有偶,一千年后,同样是在这条邗沟上,曾经不可一世的隋炀帝也像吴王夫差一样落荒而来。

　　隋大业十二年(616)三月的一天,扬州城外邗沟两旁的柳絮如雪,绵绵柳絮随着春风飘飞在运河四处,然后纷纷坠落在运河的水面上,给邗沟的河面铺上了白茫茫一片,就像是给已至穷途末路的隋炀帝提前吊孝。

　　隋炀帝就是在这样的场景中,指挥着他的皇家船队,向扬州一路仓皇而来。

　　这时,天下反隋起义狼烟四起,隋军四处溃败,国都洛阳眼看就要被义军攻破,隋炀帝不得不率领他的亲兵匆忙沿着运河南下,一路狂逃,朝着扬州而来。

这是他第三次巡幸扬州,实质上这一次不是巡幸而是逃难。哪里还有前两次巡幸时的张狂显赫？他前两次巡游扬州时,皇家船队前后绵延200余里,拉船的士兵就有8万之多。他乘坐的龙舟高达45尺,长达200丈,上下就有四层楼。对此,唐人杜宝的《大业杂记》中有这样的一个详细的清单：龙舟1艘,翔螭1艘,浮景舟9艘,漾水彩舟36艘,五楼船52艘,三楼船120艘,二楼船250艘,全部加起来将近500艘。而这第三次巡幸扬州,只有十几条船跟随而来,早已没有当年的气派,这也是隋炀帝人生的最后时光。

令人称奇的是,历史居然会一次又一次地重演这个邗沟南逃的场景,又过了五百年,和吴王夫差、隋炀帝一样,宋高宗赵构竟然也是从邗沟上匆匆逃来。

那是宋靖康二年(1127)秋的一天,宋高宗赵构于应天府急急登船,顺着运河一直南下,然后过淮河之后,就进入了淮扬运河,接着就向扬州匆匆而来。

在此几个月前,宋高宗得到密报,说金人几十万大军已经逼近汴梁都城,赶紧乘上一条停在汴河边的小船,开启了他的逃亡旅途。他出逃时因为过于慌忙,仅仅穿了一身睡衣,就连行李都没来得及收拾。果然,金军攻破了汴梁都城,在"靖康之难"中俘虏了徽钦二帝,以及三千皇亲后妃,作为康王身份的赵构因为逃跑及时,成了一条"漏网之鱼"。后来,他在应天(今商丘)举行了登基大典,也就从宋康王变成了宋高宗。

这时,对于新皇帝宋高宗的何去何从,朝中分成了两派意见：一是巡行南阳,最后返回汴梁都城；二是沿着大运河一路向南,到江南再做打算。其实,这两种意见是主战派和主和派的一场斗争。后来，主战派李纲被弹劾罢相，主和派汪伯彦的意见也就占了上风。

之后，作为高宗皇帝的赵构为了躲避金人的追击，一路从淮河狂奔到了淮扬运河，然后又船不停桨地一路朝扬州奔来，上演了"康王南渡"的历史画面，辛弃疾的"望中犹记，烽火扬州路"，正是描绘了这段历史。

4

吴王夫差和隋炀帝杨广的结局也十分相似。

公元前473年，越国打败吴国之后，越王勾践想把夫差流放甬东（今浙江舟山），给他百户人家收税，让他住在那里养老。可夫差说："我老了，后悔不听子胥之言，让自己落到这个地步。"说完，便拔剑自刎了，吴国自此灭亡。对于吴王夫差人生的最后一句话，《国语》是这样记载的："夫差对曰：'寡人请死！余何面目以视于天下乎？'"这便是吴王夫差开凿邗沟，最后又从邗沟逃回吴国之后的悲剧结局。

在夫差自刎、吴国灭亡的一千年后，隋大业十四年（618）三月十日深夜，扬州行宫突然爆发兵变，叛军杀死了隋炀帝的近臣，又杀死了隋炀帝12岁的小儿子赵王杨杲，最后叛军用一条丝巾将隋炀帝勒死。对此，《隋书》记载言："骁果作乱，入犯宫闱。上崩于温室，时年五十。"《资治通鉴》则是这样描写隋炀帝之死的："帝曰：'天子死自有法，何得加以锋刃？'帝自解练巾授行达，缢杀之。"紧接着，隋朝随之灭亡。

只是和吴王夫差、隋炀帝杨广二人死后两个王朝随即灭亡有所不同的是，宋高宗从邗沟一路逃亡，"康王南渡"的那一年，他南逃至余杭成立了南宋小朝廷，淮河以北的半壁江山也就随之沦亡。

第二部 运河往事

根据史料记载,"康王南渡"的时间是建炎三年(1129)的二月初三。

那一天深夜,龙舟已经停泊在扬州运河的御码头上,随时准备南渡长江。前日,宋高宗已经下诏命扬州百姓躲避战事,自寻活路。因此,全城一片混乱,人心惶惶,不可终日。这时,一个太监打探敌情回来,向宋高宗禀报说天长已经沦陷,金军的铁蹄正在向扬州一路杀来。宋高宗一听这话,吓得满脸苍白,二话没说,匆匆披上铠甲,爬上战马,飞奔出宫。在一片慌乱尖叫声中,又匆忙登上龙舟,然后直奔瓜洲古渡,去完成他人生中的"康王南渡"了。

据传,宋高宗当年的行宫就建在扬州城北的蜀冈的平山堂。那天夜里,他从平山堂骑马匆匆下山,赶到邗沟的御码头,然后船过瘦西湖、宋大城,就直奔邗沟的南尽头瓜洲渡口而去了。对此,宋人徐梦莘在《三朝北盟会编卷》中这样记载道:"三日壬子,金人陷天长军。上大惊,决意渡江,车驾发扬州渡扬子江幸润州。扬州都统王渊内侍康履等数骑从过市,市人指之曰:官家去也。俄有宫人自大内星散而出,城中大乱。宰相潜善伯彦自都堂鞭马而去,军民争诸门而出,死者不可计数。"

就是这样,南宋君臣仓皇逃至瓜洲渡口,康王南渡碑也就成了这段历史的真实记录。

只是在南渡之后,宋高宗又下了一道圣旨,命令江北宋军立即毁坏淮扬运河上的所有闸坝河堤,不让金军从运河上追赶过来。《宋史·河渠志》言:"诏烧毁扬州湾头港口闸、泰州姜堰、通州白莆堰,其余诸堰并令守臣开决焚毁,务要不通敌船。"

这条淮扬运河,也就是吴王夫差开凿、隋炀帝杨广疏浚的古邗沟,也就全部被毁断航了。仿佛一次超时空的悲剧呼应。

如今,那块古邗沟碑的身上充满了沧桑,正静静地伫立在一抹夕阳里，残阳如血的霞光给它勾勒出一道发光的轮廓，那"古邗沟碑"四个大字也被映衬得鲜红，就像是春秋末期无数民众挖河时洒下的血泪；那块隋炀帝陵碑也被同样的夕阳照耀着，也寂静地耸立着，古碑上的黑色大字显出一股阴气，仿佛是隋末为开凿大运河而惨死的两百多万阴魂仍然不散；那块康王南渡碑也默默地沉浸在夕阳之中，碑上的黄色字迹充满了历史的忧伤，像是被黄河夺淮的洪水淹死的无数百姓的泪水。

二、汉高祖刘邦：高祖十二年的"文化秀"

1

刘邦深切地感受到了死亡即将来临，因此，在他人生的最后一年，即汉高祖十二年里，一连做了几件大事：第一，彻底解决异姓王，分封刘氏宗族；第二，以天子的身份祭祀孔子；第三，一连公开发表了两首诗作；第四，安排身后之事。这四件大事的目的只有一个，那就是巩固大汉皇权。也正因为此，这才有了他的衣锦还乡，这才有了那首举世闻名的《大风歌》。

在陆续消灭臧荼、韩王信、韩信、彭越、英布等异姓诸侯王，特别是讨伐英布叛乱时身负伤重之后的这一天，刘邦回到了自己的故乡——秦汉时期的沛县丰邑（注：丰邑后来从沛县辟出另设丰县）。

他命人在沛宫摆下几十桌酒宴，把过去的亲戚故老全部召集过来了，还挑选了沛中少儿 120 人。

开宴之前，刘邦十分动情地发表了演讲。

他对沛县父兄说："朕虽然建都关中，可在千秋万岁之后，朕的魂魄还是怀思故乡。朕自从做沛公开始,诛暴讨逆,终于取得了天下。因此,朕宣布以沛县作为朕的'汤沐邑',减免沛县百姓的徭役赋税!"

据《礼记·王制》记载,周天子赐给供诸侯住宿和斋戒沐浴的封邑叫作汤沐邑,后来皇帝、皇后、公主等收取较少赋税的私邑也叫汤沐邑。自汉高祖刘邦之后,历代皇帝也常常赐皇后、公主汤沐邑。这些汤沐邑里的百姓全部减收赋税,免除徭役。

沛县父老一听减少和免除了自己的赋税和徭役,自然感恩戴德,山呼万岁。然后,刘邦宣布宴会开始,几十桌人端起了酒杯,一同敬起刘邦来,共同敬祝他寿比南山,福如东海,整个宴会也就推向了高潮。

这一次刘邦皇帝回到故乡时,汉朝国内的对手已经被他一一平定了。然而,作为开国皇帝的刘邦自然明白,北方兴起的匈奴已经成为大汉帝国真正的敌人,而这时汉朝著名的战将都一一离世,面对凶猛强悍的匈奴,汉朝此时竟然无法找出与之抗衡的人才。刘邦在年轻气盛的时候不会产生这样的忧虑,可如今他已经年老体衰,力不从心了,眼看就要离世,把这样的国家留给自己年轻的儿子,他又怎能放心得下呢?当然,让他感到更大的忧愁是对继任皇位的刘盈的担心。此时的刘邦很想换掉这个太子,另立刘如意,可他又担心朝中大臣不同意,更担心虎视眈眈的吕后从中弄权。

此时,在平定英布时受了箭伤的刘邦,感受到了死神离自己已经不远了,他一边对自己身体担忧,一边更对自己身后之事担忧,可对于这些担忧他只能深深地埋藏于心底。

正因为此,刘邦借着酒兴,击筑而歌,慷慨伤怀,泪水潸然而下,吟唱起他的诗作《大风歌》。

只见他拿着竹尺敲击起了乐器筑,十分苍凉地吟唱道:

> 大风起兮云飞扬,
> 威加海内兮归故乡,
> 安得猛士兮守四方!

接着,为了扩大这首诗作的传播范围,他又让一百二十名少年儿童,跟着自己一起学唱起来了:

> 大风起兮云飞扬,
> 威加海内兮归故乡,
> 安得猛士兮守四方!

就这样,刘邦老迈浑浊的嗓音和稚嫩无邪的童声混合在了一起,将他的《大风歌》演绎到了悲壮苍凉的极致。

《大风歌》虽然是刘邦得胜回朝时创作的,却是一曲胜利者的悲歌。这首诗作为刘邦这样一位一路从草根成长起来的君王的人生又增添了几分诗意。

可见,这是一场十分成功的"文化秀"。

2

从故乡沛县启程回京,路过山东的孔子故里,刘邦又举行了一场前所未有的盛大祭祀。

祭祀的现场供奉着孔子的塑像,两侧排列着祭礼的八音乐器,笙、埙、鼓、柷、磬、钟、瑟、箫的乐师们抱着乐器立在一旁,祭台上供奉着豆、笾、登、簋、爵、卣、勺、罍、铣、枓、禁、篚等祭器,所有的祭器里面盛满了各种祭品,祭台的前面还供奉着全牛、全羊、全猪三牲祭品。

祭典从夜半子时就已开始了，刘邦身穿玄色祭服，由司仪官引领着，身后跟着提着手罩、提炉、纱灯的太监。刘邦皇帝走到杏坛前双膝下跪磕了头，然后起身走进了祭堂，来到孔子的塑像前立着。

整个祭孔的程序都是由刘邦钦定，内容十分地繁琐。整个过程由迎神、初献、亚献、终献、撤馔和送神六个部分组成，从头到尾需要很长一段时间。

此时，刘邦的身体已经病入膏肓，可他仍然咬紧牙关将祭祀程序进行到底。

所谓迎神就是请出孔子的牌位，然后由刘邦主祭进香，并行三拜九叩大礼，同时乐奏昭平之章，歌词则是称颂孔子的丰功伟绩。

一阵典雅悠扬的音乐过后，十几个童男便一齐唱起了颂歌：

"大哉孔子，先知先觉，与天地参，万世师表，祥征麟绂，韵答金丝，日月既揭，乾坤清夷……"

接着，刘邦便下跪叩首，再行三跪九叩之礼，一直到乐止之时，迎神的程序才算完成了。

在整个祭祀过程中，所有八音乐器一齐演奏出金声玉振、古朴典雅的韶乐，吟唱着孔子德润天地、道贯华夏的颂歌，使祭祀的气氛变得格外的庄重肃穆。

接着就是初献、亚献、终献，这是整个祭孔活动的主体部分。

刘邦把酒类、蔬菜、肉类、干鲜果品等祭品奉祀到孔子的塑像牌位前，乐器分别演奏宣平、秩平、叙平之曲。早有 36 名身穿蓝色长袍、头戴黑色平顶方角帽、脚上蹬着皂鞋的文武舞者开始舞动起来了，武生舞者在前，右手执剑，左手执盾；文生舞者居后，右手执羽，左手执龠。他们在八音齐备的乐器伴奏之中，跳起了祭孔的乐舞。

送神是祭孔礼仪的最后一部分,需要乐奏德平之章。

祭孔的六个乐章高度评价了孔子伟大的一生,歌颂了他那博大精深的儒学思想。

据《史记》记载:"高皇帝过鲁,以太牢祠孔子。"《汉书》也言:"汉十二年十一月,刘邦行自淮南还。过鲁,以大牢祠孔子。"大牢即太牢,在当时这是一种最高规格的祭品,表现出刘邦当时祭孔时的心情是何等虔诚。

刘邦当年起兵反秦,平复魏地,入关灭秦,夺取关中,还定三秦,彭城和垓下之战,对战匈奴,以及铲除异姓诸王,全都是以武力平定天下。可是,他在人生的最后一年,居然一下子变成了尊儒敬文的诗人,还有意识地将自己打造成了汉文化的奠基者,难道不是刘邦给自己创造的又一个人生传奇?

智慧之极的刘邦这时明白,在统一中国之后,自己要想把分崩离析的民心凝聚起来,只有依靠文化的力量。因此,他先后建立了规模宏大的国家图书馆天禄阁、石渠阁。"天下既定,命萧何次律令,韩信申军法,张苍定章程,叔孙通制礼仪,陆贾造《新语》。"刘邦采取的宽松无为的政策,不仅安抚了百姓,凝聚了人心,也促进了汉文化的形成。就这样,刘邦成为中国历史上第一个亲临鲁地曲阜祭孔的皇帝。

刘邦的这场盛大的"文化秀",开了帝王祭孔之先河。

3

回到长安之后的一个清晨,刘邦硬撑着病体,头戴皇冠,身穿龙袍,故作镇静地端坐在龙位之上,用浑浊的目光看着下面整整齐齐站立着的文武大臣,只见他们都穿着汉代大臣的朝服玄端,宽袖大袍,每个人在胸前举着一块笏板,上面写着各自要向自己奏请汇报的内容,所有人的脸上显得异常严肃。

刘邦上朝的地方是未央宫前殿,汉高祖七年(前200)由丞相萧何主持修建而成。所谓未央,是一个吉语,意思是没有任何灾难,没有任何殃祸,含有平安、长寿、长生之意。

这座未央宫高大巍峨,富丽堂皇,前殿长达50丈,宽达15丈,高达35丈。宫内除了正殿宣室,还有麒麟、金华、承明、武台、钩弋等殿阁。温室殿则是刘邦的寝宫,位于承明殿之北。

整个皇宫不仅规模宏大,而且异常威严。

这天上朝,在天亮之前,诸侯大臣们按级别先后进入前殿,殿门外的院子里排列着保卫皇宫的御林军。这时礼仪官高喊了一声"趋",正殿下面的丞相、侍郎等文官们就站到了台阶下的东侧,诸侯、将军们则依次站立在了台阶下的西侧。最后,刘邦的御辇才从后宫温室殿缓缓而来,随行的太监们手举着龙伞跟随其后,大太监用尖溜溜的声音高喊了一声"皇上驾到!"站立在宫殿里的所有人都诚惶诚恐,肃然起敬。

在群臣一齐行礼之后,刘邦心满意足地想:"这样的朝会,确实体会到了作为皇帝的尊贵。"然而,他又想到自己的身体欠安,将不久于人世,一股忧愁涌上心头。

刘邦抬眼在殿下的文官队伍里寻找叔孙通,便下旨让叔孙通上前议事。

只见那个年迈儒生叔孙通颤颤巍巍地走上前来,跪伏在刘邦的脚下,等待着刘邦给自己下达圣旨。

叔孙通是西汉大儒,几年前因为主持制定了大臣朝见皇帝的礼仪制度而被刘邦破格晋升为太常,后来又提拔为太子太傅。

刘邦提拔叔孙通当时对整个西汉王朝震动很大,重用一个对于西汉王朝的建立毫无战功的一介文人,使许多人感到大惑不解。刘邦一贯鄙视儒生文人,现在人至将死,怎么会一下子来了个一百八十度的大转弯,开始尊儒敬文起来了?

确实,在历代皇帝中,刘邦是文化学历最低的一个。他出身于社会底层,过去以"生不读书"为荣,还养成了一身痞子恶习,喜欢粗来粗去的市井作风,游手好闲惯了,好酒色,性格粗野,行为放荡,任泗水亭亭长的时候,"廷中吏无所不狎侮",当年还骂儒生为"竖儒""腐儒",并且拿儒生的帽子当便盆。他认为自己是马上得天下,《诗》《书》没有用处。

然而,在取得天下之后,刘邦看到在朝会上大臣们狂呼乱叫,甚至拔剑击柱,似乎没有人将自己放在眼里。这种情形被"汉家儒宗"叔孙通看到了,便对刘邦提出:"儒生们虽然不能帮着你攻城占池,却可以帮你守住天下。"于是,叔孙通到曲阜找了 30 多个儒生回到了长安,一起制定了一套汉代朝廷上的实用礼仪。叔孙通让群臣当堂演练,果然满朝秩序井然,尊卑分明。自此,刘邦对叔孙通十分倚重。

这个时候,刘邦将叔孙通叫到面前对他说:"朕以为储君乃一国之本,如把大汉江山交给一个不称职之人,那将是天下之灾,秦始皇前车之鉴至今仍然历历在目。故朕想废太子而改立,不知爱卿意下如何?"

刘邦将这一想法对大臣们一提,让他料想不到的是,整个前殿里响起了一片反对的声音,太傅叔孙通以不合礼仪进行劝阻,御史大夫周昌更是激动地说道:"陛下虽欲废太子,臣期期不奉诏。"

刘邦见大家言辞激烈,只得暂且作罢。

就这样,在高祖十二年(前 195),刘邦欲废太子刘盈,经过叔孙通、周昌等文臣武将,以不合儒家礼教为理由进行劝阻。刘邦居然一反鲁莽粗俗之风,十分文雅地听从了这些儒生的意见。

这就是刘邦最后一次上朝的情景,也算是他在朝堂之上做的又一次"文化秀"。

4

刘邦在他的寝宫温室殿里睡了大半天,一直到傍晚才缓过劲来,用了一点儿御膳,然后就斜躺在龙床上,心里若有所思,良久,老眼里居然溢出了泪花,最后命他的爱妃戚夫人跳起了楚舞。

戚夫人知道皇上这些日子一直心事重重,又有重病,担心他将不久于人世,便总是催促他废立太子,这时听他命自己跳楚舞,也就满脸愁容地在温室殿里舞动起来。

只见她穿着一件半遮半露的艳丽长裙,熏沐着沁人心肺的名贵香料,手执一根灿烂夺目的彩色雉羽,合着徐疾有致的鼓点载歌载舞起来。

刘邦看她的舞姿简直就是体如游龙,云转飘逸,长袖似霓。她那腰肢扭动婀娜多姿,舞拂长袖飘逸如仙,眼神回眸顾盼流情。她那长袖飘舞更是出神入化,撩袖甩袖忽如烟起,扬袖拖袖忽如虹飞。

这位戚夫人长相甜美,玉体颀长,是西汉著名的舞蹈艺术家,她还擅长瑟筑等乐器,能歌善舞。她生有一子刘如意,仗着刘邦的恩宠,一直想谋取太子之位,经常要刘邦改立太子。然而,刘邦改立太子的想法遭到了朝廷儒生们的一致反对。对此,《史记·吕太后本纪》记载道:"及高祖为汉王,得定陶戚姬,爱幸,生赵隐王如意。孝惠为人仁弱,高祖以为不类我,常欲废太子,立戚姬子如意,如意类我。戚姬幸,常从上之关东,日夜啼泣,欲立其子代太子。吕后年长,常留守,希见上,益疏。如意立为赵王后,几代太子者数矣,赖大臣争之,太子得毋废。"

就是在这种情形之下,刘邦终于十分无奈地对戚夫人说:"我想更换太子,可太子的羽翼已经丰满,难以更换了。"戚夫人听后哭泣起来,刘邦也流着眼泪,应着戚夫人的歌舞,一边击打着筑,一边沙哑地唱起了楚歌。

他们都明白更换太子不成的后果意味着什么,也都忧伤至极,四目相对,唏嘘不已,最后一个唱起了楚歌,一个跳起楚舞。

他们这一歌一舞酝酿出了一种缠绵悱恻、凄清婉转的悲惨气氛,刘邦唱出了他的《鸿鹄歌》,吟出了他临死之前的另一首诗作:

> 鸿鹄高飞,一举千里。
> 羽翮已就,横绝四海。
> 横绝四海,当可奈何?
> 虽有矰缴,尚安所施?

刘邦这首诗是用泪水吟诵出来的,一连唱了几遍,戚夫人早就泪流满面,泣不成声了。

这首《鸿鹄歌》用简洁的语言描绘出太子刘盈就像羽翼丰满的鸿鹄,即将一飞冲天,也表明刘邦对换立太子的无能为力,显露出刘邦既兴奋又无奈的复杂心境。

> 横绝四海,当可奈何?
> 虽有矰缴,尚安所施?

这时,刘邦又一次吟诵他的《鸿鹄歌》。

刘邦病重之后自知大限不远,不得不将这一结果告诉了戚夫人,也就唱出了这首忧心忡忡、情意绵绵的悲歌。

在吟诵这曲悲歌之后不久,刘邦在万般无奈之中死去。

对此,《史记·高祖本纪》这样记载道:"十二年四月甲辰,高祖崩长乐宫。"

刘邦驾崩之后,太子刘盈继位,为汉孝惠帝。戚夫人母子果然遭受到吕后的严酷报复。

从此,这首《鸿鹄歌》作为刘邦临死之前的"文化秀",将他和戚夫人的爱情悲剧流传千古。

只是让刘邦万万没有想到的是,他一心想保全的大汉只延续了四百年就灭亡了,而由他开启的大一统汉文化却传承了两千多年,延绵不绝。

三、楚霸王项羽:爱垂青史

> 西楚霸王项羽因为有了和虞姬的爱情,高祖刘邦才不能与之相提并论,"兵仙"韩信也不能与之并驾齐驱。在爱情这一点上,项羽是个胜者。
>
> ——题记

1

这是千古一吻。

这是能够晕倒无数国人的长吻,这是能够晕倒两千年历史的长吻。项羽和虞姬的双唇紧紧地贴在一起,这便是阴与阳的交汇。

31岁的项羽和26岁的虞姬是在垓下那个苍凉荒芜的山沟里,伴随着楚国的民间歌谣,举行这场生死诀别的隆重典礼的。面对

着行将熄灭的生命篝火,项羽和着山外传来的阵阵凄凉的楚调,慷慨悲歌:

　　力拔山兮气盖世,
　　时不利兮骓不逝,
　　骓不逝兮可奈何,
　　虞姬虞姬奈若何!

　　项羽歌罢仰天长叹。虞姬深知大势已去,提出要为项羽跳一曲项羽最最喜欢的剑舞,并且歌而和之。据《史记正义》引《楚汉春秋》言,虞姬唱和项羽的歌词是:

　　汉兵已略地,
　　四方楚歌声,
　　大王意气尽,
　　贱妾何聊生!

　　残阳如血。虞姬一面舞剑一面低歌。啊,一路的桃花依次绽放,一路的风情千般妖娆,一路的清泪涟漪如雨,一路的惜别依依难舍。
　　虞姬舞罢扑进项羽的怀里,满面泪花地亲吻着项羽。这可是虞姬和项羽一生的最后一吻呀。
　　项羽泣不成声,眼睁睁地看着虞姬毅然拔剑自刎,眼睁睁地看着虞姬慢慢地倒在自己的怀里。
　　整个世界在此静音,整个宇宙在此定格。
　　他们的千古一吻,就是《霸王别姬》。当下东方歌舞团正在把它改编成芭蕾舞剧《霸王别姬》,运用极具张力的舞蹈语言,表现这对英雄美人的柔肠寸断的惜别。他们的千古一吻,成就了站在刀刃上翩翩起舞的中国式的《天鹅之死》;他们的千古一吻,把爱情的凄艳悲壮之美淋漓尽致地演绎到了人类情感的巅峰。

在中华五千年文明史上,项王和虞姬的千古一吻,能够使征战不休的帝王厮杀变得苍白空虚,使很多人们争相传说的所有爱情故事相形见绌。

是的,我对项羽的膜拜,是对英雄的膜拜,是对生命的膜拜,更是对爱情的膜拜。所以我每次有机会去苏北宿迁,总是首先直奔运河岸边的项王故里,去谒拜失败,更去谒拜爱情。

2

崇拜胜者,鄙薄败者,是古人的一种固有的民族心理,那句"胜者为王,败者为寇"是古人评判是非功过、成败得失的一个常用标准。注重婚姻,淡漠爱情,也是古人的一种固有的民族心理,那句"不孝有三,无后为大"便是古人评判婚姻是非、为人逆孝的一个标准了,而婚姻里面是否有爱情无关紧要。古人的这两个处世哲学盛行了两千多年,可谓根深蒂固。然而,这两个准则运用到楚霸王项羽的身上却神奇地不灵光了。我们仔细思量其中的缘由,只能得出这样一个结论,那就是项羽自有他独特的人格魅力。全国各地曾经有的或者是现在有的关于项王和虞姬的纪念地,就是一个很好的说明。这是古人崇尚失败、崇尚爱情的一个特例。

位于江苏省宿迁市城南大运河和废黄河之间的项王故里,现在已经发展成为一座颇具规模的汉代风格建筑群了。项王自刎乌江之后,当时名曰"下相"的宿迁的"江东父老"为他修建了庙宇,从此千百年来香火不绝。直至清初,大运河、废黄河发生特大水灾,把建在两河之间的项王庙给冲毁了。仅剩项羽当年亲手种植的一棵老槐和一棵古桐。1931年,西北军张华棠师长率部驻扎宿迁时出资修复了项王故里,在古槐旁建了一座草亭和三间草堂。四年之后,宿迁县长张乃藩修建英风阁;中华人民共和国成立后,政府多次拨款扩建,使这座规模庞大的爱情宫殿愈加彰显出王者气派。

我们从项王故里的兴建足以看出国人对项羽膜拜的热烈与持久。据有关史料记载,项王死后,首先给他建庙的就是江东父老,紧接着,在项羽自刎的乌江边和虞姬自刎的垓下,当地百姓又分别为他们建了项王墓和虞姬墓。公元前201年,刘邦在河南省河阳县谷城之西筑墓,隆重移葬项羽。由此可见,项羽当年兵败垓下之后,不愿过江去见家乡父老,可是家乡父老却没有忘记他这位失败了的英雄。

我认为后人这样怀念他,根本原因是景仰项羽的英雄气概,称颂他和虞姬之间的荡气回肠的爱情,而后者则是更主要的原因。1935年建成的英风阁大门口的对联就说得十分明白:"鸿门垓下大英雄,哪关成败;骓马虞兮有情种,不易生死。"横批为"英雄情种"。我们不能不认为这副对联的精妙。上联说的是后人对项羽一生的评价,而下联说的是产生这种评价的真正原因,横批又进一步说明了这个原因。先人们把项羽誉为"真情种",一语道破了世人对项羽不以胜败论英雄的想法。

3

我看着眼前这座高大的石牌坊,依稀可以体会出当年项羽雄霸天下时的伟岸。那牌坊上的"项王故里"四个大字,似乎正向前来拜谒英雄的后人,昭示着一句潜台词:这是一块英雄的土地,更是一块培育"真情种"的绿洲。从大堤上的牌坊走过,沿着那上百级石阶,一级一级地朝下走去,坐落在大堤之下的一座具有汉代风格的建筑群便会尽收眼底。这是一座占地 50 亩的三进院落。前者为高大的皇家石阙;中院以英风阁为主要建筑,阁内供奉着项王高大的雕像,四周墙壁上镶嵌着项王一生的英雄事迹的浮雕;后院为花园式庭院。相传项羽当年就是住在这个房子里的。现在正堂供奉着的是婀娜多姿、风情万种的虞姬雕像,室外还有系马亭,亭内是石雕乌骓,亭外则是当年项羽用过的拴马槽。整个建筑简直就是一幅温馨浪漫的风景画,整个庭院是用极具抒情风格的建筑语言,在给人们营造出一部项羽和虞姬的爱情经典。

爱神虞姬,美神虞姬。

当我仰面凝视虞姬那彩色塑像的时候,不得不称道她是古代的爱神、古代的美神了。她的美艳绝伦,她的婀娜多姿,她的羞花闭月,能够使贪图权贵的杨玉环无地自容,能够使甘作卧底的貂蝉惊厥汗颜,能够使沉鱼落雁的西施自愧不如。而虞姬之所以比杨玉环她们更加美丽,就是因为她不但拥有了外表的美貌,而且还拥有了其他中国古代美女们无法比拟、轰轰烈烈、惊心动魄的爱。

是的,我们在项王故里能够强烈感受到的是,虞姬对项羽的那分能给两千多年之后的人们留下的这段历久弥新、刻骨铭心的爱情故事。

我想,这后院供奉虞姬的雕像,是家乡百姓打破古人的传统思维方式的又一个特例。据说虞姬的祖籍是楚地沭阳,跟随父母来到虞地。公元前 209 年,项羽跟随伯父项梁杀了会稽太守,于吴中起义,虞姬爱慕苏北老乡项羽的勇猛,嫁与这位年长自己五岁的项羽为妾。项梁死后,项羽先为次将,后升为上将军,虞姬和项羽形影不离,一直到垓下自刎。由此推想,虞姬恐怕生前没有跟随项羽回过宿迁。因此,把虞姬的雕像供奉在这里,确实体现了江东父老对这位"好儿媳"的无限敬仰。

4

千百年来，江东父老把项羽和虞姬的这对美满的婚恋，看作是一种莫大的幸福。每当家乡哪家新婚大喜，总是要到项王庙去祈拜，祈求他们赐福给新人，也就有了"白果果，开白花，白家大姐嫁人家。哥哥抱上轿，嫂嫂去拜项王庙。扯黄旗，放鞭炮，新娘房里好热闹"的宿迁民谣了。由此可见，家乡百姓早已把项羽和虞姬两人当作是美满爱情、幸福婚姻的典范。

如果说虞姬的爱情表现了她性格的一个侧面，那么她性格的另一个侧面则是刚强。这犹如中国的太极神功，外柔而内刚。清代诗人何溥的《虞美人》中有这样几句诗："遗恨江东应未消，芳魂零乱任风飘。八千子弟同归汉，不负君恩是楚腰。"他认为八千楚军全都投降了刘邦，没有一人能够像虞姬那样坚贞不二，宁死不屈。也就是这位年仅26岁的虞姬面对着死亡的突然降临，面对着生命的悲壮终结，坦然而平静地走向她极其短暂的人生尽头，没有一点儿拖泥带水，没有一点儿犹豫不决，更没有一点儿抱怨指责。

虞姬把古代女人所有的似水柔情汇集于一身，虞姬又把古代女人所有的如钢坚韧汇集于一身。虞姬把女人的柔情和女人的刚烈，淋漓尽致地表现到了人间情感的极致。

我们可以说，是虞姬成就了项羽，使项羽这位"败者"不但没有被世人认定"为寇"，反而变成了英雄，甚至于百世流芳。正因此，高祖刘邦不能与之相提并论，"兵仙"韩信也不能与之并驾齐驱。因为刘邦虽然利用了苏北老乡的关系，拉拢淮阴人韩信，打败了另一个苏北老乡项羽，可留下的骂名颇多，玩弄权术、背信弃义、滥杀无辜、残害忠良,等等。他虽然坐上了皇位,后人却一直把他看作是一个市井小人。刘邦在战争上是一个胜者,可是在名誉与道义上却是一个争议极大的人物。淮阴侯韩信虽然是一位战必胜、攻必克的常胜将军,但毕竟缺少像虞姬那样的贤内助,到头来连夫人姓甚名谁后人也无从知晓。

倘若让我来煮酒论英雄,那么我会毫不犹豫地说,刘邦的英雄气派因为吕后而名誉大丧,韩信的英雄本色因为夫人的平凡而缺少衬托,而唯有项羽因为虞姬的爱而流传千古。

是的,项羽因为有了虞姬的爱而青史留名。

难怪乎在项羽自刎一千多年之后,宋代美女李清照还会深深地思念他,为他写下了这样的千古绝唱:"生当作人杰,死亦为鬼雄。至今思项羽,不肯过江东。"

试想,如果李清照早生一千多年的话,可能会义无反顾地想去做项羽的爱人吧?

四、淮阴侯韩信:一个人的"成语传奇"

> 韩信将他自己的人生传奇创造成了典故,而整个中华民族将他的典故一年又一年地流传成了成语。
>
> ——题记

1

在苏北淮阴的韩信故里,"信钓于城下"之处的古淮水边,耸立着一座"韩信钓鱼台"的石碑,那石碑的后面便是那片清澈见底的韩信湖,湖的南岸有一个凉亭,淮水便是从西蜿蜒而来,又从这里蜿蜒向东而去。

在韩信湖的岸边,少年韩信正在耐着性子钓鱼。

只见他年龄约二十,满脸的油污,一身的灰垢,穿着乞丐似的衣服,破破烂烂,臭气熏天,腰间还挂着一柄长剑。这时,他用两只小眼睛紧盯着鱼饵,生怕鱼儿不肯上钩。他的肚子却饿得咕咕直叫起来,脸上也渗出了一层冷汗。

韩信自幼丧父,家境十分贫寒,后来他的母亲也去世了,连葬母的钱都没有。他每天除了钓鱼练剑,就是到亭长家里蹭吃蹭喝。对此,《史记·淮阴侯列传》这样写道:"淮阴侯韩信者,淮阴人也。始为布衣时,贫无行,不得推择为吏,又不能治生商贾。常从人寄食饮,人多厌之者。常数从其下乡南昌亭长寄食,数月,亭长妻患之,乃晨炊蓐食。食时,信往,不为具食。信亦知其意,怒,竟绝去。"时间一长,亭长妻子对韩信也就不耐烦了,就采取提前起床烧火做饭,提前吃了早饭的方法,让韩信来了什么也没吃到。

就这样,韩信心里十分恼火,饿着肚皮,提着他的钓鱼竿,离开了亭长家,来到这里钓起鱼来。

关于韩信钓鱼台的地理位置,《史记·淮阴侯列传》记载曰:"信钓于淮阴城下。"《水经注》亦云:"淮水又东,经淮阴故城下,韩信钓于此。"据专家考证,韩信当年的钓鱼台就在今天的韩信湖南岸。韩信少时曾垂钓于此,后人为了纪念他,便在此建立了钓鱼台,还立了一块钓鱼台的石碑。

关于贫困户韩信少年在淮水边的垂钓故事,后来被江淮百姓口口相传为"一竿之微",清代诗人沈菊庄还为他专门写过一首《韩淮阴钓竿歌》:"千金之重酬漂母,一竿之微还忆否?"诗里说的"一竿之微"便是流传了两千多年的一个典故。

也就是在韩信湖的南岸,韩信在饿昏之际遇到了漂母,也就引出了另一个典故"一饭千金"。

当然,在淮阴故里,与韩信有关的最出名的典故则是"胯下之辱"。

有一天,一个屠夫看到韩信便故意羞辱韩信说:"你看上去身高马大的,又喜欢带着一柄宝剑,在我眼里你不过就是一个胆小鬼!"街上已经围满了人,大家听了屠夫的话之后都哈哈大笑起来。那个屠夫也就更加得意了,当众指着韩信说:"你要是有种,不怕死,就拿剑刺我;如果你认怂,就从我的裤裆里钻过去!"说着,他就张开了两条腿。

韩信看着这群无赖,想了好一阵,什么话也没说,真的俯身趴在了地上,跪着用膝盖一点一点地向前爬去,从那个屠夫的裤裆里一步一步地钻了过去,脸上居然表现得十分平静。

韩信的这一举动使在场的所有人再次哄堂大笑起来。

从此,韩信胯下受辱之事,也就在淮阴城的里里外外传开了。

关于韩信受胯下之辱的具体地点,《宋本方舆胜览》这样记载:"胯下桥在淮阴县,即韩信少年受辱之处。"胯下桥遗址位于韩信钓鱼台东侧不远处,原有小桥墩,筑有券门,门前有碑,上刻"韩信胯下受辱处"。《史记·淮阴侯列传》对此事亦有记载:"淮阴屠中少年有侮信者,曰:若虽长大,好带刀剑,中情怯耳。当众辱之曰:信能死,刺我;不能死,出我胯下。于是,信孰视之,俯出胯下,匍匐。一市人皆笑信,以为怯。"

在这个时候,在场的所有人谁也没有想到,眼前这个"一竿之微"、经受胯下之辱的韩信,后来居然会变成叱咤风云的王侯将相。

韩信(约前231—前196),淮阴(今属江苏省淮安市)人,西汉开国功臣,军事家,"兵家四圣"之一,"汉初三杰"之一,中国军事思想"兵权谋家"的代表人物之一,被后世奉为"兵仙神帅"。

2

眼前这座古朴苍凉的拜将坛,朱柱青瓦,线条直硬,石台高耸,规模宏大,是一处秦汉式建筑,位于陕西省汉中市南门之外。台前竖着一块"韩信拜将坛"的石碑,后面建有一座亭阁,门楣上高悬着"拜将坛"的匾额,亭顶为斜山样式,斗拱飞檐翘角,檐下为玄紫彩色画,远远望去显得气势雄浑,十分壮观。

这座拜将坛就是汉高祖刘邦设坛敬祭天地、拜韩信为大将的地方。

那天清晨,汉军将士被集中在这个坛下,所有人都知道刘邦将要拜将授符。刘邦早在七天前就已开始恭恭敬敬地斋戒了,吃素戒酒,沐浴更衣,终于在这个黄道吉日,率众将士来到了这座拜将坛。

只见台上供奉着刘邦的祖宗牌位,高坛的四处旌旗招展,后面高悬着一幅巨大的红布,上面写着一个大大的"将"字。

此刻,吉时已到,刘邦走上了高坛,站立于东,面朝着西。汉军的一批将领在台下立着,面对着刘邦。韩信只是一个无名晚辈,站立在远处的一个不起眼的角落里。

首先是祭祖,献上祭品,焚香叩拜,然后才开始拜将。接着,便是擂响了战鼓,吹奏起号角。这时,萧何恭请刘邦宣布大将军人选。

只见刘邦身穿着一件玄色汉服,头戴一只金制王冠,脸上十分严肃,走到了拜将坛的前面,然后高声说道:"自今日起,本王封韩信为大将军,统帅三军!"

当他宣布这一结果时,下面的全体将士猛吃了一惊,谁也没有想到刘邦会将汉军的指挥权交给韩信这个小卒。因此,那些跟随刘邦南征北战的将领都不服气,一个个念念不平。

韩信出身确实寒微,幼失父母,曾在家乡淮阴乞食漂母,受辱胯下。在秦末农民起义爆发之后,投身到项梁义军之后不被重用,多次给项羽出谋划策均遭拒绝,后来又改投刘邦麾下,也是不得志。前几天,在萧何的极力举荐之下,刘邦这才破格录用,在此筑台设坛祭祖拜将。

其实,刘邦的心里并没有底,可他这时屡战屡败,必须启用新的人才,这才将象征将军权力的斧钺,递交到了韩信的手中,并且说:"从此,上至天者,下至渊者,均由将军制之。"

韩信立马跪在地上,双手接过了斧钺说道:"大王既然将三军统帅大权交给我韩信,我就一定会以死报国!"

整个拜将仪式到这里,也算是基本完成了,剩下的只有等以后的战争实践来证明韩信究竟是怎样的人了。

关于筑坛拜将之事,《汉书·高帝纪上》记载言:"汉王斋戒设坛场,拜信为大将军。"《史记·淮阴侯列传》也记载言:"王曰:以为大将。何曰:幸甚。于是王欲召信拜之。何曰:王素慢无礼,今拜大将如呼小儿耳,此乃信所以去也。王必欲拜之,择良日,斋戒,设坛场,具礼,乃可耳。王许之。诸将皆喜,人人各自以为得大将。至拜大将,乃韩信也,一军皆惊。"

当然,因为萧何在对刘邦推荐韩信时,一连用了"国士无双""略不世出",来评价韩信的指挥才能,认为韩信的军事才能在全国的军士里绝无第二人,还说韩信具有战略眼光也是天下没有的,这就给后世留下了"国士无双""略不世出"两个成语。

自此,"筑坛拜将"这个成语也就顺利诞生了。

韩信曲折传奇的人生故事仿佛也就随着这些成语向前延续着。

3

寒风萧萧,冷雨凄凄。金戈铁马,刀光剑影。

逐鹿三千里中原,一路狂奔来到了垓下(今安徽省灵璧县东南),最终被一道十万大军组成的防线层层包围起来,这便是项羽率领楚军仓皇退到这片古战场,西楚王国的最后时刻也就随之到来了。

这天夜里,在电闪雷鸣之间,四处忽然传来了一阵阵楚歌,如哭如泣,如针如锥。四面受敌、孤立无援的项羽和楚军的全体将士大惊起来:难道是汉军已经占领了整个楚国?为何会有这么多的楚人在唱歌?否则,四面八方传来用楚国方言齐唱的楚歌,为何是这般的悲伤凄楚?

> 刀剑无情人命危,
> 骨埋沙场有谁怜?
> 楚败汉胜是天意,
> 何必为人作嫁衣!

又听到另一首更加让人心伤的楚歌:

> 离家十年兮与母告别,
> 妻子无靠兮独守空房,
> 白发依门兮翘首盼望,
> 儿女想爹兮哭断肝肠。

这楚歌就像苦风凄雨从四处的黑暗中一阵又一阵飘来,给楚军的残兵败将们唱起了挽歌,令楚军所有的将士潸然泪下,看着自己被汉军团团包围,已经是弹尽粮绝,想起家中父老妻儿,一个个悲痛欲绝,哪里还有心思继续战斗?

这便是汉高祖五年十二月(前202年12月)发生在垓下的悲情场景,也是韩信精心设下的十面埋伏之计想要的效果。

自从四年前在拜将坛接过刘邦授予的斧钺之后,韩信便率领汉军一路远征,用"明修栈道,暗度陈仓"之计,出汉中,定三秦,连续击败了魏、代、燕、赵、齐五国,百战百胜,从而形成了对楚军的战略包围,接着便一直将项羽追到了垓下。

此前,用兵如神的韩信精心挑选了十位汉军将领,包括樊哙、英布、彭越、周勃、曹参、灌婴等人,把汉军的主力部队也分成了十队,命每个将领各率一队,然后以十面埋伏布阵,阵与阵之间层层相围,层层接应,从而形成密不透风之势。这就是著名的"十面埋伏"之计。

汉军布阵完毕之后,韩信亲率三万精兵前去挑战项羽,楚汉大决战的序幕也就由此拉开了,主动出击的韩信使出诱敌深入之计,将项羽的三万残军诱入汉军在垓下设下的十面埋伏之中。

就这样,垓下古战场,杀声震天响,垓下之战由此轰轰烈烈地展开了。

当天夜里,风雨大作,为了进一步动摇瓦解楚军,韩信又组织一批士兵进行大合唱,演唱时一律使用楚国的方言,目的就是用厌战、思亲、思乡之情来瓦解楚军的战斗力。

垓下之战的结果是,项羽霸王别姬,自刎乌江(今安徽和县东北乌江浦),也成就了韩信创造的又一成语"十面埋伏"。

在这五年里,韩信率领汉军,度陈仓,出函谷,泗黄河,越井陉,决潍水,战垓下,灭西楚,完成了大汉统一。其中暗度陈仓、背水一战、垓下之战,更是用兵如神的经典战例,直至今天仍被传为佳话。

韩信创造了一系列军事传奇,开创了大汉帝国四百年的基业,也创造出了"明修栈道,暗度陈仓""背水一战""置之死地而后生""多多益善""智者千虑,必有一失"等军事成语。

一个韩信将人生创造成了典故,整个民族又将他的典故流传成了成语。

4

冬天的长安城到处弥漫着肃杀之气,长乐宫的上空翻滚着乌云,钟室里刮起了一阵阵刺骨的寒风。

长安城长乐宫里的这座钟室便是韩信人生的终点。

这座钟室的四周没有墙壁,四根顶柱上面的屋檐高高地耸起,屋顶的大梁上高悬着一口三千斤重的巨大铜钟,弧形的钟面上用阳文镌刻着"汉道昌隆""长乐未央""千秋万岁""四夷宾服",每次朝会钟声就从这里传播出去,越过长乐宫高大厚实的宫墙,在长安城的四面八方回响,似乎仿佛是为韩信敲响的丧钟。

这时,韩信已经被押解到了钟室,他的头被这只大钟罩着,让他感到眼前的一切全都是阴森森的,看不到一丝光亮。他的双脚高悬于地面,全身被捆绑了无数道绳索,他的四肢已经动弹不得,目光只能落在脚下铺着地毯的地面。猛然之间,他看到了吕后正凶神恶煞地盯着自己,她的脚下有一条长长的阴影,外面的光线完全被她的身体给遮挡住了。

一阵寒风从巨钟的底部吹了过来,韩信凌乱的头发随之飘动。他的嘴里一直发出微弱的呻吟,他身体里的血液仍然在不停地流淌着,一点一滴的鲜血已经洒满了钟室的地面。

这便是汉高祖十一年(前196),韩信被吕后和萧何联手骗进长乐宫,在钟室被杀的情景再现。

关于韩信被杀的原因众说纷纭，焦点是韩信是否谋反，笔者在此姑且不论，只是韩信被杀的地点倒是很值得一提。《史记·淮阴侯列传》言："吕后使武士缚信，斩之长乐钟室。"关于长乐宫里的这座钟室，唐人张守节在《史记正义》中言："长乐钟室乃长乐宫悬钟之室也。"那么，能够杀人的地方很多，吕后为何要在钟室里杀害韩信？其原因自然是由于韩信功高盖主，相传刘邦曾对韩信有过"三不杀"的许诺，即见天不杀，看地不杀，见铁器不杀。所以，吕后抓获韩信之后，就将韩信吊在长乐宫钟室的大钟里面，让韩信看不见天，看不到地，也不是用铁器，用竹枪将韩信刺死。

此前几个月，刘邦就离开长安亲征陈豨去了。皇后吕雉知道刘邦一直忌惮提防着韩信，就是因为韩信的功劳太大，但又不忍心在没有证据的情况下把他除掉。因此，她决定乘着刘邦不在长安，和丞相萧何密谋杀掉韩信。

关于韩信之死，班固在《汉书》中进行了这样的记载："汉兴之初，虽有约法三章，网漏吞舟之鱼，然其大辟，尚有夷三族之令。令曰：'当三族者，皆先黥，劓，斩左右止，笞杀之，枭其首，菹其骨肉于市。其诽谤詈诅者，又先断舌。'故谓之具五刑。彭越、韩信之属皆受此诛。"韩信的下场确实惨不忍睹。

就这样，吕后一声令下，所有人使用竹尖向韩信的身上狠狠地刺去，一代军事奇才，一位开国功臣，就这样在一声接一声的惨叫声中，咽下了最后一口气。

对此，司马迁在《史记·淮阴侯列传》一文的末尾处这样写道："汉十年，陈豨反。上自将而往，信病不从……舍人弟上变，告信欲反状于吕后。吕后欲召，恐其党不就，乃与萧相国谋，诈令人从上所来，言豨已得死，列侯群臣皆贺。相国绐信曰：虽疾，强入贺。信入，吕后使武士缚信，斩之长乐钟室。信方斩，曰：吾悔不用蒯通之计,乃为儿女子所诈,岂非天意哉!遂夷信三族。"最后,韩信的父族、母族、子族也被吕后派人杀光,就连几个月大的婴儿也没能留下。

至此,中国历史上的又一个成语"钟室之祸"也就随之诞生了。当然,在韩信被杀的主要原因上面,又留下了"战无不胜""功高震主""伪梦云梦""鸟尽弓藏""成也萧何、败也萧何"等成语典故。

韩信从"一竿之微"的乞丐,变成了叱咤风云的统帅,最后惨死钟室,他这短暂的一生就是传奇性、英雄性、悲剧性相结合的一生。因此,后人对他为大汉一统所做出的卓越贡献深深地崇拜,也对他人生的悲剧结局产生无限的同情,特别是在杀害韩信的主谋吕后篡夺了大汉皇权之后,整个民族对他所产生的猎奇、赞美和同情也就推向了极致,关于他的成语就高达 34 个之多。

从某种意义上来说,韩信在成语的世界里得到了永恒。

第二章 一眼看千年
——苏北运河沿岸文化名人的悲剧发现

一方水土养育一方人,一方水土也养育一方文,文化因为运河之水的滋养而异常繁荣。

汉赋鼻祖枚乘在中国文学史上具有十分重要的地位,现在淮安市淮阴区马头镇境内的还有一处枚乘故里,就是为了纪念他修建的。明清时期漕运的繁华,促进了沿运各地的经济、社会、文化的繁荣,市井文化也由此兴盛,《西游记》《水浒传》《老残游记》《镜花缘》等文学巨著便先后在苏北的运河边诞生了。

大运河贯穿南北,促使南北文化得以交流。根据《淮安历史名人》一文记述:"从战国末年的楚韩遗民在汉初从中原南下,汉武帝闽越徙淮海,到东汉董卓之祸后洛阳人大举迁来江淮,西晋永嘉之乱时北方士人纷纷南下避祸,再到明洪武年间朱元璋迁苏松杭嘉湖诸府十四万户来到这里,使苏北沿运河一线的市镇渐渐成为汇聚南北文化之地。"南北文化的交融,运河文明的哺育,使这里变成了文学艺术大家成长的沃土。

名人辈出,灿若繁星。苏北大运河沿线除了上述传世名著和文化大师外,还出了汉代文学家陈琳、《战国策》编订者刘向、《世说新语》作者刘义庆、唐代诗人张若虚、宋代文学家张耒、宋代婉约派一代词宗秦观、北宋诗人陈师道、"扬州八怪"代表人物郑板桥、罗聘,等等。他们是中华儿女的杰出代表。

"扬州八怪"的代表人物郑板桥被削职为民，随着三头毛驴一步一步地向着他的老家兴化走去。三头瘦驴载走的分明就是大清王朝文化人在灵魂深处奋力挣扎之后的无限惆怅，载走的分明就是对整个封建王朝官本位文化绝望之后的仰天长叹。这三头瘦驴一步一步地走向中国封建时代所有文化精英的必然归宿。

刘向的劝谏性质的散文，秦观反映宋朝社会的婉约词，吴承恩寄托精神的文学，施耐庵精神出逃的小说，郑板桥的怪味书画，都是他们悲剧个性的艺术表达。

他们书写各自悲剧个性的作品，连接成了一条横亘古今的文化运河。

一、刘向：散文里的王朝

> 刘向的一生三次入狱，使他亲历了炼丹场的诡异神秘，若卢诏狱的阴森恐惧，和长安古道的落日悲秋三个迥然不同的意境，让他深切地感受到了西汉王朝的亡国之相。
>
> ——题记

1

这是西汉汉宣帝在位时期的一个秋天，刘向在长安城外的深山老林里亲身经历了一个神秘诡异的场景，这个场景令他终生难忘。

这一天，汉宣帝被一帮侍从抬着走进这个场景，他要亲自检查由刘向历经数年终于完工的炼丹成果，他们的后面还押着10名蓬头垢面的死囚。

只见20多岁的刘向正毕恭毕敬地立在炼丹炉旁，他的打扮就像一个年轻的方士,上身穿着玄色圆领长袍,用小布带结系着衣襟,里面穿着白色内衣,腰间用一根黑色的腰带系着,下面穿着一条黑色的宽阔大裤,脚上蹬着一双黑布靴。这是西汉时期举行盛典时士大夫们穿的被称为"玄端"的礼服。

刘向身旁的铜质炼丹炉正在冒着热气,四处弥漫着滚滚的浓雾,一股刺鼻的香气早在山下就能闻到。炼丹炉盖的顶部留有一个大大的圆孔,四周则是排列整齐的十六个半圆形的小孔,香雾便是从这些大大小小的孔里冒出来的。铜炉盖边饰有云纹,中间刻着二龙戏珠的图案,炉体沿口也饰有云纹,两侧设置了虎首衔环,铜炉腹部的麒麟张口为火门,铜炉的三只脚全是兽足的模样,正伸着锋利的趾甲。

这个炼丹场景的四周则是一片由红枫和枯叶组成的深秋景象。

古铜色炼丹炉,乳白色香气,穿着"玄端"的刘向,以及这片红枫枯叶,无声地汇合在一起,同心协力地组成了刘向亲历的这个场景。

随即,汉宣帝前呼后拥地来到了现场,给这个带着神秘色彩的场景平添了几分神圣。然而,刘向匍匐在地的时候,心头猛然产生了一种诡异不祥的感觉。

这一天是刘向炼丹出炉的日子。

刘向开始口若悬河地向汉宣帝介绍起他的炼丹经验,他说炼丹时火势的大小和烧炼时间的长短至关重要,火势猛叫武火,火势小叫文火,他说他在炼丹时先文后武。他说他来到这深山老林一年四季守着这座炼丹炉,每日每夜什么时候武火,什么时候文火,都要一丝不苟。他还兴奋地说经过反反复复几轮七七四十九天的试验,今天终于烧炼成功了。

这一天，恰好是汉宣帝规定之期限，因汉宣帝指望刘向的仙丹让自己不老长生，岂有不亲来现场验收仙丹之理？

汉宣帝自小便病歪歪的，故而对炼丹术也就特别地重视。

汉宣帝的原名叫刘病已，名字里便有一个病字。他是西汉的第十位皇帝，在位期间，清除外戚霍氏，整饬吏治，降服匈奴，囊括西域，整顿工商，轻徭薄赋，颁行《史记》，文治武功，在汉代的皇帝中是少有的英主，正如刘向在他的散文中推崇汉宣帝的那样："中宗之世，政教明，法令行，边境安，四夷亲，单于款塞，天下殷富，百姓康乐，其治过于太宗之时，亦以遭遇匈奴宾服，四夷和亲也。"然而，汉宣帝的龙体一直不好，他一生只活了42岁。

因此，汉宣帝在病重之后，更加重视不老长生的仙丹的提炼工程。

年轻有为的刘向原本是一位散文家，正如他自己在散文集《说苑》中所言："少而好学，如日出之阳；壮而好学，如日中之光；老而好学，如炳烛之明。"这句名言恰好是对刘向自己年轻时学有所成的一个总结。刘向18岁时就因为品行端正，满腹才华，擅长散文，献上了几十篇赋颂，被汉宣帝大加赞赏，将他选拔为谏大夫。《汉书·刘向传》言："是时，宣帝循武帝故事，招选名儒俊材置左右。更生（刘向的原名）以通达能属文，与王褒等并进对，献赋颂凡数十篇。"

然而，在汉宣帝倡导炼丹之际，刘向给汉宣帝献上了一本炼丹秘诀之后，便被钦定为炼丹术士，专职从事炼丹工作，居然将文学创作给放在了脑后。

刘向积极主动为汉宣帝炼金的缘由，是他父亲刘德曾经得到过一本《枕中鸿宝苑秘书》，这本书记载了失传已久的炼金术和一些养生秘方。在汉宣帝大力倡导炼丹之际，刘向便积极响应，声称自己掌握了炼丹术,并把这本《枕中鸿宝苑秘书》献给了皇帝。汉宣帝大喜过望,立即命令所有人配合刘向的炼丹工程。

据《抱朴子·内篇》言:"夫金丹之为物,烧之愈久,变化愈妙;黄金入火,百炼不消,埋之毕天不朽;服此二药,炼人身体,故令人不老死。"古代的炼丹家们认为,服用金银矿物之类"不朽"之物,可使人的血肉之躯也同样长生"不朽",所以他们设法用人工方法炼制药用金银。因此,炼金术或点金术,也就是炼丹术,是中国古代为追求"长生不死"而炼制丹药的一种方术。

这时,汉宣帝迫不及待地要看到刘向的炼丹成果,赶紧命刘向打开炼丹炉取出仙丹。

让刘向万万没有想到的是,自己按照《枕中鸿宝苑秘书》炼出来的金丹仙药,让十名死囚服用之后,结果当场就有人中毒。

花费巨大而不见任何功效,汉宣帝龙颜大怒,刘向因此被人弹劾,下了大狱,最后被判了死刑。

当然,弹劾刘向的人正是那些一心想要干预朝政的外戚。

汉宣帝时先有四大外戚,祖母史氏,母亲王氏,皇后许氏,第三任皇后王氏,再加上后来居上的太子妃王政君家族,这五大外戚之间权力斗争日趋激烈。刘向作为皇帝宗亲,自然成了外戚眼里的斗争目标。他作为谏大夫,敢于直言,从而引起外戚的不满。因此,刘向的这次炼丹的失败,正好给外戚们提供了把柄。

刘向的第一次入狱,其实就是宗亲和外戚之间斗争的结果。

汉宣帝立的太子刘奭就是后来继位的汉元帝,太子妃王政君,也就是后来的皇后,她恰恰就是王莽的亲姑母,因此说从汉宣帝时起,外戚干政谋反篡位就已经埋下了伏笔。

从此,这场和外戚之间的斗争伴随了刘向的一生。

古铜色炼丹炉依旧在喷发着乳白色的热气,那片红枫在秋风之中仍在不停地摇曳着,那片枯叶则在炼丹炉的四周不停地盘旋。在这个场景里,穿着玄色礼服的刘向被五花大绑地押解而去。

2

汉元帝在位期间,刘向第二次入狱。

这是一个冬天,刘向在长安城里的若卢诏狱里又亲身经历了一个阴森恐怖的场景,这个场景里的一切再次显示出西汉末年政治斗争的残酷。

监狱里的一切都是阴森森的,透露出一股血腥味,不时地传来一阵阵惨叫,到了夜晚更是让人毛骨悚然。

这座监狱是专门关押高级犯人的,被叫作若卢诏狱。

监狱进出口的石壁上刻着一只猛兽的头颅,瞪圆了大眼珠子,龇着两根虎牙,张着一个血盆大口,像是要将犯人一口生吞下去似的。这只猛兽名叫狴犴,是传说中的勇猛无比的怪兽,汉代监狱的门上全都刻画着它的狰狞形象。因此,狴犴也就成了汉代监狱的一个别称。这座监狱是用巨型条石砌成的石头监房,犯人走进去便会立马感觉到一股阴冷刺骨之气。

西汉时期的监狱名目繁多,全国有2000座之多,仅长安的监狱就有26座,其中囚禁王侯将相、郡县主官的便是若卢诏狱。刘向作为皇家宗亲第一次坐牢时就被囚禁在这座若卢诏狱里。第二次被关进来后,他发现自己是第二次被关进这间名叫"虎穴"的地牢了。

这时,刘向披头散发,满脸污垢,身上穿着黑色的囚衣。

他被押解进来之后,也不用仔细观察,知道这是一间在地下挖了数丈深,四面用大石块砌墙,监狱出口用铁栅栏挡着,铁门用铁链子锁死了的地牢。

漆黑的虎穴因为通风不佳,牢房里的空气十分浑浊。

只是刘向没有戴刑具,狱房里还有一张小小的石桌,桌上有一盏油灯,居然还有笔墨竹简。据《汉书》言,爵位大夫以上、六百石以上、皇帝身边的宦官坐牢,都可获得"颂系"。获得这个"颂系"的犯人,在坐牢时不用戴刑具。刘向(前77年—前6),原名刘更生,沛郡丰邑(今江苏省徐州市)人。他是汉朝宗室大臣、楚元王刘交(汉高祖刘邦异母弟)之玄孙,自然要享受"颂系"的优待,身上也就不用戴刑具了。

几年前,刘向的兄长刘安民献出了自己一半的食邑为刘向赎罪,使汉宣帝减免了刘向的死罪。就这样,刘向只坐了两年的大牢,就被特赦释放出来了。

按照常理,刘向吃了一次大亏,为人处世应该变得乖巧一些,可他居然变本加厉起来,更加坚定不移地和外戚、宦官对着干,于是就有了这第二次下狱。

汉元帝即位,经太傅萧望之、少傅周堪的联名推荐,刘向被重新起用,被任命为谏官。为了反对弘恭、石显等宦官横行不法,刘向和萧望之、周堪等人合谋,上奏皇帝罢黜这些弄权者。然而,对方先下手为强,刘向也就再次成了阶下之囚,最后被贬为庶人。

对此,《汉书·刘向传》这样记载:"元帝初即位,太傅萧望之为前将军,少傅周堪为诸吏光禄大夫,皆领尚书事,甚见尊任。更生年少于望之、堪,然二人重之,荐更生宗室忠直,明经有行,擢为散骑宗正给事中,与侍中金敞拾遗于左右。四人同心辅政,患苦外戚许、史在位放纵,而中书宦官弘恭、石显弄权。望之、堪、更生议,欲白罢退之。未白而语泄,遂为许、史及恭、显所谮诉,堪、更生下狱。"

此时,刘向被囚禁在地牢里,慢慢地铺开了竹简,开始奋笔疾书起来。他觉得坐牢正好给自己提供了散文创作的时间，因而他的许多作品也就在地牢里先后完成。

汉元帝时期，上至皇帝下至王公贵胄、各级官僚，奢靡已然成风。刘向虽为囚犯，但对此依旧痛心疾首。这天，他在囚室里写下了他的散文集《说苑》中的一篇《反质》："奢侈失本，淫泆趋末，宫室台阁，连属增累，珠玉重宝，积袭成山，锦绣文采，满府有余，妇女倡优，数巨万人，钟鼓之乐，流漫无穷，酒食珍味，盘错于前，衣服轻暖，舆马文饰，所以自奉，丽靡烂漫，不可胜极。黔首匮竭，民力单尽，尚不自知，又急诽谤，严威克下，下喑上聋，臣等故去。臣等不惜臣之身，惜陛下国之亡耳。"他用形象生动的散文语言，说明俭则兴隆，奢则败亡，他的忧国忧民之心跃然于竹简之上。

纵观刘向的一生，他写下的奏章、散文，都是为了一次又一次地对皇帝进行劝谏。因此，刘向的谏言文章在他的散文作品中占据了很大的篇幅。

他用以往的历史教训来警示当朝皇上，列举高祖时期的季布，武帝时期的倪宽、董仲舒，宣帝时期的夏侯胜等人的经历，阐述"有过之臣，不辜负国家而有益于天下"；列举舜帝、周文王的正面事例，周幽王、周厉王的反面典型，阐述"朝中大臣和谐相处，致使天下太平，以至获得上天的帮助"；列举商汤的事例，阐述"在高位时要向皇上荐引贤德之人，在下位则向皇上推荐有德之人"，提出了国家需要居安思危的理念。现存的那篇《谏营昌陵疏》便是他用散文的笔法，形象地论证了厚葬有害国家社稷的一篇佳作。

面对刘向的无数奏章，经常被上眼药的汉元帝，早已被刘向说得不耐烦了，只是没有借口打压他。也就是这种情况下，正好有了弘恭、石显状告刘向等人"结为朋党"，也就"可其奏"，将刘向等人下了大牢。

就这样,刘向的人生给自己营造了若卢诏狱阴森恐怖的意境。

刘向的再次下狱,不仅是他写了无数文章之后的一个必然结果,也给他以后的"散文史"志事业提供了丰富的生活积累。

这时,一阵惨叫声穿透了厚实的石壁,在虎穴里回荡着,给原本阴暗潮湿的气氛平添了几分恐惧。

3

长安城外的残阳、长亭、古道,和刘向这个被逐出京城的庶人,一起组成了西汉末年的一个落日悲秋的意境。

这一天是汉初元年的一个春天,长安城东门的那条古道上残夕如血,杨柳依依,一辆破旧的马车正迟迟缓缓地向东蹒跚而去,一股离别、凄凉和愤懑之情充塞着刘向的心头。

那条漫漫古道边,那片夕阳天之外,那个送别长亭旁,一片碧绿的芳草无言地伸向了远方。

刘向满脸的惆怅,仰天长叹起来,唯有一壶浊酒入肠,化作两行清泪。

只能怪自己无才无能,更怨自己生不逢时,自己被贬为庶人,离开长安、离开京城、离开皇都,今日一去不知何时才能回来,更不知何时才能报效朝廷。想到此,他的内心泛起一股难言之痛,也就喝停了马车,回首远远地凝视着自己再也进不去的长安城。

的确,他的这一去就是杳杳无期,他的这一去就是四处飘零,他的这一去将历尽艰难。

眼前的春光快要凋谢了,自己年轻时的志向却无法随之飘零,眼下能做的唯有借酒消愁。他回望长安城影影绰绰地立在远方,城外的长亭便滋生出更多离绪来。凝望良久,黯然神伤,看见并无一人出城相送,只得仰天长叹了一声。

这声叹息,凄而长,哀而缓,迤迤回荡。

我推想,他肯定是蘸着自己的泪水,在长安古道边的长亭里写下了《九叹》中的《忧苦》吧?

"山修远其辽辽兮,途漫漫其无时……长嘘吸以于悒兮,涕横集而成行……"

这是刘向自比屈原而发自内心的一次呼喊。

这声呼喊,含着涕,沾着泪,滴着血。

《九叹》是刘向的一篇名作,是借追思屈原来抒发自己怀才不遇的愁苦。

在汉元帝执政期间,刘向第三次入狱。一年之后,他被贬为庶人,逐出长安,遣回原籍沛郡。

刘向第二次入狱被释放后,又一次被贬为庶人。这时发生了地震、星变,这些都是被视为灾异,令汉元帝感到十分地恐惧,刘向也因此被召回了朝廷。这也就给刘向第三次机会,继续向权臣们发起了更加猛烈的进攻。他让一个远亲上书告发外戚,并为萧望之、周堪鸣冤叫屈。结果权臣将上书之人抓起来一拷问,果然交代出了刘向。于是,刘向第三次入狱,罪名是"诬罔不道",最后的判决是削除所有爵位,第三次免为庶人。接着,权臣们又罗列罪名打击萧望之、周堪,迫使萧望之、周堪二人双双自杀。为此,刘向为哀悼二人,悲愤之下先后创作了《疾谗》《摘要》《救危》《世颂》等八篇文章。因此,历代曾有"刘向疾谗而成八篇"之说。

刘向因为是汉室宗亲,坐了一年的大牢之后,就被赶回了老家(位于今江苏徐州)做庶民去了。

一直到这次贬出长安的十多年之后,汉元帝驾崩,汉成帝即位,原来的外戚也都倒了台,刘向这才第四次被启用。也就是在这一年,他将自己的名字从"更生"改名为"向"。当然,他的名字虽然改了,他的性格一点儿也没变。针对汉成帝宠幸赵飞燕姐妹,外戚王氏等人干政,刘向又多次用他的独到文笔撰稿上书。汉成帝读了刘向的无数篇奏章之后,决定封刘向为"中垒校尉"(国家图书馆的官员),专门负责校对皇家的藏书,不再让他在自己身边听命。

三次入狱令刘向亲历了炼丹场的诡异神秘、若卢诏狱的阴森恐惧、长安古道的落日悲秋三个迥然不同的意境,也让他深切地感受到了西汉王朝的亡国之相,也鼓起了他维护西汉王朝的原动力。

三次入狱之后的刘向,依旧苦口婆心地上书进谏,反复警告汉成帝有王氏外戚的危险。对于汉成帝的耽于女色,他只得用他的文章作为进谏的手段,专门创作了一部系列散文《列女传》,在《列女传》中既叙述了使古代各个王朝兴盛的贤妃贞妇,也描述了许多孽嬖乱国使国家灭亡的嬖女;对于外戚乱政,西汉皇权旁落,他潜心编撰了历史散文集《战国策》,在《战国策》里用战国末年到秦的西周、东周、秦、齐、楚、赵、魏、韩、燕、宋、卫、中山各个王朝的史志故事来劝诫西汉皇帝。

纵观刘向的一生,他的散文主要包括《新序》《说苑》《列女传》等著作,以及相当数量的奏疏和书录。他创作的散文奏疏全都是针对时弊而发,他编纂的散文全都是对无数王朝兴衰存亡历史的精彩叙事。无论是他自己的创作,还是他编纂别人的文章,他的目的只有一个,就是守护西汉王朝。

然而,在他屡次进谏,汉成帝充耳不闻,始终没有采纳之后,刘向在他的文字世界里咽下了最后一口气。

也就在他死后仅仅两年,西汉王朝就宣告灭亡,最终刘氏皇权果真为外戚王莽所篡。

刘向在临死之前,嘴里不停地吟诵着他写的楚辞《九叹》中的《离世》:"不从俗而诐行兮,直躬指而信志……心蛩蛩而怀顾兮,魂眷眷而独逝……"他一直到死也决不向世俗低头，宁愿让自己成为黄泉路上的一个孤魂。

当然，这些都是他第三次被贬为庶人之后的人生，这时的他正伫立在长安古道边的长亭上，醉眼里含着泪花久久地回望着皇城，宽阔的长袖便在空中挥舞起来，最后将手里的浊酒一股脑儿地灌进了自己的愁肠。

泪卧长亭，一醉方休。

二、秦观：悲观时代的罗曼蒂克

1

梦里扬州，艳情难收，一曲古乐淹留。

一阵箜篌古朴空灵的琴声，从古运河畔的水榭上传来，在布满水雾的运河上荡漾开去，令年轻气盛的美男子秦观一下子如痴如醉。

碧天如水，残月如眉。这座水做的浮华古城扬州的所有景致，全都浸湿在一股缥缈的水雾之间。古街尽头，运河岸边，秋意轻寒笼罩着灯笼高悬的青楼。一阵无边的烟雨悄然而下，细如愁，风更瘦。

才子秦观便是向北宋晚期这个特定的意境走来，和一个绝色美女在此邂逅。

秦观(1049—1100)的家乡高邮(今苏北高邮)就在运河边上，他十多岁就四处漫游，从运河上出发，遍游扬州、楚州(今淮安)、润州(今镇江)、杭州等地，后来他的名字便是取了"少游"二字，就有一个带着三点水的"游"字。他今天来到这座运河古城，在这片湿润的细雨中,更是找到了自己如水的天性,找到了释放这个天性的机会。

似乎积蓄了二十六年的才华,就是为了来扬州赴这个浪漫的晚宴;似乎压抑了许多年的情感就是为了来扬州尽情地发泄。

水呀水,柔情似水,自由如水,也正是这种如水一般的品性,奠定了秦观一生的悲剧。

秦观这种性格的"第一次"表现是在扬州。这一年,他虽然只是秀才的身份,但他填词著文的才华早已闻名大江南北,成为当时的文坛新秀,世人仰慕的公众人物,因而他常常应邀出入于达官显贵之门。对此,宋杨湜的《古今词话》记载了他这么一件风流事,扬州刘太尉和他吃着大餐,席间请艺妓弹唱助兴,其中有一美人弹起了箜篌。这引起了他的兴趣,而弹奏箜篌的青春少女还是他的粉丝,早就倾慕他的才华。在刘太尉进入内室更衣之际,恰巧一阵大风吹灭了蜡烛,美人禁不住他的撩拨,居然答应他去画船上幽会。

秦观诗兴大发,创作了一首《御街行》,艺术地再现了当时一夜情的情景:"银烛生花如豆。这好事、而今有。夜阑人静曲屏深,借宝瑟、轻轻招手。可怜一阵白蘋风,故灭烛、教相就。花带雨,冰肌香透⋯⋯"

夜月,残雨,岸柳。运河,画船,青楼。素弦声断,一夜是风流。

他写的这首《御街行》里自始至终都暗藏着水汽,"花带雨"里有水,"冰肌香透"里有水,"辘轳声"里有水,"晓岸柳"里有水,"微风吹残酒"里更有水。水便是秦观放荡不羁的天性,也是他一生的宿命。

好一个秦观,一个身材伟岸、天性风流的才子,一个才华横溢、文思如涌的诗人,一个流连风月、作婉约词的情种,一个愁苦困顿、一生潦倒的学者,终究把放荡不羁的人生铸成了文学的不朽。

2

一河秋水都是泪,流不尽,许多愁。

江南古运河畔,蓬莱阁边,山川胜,兰亭雅,曲水觞,催发秦观无羁浪漫,更平添他的无限忧愁。

秦观数月之前从家乡高邮乘船出发,沿着古运河一路南游来到吴越,在会稽(今浙江绍兴)成就了秦观人生中的另一场盛大的艳遇。

虽然,秦观后来被尊为"婉约派词宗",文学成就极高,现存词三卷一百多首,诗十四卷四百多首,文三十卷二百五十多篇,在宋代文坛自成一家。然而,这样一个风流倜傥的大文豪,他的应考之路并不顺利,秦观第一次入京参加科举考试失败,后来第二次参加考试又是名落孙山。他便是在第一次落榜之后,心情处于低迷之时,来到了会稽的这座蓬莱阁。

此时,他得到消息,他的恩师苏轼因"乌台诗案"下了大狱。紧接着,又传来边关告急,西有夏人,北有辽军,全都虎视眈眈,而软弱无能的宋王朝只能靠"纳岁币以求苟安",所有这些都使秦观更加地悲观失望。

据南宋严有翼的《艺苑雌黄》记载,秦观路过会稽时,当地官员设宴款待,还让一个歌妓作陪。秦观立刻被这个歌妓吸引,恰好这个歌妓早就知道他的大名,两个人很快擦出了情爱的火花。

秦观有了创作灵感,很快就赋词一首,这也就有了名动一时的《满庭芳》。

在离开会稽返回时,在江南古运河的驿船上,他吟诵了这首《满庭芳》,以"山抹微云"为开篇,全词字字情深意切,真实地记录了他和这位美妓的泪别过程。

"山抹微云,天连衰草,画角声断谯门。"这是一个冬季的别离,会稽古城外,运河码头边,黄昏降临时,一艘木船已经扬起了风帆,远山、微云、斜阳、衰草、流水、孤村、寒鸦,所有带着伤感色彩的意象都被他一一展现出来,也就给他自己和美妓的泪别营造出一个令人悲伤的意境。

会稽山上,飘飞的暮云,像是水墨画里的淡墨。古城外,衰草凄迷。城楼上号角断断续续。在船上,他与歌妓挥泪而别,眼前只剩下一湾古运河的流水静静地流向远方。当他想到,自己此次一去,不知何时重逢,离别的泪水便沾湿了他的衣襟。正在他心塞之时,船已离岸,缓缓前行,不多时,城就看不见了,万家灯火已起,就再也看不到他的那位美妓的倩影了。

人不见,水空流,恨悠悠,几时休。

这种别离之情,不但让秦观销魂,也让他吟诵出一首千古绝唱,更令他的这首《满庭芳》唱遍大江南北,又使他在词坛的名声迅速升温,成为文坛重量级的"大咖"。

"伤情处,高城望断,灯火已黄昏。"他望断的岂止是高城?难道不是科举?难道不是大宋江山?

3

微雨后,泪双流,恨难休,画舸难留。

男女离别的艳词其实就是怀才不遇的离骚。

当然,不管是艳词,还是离骚,都离不开"水"。那首《水龙吟》便是最好的佐证,否则秦观为何偏偏选用"水龙吟"这个词牌?

自元丰八年(1085),秦观考中进士之后,初被任命为定海(今浙江舟山)主簿,一年后又赴蔡州(今河南汝南)任教授。他在蔡州这座汴水、淮水、洛水纵横的古代水城里,又和艺妓娄婉产生了一场流传千古的水边别离。

那一天,古运河畔,春雨绵绵,孤馆春寒,斜阳日暮,他和他的女神泪别,不禁唏嘘慨叹。

那一天,秦观吟诵出他一生争议最大的一首《水龙吟》,这首词虽已历时千年,经典词句依旧绕梁,如丝如缕。

那时的秦观正是年富才俊,已与黄庭坚、张耒、晁补之并称"苏门四学士",早已名动朝野。

然而,在蔡州的他仅仅是一个小小的官吏,一个无所事事的闲职,这和他的远大志向形成了巨大的落差。在这种怀才不遇的郁闷情绪里,他结识了艺妓娄婉。两情缱绻自不必说,只是后来他被苏轼举荐离蔡入京,与他的女神分别也就不可避免了。

古代艺妓就像是一棵柔弱的小草,所能做的只能是独倚在古运河边的高楼之上,任凭朱帘半卷,只能失神地望着自己的情郎乘着那只小舟渐行渐远了。

那一天,轻风吹动她的衣角,细雨飘向她的发梢,相思泪一点一滴。她的这一回眸怅望,便成了望不到头的别离。

那一天,秦观留下了这首《水龙吟》,从此,离愁时时刻刻刺痛着娄婉的心。

一种离别,两种情愁。虽是赠妓之词,却是喟叹人生。

秦观堪称"大宋第一忧愁人",离别之愁,忧国忧民之愁,使他的词中充满了忧愁。

终究,秦观是一个放荡不羁之人,更是一个多愁善感之人,这样的人又岂能为名所累、为情所困?在"小楼连苑横空,下窥绣毂雕鞍骤"之后,自然是他想要表达的"名缰利锁,天还知道,和天也瘦。花下重门,柳边深巷,不堪回首"的叹息了。

其实,此时的《水龙吟》就已向世人透露出他对自己前途命运的担忧。因此,用"名缰利锁,天还知道,和天也瘦",发出了为名所困的激愤,发出了仕途受挫的牢骚。

也正是这首《水龙吟》的"天还知道,和天也瘦"的千古绝句,居然成为宋王朝内部党争的一个把柄,被对手疯狂打压,斥责为"高高在上,岂可以此渎上苍!"他因此被人诋毁为"不检",将这首词打成了文字狱的铁证。

对此,秦观只能发出"花下重门,柳边深巷,不堪回首"的长叹了。

4

秦观流传下来的五百多首诗词,有一百多首的主人公是青楼歌妓。作为当时较为活跃的词人,秦观将自己与歌妓的无数次邂逅,吟诵出一首首词。成千上万的国人在街头巷尾争相传唱,在某种程度上变成当时社会的一种集体表达。

秦观赴京城汴梁出任太学博士一职,后升任秘书省正字兼国史院编修,成了国家文史领域的学术权威。然而,好景不长,秦观很快就成了政治斗争的牺牲品,上任不到两个月就被人弹劾,而证据正是因为他写的那些词。

当权者一味抓住秦观个人的"不检"不放,这大有只许州官放火不许百姓点灯的意味。

在这样的情形之下,气恼之极的秦观也就愤笔写下了《眇倡传》,忍不住对那些黑白颠倒、好坏不分的当权者进行了无情的讥讽。

在京城的这段时间里,秦观身逢元祐党争,政局变幻莫测,谗人高张,贤士无名,面对如此官场,不能不感到屈辱与愤懑。他编出如此荒诞离奇的故事,就是为了讽刺这种权贵们的美丑不分、是非颠倒。

事实上,北宋都城汴京已经形成了"愈奢侈腐化愈繁荣"的畸形局面,宋人孟元老在《东京梦华录》中,对当时的社会是这样描绘的:"举目则青楼画阁,绣户殊帘,雕车竞驻于官街,宝马争驰于御路,金翠耀目,罗绮飘香。新声巧笑于柳陌花衢,按管调弦于茶坊酒肆。"有了这样的社会风气,又会有谁会将边关战事放在心上?

5

晚云收,雨初休,寒如秋,一河春水东流。

离开了繁华的京城,走向寂寞的旅途,秦观的心落满了秋天的枯叶,充斥着萧瑟和荒芜。

宋绍圣元年(1094),太皇太后高氏崩逝,哲宗亲政后,"新党"上台,"旧党"罢黜,以苏轼为首的一批"元祐党人"相继被贬出京城,秦观的贬谪生涯也就自此开始。他先是贬至杭州,又被贬往处州,接着再贬郴州。被贬郴州可以说是彻底改变了秦观的命运,因为前几次被贬只是降职,国家至少还承认他是官员身份,还能定时发放俸禄,被贬往郴州之后,他就被削去了所有的官爵和俸禄,变成了一无所有的草民。接二连三的迫害,使秦观大受打击,他把字改成了"少游",表露出淡泊闲适、归隐山林的情怀。

也就是在被贬出京城的路上,秦观不得不和爱妾告别。

那一天,秦观行至淮上,夕阳西下,寒水静流,一叶小舟载着他心爱的女人即将北还。这时,他最后一次听到她哭泣的声音,她这声音里充满了无奈,饱含着深情,甚至还有几分孤苦。秦观听到这里,眼泪再一次奔涌而出。小舟已经慢慢地驶离码头,她的哭声渐渐地变小,头顶上的那轮西沉的夕阳也被乌云遮盖起来了,紧接着又淅淅沥沥地下起了细雨，淮河四周的景致也就在雨雾之中变得朦胧起来了，载着爱妾的小舟也就再也看不见了。

这个悲伤离去的女人便是边朝华。

对此，北宋张邦基的《墨庄漫录》卷三这样记载："秦少游侍儿朝华，姓边氏，京师人也。元祐癸酉纳之。"这一年秦观在京城纳边朝华为妾。边朝华那年只有19岁，纳妾的时间正是七夕。新婚之夜，秦观作诗记其事："天风吹月入栏干，乌鹊无声子夜阑。织女明星来枕上，了知身不在人间。"他把边朝华比作天上的织女，可以想见新婚之夜他的心情是何等愉悦。可是，好景不长，朝廷政局骤变，新党上台，旧党执政大臣纷纷遭到贬谪流放，秦观也在其中。

秦观的贬谪之路山高水险，凶多吉少，他不忍心让朝华跟随自己一起颠沛流离，也就不得不忍痛割爱。就在被贬南迁，行至淮上，决定将爱妾遣回，自己独自踏上漫漫贬谪之路。

为此，在分别之前，秦观写下了《鹊桥仙》：

"纤云弄巧，飞星传恨，银汉迢迢暗度。金风玉露一相逢，便胜却人间无数。柔情似水，佳期如梦，忍顾鹊桥归路。两情若是久长时，又岂在朝朝暮暮！"

从此，爱妾一去再无音信，一波三折的婚姻以悲剧而终。可叹的是，秦观因为党争连累，再度被贬谪南迁，从此再也没能返回京城。

6

宋元符三年（1100）的初夏是秦观的最后时光，位于绣江和浔江交汇处的滕州（今广西藤县）是秦观短暂人生的最后一站。

南地天气溽热，旅途颠簸劳顿，到达滕州时，秦观已经出现了中暑症状。然而，他听说这里的光华亭风景独秀，还是支撑着病体来到了城外的江边，登上了光华亭。

这座光华亭始建于唐代，位于滕州东城门外，隔绣江与对面的东山上的浮金亭遥相呼应，其名取自《尚书》中的"日月光华，旦复旦兮"之句，是当地的一处有着深厚文化底蕴的古迹。

秦观爬上光华亭时，已经气喘吁吁、汗流浃背了。接着，他便凭栏赏景，开怀畅饮起来了。

他的眼前呈现出一幅迷茫的景色，在云雾的遮蔽下，那条绣江从他的脚下穿流而过，自己从年少时就建立的理想，就像眼前的楼阁一般变得迷失起来了，自己人生的津渡也如眼前的码头被大雾锁住，自己人生的航向也都在这迷蒙的景色中消失了。他一个人被贬至此，远离家乡的妻儿老小，只能独自聆听江边的杜鹃鸟发出的一声声凄凉的哀号。

看到此，想到此，他将手中的浊酒一饮而尽，两行老泪也就潸然而下。

看到这些悲伤的景色，又让他想起了曾经写的那首《踏莎行》，便借着酒兴在亭子上高声吟诵起来：

"雾失楼台，月迷津渡。桃源望断无寻处。可堪孤馆闭春寒，杜鹃声里斜阳暮……"

吟诵着这首给自己的悲剧人生留下最后一抹温情的词，他自然想起了那个在长沙邂逅的美女桃红来。

那还是三年前，秦观途经长沙时，遇到了十八九岁的美少女桃红。他和桃红从自己的词谈起，桃红还取出抄录的装订成厚厚一大本的《秦学士词》。当桃红姑娘确信身边的这位客人正是她朝思暮想、魂牵梦绕的偶像之后，便将他视为座上宾。然而，秦观本想在桃红这里多住几天，无奈朝廷规定他可停留的时间有限，也就不得不和桃红告别。分手时，桃红对秦观说："为了报答秦大人相见之恩，妾发誓今后不再接客！"秦观便为她写下了这首《踏莎行》。

他走之后,桃红果然没有食言,坚决闭门谢客,发誓今生今世绝不以此身负秦才子。

和桃红分别之后,秦观又因为抄写佛书被削职为民,贬往湖南郴州。山高水长,路途遥远,他再一次登上了那条难料前程的小舟。后来,他再次遭贬,《宋史·哲宗纪》记载道:"秦观除名,移雷州编管。"这时的罪名依旧是"附会司马光"等旧党,处分却升级了,"特除名永不收叙",大有打倒在地,再踩上一只脚,让他永世不得翻身之势。宋元符二年(1099),秦观再被贬往雷州,此时他已忧郁成疾,绝望消沉之极,预感到自己来日不多,便在雷州自作了挽词,描绘出自己辞世的情景:

"婴衅徙穷荒,茹哀与世辞。藤束木皮棺,槁葬路傍陂。家乡在万里,妻子天一涯……"

此诗推想了自己死后的悲凉景象,表达出一种心如止水的绝望之情。

更加悲惨的是,元符三年(1100),徽宗即位,向太后临朝,被贬之臣多被召回,秦观也被放还横州,但他竟然在半途与世长辞了,终年只有51岁。就如他给自己写的那首挽词所预料的一模一样,终究没有等到魂归故里的一天。

《宋史文苑传》对秦观之死是这样记载的:"至滕州,出游华光寺,为客道梦中长短句,索水欲饮,水至,笑视之而卒。"《淮海先生年谱》也记载说:"先生因醉卧光华亭,忽索水饮,以一盂注水进,先生笑视之而卒,实八月十二日也。"他看看那碗水,发出了一声苦笑,是笑自己空负才华,无力回天?是笑自己一生飘零,客死他乡?还是笑自己风流不羁,却孤独而终?而水则是他生与死的"谶物",终身难离。

就在秦观视水而笑、与世长辞的第二天,桃红赶来了,可是再也听不到她心中的男神吟诗诵词了。

据说在数日之前,桃红突然夜里做了一梦,看到秦观正在向自己招手,并且说道:"永别了,永别了!"第二天,她醒来之后便日夜兼程赶往雷州,可是秦观已经走了。她又赶往滕州,方才得知病重多日的秦观刚刚去世,便一身重孝来到了秦观的灵前哭祭起来。最后,她尖叫一声,气绝而亡。

就在秦观死后仅仅 27 年,北宋宣告灭亡。

三、吴承恩:一个浪漫灵魂的最后挣扎

> 虚拟的世界让我们常常把《西游记》理解成神话的浪漫,许多人没有看透它的本质是精神的寄托。吴承恩用在现实社会与虚拟世界里的双重人生,为自己赢得了永恒。
>
> ——题记

1

花果山是他的虚拟世界。

他会伴随这个完全虚拟的世界走完他贫困潦倒的一生,他又会在这个虚拟的世界里尽享荣华富贵。虚拟是他的个性,是他的必然,也是他的归宿。他的一生从未当过大官,可在这里他会指挥天兵天将、千军万马;他的一生从未亲历过寒窗十年之后一朝得第的狂喜,可在这里他会领略衣锦还乡、前呼后拥的狂欢。

尽管他的想象力丰富至极,但他压根儿就没有西天如来那样,能够预料前后五百年、上下九重天的万事万物,否则他也就不会一而再、再而三地在科考落榜了,也就不会一次又一次地败下阵来,导致那天垂头丧气地踏上归程了。

这一天,他的心和科举一起走向绝望,他的心和秋天一起走向荒芜,他的心又和虚拟一起走向无奈。

55岁的他在第七次名落孙山之后搭乘一叶扁舟,沿着运河逆流而上。扯一片叹息的秋云为自己拭去老泪,拾一片沾泪的枯叶珍藏在自己的心底。用仰天长叹去鼓起一船猎猎的归帆,用懊恼愤恨去渲染一河汤汤的秋水。他伫立于船头,思绪一阵青烟似的出窍,幻想自己化作美猴王在西牛贺洲留学十年,驾驶着"喷气式"筋斗云回到花果山,学成归来,衣锦还乡。

深秋的寒风似乎是从阴森冰冷的科举考场那里刮来的。他微闭微开着那双老眼,龟缩在陈旧斑驳的科举传统观念里,被寒风冻得连续不断地作灵魂的颤抖。那长袍的顶端只剩下他那早已花白的思绪。他的骨骼似乎都在被想象中的蚂蚁精一遍又一遍地啃噬着,他的血肉似乎都在被假设中的白骨精一遍又一遍地吮吸着。

他一步一叹地走向那座生他养他的、完全失重的运河古城淮安。

他闭上了布满泪水的双眼,关闭了现实苦痛的视窗,点击自己浪漫的灵魂,进入了他的虚拟世界。好像他已经不是回到他多灾多难的淮安城,而是回到他的旅游胜地花果山;好像他已经不是名落孙山的科考落榜者,而是学成归来的成功者;好像他已经不是一介平民满身的晦气,而是当上了花果山山大王一样气派;好像他也不是乘坐一叶扁舟逆流而上,而是驾着风火轮腾云驾雾。

虚拟的世界让我们常常把《西游记》理解成神话的浪漫,而更多的人没有看透它的本质是精神的寄托。作者就是将花果山虚构成自己心目中的精神领地,将孙悟空打磨成一个成功人士的偶像,让自己科举失败的灵魂在这个完全虚拟的世界里,体尝到出将入相的满足和光宗耀祖的荣光。

花果山真的没有水帘洞，只有一个不到两米深的凹洼。

水帘洞存在于虚拟的世界里。

水帘洞就像是整个花果山地区的首府，是孙悟空的衙门，每次升堂开会他都是高高在上，而那些众多的高官位列两侧等候差遣，把守洞门的自然是那些臣民。水帘洞仿佛是封建官场的一个象征，等级森严但充满嘲讽，严肃威武却充满戏谑。

他真的不愿意睁开浑浊的老眼，按下世俗的云头，无可奈何地回落到明末清初运河边的淮安府河下镇，重处江湖之远。他真的想在花果山地区水帘洞的宝座上赖着不走。

他是现实社会和虚拟世界里的双重失败者。他就是吴承恩。

2

浪漫是彻心透骨的迷雾，笼罩着虚拟的世界，弥漫着叛逆的传奇，也渗透着心底的无奈。

浪漫是吴承恩的品行气质。

传说吴承恩的后脑勺就有一块不大不小的"反骨"，仿佛吴承恩的身体里天生存在着叛逆的基因。所以，现在伫立在淮安市河下镇射阳簃的吴承恩塑像，完全不该是那样文质彬彬的传统封建文人的样子，而应该是一个浪漫自由、放荡不羁的叛逆者形象。

浪漫是他的文人风骨，叛逆是他的英雄本色。

金箍棒是给孙悟空设计的武器。金箍棒的直径约有碗口粗，长度二丈有余，高高耸立在东海龙宫里。孙悟空不费吹灰之力拿过来一看，原来两头是两个金箍，中间乃一段乌铁，紧挨箍有镌成的一行字，唤作如意金箍棒，重量一万三千五百斤。金箍棒的优势是可大可小、可长可短、可硬可软、可粗可细，其功能是勇猛无比而又变化莫测。

吴承恩不仅给孙悟空装备了这根世界上最为先进的武器,还将孙悟空武装到牙齿,能让他在天上自由行走,又给他装备了七十二般变化的技术让他能力超群。

吴承恩把孙悟空打造成了宇宙里的巨无霸。

正是倚仗着这些世界一流的超尖端武器,才使孙悟空当上了花果山的大王,当上了玉皇大帝手下的弼马温,后来又当上了几乎敢与玉帝平起平坐的齐天大圣,才使得孙悟空有本钱和玉帝老儿叫板大闹天宫,有胆量和东海龙王斗法斩杀龙子,有能耐和天兵天将干仗屡战屡胜。

其实,孙悟空的神通越大,就越是表明吴承恩对他生存的那个社会的反抗性越强。孙悟空的所有高超的本事,或许都可以解释为吴承恩心中情绪的外化。

敢于站出来公开叫板的不是孙悟空,而是吴承恩;叫板的对象也不是什么天宫玉皇,而是封建制度。

吴承恩的儿子都过早地夭折,两位夫人也早已病逝。亲人短寿成为他苦难人生的又一刻骨之痛。所以,在他的虚拟世界里,他得首先让自己的化身长生不老。他派孙悟空手执如意金箍棒,径登森罗殿,喝令判官取出生死簿,把猴属之类的名字一概勾之,然后一路挥棒打出幽冥界。孙悟空用武力相威胁,将自己在生死簿上的名字一笔勾销,从此长生不老,与天同寿。显而易见,吴承恩将孙悟空武装整齐之后,要做的第一件事情就是对生命的关注。

当然,有了身体这个革命的本钱之后,吴承恩自然而然地想到了自己一生最大的追求,那也是他父亲的遗愿,希望他能读书做官,青史留名。为了考取功名,他从 7 岁开始到 52 岁,花了整整 45 年时间去追求,到头来还是竹篮打水一场空。大概是现实的一无所获、穷困潦倒,迫使他在虚拟的世界里寻求成功。他二话没说就让孙悟空拿着金箍棒去大闹天宫了。他遥控孙悟空大闹天宫，嫌弼马温官太小，撂挑子不干了。玉帝本来想对他再考察一段时间，然后再逐级提拔任用，可这个猴头等不及了。玉帝十分恼怒，命托塔天王李靖为降魔大元帅，哪吒三太子为三坛海会大神，即刻兴师下界讨伐，结果被手执如意金箍棒的孙悟空打得落花流水。孙悟空得胜以后扬言，玉帝老儿若不给个齐天大圣的官职，他要打上灵霄宝殿！吓得玉帝赶紧封官许愿，并且为他在蟠桃园边盖了一座齐天大圣府。

就这样，吴承恩在现实生活中没有得到的在这里得到了。

3

紧箍儿是一顶美丽的小花帽儿，看上去有几分温馨可爱，还有几分天真烂漫，可它却是用封建思想纺织而成的，无法无天的孙悟空戴到头上后，只能束手就擒了。唐僧和观音一起将孙悟空狠狠地忽悠了一把，让他乖乖地戴上了它。唐僧迫不及待地检验这个秘密武器的真实功效，当目睹原本自恃神通广大的孙悟空抱头鼠窜、跪地求饶时，这才长长地舒了口气。

在吴承恩的虚拟世界里，一方面幻想出威力无边金箍棒，另一方面又虚构出只需用嘴轻轻念叨的紧箍咒。他让思想的叛逆与精神的镣铐并存，而最终让反抗屈从于枷锁。恐怕是直到他科考彻底失败的这一天，他才真正感觉到自己的一生从来就没有过自由。他不得不把自己的灵魂压在五行山下，让沉重的高山大川羁押自己的自由；他又不得不给自己的灵魂扣戴上紧箍儿，给自己的思想戴上了无法摆脱的镣铐。

紧箍咒暗指一种思想禁锢，是一种道德枷锁，骨子里却是吴承恩思想深处的无奈。他的一生只能在封建体制允许的范围内为科举而读书,他的唯一出路也只能是走读书做官这条老路,除此以外无路可走。他想走其他道路的结果只能是为紧箍咒所害,在地上痛得打滚,痛得竖蜻蜓翻筋斗,最后痛得连声求饶。

唐僧念紧箍咒,不是让孙悟空头痛难忍,而是让吴承恩心痛难熬。

孙悟空在肆意杀生时,在三打白骨精到处逞能显摆时,在打死许多强盗不服从指挥时,一而再、再而三地受到了唐僧最为严厉的处罚。

特别值得一提的是,《西游记》中唐僧对孙悟空念紧箍咒主要有七次,吴承恩就是让自己狂放的个性在这里遭受七次沉重打击,恰好也暗合了他七次科考的严重失败。

也就是在这七次沉重的打击之后,孙悟空锻炼成长为斗战胜佛,而吴承恩却病倒了。他病倒在科举制度的考场里,再也爬不起来了。

在大明王朝的那个痛苦的秋天,他孤苦伶仃地躺在运河边淮安府河下镇的那间四处漏雨的破屋里,风烛残年,贫病交加。

他联想起自己科考失败,联想起自己家境败落,联想起自己中年丧子,又联想起自己连续丧妻,老泪止不住地纵横而下。直到这时他才无可奈何地仰天长叹道:"功名富贵自有命,必须得之无乃痴!"说罢,双手捂脸,痛哭失声。

紧箍儿不是戴在孙悟空的头上,而是戴在吴承恩的心里。

无奈的是一杯让他喝得酩酊大醉的酒,他端着这杯苦酒,狂饮在他的艰难人生里,狂饮在他的虚拟世界里,也狂饮在他的道德信仰里。

然而,就在吴承恩科举上一次又一次失败、被唐僧一次又一次诅咒的同时,意大利的塔塔里亚教授出版了他的重要著作《论科学》,首次论述了火炮的射击原理,成为全世界弹道学的先驱。这使燧发枪、击发枪、火炮在西方率先发明,并运用到法国、意大利、英国等西方军队,三百年后八国联军就是用这些步枪火炮打开了中国的国门。当然,这是后话,此时的吴承恩全然不知。

吴承恩无法逃脱自己发明的紧箍咒的束缚,最后不得不像孙悟空一样,向自己的敌人升起了白旗。

当孙悟空经历了九九八十一难,功行圆满,被任命为斗战胜佛时,紧箍儿也就自然褪去了。唐僧对此一语道破:"当时只为你难管,故以此法制之。今已成佛,自然去矣。"通过取经这一炼魔仪式,以前令孙悟空难受的那种道德规范已被内化到他的灵魂中去了。此时的孙悟空可谓"从心所欲不逾矩",而这恰恰正是吴承恩的另一种无奈。

戴着金光灿烂的紧箍儿的头颅,原本像一朵追逐自由的花,然而这朵花最终还是凋谢了。

无奈的叹息是虚拟世界里经久不息的飓风,乘着这股狂风把自己的生命季节推向永久的寒冬,让铺天盖地的冰雪把自己的思绪冻僵,最终让孙悟空向玉帝讨一杯毒酒一醉方休。

吴承恩就是在一次酩酊大醉之后,孤苦伶仃、万般无奈地死去。

四、施耐庵:一曲豪侠时代的挽歌

在我看来逃亡与漂泊是施耐庵自己选择的命运。他是在为自己一生的侠义哀歌吟唱,也是在为一个豪侠时代的终结吟唱挽歌。

——题记

第二部 运河往事

1

在我看来逃亡与漂泊是或许施耐庵自己选择的命运,《水浒传》里描写的无数位英雄的无数次逃亡,其实都是施耐庵按照自己人生逃亡路线图的一次又一次有计划的精神出逃,也是施耐庵这样的一位精神漂泊者,对自己小说人物的性格发展所选择的必然路径。他让自己的精神化作武松一路狂奔去了二龙山,让自己的灵魂化作宋江一路逃亡去了柴进庄,又让自己的心神化作林冲杀人之后一路狼狈逃到了梁山泊,他不得不让天下所有的英雄和自己一样亡命天涯。

他让自己在一个大雪之夜再一次仓皇出逃,并且为自己的逃亡营造了一个无比悲伤的背景。他让那场元末明初的大雪将原本狼烟四起的中原大地变成了一个银世界、玉乾坤,让寒冷的北风、漫天的大雪在这个银玉洁白的世界里横行霸道。他本来栖身的草屋已经被大雪压垮,他让自己愁眉苦脸地背起那条破棉絮再一次出逃。他望着这场漫天的大雪,想着自己无处安身,一股天不容人的悲伤之泪像一条小溪涌上心头。

一路的长叹霜飞如舞,一路的逃亡雪飞如花。他一路走一路叹,不由自主地来到一座破庙门前。他让自己无可选择地在这座破庙里暂住一夜,并且他浑然不知追杀他的人已经在这里布下了天罗地网。

眼前的这座破庙与他虚构的那座中国古代文学史上著名的山神庙几乎一模一样,很像是林冲被诬陷入狱后发配看守草料场时的容身之地。

我推想,这座山神庙大概是施耐庵人生逃亡时的一座真实存在的建筑。他让这座浑身充满悲剧色彩的破庙呈现出一片灰暗,让那斑驳陆离的破庙大殿之上高高地端坐着一尊满身灰垢的金甲山神，两边站立着全身泥巴塑成的一个判官和一个小鬼，他们都是青面獠牙、凶神恶煞的模样。供台上面空空荡荡的什么都没有，仅剩下一层落寞已久的灰尘。他让自己奔走了半夜而感到十分劳累，将那条早已被大雪浸湿了的破棉絮铺在供台上，抖去了身上的积雪，扑倒在供台上之后就呼呼睡去了，全然不知追杀他的人已经设下毒计准备将他活活地烧死。

突然，他被一阵噼噼啪啪的爆裂声惊醒，睁开眼睛惊恐地看到庙外已经变成了一片火海，大火正在借着北风一路呼啸着向庙里烧来，转眼之间便烧到了供台边缘。他赶紧收拾起那床破棉絮急急忙忙地奔出了庙门，刚刚出来就听得身后轰隆一声巨响，破庙的屋顶哗啦啦地垮塌下来。

他让自己虚惊一场。

他惊恐万状地望着被大火映红了的原本洁白的天地，高一脚低一脚、踉踉跄跄，在漫无边际的雪野上奔逃起来。后来他实在是走不动了，一屁股坐在山脚下的一棵随风长叹的老榆树旁，望了一眼远处还在燃烧的大火，然后一下子晕厥过去了。

他已风烛残年，实在无法支撑自己年老多病的躯体。他自36岁那年因为替百姓讲了一次公道话，得罪了县官而愤然辞去钱塘县尹一职，就开始了他一生的流浪和漂泊。他又在50岁以后为张士诚当了两年的军师，又因为张士诚投降元朝而主动辞职，因而在朱元璋建立明朝之后，自己变成了被明朝政府追捕的逃犯，又开始了长达20年的隐匿和逃亡。

他让自己在那棵张牙舞爪地伸着黑褐色枝条的老榆树下面昏睡过去，全然不知自己被大雪渐渐地淹没。

不远处的大火终于熄灭了，只剩下一股浓浓的黑烟在一片洁白的天地之间上下飘飞。

寒风依旧狂啸不已,像是老榆树在不停地叹息。

2

那是一个秋天的充满肃杀之气的傍晚,施耐庵让武松喝足了酒提着一根哨棒,歪歪扭扭地朝山上走去,又让一只已经吃了二三十条大汉性命的老虎伴随着一阵狂风窜将出来。他让一位醉汉和一只猛虎在这座名叫景阳冈的山坡上狭路相逢,让他们在这里不得不进行一场生死决斗。按照常理一个人赤手空拳,肯定不敌一只凶猛无比的兽中之王,其结果只能与那二三十条大汉一样,成为老虎口中的美味佳肴。然而,他必须让武松这个小年轻、愣头青取胜,他不得不给武松的身上灌注无限的神威,也就让后人看到了武松骑上了老虎的脊背,抡起铁锤似的拳头狠狠地打将下去,本来应该取胜的老虎反而不得不跪地求饶,武松自然不肯善罢甘休,一鼓作气将老虎打得翘了辫子断了气,只剩下被扯下来的无数虎毛在四处飞扬。

景阳冈武松打虎或许是一种象征,是施耐庵在对元朝官吏、元末义军和明朝新政的失望,先后主动辞去了元朝钱塘县尹和张士诚的军师之后,将自己为民除害的理想全部寄托于行侠仗义。他不得不将那些鱼肉百姓的权贵喻为猛虎,也不得不将打虎的希望寄托于行侠仗义的侠客身上,而武松自然也就变成了一位除暴安良、近乎神话的草根英雄了。

不要以为小说家肯定都是手无缚鸡之力的文弱书生,施耐庵恰好相反,他自小习武,早已练得一身高超的武艺,经常是路见不平拔刀相助,该出手时定出手。每次都能解百姓于水火,都能打得地痞恶霸满地找牙。

我推想《水浒传》里的梁山好汉大概都是施耐庵本人崇尚侠义的一种精神化身。

《水浒传》本来的书名就叫《江湖豪侠传》，那风风火火闯九州的一百零八条好汉的共性就是行侠仗义，专打贪官污吏、地痞恶霸，施耐庵本人就是这样的一位英雄豪侠。

传说，他在明朝初年为了躲避朱元璋的追捕，隐姓埋名在一座长满梨树的小村庄。有一天，他看见一个恶霸带着一群打手前来强夺一个果农的梨园。恶霸见果农家有一个年轻貌美的姑娘，就提出不交出梨园就交出姑娘，老果农跪地哀求也无济于事。就在打手们绑架着年轻姑娘强行拖走之际，施耐庵按捺不住心头怒火，一个箭步上去，破口大骂恶霸无耻。恶霸见来人理直气壮，围观的人又越来越多，只好灰溜溜地走了。

当天傍晚，那个恶霸打听到施耐庵的隐居之处后，带了一帮打手将施耐庵的住处团团围定。打手们看到身披白色长袍的施耐庵赤手空拳便一哄而上，一条黑脸大汉手举一根铁棒挟着呼啦啦的风声，朝施耐庵的头顶恶狠狠地劈来，施耐庵侧身摆头一个"顺风扯旗"让过了棒锋，然后双手乘势抓住了铁棒，同时飞起右脚正好踢中大汉的小腹，那家伙便滚出了一丈多远。施耐庵舞起夺来的铁棒，便是一阵旋风般的横扫。

好一场恶战，铁棒挥舞，旋风四起，洁白的梨花随着狂风四处飞扬，霎时间整个战斗场飘飞起纷纷扬扬的梨花雨，施耐庵左冲右突，上劈下砍，身上的白袍飘如飞雁。

3

一河秋水默默无语匆匆东流，一船白帆扯着秋风顺流而下。

一个烽烟四起的黄昏，秋风猎猎，残阳如血，苏北运河里一条

第二部 运河往事

乌篷船缓缓前行。船上伫立着战乱逃亡、年已古稀的施耐庵,他凝视着古运河两岸一座座城头冒着的滚滚狼烟,一双老眼不由自主地落下了两行浑浊的热泪。

他想如果不是自己的固执,先是元朝后来又是明朝都把他作为叛军反贼来通缉捉拿,弄得自己逃亡了大半辈子,到头来落得个父母客死他乡、妻子也病死在流亡的路上、现在自己身无立锥之地的悲惨结局,想到此一种愧疚的热泪潮水一般从他的内心深处奔涌而出。

他猛然喝几口老酒,然后醉眼蒙眬地望着远方的苏北芦苇荡,那八百里水泊梁山好像浮现在自己的眼前。那是一片云雾缭绕、漫无边际的湖泊,烟波浩渺、芦苇茂密,聚义岛如仙山一般隐隐约约地耸立于湖心。

他似乎听到一条梁山好汉在此高吼着渔歌,他好像真的听到了后人为梁山好汉们编写的歌曲似的,一阵冲动伴随着热血嗖地一下子在他的体内沸腾起来,接着沿着血管一路奔涌到达他的大脑,他迫不及待地铺开纸在上面奋笔写道:"寨名水浒,泊号梁山,周回港汊数千条,四方周围八百里,东连海岛,西接咸阳,南通大冶、金乡,北跨青、齐、兖、郓。有七十二段港汊,藏千百条战舰艨艟;建三十六座雁台,屯百千万军粮马草。声开宇宙,五千骁骑战争夫,名达天庭,三十六员勇将……"

梁山泊或许只存在施耐庵的脑海里,而现实世界可能并不能真正准确地找到它的踪迹。听说山东、江苏等地都有称为梁山的山峰,不少学者认为《水浒传》中的梁山是指位于今山东省阳谷、梁山、郓城之间的那片湖泊,也有人认为是指苏北的大丰、兴化一带水网地区,因为这些地方当年都是河港千条,湖面宽广,芦苇浩荡。可是历经了数百年沧海桑田以后,这些地方全都是今非昔比,过去的水泊绝大部分现今已变成了平陆，毫无往日"纵横河港一千条，四方周围八百里"的芦荡了。因而，我推想梁山泊仅仅就剩下一个非物质的意象，剩下一个能够展示侠义精神的童话世界。

当年的梁山好汉正是凭借这片想象中的水泊天险，"啸聚山林、筑营扎寨、抗暴安良、杀富济贫、替天行道"，上演了一个个惊天动地的侠义故事。所以，我倒是认为梁山泊究竟在哪里已经并不重要了，重要的是施耐庵让他的豪侠精神有了生存的空间。

秋风猎猎，芦叶飘飞，如血的残阳将正在古运河里行驶的这艘乌篷船染上了一道血色的轮廓。

4

这是一条施耐庵历经了几十年的逃亡生涯之后的归途，这条漫长坎坷的大道一头通着南京的大狱，一头通向他逃亡人生的终点楚州（今苏北淮安），在楚州等待他的是一丘荒坟。在这条归途上，已是古稀之年的施耐庵身心疲惫地躺在那头瘦驴拖着的破车上，让那头瘦驴一步一步地将自己拖向他人生的最后归宿。

他不知道自己将走向何方，任凭那头瘦驴随意前行，可瘦驴居然将他载向了他在南京大狱中想象出来的宋江的墓地——楚州（今淮安）城南门外运河边的蓼儿洼。他躺在一辆破车上闭上老眼，听着车轮辗转时发出嗞呀嗞呀的声响，回想起自己这两年被抓进大牢的如烟往事。

那本在他几十年的逃亡生涯中写成的《水浒传》问世以后很快畅销，相传开国皇帝朱元璋便从日理万机之中抽出宝贵时间，对《水浒传》进行了认真审读，最后下了圣旨："此为倡乱之书也。是人胸中定有逆谋，不除之则遗患无穷。"就这么一句话使施耐庵逃亡了一生到了70岁再也不能逃脱，最终被抓进了南京的刑部天牢。

相传,坐了两年的大牢之后,原来一身侠气的施耐庵不得不归降朝廷,不得不在狱中将《水浒传》续写下去,将宋江写成了像张士诚那样接受招安,最后被奸臣毒死,埋葬在楚州城南,成了至死也不再造反的顺民。

相传朱元璋对续写的小说再一次审读,才勉强同意将施耐庵交保就医释放出狱。

施耐庵坐了两年的刑部大牢,在精神和肉体上都受到了严重的摧残,出狱时已经瘦骨嶙峋、病入膏肓、步履艰难了。

他好像事先就已经想象到了自己到达楚州之后的最后时光。

此时,施耐庵正躺在那辆瘦驴拖着的破车上,一路颠簸着朝着自己的人生最后归宿缓缓而去,他闭上双眼好像就能看到楚州城南门外运河西岸的蓼儿洼芦苇荡。他好像看到那里的风景异常秀丽,四面俱水,湖中有山,龙盘虎踞,曲折峰峦,坡阶台砌,四围港汊,前后芦荡,俨然似水浒寨一般。宋江归降之后被上级分配到楚州做官,一上任就看中了这个地方,并且决定自己死后就葬在这里。

施耐庵想到这里他那昏花的双眼里渗出了两滴浑浊的老泪。

他倚躺在那辆破旧的驴车上,望着前方隐隐约约的楚州城,从瘪瘪的行囊里取出那支心爱的竖笛,靠近白须老嘴呜呜咽咽地吹奏起来。因为中气不足,笛声也就断断续续,随着老驴一路朝他的人生最后归宿的蓼儿洼芦苇荡嗒嗒溜溜而来。那曲凄凄惨惨、悲悲戚戚的笛声,在蓼儿洼的上空盘旋缭绕,经久不散。

据史料记载,施耐庵到楚州租了一处破屋暂住养病,到了明洪武三年(1370)的春天一病不起,临死之前对他的二弟断断续续地说:"我一生逃亡……天不容我呀……全都是累在了《水浒传》

上……我死之后……你们只叫种田……有口饭吃就行……"最后，他二弟将他葬在楚州城南，那里正是施耐庵在《水浒传》第一百回里写的宋江死后葬身之地。

淮安城南的运河岸边，成为宋江和施耐庵共同的归宿。

五、郑板桥：一眼看千年

郑板桥被削职为民后牵着三头毛驴一步一步地向着他的老家兴化走去。三头瘦驴载着的分明就是大清王朝文化人在灵魂深处奋力挣扎之后的无限惆怅，载着的分明就是他对封建制度绝望之后的仰天长叹。

——题记

1

蹒跚。静默。黯然。

三头瘦驴踟躅在残阳西斜、枯叶乱舞、哀鸿长鸣的情景中，踟躅在250年前乾隆盛世的那个晚秋季节里，踟躅在山东潍县街头那条破落凋败的石径上。三头瘦驴满载着一腔怨恨缓缓地朝城外而去，渐行渐远，缓缓地消失在远方的枯树丛中。

三头瘦驴岂止是载走了年事已高、刚被革职的一介书生？三头瘦驴载走的分明就是大清王朝文化人在灵魂深处奋力挣扎之后的无限惆怅，载走的分明就是他对整个封建王朝统治体制绝望之后的仰天长叹。三头瘦驴一步一步地走向中国封建时代所有文化精英的必然归宿。

古道。西风。残阳。

驼铃叮当。手摇驴鞭的书童在前开道，驮着书画的驴犊居中而行,走在最后的那头老驴背上垂头丧气地坐着的那个干瘪老头,就是被称为大清国诗书画"三绝奇才"的郑板桥。

这天傍晚,刚被革职为民的郑板桥头戴黑帽,身穿长袍,无限依恋地走出县衙的大堂,背倚驴鞍仰望长空叹息道:"我郑燮清贫一生,居然被污告成贪墨而革职,今日归装却是这样轻简,望诸君力据清流,一定无忘我今日之泪也!"接着给闻讯赶来送行的百姓挥泪画了一幅《墨竹离别图》,又在图上题诗一首:"乌纱掷去不为官,囊橐萧萧两袖寒。写得一枝清瘦竹,秋风江上作渔竿。"写罢将手中毛笔上的残墨在水中认认真真地洗净,又异常严肃地对百姓说:"我没有带走潍县的一滴墨水!"

郑板桥因为在灾年开仓借粮给饥民,自己反而被诬陷为贪污公款,因冤假错案而削职为民,告老还乡。可他宁愿让自己背着这个黑锅也不愿让百姓受苦。所以,他取出当年饥民领米的借据当众烧毁,这才安心地跨上毛驴挥手而去。直到他吃力地爬上驴背时,一直强忍着的泪水才从他那清瘦的双颊奔涌而下。顷刻之间,为他送行的潍县父老黑压压地跪成了一片。

一鞭斜阳是血。一鞭驼铃是风。一鞭老泪是雨。

在书童手里的驴鞭噼啪噼啪的一串又一串的脆响声里,这位"潦倒山东七品官"的俗吏生涯就这样走到了尽头。

其实,和郑板桥一样无法逃脱同样命运的,还有那一群被后人尊为"扬州八怪"的书画奇才。同是苏北兴化人的李鱓在乾隆三年出任山东滕县知县,在"两革功名一贬官"之后流浪到扬州卖画为生;山东胶州人高凤翰在绩溪县令位上"以杵大吏罢归",罢官后流寓扬州;江苏南通人李方膺曾经出任山东兰山知县,因为得罪上司而被捕入狱,获释复官后任安徽潜山、合肥知县,仍不善逢迎而再度获罪罢官,最终寓居南京来往于扬州卖画终了此生。

正当郑板桥和"扬州八怪"先后革职时，寓居扬州的《儒林外史》的作者吴敬梓在贫病交加之中死去，而这一时期欧洲各地的文化精英们掀起了科技革命的浪潮。英国文化人、牛津大学毕业的高才生布莱克提出了为量热学奠定基础的潜热概念；意大利文化人、毕业于波洛尼亚大学的莫尔加尼发表了《疾病的位置与病因》，将疾病概念深化到病理层次；瑞典文化人、物理学家克朗斯塔特分离出金属镍；荷兰的穆申布鲁克与德国的克莱斯特分别发明了类似电容器的装置；英国文化人、化学博士罗巴克在伯明翰建成全球第一个铅室法硫酸厂……

2

郑板桥家境贫寒，先是做教书为生，后来又去卖画。但他在清贫之中仍然希望有朝一日实现"修齐治平"的封建文人宏伟理想。因此，他发愤苦读，先后考上了秀才、举人、进士。他原以为自己有了进士身份就能当上官了，因此在取得进士时春风得意地说："我亦终葵称进士，相随丹桂状元郎。"可见他此时得意之极大有忘形之势了。

然而，此时的郑板桥已经 46 岁了，考上进士也不等于就能当上官，郑板桥只得回家候补。这一等就是六年之久，他等到了 52 岁。乾隆七年（1742）郑板桥出任范县知县，后调署潍县。

3

然而，郑板桥就是郑板桥，和那些封建社会的大大小小的官僚不一样，当上县令之后，他身体力行他的治国平天下的理想抱负。如果遇到了百姓的利益和上司的权威之间出现了矛盾，他还会与权贵们公开叫板。

这年夏天,潍县发生了百年未遇的特大洪水,海水从白浪河倒灌进来,使全县几十万亩夏粮全部绝收。到了七八月份,又连续干旱,一连两个月不下雨。气温太高,瘟疫又起,人畜病死无数。全县境内有几万灾民无家可归,外出逃荒。一时间,灾民载道,饿殍遍野。郑板桥的《逃荒行》反映了这一悲惨景象:"十日卖一儿,五日卖一妇。道旁见遗婴,怜拾置担釜。卖尽自家儿,反为他人抚。"可郑板桥上报灾情请求赈灾的折子迟迟没有回音,他只得责令本县富户轮流在县衙门前开设粥厂供灾民糊口,他又发动官员带头捐款,自己把准备寄回兴化老家给儿子看病的银两全部捐献出来。可所有这些根本不能解决问题,灾民仍然像潮水一般向县城涌来。粥厂已经是杯水车薪,后来又出现了灾民聚众哄抢粮食事件,许多灾民被迫铤而走险。

到了冬天,情况更是万分危急,郑板桥十万火急地把灾情向府衙汇报,建议先斩后奏地打开官仓放粮,可知府大人坚决不准,并且警告郑板桥要慎重从事,否则按照大清律法,没有上级批准而私自打开官仓的要处以极刑。可这时灾民们已经到了啃树皮的境地,郑板桥面对着严峻的灾情泪流满面地说:"恨不得填满普天饥债。"说完擅自命令打开官仓借粮给灾民应急,并且对下属们说:"再等朝廷批文下来,百姓早就饿死了,这个责任由我一人承担,决不连累你们!"知府得知这一情况后勃然大怒,大骂郑板桥目空一切,自以为当过几天乾隆御用书画师,就不知天多高地多厚了,连知府都不放在眼里,最后给郑板桥罗织了目无上级、开仓放粮、账目不清等罪名而革职为民。

相传就在郑板桥被革职的同时,他收到自己小儿子病死在兴化老家的噩耗。他的大儿子早已夭折,现在小儿子也因为没能及时医治而死去。老年丧子之痛,白发人送黑发人之悲,一下子涌上心头，郑板桥一手拿着报丧的家书，一手拿着免职的公文，老泪纵横、呼天抢地地哭道："我救了那么多的灾民，为什么老天爷非得让我断子绝孙！老天爷对我郑板桥真是太不公平了！"哭罢晕倒在兰竹之间。

他的那幅《兰竹图》就是他此时情感的真实写照。

翠竹几竿、芳兰数丛、乱石一壁，表现出郑板桥失去爱子的极度悲伤和失去官职的无限愤恨。那淡淡皴染而成的巨石突显了郑板桥峭拔凌厉的个性气势；那粗细相间的翠竹，迎风摇曳，细致坚韧，流露出郑板桥苍凉孤苦的人生悲哀；那疏密有致的兰草，在竹石之间恣意穿插，那就是郑板桥清高品德的水墨表达。而一直回响荡漾在兰竹之间的就是郑板桥失去官职、失去爱子之后的悲痛呐喊。郑板桥蘸着怀才不遇坎坷一生的心血，蘸着失去爱子悲痛欲绝的泪水，用大清王朝的黑暗官场作背景，挥毫疾书，奋笔作画，一笔笔渲染出大清王朝文化精英们人生归宿的无限悲哀。

一枝孤竹写清苦。一束兰草书悲伤。一笔乱石画凄凉。

就这样，郑板桥无限悲伤地离开了潍县。他的那首《潍县署中画竹呈年伯包大中丞》，"衙斋卧听萧萧竹，疑是民间疾苦声。些小吾曹州县吏，一枝一叶总关情"，就是他为官时期始终关注民生的一篇最好的总结，也是中国古今大小官员离任时最好的述职。

4

郑板桥罢官回到江苏兴化老家后穷困潦倒、一贫如洗，过着"两袖空空，逢人卖竹"的生活。他在一幅画竹的题诗上这样写道："宦海归来两袖空，逢人卖竹画清风。还愁口说无凭据，暗里赃私遍鲁东。"他的二女儿出嫁，无钱为女儿办嫁妆，只是为女儿画了一幅《兰竹石图》，还题了一首诗："官罢囊空两袖寒，聊凭卖画佐朝餐。最惭无隐奁钱簿,赠尔春风几笔兰。"此诗写出了他罢官之后两袖清寒而无钱为女儿置办嫁妆的惭愧。

当然,郑板桥作为"扬州八怪"之领军人物,自有他的人格独到之处。他面对现实,随遇而安。他住的只是茅屋两间,和城市贫民没有什么两样。一个乾隆进士、当过县令的社会名流,在这样的处境里居然也能坦然接受,确实难能可贵。在《板桥题画三则》中他这样写道:"余家有茅屋二间,南面种竹。夏日新竹初放,绿荫照人,置一小榻其中,甚为清凉。秋冬之际,砍下竹子,断去两头,按为窗棂,再用匀薄洁白之纸糊上。风和日暖,冻蝇触窗纸上,冬冬作小鼓声。于时一片竹影凌乱,岂非天然图画手?凡吾画竹,无所师承,多得于纸窗、粉壁、日光、月影中耳。"

这两间茅屋对于郑板桥而言,简直就是一块风光无限的艺术圣地。

生活逼迫他向艺术的高峰不停地攀登,不得不把卖画作为自己唯一的生存手段。所以,从某种意义上说,郑板桥的罢官倒是中国文艺发展史上的一大幸事,大清朝少了一个受罪的潍县县令,却多了一个名震华夏的"诗书画三绝"的伟大艺术家。相反,我们假设郑板桥真的能够官运亨通,那么也就不可能出现"扬州八怪"的领军人物的郑板桥了,郑板桥的名字也就不可能流芳百世。而与郑板桥同时代的成千上万的官员,又有哪一个还能让我们今天记得他们的名字?

郑板桥73岁,这是他生命的最后一年。

他的最后一幅遗作是《修竹新篁图轴》。在这幅画上他题诗道:"两枝修竹出重霄,几叶新篁倒挂梢。本是同根复同气,有何卑下有何高。"诗书画之间洋溢出来的似乎是参透人生、看破红尘、难得糊涂的飘逸超脱。但是,只要你仔细品味一番,就会发现郑板桥这临终绝笔里十分明显地还对地位、官品的卑高耿耿于怀,对封建官僚等级制度的批判到死也不能放下。

此前,他在扬州曾和黄慎、沈凡民等书画家各携百钱作"永日欢",在座的有一位叫程锦庄,他就是客居扬州的吴敬梓所写的《儒林外史》中的纪君的人物原型。郑板桥和他谈起科考弊端和官场腐败时说:"千百年来生员士子深受读书做官的毒害而全然忘了农商之本。"

由此可见,通过这句"有何卑下有何高"的绝命诗,郑板桥是想呐喊出中国人千百年来因封建官僚制度而造成的精神压抑和灵魂苦痛。郑板桥用他一辈子的宦海沉浮和艺海搏击的人生经历,总算看清了中国封建制度对文人的羁绊。他一直到临死才一眼看清他生前的千年事,然而为时已晚。

郑板桥凄凉地蜷曲在乾隆盛世的晚景里,两只眼睛放射出能够穿透历史的最后光泽,口中呼吸着生命残存的游丝,最终默诵着这句"有何卑下有何高"的封笔诗之后,悄然闭上了他那睿智的双眼。

第三章　漕运帝国的背影
——打捞运河里的往事

大运河是一条充满传奇故事的河。

春秋时期,苏北分属齐、鲁、宋等国,吴国国王夫差,为了向北征讨齐鲁,从扬州到淮安开凿了邗沟。从此,在苏北这段运河上发生了无数叱咤风云、可歌可泣的英雄故事。汉初的楚汉争霸,其间英雄传奇辈出。后来,隋炀帝沿着吴王的邗沟运河疏通拓宽成了隋唐大运河,并在这里演绎了"隋炀帝看琼花"的故事。南宋韩世忠、梁红玉经常在苏北运河沿线组织抗金,这里又上演了"梁红玉抗金"的故事。元末时期,张士诚率领20万人武装起义,结果被朱元璋打败,这段历史中或许蕴藏着《水浒传》的历史原型。在南宋之前,两淮地区一直是繁华所在,可在南宋黄河夺淮以后,苏北地区洪水灾害频发,运河由此断航,经济文化开始落后于江南,这就是黄河夺淮的故事。明清时期重修京杭大运河,由于苏北地处京杭运河的节点,扬州、淮安等城市一度十分繁华,京杭大运河上的四大都市苏、杭、淮、扬,苏北就占了两个。运河的故事就是运河的文化遗产。

大运河是一条苦难的河,也是一条值得后人进行文化反思的河。

一、运道之变：漕运帝国的背影

> 淮河沿线众多的镇淮楼，就是宋朝皇帝"天下转漕，仰给在此一渠"统治思想书写在大地上的一种建筑语言，就是宋王朝表达镇水镇边的国家意识的一种文化图腾。
>
> ——题记

1

镇淮楼就像一个饱经风霜的弃妇，落寞忧伤地伫立在江苏淮安的街头。

那全身布满的盐汁碱斑就是她的泪痕，那古旧斑驳的铁锈铜垢就是她的悲痛。耄耋是她的长相，沉默是她的个性，苦楚是她的人生，她从头到脚，从里到外，流泻出一种劫后余生的沧桑感。

2

从天边徐徐刮来一阵秋风，将那楼顶上的铜铃轻轻地吹动，发出一阵清脆凄美的铃声，这使我想起清朝词人、藏书家朱彝尊的《淮南感事》："城楼高见碧湖悬，淮堰将倾近百年。预愁四渎江河合，直恐三吴财赋捐。"这首诗就是写淮安的这座镇淮楼"淮堰将倾"的悲忧。

值得沉思的是，镇淮楼不仅仅淮安有，扬州还有一座。此外，安徽也有两座，一座在合肥，另一座在和县。河南潢川居然也有一座。以上相加，共有五座同名同姓的镇淮楼。当然，它们除了同名同姓，"出生"日期居然也几乎相同，都建于宋代。

扬州的镇淮楼位于扬州古城南门，建于北宋。据《嘉庆重修扬州府志》言:"镇淮楼在南城之上,规模甚壮。"安徽合肥的镇淮楼建于宋时庐州(今合肥)府治之东北隅,杨廉的《重建镇淮楼记》言:"镇淮楼者,庐郡古城北门之楼也。郡有淮肥二水合流,以绕于城,楼临其上,故曰镇淮也。"安徽和州(今和县)的镇淮楼亦始建于宋,规模也很大,据《光绪重修安徽通志》言:"和州镇淮楼在州治前东阜,高台层构,于制最古。明太祖驻跸和阳(即和州),曾与诸将饮酒赋诗其上。"另据清乾隆三十四年(1769)知州徐元留下的《镇淮楼诗碑》的首句"宋宁遗构镇江关"来考,此楼是在宋代镇江关的遗留结构旧基上建造的。从楼下层中间的四根长柱及其础石来看,技术人员鉴定出是宋代的木石构件。据进一步考证,和县的这座镇淮楼也是始建于北宋时期。而河南光州(今潢川)的镇淮楼建在城东,据《方舆汇编·职方典》言:"镇淮楼在光州潢桥门上,宋建。"明文注出是建于宋代。

纵观这五座镇淮楼,不仅同名、同在宋代建成,还同样都表现出弃妇一般的悲凉哀婉的气质。

清代诗人、安徽和州人赛开来写过题为《镇淮楼》的诗:"鼓角重关地,干戈百战场。风云挟淮泗,兵火半齐梁。塔影摩空尽,江流绕郭长。疏林看木落,秋思入苍茫。"他所描绘的疏林、木落、秋思、苍茫等意象,无一不是抒写这种落寞悲凉的意境。对于安徽庐州(今合肥)镇淮楼的描写,就连明太祖朱元璋也是写出了凄楚悲切之意:"年年杀气未曾收,淮北淮南草木秋。我上镇淮楼一望,满天明月大江流。"这里用一个"年年杀气"开头,就足以表明朱皇帝对镇淮楼的情感理解了。

当然,镇淮楼的关键词是"镇淮",表现出古人对镇住淮河水患的梦想,期待着能够震慑淮河里的水怪妖魔,祈祷淮水神灵保佑淮河能够永世安澜。可是,结果事与愿违,在镇淮楼脚下的那条淮河上演绎出一次又一次历史悲剧。

正因为此,我每次去淮安的镇淮楼,心里总是产生一种压抑悲忧之情。因为我从这座镇淮楼的身上看到了它当年风光如今落寞的背影。

这座镇淮楼的顶部为重檐九脊式,屋脊上还塑有两条似要腾飞的卧龙,楼的四角建有高翘的飞檐龙头。只见那龙头呈现出一股凶猛的模样,双目圆睁直视,大口吞云吐雾,给人一种惊恐的感觉。古楼的东西两侧建有砖梯台阶,中间有一条拱形通道,二楼平台的四周又建有一条回廊,另有二十根赭红顶柱在默默地站立着,在拱梁上又刻有凤凰、孔雀和麒麟等图案,看上去煞是威严。古楼的北侧竖着一块高大的石碑,正面刻着"镇淮楼"三个斑驳的大字。

我轻轻地抚摸着镇淮楼那粗粝厚重的城砖,一股深沉的寒冷便在我的手指之间传递,一阵深沉的凉意顷刻便向我的内心袭来。

镇淮楼前祭台上浓烈的烟火早已被历史的大风吹灭,当年它的喧嚣浮华早就成了过眼云烟,眼前只剩下这弃妇一般的落寞和孤寂。

3

宋淳化二年(991)六月,北方一连下了十几天暴雨,黄河里的水位一下子暴涨,很快就溢出了黄河大堤,洪水汹涌澎湃地涌入汴渠,将北宋都城开封附近的汴渠大堤给冲毁了,接着洪水就雷霆万钧地涌向下游淮河而去。

宋太宗赵光义深夜听奏,大惊失色,立即传旨命人准备步辇要亲往现场。

这时,大雨仍然在不停地下着,从开封城到汴渠边一路都是湍流的洪水,此时亲赴现场确实十分危险。他的部下说,为了皇上龙体安全,切不可贸然前往。宋太宗一听发了火:"开封养兵数十万,居民上百万,天下转漕,仰给在此一渠,朕安能不顾?"说完便匆匆乘上步辇,顶风冒雨,出了皇宫。然后,命相关官员调集数万士兵,迅速赶往现场,全力进行抢险,务必堵住汴渠决口,否则所有官员一律撤职查办,一切布置停当之后,方才回到皇宫。

宋太宗回宫后不吃不喝不睡,他深深地知道汴渠一旦被毁就等于毁了他的赵家江山,现在汴渠的大堤被黄河洪水冲垮了,接着又冲向了淮河,这就等于砸了自家的饭碗,他怎能吃得下坐得住睡得着?

对于黄河决口这样的突发事件,历史上许多皇帝都高度重视,甚至亲自靠前指挥。班固在《汉书·沟洫志》中这样记载:"汉兴三十有九年,孝文时河决酸枣,东溃金堤,于是东郡大兴卒塞之。其后三十六岁,孝武元光中,河决于瓠子,东南注巨野,通于淮、泗。上使汲黯、郑当时兴人徒塞之。"

宋太宗重视的根本原因是这条汴渠至关重要,它南通淮河,再接楚扬运河,过长江后通往江南运河,直达杭州。当时北宋的经济命脉在两淮以及江南,粮食、物资都要依靠这条淮水、汴渠运到京都。

北宋最繁华的城市无一例外都在大运河沿线上,据旅美地理学家马润潮所著的《宋代的商业与城市》一书中,按照税收多少来统计,排在前六位的北宋一线城市依次是:开封、淮安(楚州)、扬州、仪征(真州)、苏州、杭州。

北宋开国之初开宝元年(968),从江淮通过淮水、汴渠漕运的粮食30万担,到了淳化元年(990)达到了400万担,后来到景德三年(1006)就达到了600万担,天禧元年(1017)高达800万担了。可见,这条汴渠确是大宋的命脉所在。如今,这里出了大问题,能让宋太宗不着急上火吗？

已经两天两夜过去了，抢险救灾的前线还是没有消息，宋太宗知道，黄河经常发水，不但会冲毁汴渠、淮河这条大宋朝的运河主航道，还会冲毁淮河两岸的万顷良田，冲毁大宋朝的天下粮仓。所以，他在嘴里一直不停地念叨着："一定要保住汴渠，一定要保住淮河！"

他自然想起宋太祖的一件往事："开宝三年秋，三司言仓储月给止及明年二月，请分屯诸军尽率民船，以资江淮漕运。太祖大怒责之曰，'国无九年之蓄曰不足，尔不素计而使仓储垂尽，乃请屯兵括民船以运，是可卒致乎？今设汝安用，苟有所阙，当罪汝以谢众！'"（《宋史·陈从信传》）这是宋太祖赵匡胤给自己的要求。

宋太宗想到这些，终于下定了决心开始对黄河、汴渠、淮水、蔡水进行一次大规模的治理，以确保北宋漕运畅通。

4

由于汴渠引黄河之水济运，黄水泥沙过多，而造成汴渠河床淤积。为此，疏浚河床、维护河堤、保证漕运，就成了大宋开国的头等大事。宋太宗明确规定每年都要组织人力物力对汴渠进行疏浚，强行征用沿线百姓参加治水工程的劳役。苏北各县处于汴渠、淮河的沿岸，所有百姓也就都在应征之列。每到冬季，成千上万的民工，冒着刺骨的寒风，站在冰冷的泥水里，将河里的泥沙一筐一筐地运上堤岸。据《宋史·河渠志》记载，宋建隆元年（960）四月，"命中使浚蔡河，设斗门以节水，自京距通许镇"。第二年，又发"畿甸、陈、许丁夫数万人浚蔡水，南入颍川"。同时，"导闵水自新郑与蔡水合"，为蔡水开辟了新的充沛水源。北宋通过这一系列的措施，才让这几条运河的漕运得以维持。

自宋太宗之后,治理淮河这条主要漕运水路,确保运河漕运的畅通,也就成了宋王朝的一条基本国策。也正是在这个基本国策之下,沿淮各地才出现了镇淮楼的身影。

位于淮河岸边的河南光州,是"襟带长淮,控扼颍蔡",有"河洛重镇,吴楚上游"之称,是淮河和蔡河的交汇处,经蔡河可达京都开封,经淮水可达两淮、江南,是北宋运河第二大通道的关键所在,所以整治淮水自然成为一项重中之重的政治任务,镇淮楼在此诞生也就成了顺理成章之事。

这座镇淮楼建于光州城的东门之上,据《明一统志》言:"镇淮楼在州城东,又有筹楼,在州城之上,皆宋建。"乾隆《光州志》收录有陈明治的《镇淮楼》诗一首:"镇淮楼上晓云收,万里春晴可豁眸。西去楚山连碧涧,东来淮水接丹丘。"可见在宋时的这座镇淮楼是何等高大巍峨。当时,建造此楼的目的就是为了震慑淮河水怪,镇淮楼其实就是祈神镇妖的祭祀建筑。

5

我们可以这样说,这些众多的镇淮楼就是宋皇帝"天下转漕,仰给在此一渠"统治思想书写在大地上的一种建筑语言,就是宋王朝表达镇水镇边的国家意识的一种文化图腾,也是一个民族寄托理想的一座祭坛。

6

试想,这是宋景德年间在淮安镇淮楼下举办的一次盛大庆典,负责江淮漕运工作的"制置江淮等路发运使"李溥,即将亲临现场宣布扬楚运河胜利竣工。

在举行庆典的前一天晚上,官府已派人在镇淮楼下布置好了庆典的现场。这天大清早，又有人将全羊全猪供上了台架。参加庆典的各级官员衣冠整齐、彬彬有礼地排列着。庆祝活动开始之前在镇淮楼下又连放了三响铳炮。

吉时已到，总司仪宣布庆典开始，鼓乐喧天，唢呐高奏，鞭炮齐鸣，震天撼地，呈现出一派热火朝天的景象。然后，又唱盥洗上香，李溥便来到供案前上香鞠躬、酹酒降神，再率领众人跪下叩首、再叩首、三叩首。

然后，李溥操着一口江淮方言宣布，楚扬运河整治工程取得圆满成功！

随即，庆典活动就推向了高潮，读贺文、献馔礼、拜淮神，等等，鸣锣击鼓，弦乐伴奏，一直到最后再度鞭炮齐鸣。

据正德《淮安府志》卷六云："镇淮楼本名谯楼，意为城门上的瞭望楼……宋景德年间，置制江淮发运使李溥于此庆典、祭淮。"当时，镇淮楼作为瞭望台，修建它是为了瞭望城外情况，后来更名为镇淮楼。因此，李溥的庆典活动安排在楼前举行，自然是再合适不过的事了。

据《淮安镇淮楼》一文记述："这座楼砖木结构，坐北朝南，底座为砖砌基台，略呈梯形，坚实稳重。基台正中为拱形门洞，宛如城门。东西两侧为拾级而上的方砖踏步，基台上是两层砖木结构的高楼，面阔三间。因为淮安'扼江北之要冲，为南北交通之孔道'，纵贯淮安全境的运河粮道，便是当时南北交通的命脉。南粮北运，要从运河穿长江，越淮河，才能北上，船只以到达淮安才能视为安全。因此，无论文武官员、显宦世家、巨商富贾、文人墨客和僧道名流，都要在此登楼祭酒。"这次李溥便是率大小官员在庆典仪式结束之后，也都逐一登上此楼，举樽祭淮。

据《中国古代著名水利工程》记述："北宋为进一步密切京师与

全国各地经济、政治联系,修建了一批向四方辐射的运河,形成了新的运河体系。汴河、广济河、金水河、惠民河(即蔡河)合称'开封四渠',通过四渠向南沟通了淮水、扬楚运河、长江,向北沟通了济水(即黄河)。"

北宋时政府对南粮的依赖程度进一步提高,汴河通往淮河,惠民河也通往淮河,这就使淮河成为北宋南粮北运的一条最主要的漕粮运河。对于蔡河,司马迁在《史记·河渠书》中以少有的赞赏口吻描绘了它的作用:"此渠皆可舟,有余则溉浸,百姓飨其利。至于所过,往往引其水益用,溉田畴之渠,以万亿计,然莫足数也。"为了确保这条河的漕运畅通,北宋时期在江淮地区进行了大规模的运河建设,而扬(今扬州)楚(今淮安)运河是"汴渠之首",它北联淮河、汴渠及蔡河,南接江南运河。因此,整治位于苏北地区的扬楚运河也就成了重中之重。

楚扬运河本来没有堤岸,宋景德年间(1004—1007),制置江淮等路发运使李溥利用回空的运粮船,从泗洲运载石头,放到高邮的新开湖(今高邮湖)中,从而形成一条长堤,把高邮湖与运河分开,使漕船免受湖水风涛之害,从而大大地提升了漕运安全。

7

南宋建炎二年(1128)冬,开封守备杜充站立在开封城门楼上,头戴金盔,身穿铠甲,外罩罗袍,胸挂护镜,脚蹬马靴,腰悬长剑。他长得四方黑脸,浓眉斜眼,勾鼻大嘴,一副恶人模样。

这时,金军完颜宗翰率领西路军,完颜宗望率领东路军一起进攻宋国,几十万大军向开封一齐开来。杜充被吓得面如土色,心里想:"金师能征惯战,天下无双,这可如何是好?"

就在他们撤退到河南滑县西南的沙店集时,杜充忽然计上心头:"如若这般逃跑,天下人必耻笑我。况且金人擅于骑术,追我速度必快,倒不如掘开黄河之水,阻挡金兵。"然后又装模作样地求神问卜一番,最后,命令手下军士挖掘黄河大堤。

对于这件事,宋李心传的《建炎以来系年要录》言:"壬寅日,开封留守杜充闻有金师,乃决黄河入淮河以阻兵,自是河流不复矣。"这段文字是关于杜充决河夺淮的最早记载。《宋史·高宗本纪》中则是这样写道:"是冬,杜充决黄河,自泗入淮,以阻金兵。"

黄河自古以来就"善淤、善决、善徙",淮河的灾害主要来自黄河的侵犯。黄河曾多次南犯夺淮,但时间都不长,对淮河流域的改变也不大。但是,自杜充挖开黄河大堤,造成人为的黄河夺淮大改道,给淮河带来了灭顶之灾。自这次"夺淮"起就开始了长达九百年的巨大水灾,给淮河水系带来了重大变化,给生活在淮河两岸的人民带来了毁灭性的灾难。

黄河决堤之后,洪流一路向东,声势浩大地破坏了淮河所有河道,"两淮尽泽国,生民为鱼鳖"。再后来,黄河洪水彻底摧毁了千百年来修建的堤坝运道。此后几十年间,宋金不断交战,两淮地区成了宋金双方的主战场。

8

从此,镇淮楼便只能作为画饼充饥的一种可悲的幻想而存在了。

9

淮河变成了国界,运河被废弃了,淮水也镇不住了,镇淮楼的内涵被延伸为镇守淮河边关。

自此,两淮平原的水足土肥不见了,丰富物产不见了,发达的交通也不见了。

淮河毁了,运河航道废了,帝国破碎了。镇淮楼只能默默无语地凝视着淮河以北的那片沦陷的国土,它唯一能做的只有以泪洗面了。

消极防御、偏安一隅的南宋小朝廷,也是满足于稳固江南,采用弃淮守江的战略,对黄河改道经淮河南流乐见其成。黄淮之间尽成泽国,正好可以阻止金戈铁马的金兵南下。这就是绍兴十一年(1141),南宋提出"绍兴和约",以淮河作为边界的重要原因。

就这样,"绍兴和约"很快就签订了,宋金战争停止了,金人也开始治河了,但金人不会治理黄淮之间的黄泛区。金熙宗皇统三年(1143),金人设立治河管理机构黄河堤都大官勾司,每年都征用十万民夫修堵堤防,但工程只在黄河之北。滑州(今河南滑县)以南的黄河,自建炎二年(1128)被杜充决堤以后,淮河变得千疮百孔,面目全非了。

10

黄河夺淮让苏北的一切改变了模样,淮河河道变成了黄河的入海通道,淮地变成了黄泛区。

渐渐地,淮水河床高出了地面;渐渐地,两淮地区变成了一片汪洋。每到盛水期,洪水翻滚着从各条水道奔腾而来冲入淮地。淮河被黄河泥沙堆积,河床慢慢高出了地面,洪水只有在一望无际的原野上泛流。

今苏北二十多个县,是当时洪水泛流中地势最为低洼的地区,也是泛流时间最长、承受黄水之祸最深的地区。这里诸水汇聚,浩渺无际,河渠淤废了,变成了烂泥沟;湖泊淤平了,变成了烂泥塘;农田冲毁了,变成了浮沙飞扬的盐碱地。

挟带大量泥沙的黄河之水,将淮河入海河道被填为平地。《水经注》所说的"又东至广陵淮浦县(今江苏涟水)入于海"的通道被彻底堵塞,逼淮水从洪泽湖向南决堤,洪水冲入长江。在淮河较低地段,浩瀚无边的积水,把以前的小湖连成了一片,最终形成了洪泽湖。

黄河夺淮给两淮地区带来了巨大的灾难,自此江南的经济超过了两淮,过去的"交通灌溉之利甲于全国"的美誉不见了,过去的"江淮熟,天下足"的富裕不见了,过去的"走千走万,不如淮河两岸"的口碑也不见了,北宋时期的两淮繁华几乎化为乌有。

淮河文明由此衰败,两淮经济一落千丈。

也正是在黄河夺淮的灾难中,河南光州的镇淮楼被洪水冲毁了。

河南光州的这座城市"襟带长淮,控扼颍蔡",自古为江淮河汉的战略要地,《方舆汇编》言:"镇淮楼在光州潢桥门上,宋建,后废。"今天,光州镇淮楼的具体地址已经失传了,我们只能从零星的史料上,读出这座镇淮楼的悲惨身世,只能从乾隆《光州志》里收录的陈明治《镇淮楼》那两行诗里,知晓这里曾经有过一座镇淮楼的存在。

11

其实,淮河沿线的镇淮楼无一不是毁了又建,建了又毁的。

安徽合肥的镇淮楼"建在府治东北隅,宋绍兴辛巳(1161),金人南侵,攻陷庐州,构筑金斗门,此楼被毁大半。明代谕旨重建镇淮楼,上有铜壶以核昼夜时刻。"(《庐州府志》)

安徽和州的镇淮楼坐落在古城墙之上。根据《和县镇淮楼》一文记述:"楼基呈'凹'字形,基下有一拱门,原为古和州城的城门,为重檐式两层,两侧分别为钟楼和鼓楼。这座镇淮楼始建于宋朝,明清曾多次重修,现存建筑为清光绪年间之遗构。明弘治、嘉靖年间知州陈宪、宋继先均修建,清乾隆、道光年间,知州徐元、李煜也先后重修。"这座镇淮楼历代均有重建修葺,明清有文字记载的重建和重修就达五次之多。

纵观历史,这些镇淮楼不但没能镇住淮河水患,更不能镇住淮河边关,镇淮楼自身反而多次被人为破坏或被洪水冲毁。

淮安的镇淮楼亦始建于北宋年间,距今已有九百多年的历史,建成之后也是不断重修,元代至元年间(1264—1294),张士诚部将史文炳占领淮安,即进行修葺。明洪武十九年(1386)破损,永乐十七年(1419),镇守淮安指挥使黄瑄重修。景泰四年(1453),指挥使丁裕又进行重修。成化六年(1470)也重修过。清道光十八年(1838),漕督周天爵再修,改楼匾南为"彩彻云衢",北曰"镇淮楼"。光绪七年(1881),知府孙云锦重建。由此统计,有案可稽的重建重修就达六次之多。

我们现在看到的这座镇淮楼,为清光绪七年(1881)重建,在原有基础上有所扩大,也是坐北朝南,底座为砖砌基台,长28米,宽14米,高8米,略呈梯形,坚实稳重。基座上是两层砖木结构的古楼,面阔三间,楼高18.5米,看上去不算十分高大,倒是有几分寒酸,甚至是一副苦相。

确实,这座镇淮楼的身上历经了人间沧桑,布满了历史风云,更深藏着千古悲情。

当然,镇淮楼能够一次又一次重建重修已属万幸,镇淮楼下的曾经作为北宋时期运河主航道的淮河从南宋之后就不能通航,后来逐渐湮废,变成了一条干枯的地上河,至今仍然被人悲凉地称为"废黄河"。当年南宋的一位丞相坐船出使北方和金议和,到了运河故道就不得不弃舟登陆骑马了。对此,他这样写道:"自离泗州,循汴而行,至此河益湮塞,几与岸平,车马皆由其中,亦有作屋其上也。"

面对着这样的一座历尽沧桑的镇淮楼,我在想,楼毁了可以轻松重建,淮河毁了进行重建却非易事,更何况毁掉的是整个淮河流域的生态系统,再想重建就难上加难了。

12

今天,我们从镇淮楼的身上感受到的是历史遗留的悲凉,从这条古运河的身上感受到的是一个王朝的兴衰存亡。

"荒草寒筝浦,斜阳下弩台。不须悲故国,重吊楚江隈。"这是清代雍正年间吏部侍郎介福的《镇淮楼》诗句。他回首千年之故国,重吊已枯之废河,只看到镇淮楼上荒草凄迷,斜阳落辉,再也看不到当年楼下运河的繁华喧嚣了。

古时运河的辉煌已随着黄河泥沙掩去了痕迹,只剩下眼前这片寂静安宁的废黄河景,只剩下被历史遗弃的镇淮楼那老态龙钟的模样,特别是中华人民共和国根治淮河依靠的是党和人民,根本不信也不用镇淮楼去慑妖镇水,镇淮楼也就更加地落寞了。

这时,几只晚睡的乌鸦从镇淮楼顶的枯草上飞快地掠过,飞向废黄河高高的土堤上,留下了一串苍凉的嘶鸣。镇淮楼两侧的古砖道上那些野花在秋风中寂静无声地摇曳着,几株白色的茅草静静地斜立在充满古锈的砖缝之间。楼下的树丛里有几只鹧鸪在鸣叫,不紧不慢,悠悠扬扬。

我眼前这座人老珠黄的镇淮楼,似乎只剩下这几声鹧鸪啼鸣了。

或许,在这一刻,才能让人想起这条河的千年往事,想起这条河所背负的一个王朝的兴衰历史;或许,在这一刻,才能让人也想起这条河边的许多"同名同姓"的镇淮楼,想起曾经的一座座镇淮楼历经千年的悲情往事。

这时,我站在镇淮楼下,想起"镇淮楼们"的建与毁、毁与建,直至被遗忘的身世之后,似乎聆听到它们都在轻轻地叹息。它们大约是在叹息春花秋月何时了,往事知多少,更叹息故国不堪回首月明中吧?

13

我不禁发问,中国的历史为何会反反复复地出现黄河夺淮的现象?所有的镇淮楼缄默不语,只听到从淮安的镇淮楼下飘来一阵老淮调,咿咿呀呀,哭哭啼啼地唱个不休。

镇淮楼成为漕运帝国远去后留下的背影。

二、拦水古堤:刻在古堰石上的图腾

> 高家堰石刻就是一种精神膜拜的图腾,它所表达的美好愿望愈强烈,恰恰说明了这里的灾难愈深重。
>
> ——题记

1

一场大雪隐藏了洪泽湖的所有景致,突显了高家堰的厚重和悲壮。

天是白的,水是黑的,在这黑白之间,高家堰默默地展现着自己弯弯曲曲的躯体。它身上的无数块巨大的条石,就是古堰饱经风霜的肌肤。它们被时光侵蚀留下的灰暗,便是古堰躯体的肤色。

一阵呼啸而过的湖风肯定是这条古堰在深深地叹息。

此刻,冬雪纷纷扬扬地在这个黑白世界里飘洒着,将整个灰暗的古堰覆盖成了洁白。厚厚的积雪将古堰身上的石刻也掩埋起来了,似乎是刻意想隐瞒古堰饱含血泪的身世。

高家堰北起江苏省淮安市淮阴区马头镇,南迄洪泽区蒋坝镇,始建于东汉建安五年(200),至今已有近两千年历史。明万历八年(1580)增筑直立式石工墙,并基本形成规模。至清乾隆四十九年(1784)全部完工,共筑石工墙67千米,是目前世界上最长的古堰。石工墙规格统一,筑工精细,使用6万多块千斤条石,采用糯米石灰浆砌成,充分体现了我国古代水利建设的高超技艺。现在,高家堰是全国重点文物保护单位、大运河世界文化遗产的重要节点。

高家堰就像一条水上长城,蜿蜒曲折,雄伟壮观。古堰内囊括一座方圆百里的洪泽湖,古堰上背负着一条蜿蜒百里的长林,古堰外护佑着一望无际的里下河平原。

此刻,高家堰已经变成一条银色的长龙,古堰上的所有树木都披上了一层厚厚的银装,古堰之外的平原也已变成了洁白的世界,只剩下古堰尽头的那座高大的石亭闪现出它坚韧的墨黑。

只见这座石亭里有一尊全身黑亮的铁牛,正沉默无言地凝望着脚下这片波涛汹涌的大湖。铁牛的双眼被大地的洁白反射出两道光亮,铁牛的双唇微微地张开,似乎有千言万语要对古堰诉说。在铁牛的身上还刻有四行铭文:"惟金克木蛟龙藏,惟土制水龟蛇降。铸犀威镇靖淮扬,永除昏垫报吾皇。"可见这头铁牛早已不用承担耕地的任务,而被赋上了"报吾皇"的神圣使命。

铭文就是古堰的哑语,图腾则是古堰的祈望。

2

踏着残雪来到位于高家堰 45 千米处的周桥大塘，在这片古堰遗址上徘徊，联想起九百年前、两千里外"以水代兵"的那段历史，便推断当时肯定没有人会想到这次"以水代兵"能决定高家堰的生死存亡。

触摸着周桥大塘古堰身上的条石，就像是抚摸高家堰粗糙冰冷的身体，让我深切地感受到深埋在条石底下撕心裂肺的疼痛。

这座周桥大塘紧挨着高家堰的东侧，是当年被洪水冲垮大堤之后留下的一个水塘。它形如半月，深达数米，故而又被称为周桥月潭。两百年前的一个冬天，洪泽湖突犯洪水，浪高数尺，冲开石堰，湖东平原顷刻之间变成一片汪洋。周桥溃堤之后，由于决口太宽，大塘太深，前后用了六年的时间，才在这里筑成眼前的这条长 750 米、宽 33 米、高 8 米的直立式、半月形石工墙。

我走上这座作为高家堰副堤的石工墙，看到在残雪的斑痕中显露出来的灰黑色条石，凝视着被高家堰主堤和副堤包围着的深潭，真的想从这深不见底的潭水下面，打捞到沉淀在历史深处的一个又一个悲剧。

遥想 900 年前，作为宋朝都城的开封府已经处于绝境。这时，金人 20 万大军正长驱直入地向开封杀来，开封守卫大将杜充的对策却是"以水代兵"，居然命令宋朝的军队掘开黄河大堤，想用黄河之水阻止金兵的进攻。

《洪泽湖志》对杜充"以水代兵"的后果做了记载，大概是说，黄河决口以下，河水东流，使今河南、山东、安徽、江苏一带的百姓至少淹死 20 万人。

也就是因为这次黄河夺淮，在淮河下游潴积而成了浩瀚百里的洪泽湖。每次洪水来临,高家堰屡屡被毁。据《清史稿》统计,从清乾隆二十二年(1575)至咸丰五年(1855)的280年间,高家堰决堤达140余次,平均不到两年就决堤一次。每次决堤,汹涌的洪水冲向淮扬二府,顷刻之间,房倒屋坍,庄稼淹没,牲畜溺死,百姓死亡无数。

今天,我触摸着这条石工墙上厚重的条纹,就像是抚摸到古堰内心深处的一道道伤疤,感觉它就是石铸的尸骨,就是凝固的血泪,就是定格的悲怆。

3

高家堰石刻就是一种精神膜拜的图腾,它所表达的美好愿望愈强烈,恰恰说明了这里的灾难愈深重。

这是一座《事事如意》石刻浮雕。古朴的花瓶,粗拙的柿树,飞奔的梅鹿,孤独的鸣鹤,毫无表情地呈现在浮雕之上,所有石头的线条构成了苍凉的图像,所有石头的图像又营造出悠远的意境,所有毫无色彩的灰暗汇聚在一起,营造出一种古远和神秘的气氛。

这便是我在高家堰最南端的蒋坝镇看到的一座石刻浮雕。

这是一幅横幅石刻,整个画面充满了祈福的主题。四边留有花框,四角刻着如意花纹,中间辟出画堂。石画的左边刻了一只宝瓶,下设圆形几座,瓶内盛开着如意蕙草,寓吉祥之意;中间刻有一棵柿树,树干虬曲粗壮,左右分枝,枝上果实累累。树下刻有一头奔鹿。因"柿"与"事"同音,"鹿"与"禄"同音,寓意事事如意、升迁加禄;又刻有一只白鹤,寓意长寿千岁;柿树、梅鹿、白鹤的下面还刻了大大小小的山石,寓意长寿;石刻右边又刻有一瓶,瓶内三支箭戟,寓意平升三级。

显而易见,这幅石画里反映了封建等级制度。它是明代修建高家堰石工堤时,镶砌在大堤条石之间的。这幅石刻浮雕是祈望高家堰能够"事事如意"不再溃决,却也没有忘记祈祷修建官员能够"平升三级"。

然而,这些石刻只能当作一种图腾去祷告,其美好愿望却很难变成现实。

明万历十二年(1584)秋,一连下了十多天的暴雨,洪泽湖水位暴涨,湖边十数县,也包括明祖陵,全都处于风雨飘摇之中。一波洪水从洪泽湖里汹涌澎湃而来,直奔明祖陵冲去,很快就将明祖陵的石道淹没了。

这时,头发花白、年过六旬的总理河漕大臣潘季驯(1521—1595),摇摇晃晃地从风雨中奔来,当看到明祖陵的石像已被洪水淹没一半时,失声痛哭起来:"苍天亡我!"然后,扑通一声双膝跪在洪水里,老脸上的泪水和瓢泼的大雨一起纵横而下。

潘季驯心里明白按照自己的治水方略实施下来,淹没了本朝皇帝的祖陵,自己肯定会死无葬身之地的,想到此他不寒而栗,老泪滂沱。

四年前,针对运河河床逐渐淤塞,使江南的税赋、盐粮、贡品不能及时运抵北京的问题,潘季驯提出了"蓄淮刷黄济运"的治水方略。

"蓄淮"便是在与淮河相接的洪泽湖东岸加高加固高家堰,以此提高淮河的水位;"刷黄"便是让淮河的清水倒灌黄河,以此来冲刷黄河带给运河的泥沙;"保运"便是保证大运河漕运畅通的目标。

在高家堰扩建到最南端的蒋坝时,他命工匠将这幅《事事如意》石刻浮雕,十分虔诚地镶砌在了大堤之上。

然而,在历经四年修建好高家堰之时,这场暴雨从天而降,与黄河夺淮下泄的洪流一起,迅速形成了洪灾。洪水因被刚刚建成的高家堰石堤阻拦无法下泄,导致水漫泗州城,又危及明祖陵。因此，潘季驯被指责犯有"欺君之罪"，很快就被当朝皇帝明神宗削职为民，那块祈福的石刻《事事如意》根本没让他得到一丝一毫的如意，更没有让他平升三级。两年之后，他便被气得患上了风痹病，半身不遂，瘫痪在床，最后在郁郁寡欢之中死去。

我眼前的这幅雕刻精美的石画，也就变成了记录潘季驯"治水保运"悲剧的一件物证。

4

当然，明朝总理河漕大臣潘季驯万万没有想到自己的悲剧结局，也会成为百年之后清朝河道总督靳辅的人生模板。

康熙十六年（1677）夏，似曾相识的黄河洪水再次席卷洪泽湖，高家堰决口三十四处，洪水冲入大运河，使运河大堤决口三百余丈，洪水又淹没淮安、扬州二府所属七个州县，所有运道均遭破坏，漕运因此阻断。

在这种严峻形势下，康熙皇帝下决心大规模治理河道水系，以确保运河畅通。于是，靳辅（1633—1692）被任命为河道总督。

靳辅为了靠前指挥，将原本驻节山东济宁的河道总督署，搬到了地处黄淮运交汇处、洪泽湖边的淮安，然后便指挥千军万马，在杜充掘开黄河大堤之后的一个秋天，展开了一场大规模治理黄河夺淮水患、保证运河漕运畅通的庞大战役。

就是在这次历经十数年的水利综合治理中，靳辅将高家堰石工墙最北端延展至今天的淮阴区马头镇，又将高家堰石工墙向南延伸至今天的洪泽区蒋坝镇，从而形成现在我们看到的高家堰的规模。同时，他又将高家堰的迎水面从直立石改建为斜坡石，从而大大增强了石工堤的抗洪能力。

当然，靳辅也像百年之前的潘季驯那样，在石工堤上修建了祈求上苍护佑的石刻。他以《千字文》里的汉字为单位,自北向南,每个字距离100丈,将《千字文》里的文字刻成石碑,一一排列在古堰的石工墙上。此外,他还在石工墙上分段刻上浮雕,雕有麒麟、仙鹤、灵芝、银锭、宝葫芦、庙宇等吉祥图案,又刻上"永庆安澜""加官晋爵""风平浪静""一帆风顺""金堤永固"等内容的石画。

同样是在一批大型治水工程竣工,保证了此后几十年运河畅通的欢庆时刻,同样也是在这条高家堰上,靳辅接到了皇帝斥责的圣旨。他因运河以东的淮水出路,以及土地开垦得罪了一批皇亲国戚、达官显贵,再一次被众人弹劾,这就引发了康熙朝的那场著名的辩论。这场"康熙庭辩",从学术争论发展到利益之争,后来又发展到忠奸之辨。最终,康熙皇帝居然认定靳辅的人品大有问题,将靳辅划入"不忠"的奸臣行列,下旨"著将靳辅革职"。

靳辅治水十五年,两次被革职查办,最终在康熙三十一年(1692)康熙皇帝南巡,来到高家堰石工墙上,看到眼前一片安澜的景象,方才发现自己错怪了靳辅,这才决定重新起用他。然而,为时晚矣,靳辅已经身心疲惫,疾病缠身,风烛残年了。也就是在这一年,靳辅满怀悲愤地离开了人世。

靳辅的官场失败全因"不忠",和百年之前潘季驯的"欺君",又是何等相似?

5

高家堰的石刻既是充满悲怆的思想寄托,也是那个时代的精神图腾。

在高家堰的洪泽区三河镇四坝段上,我看到一座"鱼化龙"石刻,它用灰黑色玄武岩刻成,采用浮雕技法。画堂的天空刻着白云朵朵,下端的湖面刻出黑浪滚滚,一尾鲤鱼跃出水面,刻画了从鱼到龙的蜕变。这便是采用典型的中国黑白画技法,刻画出古代图腾里的"动物纹"了。

据了解,高家堰石刻遗存目前已经发现220处,其内容主要可分为三类:御题御旨、吉祥图案、吉祥言语。

在高家堰蒋坝五里牌处有一座《示河臣碑》,据说是清朝乾隆十六年(1751),乾隆皇帝第一次南巡来到高家堰时,江南河道总督高斌向乾隆皇帝递上了一份恢复仁、义、礼、智、信五坝建设的奏折。乾隆皇帝阅后认为言之有理,就在奏折上做了批示。高斌在乾隆皇帝走后,命人将皇上的金口玉言镌刻成碑。

然而,在石碑刻好运到高家堰安装竖立时,突然出现了意外,石碑居然断成了两截。当朝皇上的御碑拦腰截断,这可是对皇上的"大不敬",传出去是会遭满门抄斩的。高斌赶紧命人连夜秘密地将断碑深埋于高家堰地下,重新赶制一块完全相同的石碑竖立于此。

1949年以后,政府又对原有高家堰石工墙进行了大规模的修整,将洪泽湖建成为调节大运河水位的水库,从而确保了运河的畅通。只是这块《示河臣碑》在1966年被人磨去了乾隆皇帝的御批。一直到2005年,当地决定重竖《示河臣碑》,按原碑的尺寸进行复制。谁知就在新碑吊起的时候,起重机缆绳突然折断,新碑猛然坠落,居然也是断成了两截。最后,也是连夜加班重刻了一块,才重新竖立起来。这便是我今天看到的这块刻了又断、断了再刻的《示河臣碑》了。

我久久地凝视着这些石刻的冰冷线条,猜想它们怎样记录这座古堰的离奇身世。为什么高家堰的历史会出现这么多的巧合?

这时,《示河臣碑》仍然静静地伫立在高家堰石工堤上,一动不动。雪的白,树的黑;天的白,水的黑,都变成了古堰的现实背景。

所有的石刻伫立在这黑白相间的背景里集体缄口不语。

雪已残，风还在。

三、治水名臣：梦断运河古道

1

靳辅面对着洪泽湖洪水的白浪滔滔，他自知前程必定艰难，因为前面湖天相接处显得那么暗淡无光，他不由得皱紧了眉头。他是在康熙十六年(1677)的四月被任命为河道总督的。他还向康熙皇帝上交了一份军令状：决心任期内使黄淮归海，河湖安澜，漕运畅通。运河等河道大修如果"料理失宜""徒糜时日，虚费钱粮""并旋修随圮，限内冲决，则请将臣从重处分"。前任河道总督王光裕就是因为治理运河不利，被摘除顶戴花翎、逮捕入狱的。其实，要想在几年之内就能治理好泛滥几百年的黄、淮、运和洪泽湖的水患谈何容易？他觉得这时自己所见到的洪泽湖景色，全都是灰黑色，不透一丝一毫的亮光。他被黑暗压得喘不过气来。

明末清初，由于战乱，黄河河道常年失修，堤防不坚，致使"黄水四溢，不复归海"，豫皖苏北平原年年闹水灾，大地横流。康熙元年至十六年(1662—1677)发生的较大决口就达67次。康熙十五年(1676)夏，黄淮并涨，奔腾四溢，洪水冲入淮扬运河，使运河大堤决口三百余丈，苏北所有河道、运道均遭破坏，漕运阻断。在此严重形势下，康熙皇帝下大决心要大规模治理黄、淮、运河道和洪泽湖水系。然而，谁能担此重任呢？这时有人向他推荐安徽巡抚靳辅。康熙在半信半疑间，调靳辅为河道总督。

靳辅将河道总督署搬到淮安后，就听到洪泽湖高家堰又要决口的报告,便连夜冒雨赶到了现场,可是已经晚了。湖底高出地面几米的"悬湖"洪泽湖,全都靠高家堰这座几十里的人工长堤防洪,当靳辅赶到十里堡和十一里堡之间的险段时,这里的洪水已经将大堤冲毁了,洪泽湖几丈高的大水,便像脱缰的野马倾泻而下,一路汹涌澎湃,直向淮安、扬州所属的十多个州县冲击而去。

　　望着黑白相间的洪泽湖和汹涌奔腾的洪水,靳辅觉得在这灰黑的背景上,呈现出刘姓一家七口,为了堵住高家堰的决口,与洪水拼搏最后被卷入洞底的身影。他似乎还能看到那个5岁小儿,用他的小手还在一个劲地敲着报警的锣。靳辅的双眼便涌出两股热泪,跟着民众一起呼喊起来:"刘老汉,你们回来吧……刘老汉,你们回来吧……"

　　这时,刘姓一家七口的尸体,已不知被洪水冲到哪里去了,洪泽湖的水面上只剩下汹涌澎湃的恶浪和乡亲们喊魂的呼声。

2

　　治水的场景,纵横千里,辽阔壮观,需要一幅全景画面才能看清。当然这幅画面本应该富有色彩,可在靳辅的眼里肯定变成了黑白。在这幅画面里,方圆千里的洪泽湖就像一只展翅欲飞的巨大天鹅,黄、淮、运三条大河就像三条绳索,紧紧地捆绑着它的翅膀,使它给人展现一种挣扎和撕裂的感觉。这三条大河和一座大湖组成的图案,在苏北大平原的灰暗背景衬托下,又显现出一片深沉的黑色。而漫天的大雪便在这深沉的黑色空间里上下飘飞,让这黑色的原野反衬出自己的耀眼洁白。

　　靳辅看到每一片雪花都划出一道白线,大雪便是沿着无穷无尽的白线坠落下来,在洪泽湖和所有河流组成的黑色浪涛里化作乌有。白色的雪无可奈何地归顺了黑色的水。靳辅觉得自己就像一片白雪,明知最终要被黑色吞没,也要在空中飞翔,做一番垂死的抗争。他便是带着这样的心情指挥着千军万马,在1128年杜充掘开黄河之后整整550年的那一年,开始了第一次大规模地治理黄河夺淮水患的战役。

在这三条大河的河岸和这座大湖的湖岸,累计数百里的大堤上,有几十万民工同时开工。时任"总督河道提督军务兵部尚书兼都察院右副都御史"的靳辅,站在指挥部的高塔上远远望去,无数肩挑车推的民工就像无数只蚂蚁,由他们组成了蚂蚁搬家的方阵,再由这无数个蚂蚁方阵构成了一幅气势恢宏治水大战的壮阔画面。他看到这幅画面里有千万杆彩旗,在大雪纷飞的工地上飘飞。当然,这天地灰暗和旗红雪白,在靳辅的眼里都被过滤成了黑白的色调。

面对着这样的黑白世界,他无法预料自己治河的方略,究竟能达到什么样的效果。他总是不由自主地朝他身边的幕客陈潢望去,想从他的身上寻找到一丝安慰的亮色。

还是在康熙十年(1671)的六月,靳辅赴皖就任安徽巡抚途经邯郸时,去吕祖祠参观,迎门看到粉壁上题诗一首:"四十年中公与侯,虽然是梦也风流。我今落魄邯郸道,要鳌先生借枕头。"靳辅读罢,顿觉诗意不凡,近看墨迹未干,便命人寻觅。原来这首诗的作者便是水利专家陈潢。陈潢这年为求生计,北上京师寻找机遇,不期落魄之际,遇到了靳辅。他们一见如故,畅谈通宵,靳辅遂聘陈潢为幕客。靳辅出任河道总督后,陈潢便一展治河奇才,"竭力效忠"。

靳辅、陈潢一上任就投入了运河、黄河、淮河河道的勘察之中。"上下千里,泥行相度",看到黄河在苏北"决于北者,横流宿迁、沭阳、海州、安东等州县;决于南者,汇洪泽湖转决下河七州县,清口运道尽塞"。因此,靳辅喟然长叹:"河之坏极矣!"他一日之内向康熙皇帝上了八道疏,系统提出治理黄、淮、运和洪泽湖的全面规划,详陈治理计划、经费预算、机构调整等治水方略。

在《河道敝坏已极疏》中，靳辅阐述了黄、淮、运的关系，认为只"保运"不"治黄"是导致河道全面崩坏的主要原因，提出必须"审筹全局"，从"治黄保运"的大局出发，对黄河河道"彻首尾而治之"。在《经理河工八疏》中，他则制定了以洪泽湖为结点的治水方案：挑清江浦至黄河入海口河道，导黄归海；挑黄淮交汇处的清口至洪泽湖高家堰，开通引河；筑高家堰等处坦坡，以防决堤；改革河防管理体制，把地方民间性的河工管理改为军事性防务。

靳辅的这套治河方案经过朝廷的反复论证，在第二年初终于批准，康熙下旨："治河大事，当动正项钱粮。"并拨付大修工费银250余万两。

自此，在苏北的黄河干线、淮河下游、运河干线，以及洪泽湖高家堰，长达数百里的大规模河道整治工程，由靳辅指挥，以千军万马之势，全面开工了。

苏北运河大堤修筑的工地上，十数万民工集中在几百里长的大堤上下，工地上人山人海，一片沸腾，热闹非凡。只是天空还是阴森森的，还是下着鹅毛大雪，寒风还是一个劲地呼啸着。到了夜晚，整个工地一片灯光闪耀，在四处黑暗的天地间，千万只火把组成了一条火光的长龙。

几天几夜没有合眼的靳辅，终于累倒在了工地上。当他的两眼一闭，眼前便呈现出漆黑一片的世界来。

3

我有理由相信一切应该都在康熙皇帝的掌控之中，包括康熙二十七年（1688）金秋十月远在苏北举办的中运河竣工典礼。

那一天，康熙皇帝让靳辅感到自己面前呈现出一幅秋阳当头、晴空万里的白亮画面，又让靳辅看到了这幅画面上的黑色阴影，再让所有的黑色向他预示着什么。脚下刚刚竣工的堤岸的背影，堤上新栽的防渗林的树荫，还有天空远处的一片乌云，特别是自己长长的身影，都黑得意味深长。我甚至敢推断康熙皇帝在遥远的京城都能想象出，这天新开凿的中运河开闸放水，靳辅的心头肯定充满了阳光明媚，肯定觉得整个开闸放水的庆典就是一派喜庆的亮色。

这场隆重的庆典仪式是件大喜事，连四乡八县的百姓都扶老携幼，纷纷赶来，都想看看这场象征海晏河清的盛况。只见整个新修的中运河大堤上，人头攒动，彩旗招展，一望无际。这时，整个秋天都被感染了，放射出无限热情的白光。靳辅带领河道总督府的全体官员，从淮安清江浦乘坐一艘大船，兴高采烈地来到了中运河河口，然后爬上了临时搭建的主席台，亲自主持这场旷古未有的喜庆典礼。

当吉时已到，他一声令下，红旗摇动，锣鼓喧天，鞭炮齐鸣，大闸便缓缓升起，滚滚黄河波涛流入中运河，霎时间灌满了宽阔的河槽，现场成千上万的百姓一片欢腾雀跃，发出一阵阵胜利的欢呼。

经过多年的艰苦努力，靳辅、陈潢总算不负圣望，对黄河淮河的河道进行了连续大规模的治理，除了少量工程没完工，其余全都竣工，使黄、淮、运后来出现了几十年的稳定局面。三年前他启动的开凿300里中运河的宏大工程，今天也全面竣工了，运河航道要走180里黄河河道的历史，再也不复存在了。

陈潢激动得热泪盈眶，抱着靳辅的肩膀颤声说道："靳大人，成功了，我们成功了！您看，完全和预料的一样，正好可以行船哪！"

靳辅也高兴地拍着陈潢的肩膀，又拉过了其他属下，十分感慨地说："兄弟们，我谢谢你们，也替百姓们谢谢你们！"

就是这一天,治水整整 11 年的靳辅已是满头华发。在这 11 年里,他吃了多少苦,受了多少委屈,担了多少风险,只有他自己最清楚。想到这里,他不禁老泪纵横。

靳辅自然想起了自己这治河的 11 年,也是被人参劾的 11 年。翻看康熙朝的皇家档案,可以看到在靳辅、陈潢治水过程中,不断受到官场政敌的攻击诽谤,其中重要的有康熙二十年(1681)五月,因人参劾,"靳辅著革职,令戴罪督修";康熙二十一年(1682),布政使崔维雅攻讦靳辅"修筑失当",经康熙召对辩论,决定仍采纳靳辅治河意见;康熙二十二年(1683),尚书伊桑阿参劾靳辅"行贿事";康熙二十四年(1685),御史崔雅乌参劾靳辅"修筑减水坝不合古训,且耗费国库银两,遗患无穷";康熙二十七年(1688),也就是在靳辅陈潢他们正在为中运河工程日夜奔波之际,先是于成龙串通总漕慕天颜攻讦靳辅;接着郭琇再一次参劾靳辅陈潢。

这时,一阵庆祝中运河开通的震天动地的欢呼声,终于把靳辅从痛苦的回忆之中拉回了现实,他的心也就从幽暗转向光亮,便情不自禁地跟着百姓一起欢腾起来了。他大声对陈潢等人说:"今天大家高兴,不去想那些不愉快的事情了!我要好好地奏请圣上,为你们请功!"

然而,就在这万民欢呼、普天同庆的欢乐时刻,就在这一片喜庆的河岸上,也就在他要向圣上请功的话音未落之际,靳辅突然接到圣旨,他因运河以东的淮水出路,以及土地开垦问题得罪了显官贵戚,再一次被众官参劾。钦差还传旨摘掉陈潢头上的四品顶戴,当场拿下,同时革职查办的还有治河官员封志仁、彭学仁,并且当场给他们三人戴上大木枷,立即押赴京城刑部大牢。

刚才还欢呼雀跃的广大官民,万万没有想到在中河放水、大功告成的欢庆声中,他们赶来看到的竟是这样的一幕惨状,当然也没料到这时的老天也立马阴下脸来,下起了瓢泼大雨,原本透亮的天地,一下子变得阴暗起来了。

靳辅遥望着押走陈潢等人的大船,在风雨飘摇中渐渐远去,不禁潸然泪下。

靳辅肯定已经想到,远在京城的康熙皇帝一直在操控着自己的心情,自己从阳光明媚的白,一下子坠入暗无天日的黑,使自己十分黯淡地望着那艘大船变作一个黑点,消逝在前方的灰暗里。

4

自康熙二十四年(1685),康熙皇帝命于成龙主管黄河入海口的河道修治工程起,于成龙等人与靳辅因不同意见的争执渐渐演变成"朋谋倾陷"。这两位大清朝著名的清官围绕屯田、下河(洪泽湖至入海口河段)的修治等问题,展开了长达三年的针锋相对斗争。

其实,他们争论的目的不是治水方法的优劣,而是想给对方扣上一顶"奸臣"的帽子。当然,康熙皇帝和满朝文武也都想通过一场辩论定出一个忠奸来。

康熙二十七年(1688)十月,靳辅连奏三本,一是挑浚流经高、宝等七州县的下河以入海,二是修筑洪泽湖高家堰堤岸,三是修理黄河两堤。这里靳辅所持的观点,多与康熙皇帝及众大臣不同。

康熙皇帝决定召靳辅及于成龙速到京师,会同九卿详加讨论。这次讨论持续时间很久,第一轮辩论从十一月二十日至二十二日,连续三天,无结论;又于第二年的二月,开展了第二轮辩论,又进行了三天。

越是辩论就越是对靳辅不利,越是使康熙皇帝对靳辅的忠诚度产生了怀疑,也就引发更多的人向靳辅展开猛烈攻击。辩论到这时,康熙皇帝开始断定靳辅"言语浮夸,所言不能全兑"了,加上无法否定于成龙在皇上心中早已形成的清官形象,而作为这位"朕可信任者"对立面的靳辅,又显得那么"固执己见,与众议不合"。至此,康熙皇帝终于认定靳辅的人品大有问题,便将靳辅强行划入"不忠"的奸臣行列。因此,五天后康熙皇帝下旨:"著将靳辅革职","陈潢著革除职衔,解京监候"。

靳辅就这样彻底失败了,为治理黄河夺淮、治理运河做出重大贡献的陈潢,愤愤不平,忧愤而死。

5

用一场让江淮百姓倍感悲痛的秋雨作墨,含泪渲染出一幅为靳辅送葬的泼墨画,苏北的秋天便被深深地染上了一层悲伤的淡墨,靳辅的那个黑漆灵柩,就停放在洪泽湖高家堰上落满落叶的灰暗之间,木棺里摆放着靳辅指挥治水会战时写下的《治河方略》,还有一篇他临死前写下的《复陈两河善后之策》。他便是带着这两本书和满腹的怨愁,离开了这个黑白不分的世界。

康熙三十一年(1692),原来就身缠重病的靳辅病情日益加重,总是高烧不止。他已经经不起政敌的诬陷,经不起长期的奔波操劳,只有五十多岁的他就已身心疲惫、疾病加身、风烛残年了。这年的十一月,这位为治理黄、淮、运和洪泽湖水患做出了巨大贡献的功臣,满怀悲愤地过早地离开了人世,终年只有 59 岁。

在靳辅革职后的第二年春天,康熙皇帝南巡到淮安实地考察后,这才意识到还是靳辅的观点科学可行,便命后任河道总督王新命按靳辅的治河方案,完成中运河的开浚。

也是在这次南巡过程中,康熙皇帝听到江淮百姓处处称赞原来的总督靳辅,至今仍念念不忘靳辅的治水恩德,又亲眼看见靳辅所疏浚的河道及修筑的堤坝,这才开始对靳辅重新认识,觉得靳辅"实心办事,勤勤恳恳",感到以前对他的判断不合实际,对他的革职处分实是不当。接着,现任的河道总督王新命因贪污库银六万两被揭发出来了,康熙皇帝这才真正地感到自己错怪了靳辅,决定罢免王新命,重新起用"熟练河务及其未甚老迈"的靳辅。

然而,为时已晚,这时的靳辅已经体衰多病,再也无法像过去那样在治水工地上日夜奔波了。

这年秋天,靳辅一直卧床不起。

就在病入膏肓之际,他自知来日无多,觉得自己一直对不起陈潢他们,便专门上疏请求恢复含冤而死的陈潢以及另二人的职衔。临死之前,他又写下了"复陈两河善后之策及河工守成事宜",对如何继续修治黄河、淮河、运河及洪泽湖提出了最后的意见。可是,这些奏折还没来得及上呈,他就永远地闭上了双眼,这些治理水患的奏折成为靳辅的最后遗书。

靳辅出殡的那一天,无数百姓在运河大堤的树枝上,挂满了白色的招魂幡,使几十里大堤变成了一条白色长龙。无数百姓又在运河里点亮了千万只河灯,使运河浩瀚水面上一片闪烁,把运河变成了一条天上的银河。这长堤白幡和运河河灯,在雨夜的黑色背景衬托下,显得格外的白亮。

事实上,在靳辅死后关于他是忠是奸的争论并未停止,一直到他死后的十五年,康熙皇帝在一次与吏部官员的谈话中才说:"朕每莅河干,遍加咨访,沿淮一路军民感颂靳辅治绩者,众口如一,久而不衰。"至此,他不再提一字关于靳辅的"不忠"。

就这样,死后十五年的靳辅在康熙皇帝的心目中,又从奸变成了忠,从黑变成了白,只是为治水奋斗了一生,又为治水背负骂名而死的靳辅,躺在黄泉之下早就听不到了。

第三部
运河新生

这里有千度秋风、千度夕阳,这里还有千处河湾、千处船港,这里更有千座码头、千座粮仓。

第一章　运河抗争
——近代以来治理运河的文化精神

运河沿岸民众的抗争精神就是运河的抗争文化,是中华民族优秀文化精神的延续和发展。

苏北是革命老区,革命烈士纪念塔特别多,淮海战役革命烈士纪念塔、刘老庄八十二烈士纪念塔、彭雪枫烈士纪念塔、宿北大战纪念馆、车桥战役抗日烈士纪念塔等,足足有百座之多。这些纪念塔都高高地耸入蓝天,似乎能够触摸到无数革命先烈的在天之灵。在抗日战争和解放战争中,苏北革命老区奉献出了几百万儿女的青春和生命。

近百年来,中国共产党继承和弘扬了中华民族的优秀文化,并且使之逐步成为中国社会的文化主流,从而不断战胜包括封建落后文化在内的各种反动力量。在波澜壮阔的中国革命的历史长河中,运河沿岸人民前仆后继、英勇牺牲,为国家的独立、民族的解放、人民的新生进行了艰苦卓绝的斗争。

抗日战争时期,新四军在苏北开辟建立了抗日根据地,和"日伪顽"展开了英勇卓绝的斗争,涌现了一大批抗日英雄,其中新四军第4师师长彭雪枫、新四军"刘老庄连"八十二烈士、新四军第3师8旅旅长田守尧、新四军第3师参谋长彭雄等成千上万的英雄献出了他们的宝贵生命,也涌现出晚清名臣、抗日楷模韩国钧,著名爱国人士朱履先,著名新闻出版家邹韬奋等一大批抗日民主人士。

在解放战争时期，在宿迁北部运河岸边展开了向国民党反动派打响的一次大规模战役——宿北大战。华东野战军、中原野战军在以徐州为中心，对国民党军又展开了一次战略性决战——淮海战役，仅是淮海战役中牺牲的革命烈士就有三万八千多名。

发掘现代史上运河两岸出现的精英人物和抗争故事，就是探寻和发现他们人生传奇中的民族优秀文化基因。

张謇知道自己这一生的梦想带着浓郁的悲剧色彩，因为他生平志事几乎没有一个实现的。几十年来，他做了办大电力厂、大纺织、大印染厂的梦，没有实现；他做了垦辟沿海几百万亩荒田的梦，没有实现；特别是他做了疏治淮河、运河、长江的宏伟巨梦，更没有实现。然而，张謇就是在许许多多的伟大梦想里一路狂奔，明知自己无法实现，却要为这一个又一个梦想而一路狂奔，一直奔到生命的尽头。

黄河夺淮使黄、淮、运三河产生了十分复杂的关系，也给治理淮河、运河带来了巨大的难题。其难题之一是黄河沙多，黄强淮弱，常常造成洪水倒灌，大量泥沙不断淤垫淮河、运河的河床，形成运河河道变浅，影响运河漕运；难题之二是如果淮河水大固然可以敌黄涮沙，然过于强盛又会冲毁运河大堤；难题之三是清口是运河水源供应的枢纽，如果供水过小，就会造成运河航道搁浅；难题之四是运河完全处于被动状态，完全仰赖于黄河、淮河之间的水势平衡。对此，中国历史上各个时期都投入了大量人力物力，结果却大相径庭。

新中国的治淮大战不仅是对破碎山河的一次大规模的整治，而且是对千万百姓这种情感压抑的一次大规模的抚慰。

正因为此，我父亲在治淮工地上南征北战，餐风饮露，他的心却很满足，觉得能为国家治淮发挥自己的一技之长，真正是自己一生的幸运。每当遇到困难时，他总是吟诵一段毛泽东诗词给自己提神。他几乎所有的毛泽东诗词都能背上。他还会拉二胡，剧团到水利工地慰问演出时,他还会上台拉上两段。他喜欢唱的淮剧是《共产党员时刻听从党召唤》:"共产党员时刻听从党召唤,专拣重担挑在肩。明知征途有艰险,越是艰险越向前!"这便是那个火红年代的一个普通知识分子的文化力量。

一、民国治水:一个状元的乌托邦

> 被世人称赞为"很伟大的失败英雄"的张謇,就是在这样无限落寞中黯然离世,他的那座以乌托邦象征的工业城也随之走向衰落瓦解。
>
> ——题记

1

我一直无法理解那个暴风骤雨的夜晚,张謇在通京古道上与那只洁白如银的海鸟邂逅的人生寓意。

那是一个多世纪前的一个夏天的傍晚,张謇考中状元一年之后,悄悄地驾车出了京城。经历了一年你死我活的朝廷党争,作为官僚新贵的张謇受到的打击可想而知。也就在这时,他的父亲在家乡南通去世,张謇乘机提出回家守制,丢下京城的各种纷争,打点行装,向苏北一路狂奔而去。

在那个风雨交加的黑夜,在那片荒无人烟的旷野,张謇驾着一辆由一匹浑身洁白的马拉动的车,朝着东南方向一路奔驰,却风驰电掣地闯进一片梦幻的天地。

那梦幻的世界一片混沌不清而四面漆黑,一片元气化合而狂风呼啸。突然,一个闪电撕开天宇间的黑幕,紧接着传来一阵来自天庭震耳欲聋的雷响。也就在这个时候,张謇似乎看见一只洁白的海鸟站立在大路中间,挡住了他的去路,好像又听到了一阵传自冥间的凄厉尖啸。他赶紧停止前行,下车将那只海鸟抱上车来,安放在自己的座席上。他与它深情地对视,与它彻夜地长谈。

我猜想他肯定认为这只海鸟就是刚刚去世的父亲的魂。

他想起去年自己高中状元金榜题名时,父亲的欣喜若狂,而自己却说出了"栖门海鸟,本无钟鼓之心;伏枥辕驹,久倦风尘之想"。没想到不到一年,自己就真的驾着辕驹在风尘中疾驰,真的见到了一只化作海鸟的魂。

他十分悲伤地感到自己深夜与已经逝去的父亲相遇,肯定就是自己对退出官场与进入商界思考时的一种幻觉,肯定就是自己将经商与儒道融为一体时的一种想象,更是自己对实业与人生理解时的一种虚妄,他便十分感伤地长叹起命运来。

张謇,字季直,于1853年7月1日出生于海门,也就是运河之东、长江之北、淮河之南、东临大海的那片苏北地区,这使他少年便立志治理水患,后来用了40年的时间为治理淮河、运河奔波。他的祖父靠租种薄田度日,到他父亲时,已置田20余亩,并兼营糖坊了。张謇幼年聪慧好学,3岁启蒙,4岁入塾,10岁时,老师出"日悬天上"的命题对联,他应声而答:"月沉水底。"这使他父亲大喜,寄予他光宗耀祖的厚望。果然,他来了个三级跳,1869年中秀才,1885年中举人,1894年又高中状元。然而,他没有按父亲的愿望"学而优则仕",41岁的张謇高中状元的那一年,中日之间爆发了甲午海战,中国惨遭失败。对此,他义愤填膺地上疏弹劾李鸿章,又认为日本"土地面积少于我20倍,人口少于我10倍",之所以能胜我者,主要是国富而兵强,要想富国安民,除了坚船利炮,更重要的还是发展实业。这就是他为实现强国梦想而弃官经商的一个直接原因了。

从此，他不得不"上不依赖官府，下不依赖社会，抱示范全国的雄心，毕其后半生之精力，全凭自己良心做去。而所为者何？一是实业，二就是教育。"他的强国之梦是在对朝廷失望之后的一种无奈选择，也是在国家惨败之后的一种卧薪尝胆。

从1895年的夏天他辞官回乡为父丁忧，并自此开始办厂经商后，他便开始了30年的实业救国的漫漫人生，他便用30年时间全身心地投入实践他的乌托邦伟大理想之中，他便开始构筑自己30年的梦境，一直到30年后他的伟大梦想彻底破灭。

这时，张謇的心灵狂奔在现实与梦想之间，张謇的思想徘徊在实业和儒道之间。张謇为那只海鸟穿上寿衣，举行葬礼，焚烧纸钱，奉上祭酒，也洒下了两行悲伤的眼泪。他不是跪拜海鸟，而是在追悼逝去的父亲，甚至是追悼失败的中国。

张謇仰望着一团漆黑的宇宙号啕大哭起来，良久拉长音调唱起了他的家乡苏北小调，抑扬顿挫，声情并茂，凄凄惨惨。晚清末年的潇潇夏雨依旧不停地下着，他唱完之后又跪拜了天地，然后登上他的马车，狂奔而去。

我觉得在这个风雨飘摇的夜晚，张謇在通京古道上与那只洁白如银的海鸟邂逅，肯定就是他臆想出来的一个梦境，而这个臆想正是他那个伟大而又悲壮的梦想的开端。

2

我幻想张謇那天周围的一切无声无息，惊讶这个圆的世界无声无息。其实，那就是被调到了静音的梦世界。那是1899年5月的一个骄阳似火的上午，太阳滚圆惨白，张謇抬头在天上看到的是一轮闪烁扎眼的太阳。46岁的张謇高高地站立在一丈多高的彩台上，司仪举起手中的锣锤准备宣布典礼的开始，张謇却睁开他睿智的双眼四处张望。我推想他恐怕想起了自己 10 岁时的那副对联"日悬天上,月沉水底",这时的他肯定是满心期待着大生纱厂像日月一般圆满。在这天的典礼上,在这位伟大理想家的心目中,期待着整个世界全都是一个个圆组成的圆满世界,整个圆的世界都可以用他精心设计出来的理想国去描绘,他也就是这理想王国里的伟大国王了。

他看到自己站立的这个彩台,正是一座由几十根圆木支撑起来的一个临时高台,右边的铜锣、皮鼓、喇叭也全都是圆形的,彩台的左边放着一个圆香炉,香雾袅袅,香炉的四周又放着六支碗口粗细的蜡烛,烛火正旺,彩台下面正是那九面圆形牛皮大鼓。

他的头顶上正放射出圆形太阳的光芒,炽热的光雾笼罩着他的身上,笼罩着所有参加开工典礼的嘉宾身上,也笼罩着这圆形地球。他反反复复地想着 10 岁那年的杰作"日悬天上,月沉水底",他又将这个对联中的日月引申成了圆满。当然,他也清醒地明白这只不过是自己的一种美好期待,甚至只是一种梦想。

他面对今天的投产典礼,想起这四年的办厂艰辛,只是苦笑了一声。4 年前,他给自己创办的第一个纱厂起名为"大生",意思是"天地之大德曰生"。他采取股份制在民间招股集资时,应者寥寥,只得将集股的目标下调到 25 万两。但到了工厂动工时,他筹集到的资金只有 15 万两。而在 1895 年 10 月机器运到南通时,这才发现这批英国生产的机器全部生锈了,光是擦锈就花去了 6000 两。等到试产时,周转资金就只剩下几万两了,连买棉花原料的钱都不够。最后他不得不冒着破产倒闭的危险去借高利贷,这才有了今天的投产典礼。

1899 年 5 月 23 日,是张謇心中第一个梦想实现的日子,他经过四年的艰辛筹备,大生纱厂终于在这一天正式投产了。这是中国人最早的自办纱厂,也是他宏大的实业强国之梦的一个艰难开启。

从此以后,张謇在一个世纪之前中国的一片荒芜、一穷二白、四分五裂的国土上,在那个江北小镇上,按自己的梦想建立起一座理想王国。他雄心勃勃地将资本扩张的触角,伸向了各行各业,先后创办了广生油厂、复新面粉厂、资生冶厂等企业;接着又兴建了港口、电厂,开通了公路,使南通成为中国最早的经济开发区。然后,他为了给工业提供人才,又创办了我国最早的民办师范学校之一。有了一定资金之后,他又大搞公益事业,兴办了医院、敬老院、托儿所。

张謇的一生共创办了20多个企业、370多所学校,参与创办的企事业机构数高达180余家,囊括了工业、垦牧、交通运输、金融商贸、商会民团、文化教育和公益事业,从而在南通建立起一个相当完善的城市范本。在他的这个理想王国里,社会井然有序,风气清明淳朴,俨然就是一个中国的乌托邦。

他早就决心为了这个梦要付出自己一生的代价。所以,他的第一个梦想即将实现时,他在心里明白这个梦才刚刚起步,未来任重道远。因而,他的心情反而显出几分沉重来。他好像知道自己就在梦中,他好像从那个滚圆的太阳辐射给大地的光泽里,早已得到了什么启迪。他显得十分平静。

一群鸟从他头上一掠而过,一阵热风从他头顶呼啸而过。他伸手抓向天空,结果两手空空,什么也没有抓着,他便仰望天空的太阳苦笑起来。

3

梦变成一阵沉重的风刮在100年前苏北灾区的沙土上像刀子那样地刺骨锥心。失去爱女的悲痛,多少年来一直在他的梦里缠绕着他。梦将心肺撕裂成无数碎片,撒落在爱女的旧坟四周。张謇颓然瘫倒在坟边的荒土上,老泪如雨淅淅沥沥地湿润了坟前的荒土。

他自然而然地想起了那个注定了他前生今世的梦幻,他认定这个梦幻肯定与眼前的这丘荒坟有着必然的因果关系。这时那种撕心裂肺的愧疚又向他袭来。我推想他的肠子肯定都愧青了。可是爱女早已夭折,这二十多年间,他只能在梦中与爱女相聚。

1915年8月,张謇辞去所有职务,从北京回到家乡的当夜,就来到爱女的旧坟前。两行泪水从他那清癯的脸上潸然而下,一行是悲伤,一行是自责。我推想面对冷酷的现实,他肯定又想起他这些年无数次地做到的那个注定他前世今生的梦境来。那缕祭祀的青烟从洪水横流的苏北原野上升腾而起,惨白滚圆的落日慢慢地坠进了流向远方的河。

一夜的漫天飞沙随风扫过留下了厚厚的尘土,一夜的孤雁在头顶盘旋留下了沙哑的长鸣,一夜的寒霜无声地撒落留下了一片揪心的惨痛,一夜无边的悲愤与愧疚使张謇白了头。

旭日将黑夜留给了苏北灾区的荒原,留给了梦。晨风含露,在一座座刚刚淹死的灾民们的新坟四周无声地飘拂着,新培的坟土湿润了。清冷的空气紧紧地包围着所有的土坟,也包围着他失去爱女的疼痛。

张謇的原配夫人徐氏,曾经生下一个女儿,但不幸早夭。相传是那一年江淮大水,然后又起瘟疫,女儿染上瘟疫,不治而亡。此后二十多年就没能再生,他一连纳了三妾也没能生育,一直到他人到中年又纳一妾,这才终得独子。因而,失去爱女的悲痛一直缠绕着他几十年。

梦在现实中,现实在梦里。张謇好像刚刚做了一场40年之久的梦,这场梦自他爱女因洪水而死的那天起就开始做了。在这 40 年里,他为了治理淮河水患,东奔西走,风餐露宿,本以为自己可以为国为民将淮河、运河治理好,结果却落得个竹篮打水一场空。

张謇自幼就深深地感受到淮河常年泛滥的危害,使他早就立下了治淮的宏愿。张謇的后半生主要精力就是从事导淮工作,自 1903 年发表《淮水疏通入海议》,到 1925 年将测成导淮图表目录公布止,他先后 22 年担任全国水利局总裁、导淮督办、运河督办、江苏新运河督办等职。在这导淮的 22 年中,他始终遵循科学办事的原则,1911 年设江淮水利测量局,正式开始测量淮河、运河及沂沭泗各河道,为导淮做准备。在这 22 年导淮过程中,他累计测成导淮图表 1238 册。在张謇升任全国水利局总裁之后,于 1914 年 4 月协同荷兰水利工程师贝龙猛,风尘仆仆,南下查勘淮河,历时 1 个月,完成了淮北及蚌埠一带淮河流域的查勘工作,并为治理淮河进行规划设计,先后撰写了《导淮计划宣告书》《治淮规划之概要》《江淮水利施工计划书》等导淮著作,张謇的导淮思想也随着调研的不断深入而逐步得到完善,从"复淮"到"导淮",从"全量入海"到"江海分疏",提出了淮水"三分入江、七分入海"和沂沭河分治的原则,从而比较科学地解决了淮水的出路问题。

然而,第一次世界大战爆发,中法劝业银行所定借款条约由此中止,美国帮助中国治淮的借款也被迫停止,张謇的治淮方案只得泡汤。就在这种情况下,张謇又见到袁世凯迫不及待地黄袍加身,使他心急如焚,不得不递上辞呈,辞去了所有官职,于 1915 年 8 月再次回到家乡,从而使他的治淮梦想彻底地破产。所以,他觉得对不起自己的女儿,没能完成治淮的夙愿,愧疚之情也就涌上他的心头。

这时,他大梦初醒似的伫立在爱女的土坟前,他又一次想起了自己在考中状元的那一天做的那个梦。梦里他腾飞于山水之巅,看见山坡上繁花似锦,草木昌盛,而流经苏北的那条淮河变得清澈明亮,那条运河也开始航运通畅,洪水再也没有泛滥成灾,简直就是一处世外桃源。他便轻盈地飞翔在花山之巅,观赏着淮河的潺潺流水、运河的百舸争流,聆听着林间百鸟的清脆鸣唱。奇怪的是这个美妙的梦境从此一次又一次地出现在他的梦里,他便认定那就是自己的前世今生了。

现实里的这个残酷的噩梦与幻想中的那个美梦之间,产生了一种强烈的反差和对比。白天是冷酷,夜晚是柔美;白天是险恶,夜晚是曼妙。他在白天与黑夜之间徘徊,他在现实与梦境之间穿越,结果他把自己的人生遗忘在自己的美梦里了。

他不知道现实是梦,还是梦就是现实;也不知道现实就是现实,还是梦就是梦。

4

自己的牌位严肃无语地伫立在自己的眼前。张謇双手捻香点燃,深深地躬下腰肢拜了三拜。我推想此时此刻,他肯定会十分惶惑地自问自责,他的祖先会认同他这样的一个不为仕途所动,而全身心去办企业的另类子孙吗?列祖列宗沉默无语,他无法猜测他们的想法。

我推想张謇在自己的牌位前肯定在叩击着自己的灵魂,拷问着自己的良心。张謇知道自己这一生的梦想带着浓郁的悲剧色彩,因为他生平志事几乎没有一个实现的。几十年来,他做了办大电力厂、大纺织、大印染厂的梦,没有实现;他做了垦辟沿海几百万亩荒田的梦,没有实现;他做了实现棉铁政策,改革盐法,统一度量衡的梦,没有实现;他做了地方普及教育和民兵制度的梦,没有实现;特别是他做了疏治淮河、运河、长江的宏伟巨梦,更没有实现。

张謇就是在许许多多的伟大梦想里一路狂奔,明知自己无法实现,却要为这一个又一个梦想而一路狂奔,一直奔到生命的尽头。

也就在他临死之前,他的企业纷纷破产倒闭。中国当时的各种原材料大涨,脆弱的民族产业受到严重冲击,爆发了全国性的纱厂危机。再加上晚年的张謇把大量的精力投注于公益事业,大生纱厂的很多利润都被他投入到公益事业上,从而使大生集团资不抵债,不得不宣告破产。已经72岁的张謇晚年居然遭遇如此劫难,他花费一生心血建立起来的乌托邦王国就此陨落谢幕。因此,他一病不起,他知道自己来日无多,便为自己祭奠起来。其实,他不仅是祭奠自己行将就木,更是祭奠自己一生的梦想夭折。

几天后的1926年7月17日,被世人称赞为"很伟大的失败英雄"的张謇,就是在这样无限落寞中黯然离世,他的那座以乌托邦象征的工业城也随之走向衰落瓦解,他精心治理的运河、淮河依旧在洪水泛滥。

张謇终于挣脱了让人无法自由的枷锁,飞向那生命的终结,使自己真的化成一片在梦想中飞翔的落叶了。

二、清口枢纽:水上乾坤

> 发生在南宋"以水代兵"黄河夺淮之后,洪水对淮河、运河交汇处的清口产生的毁灭性的冲击,也就给元、明、清各朝治理黄、淮、运、洪泽湖带来了巨大的困难。由此,治理清口也就成了一道"绝世难题"。那么,新中国是怎样解决这个几百年未能解决的"绝世难题"?解决这道难题背后的文化力量又是什么?
>
> ——题记

1

这是明正统十三年（1448）的一个夏天，暴雨瓢泼，狂风呼啸，洪水泛滥，对于地处黄河、淮河、运河交叉之处的淮安城，又是一个灾难降临的日子。

灾难不仅是因为暴雨滂沱，更是因为黄河北部的洪水沿着淮河奔腾而下。

此刻，浑黄的洪水经黄淮运三条河流的交叉处清口，分别向运河、淮河和洪泽湖冲去，整个淮安城西三河一湖的水位迅速上升。

接着，天上又刮起了十级狂风，洪泽湖随即发生了湖啸。凶猛的湖水推波助澜，猛烈地扑打着湖东大堤，湖堤不堪承受，又因连年失修而岌岌可危。洪泽湖里发生湖啸后，湖水由西南沿着运河向淮安城直冲而来，很快全城便开始漫水，城南的清江浦楼、大闸口、御码头、文庙等地的运河堤坝先后溃决，顿时洪水直扑全城，声音酷似山崩地裂，淮安城瞬间变成了一片汪洋。不久，放荡不羁的洪水冲垮了淮扬运河的堤防，淮扬运河出现了几十处决口，里下河地区十余县变成了泽国。

淮安府的这次特大洪灾其实仅仅只是一个缩影。

据《明史·成祖本纪》载："永乐七年（1409），淮水'决寿州，泛中都'。明正统十三年（1448），黄河复北决，在开封境内大范围决口，其主流流向东南，经怀远由涡水入淮。"因为南宋时期人为地造成黄河夺淮的影响，也因为元末明初统治者忙于改朝换代而疏于对黄河水患的治理，以致明初时期黄河夺淮水患频频发生，这也就造成了淮安的这次重大灾难。

由于长期水患，引起受灾地区民怨沸腾。当地有一首花鼓词，十分生动地描绘了灾荒情形："说凤阳，道凤阳，凤阳本是个好地方,自从出了个朱皇帝,十年倒有九年荒。"

明正统十三年(1448)的这次黄河决口不仅给淮河下游地区带来灭顶之灾,还淤塞了山东济宁到江苏淮安清口之间的运河河床,导致运河漕运中断,也就直接影响到了明王朝的生死存亡。对此,明英宗朱祁镇急命众大臣研究对策,并先后下旨委派工部尚书石璞、侍郎王永和、都御史王文奔赴受灾前线,结果却是"凡七年,皆绩弗成",明英宗一直到死也没能将运河治好。

这段运河的治理也就成了历代皇帝的一块心病。

明景泰四年(1453),明代宗朱祁钰命右佥都御史徐有贞出京,治理济宁到清口的这段运河。徐有贞鉴于以往治河的失败,决定采用填堵的办法治理洪水泛滥的黄河,可最后还是没有达到目的。据《黄河六次大决口》一文记载:"明弘治二年(1489),黄河北岸决口,白昂、刘大夏奉明孝宗朱祐樘之命进行治理,仍采用堵的办法,使河水南流,黄河遂又在开封、封丘决口。洪水四泄,一支汇颍水下涂山入淮,一支入清河下荆山夺淮,一支自亳州挟涡水入淮,最终还是在淮水下游的这个清口形成洪峰,运河清口段还是被洪水冲毁了。"

对此,明代诗人归有光的《淮上作》,生动地记述了淮河水患:"淮水自西流,黄河从北下。哀此千里客,独立空惆怅。"

就这样,历史在清口这个地方,给明朝的历代统治者提出了一道无法破解的难题。

2

明万历六年(1578)的二月,明神宗朱翊钧给潘季驯也出了这道难题。

这一天正是皇帝祭天的日子。

北京天坛早已做好天子祭祀的一切准备。祭坛上太常寺已经送来了祝版、玉帛，供奉着玉皇、大明、夜明、星辰、云雨风雷之神位，按等级摆放好犊、羊、豕、玉、帛等供品祭器。

在三鼓时就已焚柴，袅袅的青烟直升云天。这是祖宗留下的规矩，焚柴冒起的缕缕青烟，就是一条人间与上苍对话的通道。接着，便是迎帝神、奠玉帛、进俎等流程，最后是把祝版、馔、帛一同焚烧。在行这些礼节的过程中，始终伴随着中和韶乐，还有一批文舞士、武舞士在一旁助舞。一直到了太阳初升时分，祭天大礼的所有程序才告完成，明神宗再诣太庙报告礼成，百官随至奉天殿行了庆成礼。

也就在这年的祭天仪式之后，在一阵锣鼓鞭炮声中，明神宗宣潘季驯觐见，给潘季驯出了这道无法破解的"绝世难题"。

原来，明神宗的祭天就是为祈祷上天诸神保佑不降天灾。因此，明神宗在祭天时的表情显得异常严肃。因为他的心里十分明白，京杭大运河对于大明江山是何等地重要，真切体会到了"漕运为国家命脉攸关，三月不至则君相忧，六月不至则都人啼，一岁不至则国有不可言者"（《明史·食货志》）的感受。

确实，明代的漕运主要是依靠京杭大运河来完成的。据《清江浦镇考略》一文记载："明永乐皇帝朱棣迁都北京之后，漕粮北运急剧增加到六百万石。明朝庞大的封建中央政权需要富庶江南源源不断的粮食物资漕运进京。"正如明人华乾龙所著《海运说》所言："虑今国家都燕盖极北之地，而财赋之入皆自东南而来。会通一河譬则人身之咽喉也，一日食不下咽立有死亡之祸。"真可谓到了"倚漕为命"之地步。

然而，明神宗万历元年（1573）以后，运河水患连年不断。《明史》卷六十言："元年，河决房村。二年，淮、河并溢。三年，河决砀山及邵家口、曹家庄、韩登家等处。桃园崔镇大堤也决,清江正河淤淀。四年,河决韦家楼,又沛县和丰、曹等县,丰、沛、徐州、睢宁、金乡、鱼台、单、曹等州县'田庐漂溺无算,河流啮宿迁城'。五年,河复决崔镇,宿、沛、清、桃两岸堤防多坏,黄河日形淤垫,形势严重,沙土淤塞,漕舟难行。"

也就是在这种万分险恶的情形之下,"倚漕为命"的明神宗任命潘季驯以都察院右都御史兼工部左侍郎总理河漕,远赴淮安肩负起治河的重任。

一直跪在地上的潘季驯听了皇上的训示之后心中骇然,他万万没有想到明神宗做事会如此地决绝,会将如此的重任再度委任于自己这样年近六旬的老者身上,也容不得自己多想,只得诚惶诚恐地伸出双手去接旨了。

因为这时,潘季驯的心里自然十分明白,自己又要面对的是一道无法破解的难题了。

3

所谓"绝世难题"究竟难在哪里?

据《清口水利枢纽遗址》一文考证:"清口是个仅有几平方千米的小地方,位于淮安城西几千米。自隋炀帝开大运河,由通济渠经山阳渎达长江,就经过这个清口。到了元明时期,当时的南北大运河也是经此向北。"此外,这里还是京杭大运河与淮河的交汇之处。

据《水经注》言:"淮水又东北至下邳淮阴县西,泗水从西北来流注之。"在南宋黄河夺淮之前,淮水和泗水在此处交汇,因泗水甚清,和淮河交汇之处也就称之为清口了。黄河夺淮之后,因黄河沿着泗水河道,在清口涌入淮河,淮清而黄浊,清口便是指淮河和黄河的交叉口。该文还指出:"明万历以后,清口更是明确专指洪泽湖、淮河、运河和黄河的交叉口,或者泛指黄淮运交叉的河口区域。"

"绝世难题"的发生地便是这个清口。

在黄、淮、运三河的关系中,难题之一是黄河沙多,黄强淮弱,常常造成洪水倒灌,大量泥沙不断淤垫淮河、运河的河床,形成运河河道变浅,影响运河漕运;难题之二是如果淮河水大固然可以敌黄涮沙,然过于强盛又会冲毁运河大堤;难题之三是清口是运河水源供应的枢纽,如果供水过小,就会造成运河航道搁浅;难题之四是运河完全处于被动状态,完全仰赖于黄河、淮河之间的水势平衡。

所谓的"绝世难题",就是要解决黄河夺淮的泥沙对运河的破坏,黄河夺淮的洪水灾害,以及洪水倒灌运河、淮河,如何协调黄、淮、运之间水位差这三大难题。

然而,最终决定三河水位差的却不是人而是天,黄河随时都可能强行夺淮。这也正是明神宗朱翊钧在决定治理清口时为何要祭天的原因了。

事实上,整个大明王朝,济宁到清口的这段运河,是关键所在。对此,《徐有贞》一文言:"以黄河兼运河之道,经常因黄河决堤而淤塞。终明一朝,这里的漕运问题一直困扰始终。"

在这样的情形之下,潘季驯出任江南河道总督,会在清口采取什么举措,解决这道"绝世难题"?

4

明万历六年(1578)四月,潘季驯气喘吁吁地抵达淮安清口。

旋即,他便与督漕侍郎江一麟等人,各骑了一头毛驴,沿河巡视决口情况,对黄、淮、运进行全面考察调研。

几个月后，他向朝廷提出了有名的《两河经略疏》，建议"塞决口以挽正河""筑堤防以杜溃决""复堤坝以防外河""创滚水坝以固堤岸""止浚海工程以省费"。

据《清口枢纽》一文所言："潘季驯清口治水规划的核心是'束水攻沙'和'蓄清刷黄'，根本目标则是确保漕运的畅通，即'保漕'。潘季驯的根本出发点在于'蓄清、刷黄、济运'，并且强调将黄、淮、运作为一个整体对待。"

潘季驯的这种治水理念，标志着16世纪中国在跨流域治水已具有较高的水平。

他认为，"实现'束水攻沙'的关键是筑堤。为此，设计了一套由遥堤、缕堤、月堤和格堤组成，于遥堤上修建减水坝的堤防体系，并于1579年在黄河两岸完成徐州至淮安长达600里的遥堤。自此，黄河被固定于徐州至淮安一线。在清口一带，潘季驯则创行'蓄清刷黄'的方略。为此，他加高加固洪泽湖高家堰，使之增至60余里，此举堵住了淮河向东的出路；创筑王简、张福堤，此举切断了淮水北泄的通路。自此，淮水专出清口，以此达到'蓄清刷黄'。"（《清口枢纽》）

他想用"蓄清、刷黄、济运"治理清口的总体方针，去解决这个"绝世难题"。

明神宗最终采纳了他的这一方针，清口水利枢纽的各项工程也就陆续展开起来了。

对于潘季驯的这次清口治水，《明史·河渠志》这样记载言："是役也，筑高家堰堤六十余里，归仁集堤四十余里，柳浦湾堤东西七十余里，塞崔镇等决口百三十，筑徐、睢、邳、宿、桃、清两岸遥堤五万六千余丈，砀、丰大坝各一道，徐、沛、丰、砀缕堤百四十余里，建崔镇、徐升、季泰、三义减水石坝四座，迁通济闸于甘罗城南，淮、扬间堤坝无不修筑,费帑金五十六万两。"

由此,清口水利枢纽的雏形已经形成,"清口方畅,流连数年,河道无大患"(《明史·河渠志》)。

然而,潘季驯并未真正解决这个"绝世难题"。

据《潘季驯》一文记述:"潘季驯的治河还只是局限于河南以下的黄河下游一带,对于泥沙来源的中游地区却未加以治理。源源不断而来的泥沙,只靠'束水攻沙'这一措施,不可能将全部泥沙输送入海,势必要有一部分泥沙淤积在运河、淮河下游的河道里。事实正是如此,潘季驯这次治河之后,运河、淮河、洪泽湖的决口仍在不断发生,同时'蓄淮刷黄'的效果也不理想。因为黄强淮弱,蓄淮以后扩大了淮河流域的淹没面积,又直接威胁了泗洲城,特别是明祖陵的安全。"明祖陵被淹之后,潘季驯的下场也就可想而知了。

果不其然,万历十七年(1589)至万历十九年(1591),清口上游徐州的黄河险情不断,洪水接踵而来,最终导致洪泽湖决堤,洪水漫进明代皇帝的祖陵。

这时的潘季驯只有等着再次被人弹劾了。

5

在明万历六年(1578),明神宗朱翊钧给潘季驯出了一道"绝世难题"的整整一个世纪之后,清朝的康熙大帝同样也给靳辅出了这样的难题。

由于明末清初战乱频仍,河道年久失修,至康熙初年黄河下游到处决口,灾害连年。据《清史稿·河渠志》记载,在康熙决意治水之前曾做过一次统计,数字显示自顺治元年(1644)到康熙十六年(1677)的33年中,黄、淮并涨了十次,黄、淮、沂并涨了四次,江、淮、黄、沂、沭并涨了两次。从沛县至安东(今涟水县)黄河堤防连年溃决,从山阳(今淮安)至江都里运河堤防每两年溃决一次。清口已经淤为陆地,运河完全受阻,每年从南方供应北京的四百万石漕粮也已失去了保证。

清康熙十六年(1677),也就是在"淮溃于东,黄决于北,运涸于中",清口的情况已经十分严重的情况之下,靳辅受命于"河道敝坏已极"之际,前来淮安担任江南河道总督。

在幕僚陈潢的协助下,靳辅承袭明代潘季驯之遗意,提出"治河之道,必当审其全局"的综合规划思想,借鉴潘季驯"筑堤束水,以水攻沙"的理论,提出"筑堤束水与引河放水交相使用"的主张。

"根据上述主张,靳辅将洪泽湖高家堰延长100余里,并于高家堰上修建减水坝6座。六坝平时不泄水,待汛期洪泽湖水涨,清口宣泄不及时,才次第开启分洪,以防高家堰崩塌,危及里运河及下河地区。在洪泽湖出口处又开凿了五道引河,以引淮外出,增强对黄河泥沙的冲刷。于归仁堤上建减水闸,使黄河南岸减下之水和睢水注入洪泽湖,以减黄助清刷黄。"(《清口枢纽》)

这个治河总体规划做得非常周详,这项浩大的工程"钱粮浩繁,须预为筹划,以济军需",其中巡河官兵需5800多人,船只300艘,治河民工达12万人,治河的经费初步预算高达214万两。

对此,靳辅指出:"清口以下不浚筑,则黄、淮无归,清口以上不凿引河,则淮河不畅。高堰之决口不尽封塞,则淮分而刷黄不力,黄必内灌,而下流清水潭亦危。且黄河南岸不提,则高堰仍有隐忧,北岸不提,东坝必遭冲溃。故筑堤岸,疏下流,塞决口。今不为一劳永逸之计,屡筑屡圮,势将何所底止?"(《靳文襄公奏疏》)

靳辅的这一规划气魄很大,想一举解决困扰几百年的"绝世难题",彻底解决黄、淮、运、洪泽湖之间的十分复杂的水系关系,以清口为中心,展开一场声势浩大、超越历史的超级治水工程。

靳辅的治水规划上报后，引起了群臣的异议，但因其与康熙帝一劳永逸、全面修治的方针契合，康熙帝特许所请，于康熙十七年(1678)正月，批准拨帑金250余万两，限靳辅三年告竣。

从此，在靳辅主持下，大规模的河道治理，在以清口为中心的淮河下游地区全面展开。

当然，朝中对靳辅的治水规划的批评也从此展开了，也就引起靳辅被一次次地卷入朝中的政治旋涡，一次次地在宦海中沉浮，直至削职为民，被捕入狱。

6

清康熙二十三年(1684)10月20日，31岁的康熙皇帝幸临清口，51岁的江南河道总督靳辅紧随其后。

此时，船夫正在将龙船慢慢地靠岸，岸边就是运河边的御码头了。

康熙皇帝所乘坐的龙船并不大，看起来非常普通，特殊之处在于龙旗和龙亭。那根桅杆高有六七米，桅杆上挂着一面金色的龙帆，上面绣着金龙戏珠的图案，桅杆的最高端高悬着一面黄色的龙旗。另外，在船首处建有一座金顶龙亭，龙亭有四根金色龙柱，雕龙舞凤，表现出皇家的威严和气派。

龙船靠岸时，御码头上早就跪满了前来接驾的大小官员。当然，还有许多当地百姓，一处角落里有一个母亲带着三个小孩子也长跪着，一脸的虔诚。这个场面让人感觉到康熙皇帝很是亲民。

随即，康熙皇帝在靳辅的陪同下，沿着清口河道开始实地调查研究。

这一天，他们步行了十余里，虽然泥泞没膝，亦不辞其艰。他们还登上天妃闸，亲自勘察水情。

这时,康熙皇帝边走边紧紧地皱着眉头,十分严肃地对靳辅说道:"朕向来留心河务,每在宫中细览河防诸书及尔历年所进河图与险工决口诸地名,时加探讨。虽知险工修筑之难,未曾亲历河工,其河势之汹涌泛漫,堤岸之远近高下,不能了然。今详勘地势,相度形势,如肖家渡、九里岗、崔家镇,皆吃紧迎溜之处,甚为危险,所筑长堤与逼水坝须时加防护……"(《清实录》)

这番话表明了康熙皇帝对这段河工的焦虑和关切。

这些年靳辅治河虽然取得了一定的成效,但是,淮扬水灾并未明显好转,洪灾常常发生。

因黄河多沙,经常淤塞清口及里运口,需要及时治理,才能保证漕运的畅通。在明清两代,有"清口通则全运河通,全运河通则国运无虞"之说,故清口是发挥运河漕运功能的关键所在。所以,康熙第一次南巡就亲临清口一带巡查。

康熙皇帝在位61年,认定治国安邦只有三件大事,削藩,漕运,治河。而漕运总督府、江南河道总督府都设立在淮安一地,足可证明清朝皇帝对这里运河整治和利用的重视程度。

后来的乾隆对其祖父康熙非常地景仰,乾隆一生也效仿康熙六次南巡,而且每次也都亲临清口一带巡视。他曾在回顾自己的一生时说:"予临御五十年,凡举二大事:一曰西师,一曰南巡。南巡之事,莫大于河工。"

这时,康熙皇帝在视察清口水工活动的最后,挥毫写诗一首《阅河堤作》,然后对靳辅及随从诸臣说:"朕南巡,亲睹河工夫役劳苦,闾阎贫困。念此方百姓,何日俾尽安畎亩?河工何时方得告成?偶成一诗,聊写朕怀,不在辞藻之工也。"

随后,他便将这首诗赐给了靳辅:"防河纡旰食,六御出深宫。已著勋劳意,安澜早奏功……"

此时，已经被人多次弹劾过的靳辅，正诚惶诚恐地拜读着皇上的大作，并不住地点着头。他那亦已变白的头发梳成的那根细细的长辫，也随着他的头在不停地抖动着，心里却在想"安澜早奏功"谈何容易？这清口能一下子治理好吗？

这个时候，他居然从心底产生出一种不祥的预感。

果不其然，在四年之后，他被御史郭琇弹劾"治河九年无功"而再被革职入狱，居然和一百年前的潘季驯有同样的遭遇。

7

尽管潘季驯、靳辅因在治河工程中宦海沉浮，几上几下，尽管明清两代未能完全解决好"绝世难题"，但给人类留下了中外古代水利史上举世无双的清口水利枢纽工程。

这项浩大的工程在明万历时期形成雏形，到清康熙、乾隆年间成熟完善。因此，在乾隆年间曾出现过清口大治的局面。

清口水利枢纽工程规模宏大，在以清口为核心的区域里，包罗了黄河、淮河、运河与洪泽湖三河一湖四大水体的极其复杂的水利调控工程。具体说，一是御黄工程部分，如黄河南岸大堤、黄河北岸大堤、御坝、拦黄坝、顺黄坝、御黄坝及木龙等；二是引淮部分，如临清堤、束水坝、新大墩、束清坝及引河等；三是淮扬运河部分，如福兴正越闸、通济正越闸、惠济正越闸、头坝、二坝、三坝、四坝及运口等水利工程。

今人在《中国大运河》申报文本中对清口水利枢纽是这样评述的："针对黄河夺淮，改变了淮河水系的状况，清口枢纽建筑了水流制导、调节、分水、平水、水文观测、防洪排涝等大型工程，成为枢纽工程组群，完整体现了明代著名水利工程专家潘季驯筑堤、束水，以水攻沙、蓄清刷黄、济运保漕的工程意图。清口枢纽堪称人类水运水利技术整体的杰出范例。"

2014年,中国大运河成为世界文化遗产,清口枢纽作为一处重要的遗产区,被列入了世界文化遗产名录。

8

1938年5月,为了阻止日军西侵,守军将领蒋再珍炸开了郑州花园口的黄河大堤,导致黄河再次人为改道,滔天的洪水裹带着大量的黄沙,一路向皖北、苏北袭来,89万人被淹死,千百万人无家可归。

自此,清口水利枢纽全部被毁,京杭大运河在此彻底断航。

对此,考古专家于2012年在清口水利枢纽的遗址上,发掘发现了明清时期的天妃坝便能佐证。

这是由一段清代石头和三段明代砖头建造的天妃坝,主坝体已经开凿露出两层半,经过仪器探测,地底下还埋有十五层半,由此相加,天妃坝总共有十八层。这座天妃坝是康熙年间为抵挡越来越大的黄淮合流,保证运河畅通而重新建筑的砖石大坝。"天妃坝坝体顶层为条石,下有多层砖头,再向下为两层条石,每块条石高约40厘米。天妃坝的横截面为直角梯形,上端宽度为1.5米,底部宽度为4米,挖掘出的坝体为垂直面。"(《清口枢纽》)

经考古专家研究证明,从天妃坝被覆盖的土质来看,全部是黄沙。

当然,天妃坝只是清口水利枢纽庞大的水利建筑群之一,其他还有高家堰、码头三闸、顺黄坝、减水坝、王简堤、张福堤等河道、堤坝、水闸遗址,各种遗迹体量巨大,纵横交错,环环相扣,繁不胜举。

9

"当洪水猛扑之际,灾民未及逃避,哭声喊声不停,少壮者攀登大树,老弱者攀登小树,有的爬上房屋,有的将小孩吊在树上,有的因屋塌树倒被淹死压死,甚至有个别灾民在树上被毒蛇咬死。"(《皖北行署淮河水灾报告》)

这是1950年淮河洪灾的一个缩影。

1950年6月下旬,一场特大暴雨降临在淮河地区,半个月过去了,仍然没有停歇的迹象。到了7月初,淮河流域便发生大洪水,正阳关水位超过1931年的水位0.98米。由于在淮海战役期间,淮河堤坝大部分被国民党军队破坏,淮河河道又被1938年黄河夺淮带来的大量泥沙所淤积,从而造成淮河流域大范围洪灾。

对于这次洪灾的损失,水利部做了统计:"苏北地区被水淹没,颗粒不收者,计700万亩,被洪水冲毁倒塌的房屋89万间,断粮人数581万,淮阴专区大批难民开始向南逃荒。皖北地区受灾群众达到800多万人,仅仅宿县专区530万人中就有受灾人口350万,100万灾民断炊或者即将断炊,36万人向外逃荒。"(《1950年寒衣劝募运动研究》)

中央在7月到9月的两个月时间里,连续四次批示要求加快治理淮河。

1950年10月,政务院召开会议,通过《关于治理淮河的决定》。政务院领导、水利专家,在反复讨论之后,最终选择了"蓄泄兼筹"的治淮方针,确定了上游"以拦洪蓄水发展水利为长远目标"、中游"蓄泄并重"、下游则开辟入海水道的治理方案。

那么,中华人民共和国提出的"蓄泄兼筹",能否解决那个几百年未能解决的"绝世难题"?

10

1950年10月,政务院成立治淮委员会,吴觉从江苏省常州地委书记的任上,调任治淮委员会秘书长兼政治部主任、党委副书记,主持淮委的日常工作。

吴觉是个大块头,一米八的个子,经常穿着一件黑皮衣。他长着一副方脸,浓眉,阔嘴,讲起话来声如洪钟。别看他一副五大三粗的模样,其实他是一个知识分子,早在1930年就在上海就读于上海大夏大学。或许正是因为这一点,上级才将他调到淮河委员会工作。

就这样,吴觉这位1932年入党的老革命,打着背包,穿着一身黄军装,外套那件黑皮衣,风尘仆仆地来到了工地,开始了一段治淮生涯。

这时,对于当年"绝世难题"之一的黄河夺淮的洪水治理,政务院提出了"河南上游,以蓄为主;安徽中游,泄蓄兼施;江苏下游,以泄为主,蓄为辅"的方针。因此,亚洲第一坝——佛子岭水库也就成为一项关键性工程。

这项工程位于洪泽湖的上游,地处淮河边的安徽省霍山县,工程包括拦河坝、溢洪道、输水管和发电厂。

1952年5月,佛子岭水库会战开始了。

"这一天,由解放军改编的第一水利师数千人马也来到了工地。对于每一支新来的治淮队伍,吴觉都要亲自为他们做动员报告,讲解淮河的地理、治淮的现实和历史意义,鼓舞参战人员的士气。吴觉年轻时担任过上海大夏大学地下党的支部书记,经常在学生中演讲。"(《吴觉治淮》)因此,他在给新来的治淮部队讲了半天,几千人济济一堂,听他讲时鸦雀无声,演讲之后会场掌声雷动。

这段时期,"吴觉规定有好房子,要首先让老知识分子和工程技术干部住。他自己却长期住在淮委的办公室里。一间屋子将屏风一挡,既当宿舍又当办公室。他平时经常强忍着病痛在工地上奔波,忘我的工作使他几次因胆绞痛昏倒在工地上,最后不得不做了胆囊切除手术。"(《吴觉治淮》)

就是这样,吴觉带领大家用"小米加步枪"的苦干精神,从1951年冬到1954年冬,奋战三年,如期地建成了这座钢筋混凝土连拱坝。

1954年10月,佛子岭水库终于胜利竣工了,11月第一台机组也安装完毕正式发电。

这座水库因具有国际先进水平,成为当时亚洲第一大坝、中国第一大坝。

然而,从佛子岭水库建成后的1955年8月起,吴觉的人生三起三落,在佛子岭水库建成24年之后的1978年,才彻底得到平反。

11

"说淮河,道淮河,淮河水患多又多,伟大领袖发号召,百万民工战淮河!"

"从高良涧到扁担港,三百六十六里摆战场!"

"千里淮河通东海,气死东海老龙王!"

这是1951年11月2日,苏北灌溉总渠全面开工时,广大农民喊出的口号。

这时正是隆冬季节,整个工地到处是红旗招展,人欢马叫,人山人海,劳动号子声、歌声、口号声响彻云天。

这天一大早,来自苏北数十个县的119万水利大军,浩浩荡荡地开进了水利工地。一时间,从洪泽湖畔到黄海之滨,全长168千米的水利战场上,红旗招展,车水马龙,一片欢腾。

在群情振奋的誓师大会上,如同雪片一般的倡议书、挑战书、决心书纷纷上交,百万民工喊出了时代最强音:

"我们如今翻了身,也要让淮河翻个身!"

"长城是人修的,总渠是人挑的!"

自此,苏北百万民工在常人难以想象的艰难困苦之中,夜以继日地奋战了80多天,用手挖肩挑车推,完成了7000多万立方米土方任务。

800年的黄河夺淮,给苏北人民祖祖辈辈带来的灾难时间太久,破坏太大了,也使他们的后代想改变面貌的决心也就更大。

自南宋黄河决口夺淮之后,至清咸丰五年(1855)黄河改道,形成了一条横贯苏北的废黄河。它位于淮河下游的苏北地区河道全部淤塞,致使上游洪水无法排泄入海,从而造成洪泽湖决堤,苏北水灾,运河断航,也就是谚语所描绘的"倒了高家堰,淮扬不见面"。因此,苏北治水的首要问题就是泄洪通道的建设。

对此,1951年8月,中华人民共和国水利部在北京召开了第二次治淮会议,决定由洪泽湖到黄海修筑一条以灌溉为主结合排涝的干渠,命名为"苏北灌溉总渠"。

苏北灌溉总渠是利用淮河水资源,发展淮河下游地区灌溉,同时又分泄淮河洪水的综合利用的大型水利工程。在苏北灌溉总渠沿线建有高良涧进水闸、运东分水闸、阜宁腰闸、苏北灌溉总渠地涵、六垛南闸五级枢纽等工程36座。苏北灌溉总渠建成后,彻底改变了数百年来黄河、淮河给苏北带来的水患,实现了变害为利。

几个月后,苏北灌溉总渠这条在平地开凿的大型人工河道,便如一条巨龙横亘在苏北大平原上了。从此,在中原和苏北大地上横行肆虐了800年的淮河洪水,终于有了自己的入海通道。

与此同时,国家还开凿了淮河入江水道,将淮河上中游70%以上的洪水汇入长江,它与淮沭河、苏北灌溉总渠等工程一起,为洪泽湖的防洪安全提供保障。

从此,基本解决了"绝世难题"中淮河洪水出路的问题。

12

我每次去洪泽湖边,总是要走淮阴船闸上经过。

这一天,我来到显得已经有些苍老斑驳的淮阴船闸,站在高高的船闸大桥上,极目远眺。只见流淌了两千多年的古老运河,宛若一条游龙穿行于船闸之下。河道之上,航船如梭,汽笛阵阵。河岸的两侧呈现出一片翠绿,绿树、绿草、绿色的庄稼。脚下一桥飞架东西,连接着运河的两岸。桥上则是车水马龙,人来人往。从桥上朝下俯视,船闸里一片繁忙。此时,一艘艘装满货物的船只正静静地等待着过闸,船头高悬着的鲜艳的五星红旗正在迎风飘扬,从而构成了船闸里的一道亮丽风景。

这座淮阴船闸位于淮安市西郊的京杭大运河上,上游与二河、废黄河、淮沭新河相交,下游与里运河相通,是苏北运河船舶通过量最大的船闸之一。

淮阴船闸并列着一号闸、二号闸、三号闸,它们是淮阴水利枢纽的一项主要工程,所处位置恰恰就是明清时期兴建的清口水利枢纽所在地。

1194年黄河夺淮之前,淮河、泗河便是在此交汇,1688年中运河开成之后,这里成为黄、淮、运的交汇处。

淮阴船闸的这三座巨大的船闸,是从1952年至1988年之间逐步兴建完成的。根据《淮阴水利枢纽》记述:"为了使大运河能够通航,国家决定在此地建成淮阴船闸,并为导淮入海修建了杨庄活动坝。结合治理淮河流域洪水,又在此兴建了分淮入沂、淮水北调工程，先后建成了淮涟闸、盐河闸、盐河船闸、淮沭河船闸等十余座大中型水利工程。"由此，形成了一处既能分淮入沂的泄洪，又能淮水北调、江水北调的灌溉，再有航运等多种用途的水利枢纽工程。

淮阴水利枢纽的兴建基本结束了长期以来黄河夺淮洪水成灾的历史，为苏北的工农业生产的迅速发展提供了新的水利条件，也使京杭大运河在此得以顺利通航。

淮阴水利枢纽的建成，初步解决了排洪、灌溉、航运三大难题。

这时，登上船闸高高的闸楼上远眺，就能看到四周是一片树木葱郁，能听到树丛里的鸟声阵阵，还能看到在这样的美景之中，许多水利设施鳞次栉比，星罗棋布，而脚下的京杭大运河上，许多巨大的船队就像是一列列长长的火车，正在水面上南北往来穿梭。

当然，你肯定不会想象到，几百年前这里的清口会是洪水滔天的景象吧？

13

在一个盛夏的清晨，我来到淮安水利枢纽，登上淮安水上立交的桥头塔顶，首先看到两条巨大的河流在此交汇的气势恢宏的场景。

在这座水上立交的桥头堡内，设有一座观光电梯，游人可直达塔顶。当你站在30多米高的塔顶，视野顿时开阔起来。两个桥头堡之间建有一座钢索缆桥，好像是将这两条巨龙轻轻地踩在自己的脚下。这时，钢索缆桥下的京杭大运河在一路奔流向北，许多船只正在穿梭来往。而入海水道在运河的下面交叉，浩瀚之水经立交下部的15孔巨大的涵洞，自西向东浩浩荡荡地流淌而去。

这个场景之壮观确实让人震撼不已，这个水上的立交更是令人叹为观止。

脚下的两条大河属江、淮两个水系，现在变成了综合利用的河流。京杭大运河和淮河入海水道的水位差异很大，水流变化十分复杂。因此，这是首先需要解决的一个问题，这也是几百年前明清时期遗留的一道难题。

对此，水利部于 2000 年批准了这座水上立交工程的兴建，以此实现入海水道和京杭大运河的各自独流。这项工程总投资 3.5 亿元，2003 年建成。

今天，站立在水上立交的桥头堡上往下看，看见桥头堡的底座为浅灰色花岗岩贴面古城墙，上部则是江淮古民居青色屋檐，再极目远眺，在这座水上立交的四周，河流纵横，绿地如茵，无数座站闸堤坝耸立其间。

这里便是位于淮安城南的淮安水利枢纽核心区域，它地处古代清口水利枢纽以南，是继淮阴水利枢纽建成之后，于 2003 年建成的集航运、输水、排洪等多功能的又一规模宏大的水利枢纽。

这一枢纽的建成，彻底解决了历史留给中华人民共和国的那道"绝世难题"。

当年所谓的"绝世难题"，就是要解决黄河夺淮的泥沙对运河的破坏，黄河夺淮的洪水灾害以及之水倒灌运河、淮河，如何协调黄、淮、运之间水位差这三大难题。

今天，为了从根本上解决黄河夺淮的洪水出路，在当年建成的苏北灌溉总渠的基础上，于 2006 年开凿了一条新的淮河入海水道，从根本上解决了淮河洪水的隐患，结束了淮河长期无入海通道的历史。

为了解决运河里黄河夺淮泥沙淤积、河床垫高的水位问题，则是利用洪泽湖作为水库调节运河水位，同时又通过江都水利枢纽利用长江之水，提水供应运河。这样不但确保了运河的水位，保证了航道的畅通,还将京杭大运河变成了"南水北调"的水道,向山东、天津、北京送水。

一条两千多年历史的大运河,一条1951年完全是人工开凿的苏北灌溉总渠,一条2006年完全是机械化开凿的淮河入海水道,三条大河在淮安的城南交汇。为了解决好几条河流的交汇,水位落差相当大这些问题,淮安水利枢纽由此诞生,成为淮河入海水道的第二级枢纽、国家南水北调的枢纽工程、京杭大运河苏北段重点工程。

据《淮安水利枢纽》记述:"淮安水利枢纽区内,在2平方千米的范围内,有分水闸、节制闸、抽水站、船闸、水电站、公路桥、涵洞等大、中型建筑物23座,主要有入海水道与大运河立交工程,淮安第一、二、三抽水站,运西、运东水力发电站,运东、运南、二堡船闸等,发挥了防洪、排水、灌溉、输水、通航、交通和发电等多种作用。"

特别令人欣喜的是大运河立交地涵工程实现了淮河入海水道与京杭大运河的交叉,同时拥有了泄洪和航运的双重功能,发挥了防洪和航运的双重效益。

至此,京杭大运河苏北段全线通航了,那道几百年前困扰历朝历代的"绝世难题"也已得到了彻底的解决。

三、 治淮战役:一条河的激情岁月

1

苏北灌溉总渠是在淮安、盐城境内新开一条大型人工河道,西起洪泽湖大堤高良涧,东经盐城扁担港入黄海,全长168千米,起到灌溉、航运、排涝、发电的作用,更为洪泽湖的排洪开辟一条入海通道。

如果当年能有卫星遥瞰大地，你会看到这条千里淮河的那场震撼人心的人海大战是怎样波澜壮阔了。就在苏北灌溉总渠工程动工的同时，在整个淮河流域，4省180个县、27万平方千米土地上，同时集结了五百万民工，上中下游的治淮战斗同时打响，从而在1951年的冬天形成了中华人民共和国第一次大规模治理淮河的人海大会战。

2

"提起贼老蒋，恨得牙根痒。扒开花园口，黄水向东淌。"这是一首流传在淮河中下游地区的民谣，也是1954年上海电影制片厂拍摄的电影《淮上人家》的开篇字幕。这首民谣说的是1938年6月蒋介石"以水代兵"使黄河再次夺淮，给淮河流域造成灭顶之灾。这部电影将镜头慢慢地拉近，对准了被淹没的淮河下游的大台子庄口的一棵大树。那棵大树上扒着一个老爷爷和十几个孩子，大树的四周是一片汪洋。突然，一根树枝吱吱地断了，这个老爷爷和几个小孩随之往下坠落，他们惨叫了一声沉入了水底。黑白电影将悲伤的场景，放在黑夜的暗光里，将大台子庄农民的叹息衬托得更加压抑，更加忧郁。

其实，淮河流域百姓的精神压抑已经九百年了。南宋高宗建炎二年（1128）11月，为了阻止金兵南下，东京留守杜充在李固渡扒开黄河，黄河便夺泗入淮。一直到1855年，黄河在兰考铜瓦厢再次决口，改由山东大清河入海，才结束了长达七百多年的夺淮史，却把一个水系紊乱、河渠垫淤的地理环境留给了淮河。张謇在《请速治淮疏》中说，"所以受灾之源者，淮水也；淮水所以为灾者，入海路断，入江路淤，水一大至，漫溢四处。"为淮河寻找入海通道，改变淮河洪水归海无路而造成灾害频发的状况,成为多少代中国人的梦想和追求。孙中山在《建国方略》中提出:"修浚淮河,为中国今日刻不容缓之问题。"抗战期间为了阻止日寇的进攻,在花园口"以水代兵"决开黄河大堤,淹死了89万百姓,又造成九年的黄泛,给淮河流域再一次造成灭顶之灾。

大风起兮云飞扬,千里淮河浩浩荡荡。天苍苍,水茫茫,灾民泪眼望,千里淮河洪水荡漾。九百年的洪水年复一年的轮番荡涤,使淮河流域百姓祖祖辈辈产生了精神上的压抑、性格上的忧郁和情感上的悲伤,天长日久这便成了淮河民众区域性格的一种十分明显的特征。

正是因为压抑忧郁成为淮河流域百姓的性格主导,淮河流域的地方戏剧都是悲伤凄惨的风格。淮河流域所有的地方戏都是因为黄河夺淮的悲剧而生,都是发泄已经达到极致的精神压抑和情感悲伤。因此,新中国的治淮大战不仅是对破碎山河的一次大规模的整治,而且是对淮河流域百姓这种情感压抑的一次大规模的抚慰。

3

治淮年代是个激情四射的火红年代,千百万刚刚翻身做主人的农民日夜奋战在治淮工地上,与中华人民共和国第一期治淮工程同步拍摄的大型文献纪录片《一定要把淮河修好》,从头到尾就给人一种激情、欢快的节奏。淮河流域四省民众被全面动员起来了,千百万农民报名参加治淮战斗。成千上万个村庄的几百万民工,同一天向各自的治淮工地出发了。他们背着被包,扛着铁锹,举着红旗,唱着革命歌曲,雄赳赳气昂昂地组成了治淮大军。所有的村头都响起了欢送治淮大军的锣鼓声;所有的村头都召开了报告会、动员会、决心会、誓师会；所有的村头都响起了"不到长城非好汉！""今日长缨在手,何时缚住苍龙？""雄关漫道真如铁,而今迈步从头越！"等口号声。欢快的治淮革命歌曲成为那个时代表达激情的最好语言。所有的村头又高唱起了《治淮歌》："红旗飘飘,歌声嘹亮,我们治淮大军浩浩荡荡。向淮河进军,向洪水宣战。千百万工农弟兄,结成巨大的力量,看我们的队伍多么雄壮！"

当然,分到土地当家做主是广大民工治淮激情产生的根本原因,全新的社会制度使被压抑了几千年的农民终于可以扬眉吐气了。

1949年冬,国家决定治淮导沂,淮阴地区(现淮安、宿迁等地)、徐州地区动员近50万名农民参战,硬是把一条新沂河开凿出来了。王大锹也参加了那次导沂工程。当时的王大锹正值壮年,刚刚分得土地的喜悦激励着他,当家作主的意识支配着他。尽管那时的民工们还处在半饥半饱的状态中,王大锹的热情始终高涨。他新打了一把大锹,投入治淮工程。

这个时代确实就是"天翻地覆慨而慷",确实就是"风展红旗如画",确实就是"唤起工农千百万"。1951年冬天,在千里淮河两岸打响了治淮大战。这次治淮大战同样由江苏、山东、安徽、河南四省的500万民工组成。江苏这次组织大兵团治理淮河,动员119万民工参战,建起了苏北灌溉总渠。河南、安徽、山东也分别动员100万以上的民工。遍地都是运土方、运器材、抬石料的民工队伍。治淮大战的胜利也是人民群众用小车推出来、用肩膀挑出来的。

4

正是当年党中央指挥中华人民共和国成立初期的首期治淮战役,为后来的治淮奠定了良好的基础,才使得六十多年来的治淮事业一步一步推向纵深：1950—1958 年，在新中国第一次大规模治淮高潮中，修建了佛子岭、南湾等一大批上游山区水库，整治和修建淮河中游河道堤防，兴建三河闸、苏北灌溉总渠等下游入江入海工程，实施沂沭泗地区导沭整沂、导沂整沭工程；1958—1977 年，兴建了淠史杭等大型灌区，建成江都水利枢纽，建设了昭平台等一批大型水库等一批战略性骨干工程；1977—1991 年，实施淮河干流上中游河道整治及堤防加固，以及淮河清障、水土保持等工程；1991 年以后，实施治淮 19 项骨干工程，开工建设南水北调东线、中线工程等。正是经过这六十多年长期不懈的治理，才使九百年来淮河百姓根治淮河水患的梦想终于变成为现实。

四、亲历治淮：父亲的燃情时代

> 每当遇到困难时，父亲总是吟诵一段毛泽东诗词给自己提神。其实，这是一代知识分子在经历新旧社会之后的一种信仰选择，这也是支撑父亲战胜治水中的一切困难的文化力量。
>
> ——题记

1

70 年前的苏北到处是一片荒凉，由泥土房屋组成的土黄色村庄，低矮破旧，东倒西歪，摇摇欲坠。荒原上左一片泛白的盐碱，右一片干旱龟裂的不毛之地。一批又一批衣衫褴褛的男女老少，背井离乡，外出讨饭。一群乌鸦也饿极了，在天空四处盘旋，声嘶力竭地干号着。挂在半空的太阳，也像失了血性，没有一丝生气。

这是父亲在路上看到的一幅触目惊心的逃荒图。

1949年10月9日,19岁的父亲将所有随身用品放在两只木箱子里,再用两个布兜子装好,用一条毛竹扁担挑着,与被分配来的其他大中专毕业生一起,来到位于淮阴的治淮司令部报到。

　　在治淮司令部里,头两天给父亲他们吃的是白面馒头。这批知识分子都是从大城市来的,许多人富裕日子过惯了,馒头上沾一点儿黑的都不吃,都要将馒头皮撕下来扔掉。

　　就在这个时候,父亲看到知识分子们吃过了,离开了桌子之后,一个身穿军装的年轻人走了过来,目光扫视了一遍桌子上下,然后不声不响地弯下了腰,将刚才被大家丢弃的馒头皮,一一捡了起来,接着不假思索地放进了他的嘴里。他就这样看到一块,捡起一块,放进嘴里一块,一直到再也找不到了,才直起腰来。

　　也就在这个时候,那批大中专毕业生中有人发出一阵嘲笑声。

　　父亲看到那个穿军装的年轻人并不气恼,却微笑着向大家做了自我介绍:"我是华东军管会派来的测量队队长,叫史迪。"

　　大家一听他就是史队长,全都尴尬地在站立在那里不知说什么是好。

　　史队长没有批评大家,温和地对大家说,"造成苏北里下河一带的贫穷,主要是战争和水患,因此,我们党在战争一结束,首先就着手从根本上治理淮河的水患。"

2

　　报到之后,父亲被分配在第五测量队,负责里下河一段的测量工作。第五测量队的驻地离治淮司令部100多千米,几天后,史队长便带领大家前往测量前线了。那时,这100多千米路全靠步行。为了赶时间,一天要走40千米的路。

　　他们一路上都在群众家里代伙,头一顿饭吃的是豆饼和山芋干合在一起做的"杂合饭"。父亲和其他技术员一见这"杂合饭",全发愣了。史队长将大家喊到一旁,压低声音说:"知道你们吃不下,但大家要明白,这已经是群众最好的口粮了。"他指着主人吃的饭说,"看看他们吃的是什么?他们吃的是拿山芋藤和山芋叶煮的猪食汤。"父亲随着他指的方向望去,穿着破衣烂衫的一家人,正围在小桌旁喝着碗里黑乎乎的汤。史队长扫视了大家一眼接着说:"老乡拿最好的口粮给我们吃,而我们却不能下咽。况且,这儿有钱也买不到大米白面,就是能买到,我们能吃得下去吗?"父亲就什么都不说了,悄悄地走回大桌旁,低下头,默默地吃了起来。史队长却将自己的"杂合饭"端给了老乡,盛了一碗老乡锅里的"猪食汤",和老乡坐在一起,呼呼啦啦地喝起来了,喝得他头上直冒热气。

后来,父亲才知道,这个史队长虽然也只有30多岁,却是个抗日英雄,1938年就入了党,是个标准的老革命了,早就是个正团级领导干部了。

这便是父亲参加治淮工程后接触的第一个共产党人。

从此,父亲便挑着他的那副布兜担子,从一个水利工地到另一个水利工地,一干就是十多年。那副布兜和一条竹扁担,始终跟随他转战南北。

他的那副布兜就是苏北里下河农民上河工时常用的泥布兜子。

布兜的结构十分简单,一块四方的厚布,四角拴上两根绳套,装泥,提泥,倒泥,非常轻巧便捷。父亲用它来装运行李用品,确是十分方便。

父亲正是从这时起,养成了艰苦朴素的习惯,当然也是因为这时太苦太累而得了肺病。1959年,在万福闸工地上,他没日没夜地拼命干，工程终于赶在汛期到来之前完成了，可他因为过度劳累肺病复发而住进了医院。

3

父亲在治淮工地上南征北战，餐风饮露，他的心却很满足，觉得能为国家治淮发挥自己的一技之长，真正是自己一生的幸运。

每当遇到困难时，他总是吟诵一段毛泽东诗词给自己提神。几乎所有的毛泽东诗词他都能背上。他还会拉二胡，剧团到水利工地慰问演出时，他还会上台拉上两段。他喜欢唱的淮剧是《共产党员时刻听从党召唤》："共产党员时刻听从党召唤，专拣重担挑在肩。明知征途有艰险，越是艰险越向前！"其实，他还不是党员，当然一点儿也不影响他对党的热爱。

4

"提起贼老蒋，恨得牙根痒。扒开花园口，黄水向东淌。"

这是一首当时流传在我们苏北农村老家的民谣。

这首民谣说的是1938年蒋介石"以水代兵"使黄河再次夺淮，给淮河流域造成的灭顶之灾。

这段时间，一阵低沉压抑的民谣时常会在荒村的四周唱起，悲痛伤心，凄惨万分："淮河深，淮河长，提起淮河泪汪汪，自从淮河灌黄水，百姓年年遭灾殃。"

父亲说，在那次大洪水退去后，陈圩的保长敲着铜锣喊道："各家各户注意了！县里要修淮河了，各家各户出劳力，自带干粮！迟到罚跪，不到罚款！"保长走后引起村民们一阵咒骂。

果然，第二天村里有十几个村民迟到了，跪在村头，里面还有几个六十岁以上的老人，其中就包括我的祖父。他们一齐跪在村口的老槐树下面,听着保长摇头摆尾地点卯,最后全村居然还有五户未到。保长喜不自禁,大家心里都明白,保长又捞到油水了。

面对这样的情景,灾民们只得苦着菜黄色脸,仰天长叹。

5

当然,治淮工程开始时也遇到过一些曲折。

父亲讲到治淮的时候,说过一个"毛人水怪"的故事。

就在1951年治淮战役打响之际,苏北的土匪、敌特纷纷出动,大肆破坏。敌特、土匪还四处制造"毛人水怪"的谣言,说这种怪物,浑身是毛,"要割下人眼、人心、卵蛋吃",而且说它们最喜欢吃男孩。于是,在苏北农村,天没有黑,家家关门闭户,还用两根大粗棍抵着门。一些敌特土匪装扮成"毛人水怪",深夜恐吓群众。有的妇女害怕"毛人水怪"而不让男人上河工,造成治淮工地上人心惶惶。

后来,公安部门抓住了一批敌特土匪,仅在治淮工程的导沂工地上就抓了12个假扮"水鬼"的特务才平息了这场谣言。

6

苏北灌溉总渠是中华人民共和国成立后的第一个大型治淮水利工程,在淮安、盐城境内新开一条人工河道,西起洪泽湖大堤高良涧,东经盐城扁担港入黄海,全长168千米,起到灌溉、航运、排涝、发电的作用,更为洪泽湖的排洪开辟一条入海通道。

在这100多千米长的战线上,一下子集结了一百多万治水大军,可以想象是何等波澜壮阔、气势恢宏,也可以想象是何等激情万丈、豪气冲天了。

1951年11月2日,朔风乍起,瑞雪飘飞,这条大型人工河道正式开凿，淮阴、盐城、南通、扬州四个地区的民工 118.9 万人，从四面八方开赴建设工地。

苏北大地上到处都是车轮滚滚，人声鼎沸。

当时，父亲所在的苏北行署治淮指挥部第五测量队，被调到了阜宁县工段上。

父亲说："从阜宁三灶乡天沟村起，一直到滨海，当时有 1 万多民工负责这段工地。他们要么是从串场河乘船过来，要么是两条腿推着独轮车步行过来。"

为治伏"洪魔"，这些民工在寒冬腊月离开家人，扛着最原始的生产工具——大锹、泥兜、石硪，脚踩用芦苇编织的"毛窝子"，义无反顾地奔赴治淮前线。治淮工地上人山人海，劳动号子此起彼伏，革命歌声激动人心。干部拿着铁皮筒子喊话，技术员四处测量土方，民工们肩挑担抬小车推，一个个忙得敞开了棉袄。

父亲还记得，当时有一批外国记者到工地参观，看到那么大的工程全靠人工，看不到一台机械，更看不到一支部队、一杆枪，却没有一个民工溜号逃跑，一个个佩服得竖起了大拇指说："中国人了不起，共产党得人心！"

当时，民工们除少数在当地群众家打草地铺外，大多住在自己搭的茅草窝棚里。父亲当时被分配住在老乡家里，把房东家的棺材盖子往上一翻，睡了一个冬春。

每次回忆起这段奇特的经历，父亲的脸上涌起一股豪迈之情："工地上普遍开展劳动竞赛，劳动模范可以奖到一头大水牛，大家热情高涨，那真是一个激情满天的年代呀！"

父亲原本是个内向的人，就是从这个时候开始变得话多起来。

父亲说，他那时明白了只有中国共产党才能救中国。

7

那是一个冬天的清晨,暴风雨向苏北突袭而来。

洪泽湖水面上浊浪滔天,狂风呼啸。三河闸工地上下却人山人海,所有人在狂风暴雨中拼搏着。湖水里由一万多名民工组成了三道人墙,用血肉之躯挡着奔涌而至的狂涛。湖边三河闸前的大坝上,几千个民工正在运送水泥砂石,从两侧正向中间加紧筑坝。

狂风越来越大了,暴雨也越来越猛了。这成千上万的民工知道,如果不及时将大坝合龙,那尚未建成的三河闸就会被巨浪冲垮,下游的几百万民众就要遭殃。当然,所有的民工同时也知道,跳下波涛汹涌的湖水里"打人墙",稍不留神就会葬身水底。在这个生死关头,有一个不到40岁的黑汉,率先跳下了冰冷的湖水。紧接着,一批接一批的民工跟着跳下水去。他们手挽着手,肩并着肩,胳膊套着胳膊,在波涛翻滚的湖水里站成了三行,用身体挡着滚滚而来的巨浪。

这一天,父亲认识了那个打头跳下湖水的黑汉。

后来,父亲才知道他就是被称为江苏"水龙王"的陈克天,也是父亲一生结识的级别最高的共产党员。

陈克天,似乎从父母给他起的名字上,就已看出他要和治水结下不解之缘,他生来就是要"克天"的。中华人民共和国成立后,他被调到水利部门来"克天"了。

陈克天被任命为省治淮指挥部副指挥后说:"干水利,我是门外汉,但临战受命,义不容辞!"他上任后就一头扎到洪泽湖边的三河闸工地上,坐镇指挥这个全省水利龙头工程的施工。

这时的父亲正在三河闸担任水利工程技术员。多少年后,他对我说，三河闸是当时治淮工程中修建的最大水闸，是江苏控制淮河洪水入江的重要门户。他生怕我不理解又解释说，八百多年来，洪泽湖一直听任淮河洪水自由出入。遇到洪水，上中游洪水倾泻而下，使洪泽湖大堤屡屡决口，地处下游的里下河地区千百万亩农田也就变成了一片汪洋。大旱之年，淮河断流，使洪泽湖水位急降，又造成了里下河地区赤地千里。因此，政务院决定在洪泽湖东岸建三河闸，起到对洪泽湖蓄泄的人工调节。

当时，还穿着一身军装的陈克天到了洪泽湖边刚刚安营扎寨下来，就遇到了这场硬仗。

有五个土墩位于三河闸的下游，这五个土中夹有砂礓石的土墩，形如鸡爪，当地人称为"鸡爪山"。原计划在汛期利用水力冲走砂浆，可是由于土质太硬，水流难于冲刷，汛期一旦到来，势必影响泄洪。怎么办？陈克天征求各方意见，就像过去打仗那样，设计了一套拿下鸡爪山的决战方案，上报省委得到批准后，立即命令淮阴地区（后分为淮安、宿迁两市）、扬州地区（后分为扬州、泰州两市）新增10万民工，日夜兼程，赶赴工地，加上原有的5万多民工，组成了15万人的治淮大军，投入这场鸡爪山人海攻坚战。

就这样，三河闸工地方圆不过1.5平方千米，集中了15万人，白天人山人海，夜晚灯火通明，劳动号子声、施工机械声和广播喇叭声响彻云霄，构成了一幅战天斗地的壮丽画面。

就是在这样的情况下，三河闸建设的人海大战打响了，眼前的这片湖岸变成了一条纵横千里的沙场。

在三河闸大坝合龙人海大战的场景里，父亲看到陈克天顶着10级大风带头跳下了冰冷的湖水，带领上万个民工，在水中组成了三道人墙，就连午饭都是站在水里吃的。

陈克天和一万多个民工站在水里十几个小时，许多人都不认识他,谁都不知道他是党的一名高级干部,更不知道他的身上还残留着三处枪伤。

到了天晚时分,陈克天身边的水面上涌现出了一片血水,他还以为是身边的民工流出的,赶紧叫人将那个民工扶上岸送去医院救治。可是,没几分钟他自己却休克了,倒在了水里。

原来是他身上的旧伤撕裂后出血了,他流出的血在下游泛出了水面。

8

治淮年代确实是一个火红年代,淮河流域四省刚刚翻身做主的民众被全面动员起来了,成千上万个村庄的几百万民工,同时向各自的治淮工地出发了。他们背着被包,扛着铁锹,举着红旗,唱着革命歌曲,雄赳赳气昂昂地组成了治淮大军。

发生在1948年冬天、历时65天的淮海战役,江苏、山东、安徽、河南四省共出动民工543万人。整个战场到处是支前民工的身影,遍地是运粮食、运弹药、抬伤员的民工队伍。事隔3年之后的1951年冬天,在千里淮河两岸又打响了治淮大战。这次治淮大战同样又是由江苏、山东、安徽、河南四省的500万民工组成,又是这500万民工,在淮河沿线遍地运土方、运器材、抬石料。

回想起这场人海大战中最动人心弦的一幕,父亲总是激动地说治淮工程简直就是第二次淮海大战,给他留下了终生难忘的记忆。

9

2007年过了中秋节,父亲的肺气肿发展到了肺癌,路都走不动了。

有一天，他忽然精神焕发，话也多了起来，提出要去三河闸看看。一路之上，他喋喋不休地说着他的治淮往事，说着他的青春岁月，他的脸上始终放着红光。我们全家人都以为父亲的身体出现了奇迹。

从三河闸回来不到一个月，父亲就去世了，但我永远记得他去三河闸那天的神情。

第二章　运河之上
——文化视角下的运河新生

大运河,是一个不会老去的故事,会时时谱写出新的传奇。

今天,在位于淮安城南的京杭大运河上行走,会看到那座总投资 3.5 亿元的水上立交,它是一座亚洲规模最大的水上立交工程。从空中俯瞰,河道纵横,气势磅礴,奔流千里的淮河和古老的京杭大运河在这里立体交汇。只见大运河的水面上,千吨级长长的船队穿梭往来,场面十分壮丽。立交下 15 孔巨大涵洞里,淮河入海水道浩浩荡荡向东奔流。立交桥头堡上那座高大的钢索缆桥,犹如彩练当空,成为传播运河文化的地标性建筑。

当然,这座水上立交只是大运河重大水利工程的一个缩影。

1949 年以后,在党的领导下广大民众得到了充分动员,对苏北运河进行了有史以来最大规模的综合治理,从而使这里的运河重新焕发了青春。

中华人民共和国成立之前,这段运河航行条件差,只能间断通航 30 吨左右的小驳船。中华人民共和国成立后,对古黄河、淮河、运河、洪泽湖进行了全面的治理,彻底改善了大运河的水利环境,并且对这一段运河进行了两次大规模的整治。据《苏北运河》记述:"从 1958 年起,国家对苏北运河进行了历时三年的一期整治,初步改善了河窄、水浅、弯多、流速大、只能季节性通航的状况;从 1982 年起,国家又对苏北运河进行续建整治,疏浚拓宽航道,兴建复线船闸，续建扩建港口，使苏北运河全部达到二、三级航道标准，从而形成了一个以苏北运河为骨干、南达浙江杭州、北至山东济宁、东到连云港（盐河）和南通（通扬运河）、西接淮河干流的航运网络。"现在，苏北运河沿线建有跨河大型桥梁52座、码头栈桥306座、大型船闸28座，航道通航保证率均达90%，可通航2000吨级船舶。

如今，北起徐州蔺家坝，南至扬州六圩长江入口的京杭大运河，穿越邵伯湖、高邮湖、洪泽湖、骆马湖、微山湖等湖泊，贯通长江、淮河、古黄河、古泗水等水系，集航运、灌溉、泄洪、调水于一体，成为中国东部地区南北水运大动脉、国家北煤南运的主干道、国家南水北调生命线，是整个京杭大运河中航道标准最高、航运能力最强、最为繁忙的河段，也是全国除长江以外等级最高、综合效益最好的干线航道。

这一段大运河已经成为名副其实的黄金水道。

此外，这一段大运河还推动了沿岸各地人文景观、旅游资源的有效开发，从扬州到徐州依河而建、靠河而兴的运河文化景观，更是日新月异，令人惊叹。目前，已经相继建成开放的有扬州中国大运河博物馆、扬州运河三湾公园、扬州邵伯运河生态公园、淮安中国漕运博物馆、淮安里运河文化长廊、宿迁中运河风光带、徐州滨河公园、徐州园博园运河文化廊等数十个运河景观。

用文化的视角去看大运河的新生，能看到这条运河新生背后的文化力量，能看到大运河的新生正是民族优秀文化得以充分弘扬的成果。

在扬州运河三湾公园内，新落成的中国大运河博物馆是一个展示中国大运河历史文化的重要场馆。建造这座庞大的博物馆建筑时，设计者们将大运塔作为一座梦想之塔，将这座巨塔采用了钢架和玻璃为主的材料,从而使巨塔成为一座透明、刚毅、全身闪烁光芒的方塔。如果说大运塔就是为了树立起大运河的梦想,那么,这座庞大的展馆则是为了典藏大运河的梦想。这是运河文化在这座展馆身上的一种寄托。

当你来到洪泽湖东的三河大闸边,看到毛泽东"一定要把淮河修好"的石碑高耸在大堤上,望着脚下中华人民共和国成立后全面翻修改建的洪泽湖百里大堤,联想起高良涧闸、杨庄闸、淮沭新河和苏北灌溉总渠等大型水利枢纽工程,你不禁会把历史的悲壮和着一种高亢,和着一种激越,也和着一种对未来的热望,去引吭高歌:"悠久的古堤百曲弯长,到处展现出壮丽的风光。东看田野,翻滚金浪,西望湖水,千帆飞翔。洪泽湖大堤,多么美丽,多么雄壮!"这便是表现在洪泽湖身上的文化之美了。

扬州姓"扬",是扬子江的扬,扬州的本性是江淮的婉约温情。淮安位于京杭大运河和淮河的交汇点,是一座漂浮在水上的城市。宿迁是一座水景城市,水是宿迁悲惨的历史,也是宿迁壮美的现实。徐州姓汉,汉族的汉,汉字的汉,汉语的汉,汉文化的汉,汉文化就是徐州这座城市的品格。这四座城市以各自的地方特色文化,伫立于京杭大运河的沿线,日新月异,雄姿尽展。文化便是这些运河城市的灵魂。

如果穿行于京杭大运河之上,你会被河上的每一座形态各异的桥吸引,感动。它们或生动精彩,或冷静沉稳,或豪放飞扬,它们的长相各有自己的特色。这些不同风格的桥,因为有了一条大运河将它们串在一起,包容于一体,从而使它们亲密不可分,仿佛是无数颗美丽的珍珠被一根金线串联,形成了一个统一的整体,这就是运河的力量。

大运河的新生正是民族优秀文化的新生。

一、运河展馆：新解扬州梦

> 如果说大运塔就是为了树立起运河的梦想，那么，这座庞大的展馆则是为了典藏运河的梦想。这是运河文化在这座展馆身上的一种寄托。
>
> ——题记

1

扬州古运河畔的那座大运塔，浑身上下充满了梦想。它那通体闪亮、挺拔雄壮的躯体，从头到脚遍布着扬州运河的美好期望。

在晨曦的映衬下，大运塔那高大的身影，正默默地倒映在千年流淌的运河水中。一阵塔铃伴随着晨风的流动叮叮当当地响起，然后便无限深情地环绕在高塔的四周。这铃声仿佛是一位多情的少女，不时地向这位充满阳刚的帅哥倾诉衷肠。

这座巨塔的脚下是扬州城南运河的三湾风景区，也是一处十分重要的运河历史遗存地。

今天，多少个世纪吹来的运河古风，到此似乎便已停息，只是为了倾听这座大运塔娓娓的诉说。

公元前486年，吴王夫差在扬州开凿邗沟；公元605年，隋炀帝杨广在邗沟的基础上开凿南北大运河。直至今天，扬州境内的京杭大运河，与当年古老的邗沟、南北大运河的河道基本吻合。据《扬州中国大运河博物馆》一文记述："运河水原本在扬州城南倾泻直下，直接威胁到了运河的航行安全。明万历二十五年（1597），扬州知府郭光复带领当地百姓，将河道变直为弯，以减缓水流速度，使运河里的行船不再有翻船的风险，"这样也就形成了今天所看到的运河三湾。由此看来,三湾本来就是一块古代治理运河水患之地。也就是在这片土地上,中国大运河博物馆拔地而起。

建造这座庞大建筑时,或许是设计者们也认为大运塔是一座梦想之塔吧,才将这座巨塔采用了钢架和玻璃为主的材料,从而使巨塔成为一座透明、刚毅、全身闪烁光芒的方塔。巨塔以唐塔风格进行设计,地下一层,地上九层,高度达到112.3米,建筑面积4935平方米。塔檐和围栏均采用透明玻璃,塔体四周也是采用玻璃幕墙,整个巨塔共使用钢和玻璃构件2200多吨,使这座巨塔通体透明,四角方正,刚直高大,呈现了它充满梦想的光芒。

这时,当你从展馆顶层走过今月桥,就能走进大运塔内,然后便能登上高塔的顶端,运河三湾的美景便尽收眼底。

映入你的眼帘的是远方运河里破浪前行的船队,披着一身晨光的古寺,近处河边婀娜多姿的杨柳,富有水乡特色的小桥,掩映于翠竹绿树之间的农舍,随风不停旋转的风车……

我推想,古运河里川流不息的涛声呵,肯定就是无数先辈演奏的梦想乐曲。

到了夜晚,大运塔华灯齐放,红色、蓝色、紫色灯光交替闪烁,在夜色之中便会呈现出梦幻的效果,从而尽显钢塔充满梦想的文化本色。

2

巨塔耸立于展馆,梦想根植于文化。

从大运塔下来,走向博物馆的顶部,就会看到上面建有大小五个亭子,四角各有一个小方亭,前侧中间的位置则建了一个圆形景观大亭阅江厅,如从空中俯瞰这五个亭子,就会呈出五亭拱月的景象。再从顶上走下来,到古运河岸边,便会感到这座博物馆就像一艘巨轮，正静静地停泊在古运河畔，似乎正准备起锚扬帆。

如果说大运塔就是为了树立起运河的梦想，那么，这座庞大的展馆则是为了典藏运河的梦想。

这座体形巨大的展馆向我们展示着浓郁的唐风古韵，不禁让人想起大唐的强盛与繁华。

博物馆总建筑面积达到8万平方米，地下一层，地上两层。整体采用巨型轮船的造型。展馆南部的"船头"设计为内倾式石材幕墙，给人一种劈波斩浪的感觉。博物馆顶部的阅江厅、角亭则采用铝合金材质，运用现代技术和传统造型相结合的手法，体现出古今交融的中式亭台之美。博物馆的外墙贴着土灰色的大理石幕墙，靠近时幕墙板面的凹凸肌理形似古运河的水波，看上去显出一片水波粼粼。

从南门走进博物馆的一楼大厅，那面巨幅玻璃墙便横亘在你的面前。它向上直达展馆的顶部，由十一块透明玻璃组成，使馆内的采光通透性能大幅增加。这些超白玻璃透光率高，视野清晰，真的让我以为眼前就是一堵天幕。沿着参观的路线向前行进，你便走进了五光十色、美轮美奂的运河大世界。

当夜幕降临，博物馆美化亮化的灯光齐放，立刻光波流转，五彩闪亮，蔚然壮观，惊艳四座。

这时，站在古运河边的红桥上，回望着这座流光溢彩的博物馆和高耸于船形展馆之上的大运塔，我便感到这座通天而耸的高塔，似乎就是想将展馆里呈现的美好梦想，直接送上蓝天白云，并且让这些梦想飞向远方。

3

穿越2500年的历史时光，纵横3200千米的中华大地，中国大运河留下的文化被十分精彩在收藏在这座展馆里了。

走进这座博物馆,便会为一股气势恢宏、流光溢彩所震撼。

整个展陈面积达到1.8万平方米,内设11个专题展区,全流域、全时段、全方位地展示了中国大运河的历史文化,生动地讲述了隋唐大运河、京杭大运河、浙东运河的前世今生,直观地展现了运河上的水利工程、漕运盐利、商业贸易、市井生活,用现代高科技的手法,描绘出一幅中国大运河的史诗画卷,也向人们描绘了中国大运河的千年梦想。

数字化沉浸式的展示,带我畅游了一条动态的大运河。

参观是从入口处的船行至岸边开始的,由一条主街将不同时空的运河故事串联起来,用真实的视觉、听觉、触觉、嗅觉和味觉,让我从多个维度产生一种身临其境之感,从而开启了一场穿越唐宋元明清的运河之旅。

走到运河文化展厅,还能听到扬州清曲、京韵大鼓、山东琴书、昆曲、淮剧、京剧等各种不同的地方曲艺;还能看到做工考究的湖笔、五彩缤纷的颜料、玲珑剔透的核雕、雕琢精细的篦梳、典雅秀美的折扇等各种不同的工艺品,让我感受到运河生生不息的民俗文化。当然,最让我震撼的还是那幅中国大运河史诗图卷,全景长达135米、高达3米,描绘出大运河的前世今生和沿线的历史风貌。

尽管整个展馆色彩纷呈,琳琅满目,令人应接不暇,可整个博物馆始终突显着一个精神内核,那就是重现大运河的历史梦想。

尽管这条运河在史书里一次次决堤,却始终冲不走这个久存于心的梦想。

文物保护专家龚良先生指出:"中国古代开凿维护运河的原动力是漕运,从而使大运河成为中国南北融合的战略通道。"这就是中国大运河作为世界文化遗产的价值所在，这也是这座大运河博物馆的展陈宗旨，也是这座大运塔所承载的文化使命。

大运塔能让人仰望天空，也能让人在心中升腾起更美的梦想。

4

没有运河的开通就没有扬州的繁华，不管是"腰缠十万贯，骑鹤下扬州"，还是"烟花三月下扬州"，全都是朝着扬州这座天下运河第一城而来的。他们来扬州就是为了追寻那个美如烟花的扬州梦，更是为了追寻那个腰缠万金的运河梦。

在我看来，整个三湾风景区里的三座宝塔，都是运河梦想的共同演绎。否则，它们古今三座宝塔为何一齐耸立于古运河边？

在大运塔上极目远眺，南北两方都能看到一座塔尖耸立于一片苍青翠绿之间。北望相距1.2千米的是文峰塔，南眺相距4千米的是天中塔。这三座宝塔在古运河边连成了一条线，从而形成了三塔映三湾独特的文化景观。

自明万历之后，南方地区兴起了修建文峰塔的风气，文化繁盛的扬州自然也不例外。"文峰"二字指的是文章和高峰，蕴含着文风顺畅、攀登高峰之愿景。在这种背景下，于明万历十年（1582），扬州修建了那座文峰塔。

文峰塔是一座七层八面、砖木结构的楼阁式宝塔，塔高44.75米，塔身青砖青瓦，下为砖石须弥基座，底层建有回廊，二至七层建有挑廊，塔顶是八角攒尖，最上是铸铁塔刹。塔下为文峰寺，有前殿后殿，东西廊坊等清代建筑。

从大运塔上远眺，就能看到黄墙黛瓦的文峰塔，感受出它江南风格的秀丽典雅。这座文峰塔就像一支站立着的笔，塔下寺边的那座荷花池也就像一只砚台，而大运河沿岸的风景则如一幅美丽画卷,它肯定是要想在运河两岸的大地上书写自己的梦想。

果不其然,据《康熙扬州府志》记载,明万历十年(1582),扬州知府虞德晔建塔,并请御使邵公题名"文峰塔"。建塔之目的就是"盖取于堪舆家言,为一方科甲助也"。其意为推动扬州的文风昌盛,文脉顺达。因此,古时参加科考的举子,都要到这里祭塔拜塔。可见,这座古塔确实就是对美好梦想的一种膜拜。

无独有偶,屹立于大运塔之南的天中塔也是如此。

清代南河总督吴惟华在任职期间,扬州运河经常发生水灾,直接影响到了漕运,幕僚建议建塔镇水,也就修建了这座天中塔。为此,吴惟华还写了《天中塔记》和《天中塔后记》,详细地记述了建塔镇水保运之目的。

据史料记载,这座天中塔于"顺治八年(1651),筹建,十一年(1654)甲午秋,共四年而功成。宝塔初成,巍峨壮观,高耸天中,故名天中塔"。清道光二十四年(1844)塔塌。现在的这座天中塔是20世纪90年代重建,仿清风格,钢筋混凝土结构,八面九级,塔高88米。当年天中塔建好之后,吴惟华在《天中塔后记》中这样写道:"三(注:三汊河)之洪流既锁,九龙之真脉方全。"也就印证了建塔的初心确实是为了镇锁运河,纾缓水患。

至此,我觉得这古运河边的文峰塔、天中塔和大运塔一样,都是美好梦想的一种表达了。

就这样,三塔映三湾,将梦想深深地镌刻在运河的历史里了。

5

烟花三月,站在三湾大运塔上向东眺望,便会看到江都水利枢纽的旖旎风光,看到那里每一处都是一幅静谧清新的水上风景。

江都水利枢纽就像是一座漂浮在水上的城，站闸相连，气势磅礴。走到近处，步入其中，又看到整个水利风景区流水如觞，树木花草遍布，楼台亭榭林立，仿佛又是一处世外桃源。那园中园、明珠阁、纪念碑、石碑亭等建筑分别点缀其间，从而构成了一幅梦想成真之后的现实图景。

这座规模宏大的水利枢纽地处扬州东郊，是国家南水北调东线重点工程的源头，也是实现古代镇水保运梦想的地方。

在历史上，扬州是一个易旱易涝的地方。因此，整治运河，保证畅通，便成了历朝历代的运河梦想。

远在唐代，穿越扬州城而过的运河称为官河。官河因年代久远，多处河泥淤积，河床变浅，导致水源不足，漕运受阻。对此，盐铁使王播开凿了绕城而过的新运河，从而奠定了四周运河环绕、城中河道纵横的扬州城市新格局。宋天禧三年（1019），为避开扬州城内水浅、船只难行的问题，发运使贾宗整治河道，新挖了一条扬州运河。明永乐元年（1403），平江伯陈瑄负责运河整治，在扬州城南运河临长江口处建立两座减水闸，蓄泄调节运河水位，确保运河口的通畅。明万历二十五年（1597），为了盐船漕船的安全行驶，将扬州运河城南段改成了曲折式河道，运河三湾便由此出现。然而，时至清咸丰五年（1855），黄河北徙经山东大清河入海，打乱了大运河扬州段原来的水文格局，运河北段水源几乎断绝，运河自此断航。

真正让运河镇水保运梦想成真的时间，还在新中国成立之后。

在毛泽东主席"一定要把淮河修好"的号召和周恩来总理的亲自领导下，我国进行了有史以来最大规模的治水工程。其中举世瞩目的江都水利枢纽工程历时16年，于1969年9月建成并投入使用。这项工程把长江、淮河、大运河联结起来,确保了运河航道用水和扬州等地的排灌用水。2002年,国家又制定了南水北调的东线方案,从江都水利枢纽抽水,利用京杭大运河的河道向北送水,不但确保了运河航道的水位,还将长江之水送达山东、天津、北京等地,使古老的京杭大运河终于获得了新生。

直到这时,古代镇水保运的运河梦想,才真正全面变成为美好的现实。

今天,站在高高的大运塔上向东眺望,在一片绿荫遮蔽、碧水滔滔之间,四座庞大的抽水机站楼,由西向东呈一字形巍然矗立。向南望去,则是万里长江,波涛滚滚,一泻千里;向北面眺望,便是扬州新城,高楼林立,一片繁华。当你走到近处,站在相当于十层楼高度的抽水机站楼下,便能看到那些巨型水泵喷吐出来的湍流激水,如同野马脱缰、蛟龙出海,从站口奔流而下。

看到这些让人心潮澎湃的情景,你肯定会大发感慨,由衷惊叹。

是的,现在想来,为什么中国大运河博物馆会选址三湾,那是因为这里曾是中国运河梦想启航的地方。也正是因为此,中国大运河博物馆的建筑会像一艘巨轮的造型。所以,那座耸入云霄的大运塔肯定就是这艘巨轮的桅杆了。

其实,大运塔就是千年运河文化精神的一种建筑表达,也是历代王朝镇水保运梦想的形象概括。

直到这时,我才觉得,扬州梦早已不是"腰缠十万贯,骑鹤下扬州"的淘金梦,而是历代王朝的运河梦,更是整个民族的中国梦了。

梦想,站立在大运塔之巅,才会拥有一片蓝天,更能自由飞翔。

二、引湖济运：一座湖的风华绝代

> 当你来到洪泽湖边的三河大闸边，看到"一定要把淮河修好"的石碑高耸在大堤上，望着脚下新中国成立后全面翻修改建的百里大堤，你不禁会把历史的悲壮和着一种高亢，和着一种激越，也和着一种对未来的热望，去引吭高歌。
>
> ——题记

1

洪泽湖的美，美就美在洪泽湖的水。

洪泽湖的水，不像太湖那样的秀丽，也不像微山湖那样的豪放，而显得多了几分原始古朴，古朴的品质，古朴的相貌，还有古朴的风度。

当一轮红日跃出湖面，将湖上的景象构画成一幅剪影时，你会看到，在太阳的照耀下，湖水闪动着一片片耀眼的光亮，湖面映衬着一片片云彩的倒影，你这时更会感觉到湖水显得格外的原始古朴。

水天淮楚，白云飞舞，数不清的野鸭蜂起浪间。三两游船，在旭日的辉映下，披上了一层金灿灿的晨装。在湿漉漉的清晨，乘一艘游船向湖心驶去，就会觉得水汽越来越重，空气越来越清新。清澈的湖水下，是鱼鳖虾蟹和水生植物的世界，湖水之上是鸡鸭鹅和水鸟的天地，而宽阔的湖面上空则白云点点，构成了一幅洪泽湖独特的美学画面，描绘出洪泽湖的原始古朴之美。

跟随游船在湖上行驶，你还能看到湖边的九处避风湾。因为洪泽湖水深浪大，为了保护过往船只的安全，当年在湖东岸建有蒋坝、高良涧、九龙湾、夏家桥、周桥五座避风港，后来又在洪泽湖心建了一座避风港,另加三座船闸,洪泽湖共有九处可供船民避风的港湾。当年我常常来此,看到无数条帆船,无数根桅杆,在湖湾高耸,形成一个湖湾里的船世界。那帆船叠加形成的风景里,洋溢着湖水的腥味,又将洪泽湖水的清纯演绎成船的热烈和浪漫。每当汛期来临,避风港外,湖面波涛汹涌,浪花像飞雪一般翻腾,百里大湖响起阵阵波涛,震撼着煌煌大千世界。汛期一过,万船出港,千万根竹篙又拨起湖面上烟霞乱飞,无数面白帆呼呼啦啦地升腾而起,又撩起湖上的另一番风景。当然,后来为了保护生态,实行十年禁渔,湖面上也就看不到一艘渔船了。

洪泽湖西高东低中间洼,呈不规则几何形态,从东北至西南方向筑有拦水坝,其余都是天然湖岸,岸线弯曲,岸坡平缓。全湖水域由成子湖湾、溧河湖湾、淮河湖湾三大湖湾组成;当水位达到12.5米时,湖水面积为1597平方千米,汛期面积可扩大到3500平方千米。明清以来,湖水全凭洪泽湖大堤作为屏障,也就形成了一座高于地面的悬湖。

悬湖千里,波澜万顷,浩浩荡荡,横无际涯。和风丽日时,碧水如镜,波光粼粼;若狂风乍起,浊浪排空,气势磅礴;云雨既来,湖天一色,迷蒙混沌,遗世独立。这动静嬗变,是洪泽湖的喜怒哀乐,是洪泽湖的悲欢离合,也是洪泽湖古朴秉性淋漓尽致的表达。

当高悬的烈日、波涛汹涌的湖水和湖上的渔舟,构成一幅洪泽湖水上的风景画时,一阵阵悠长的歌声,便穿透那浓浓的水汽向你飘来。"湖水悠悠流,扁舟水面走。妹如此作水呀,哥愿比作舟。"这是充满阳刚、充满力度的青春表白,而那边又传来姑娘的婉约和多情:"哥是天上一条龙,妹是湖水花上蓬;龙不翻身不下雨呀,雨不洒花花不红!"这里正在演绎着又一个古今不变的永恒故事。

来到洪泽湖南,我们还会看到,洪泽湖与千里长淮在这里交汇，又与岸边的老子山构成一处山水相依的原生态风光。洪泽湖水在这里居然变得更加纯净、有了温度，这里便是洪泽湖的温泉了。温泉水质含有多种人体必需的微量元素，具有改善人体机能、调节神经、扩张皮肤血管、解酒醒神等功效。老子山温泉水温高达63℃，泉质优良，清澈透明，它将洪泽湖水的古朴之美表达到了极致。

那对唱着情歌的年轻人，肯定也到这里洗温泉、表爱心了。否则，我怎么又会听到，从温泉浴场里传来一阵阵男女对唱的古老情歌？

此时此刻，洪泽湖水的原生态世界里弥漫了浓浓情意，充满了缠绵悱恻。当然，烟波浩渺的洪泽湖古朴之美远不止于此。

当你随游船晚归，夕阳西下，湖面上的归帆在晚风中呼呼着响，一阵悠扬婉转的笛声从远处的游船上传来，吹动一湖的秋水随之幽咽，也牵动着半湖白云的归魂。

洪泽湖水的古朴之美，肯定还包含着前世的悲壮。

2

当你来到洪泽湖岸边，踏上百里长堤，从淮阴区码头镇的石工墙出发，沿着千年古堤向东南行走，你就会深深地体会到，洪泽湖就是一部悲壮的历史。

万石筑堰，千年古堤，百里长坝，横亘江淮连云碧；朝映垂柳，夕阳弄潮，月色笼烟，满湖渔火接天晓。春天的长堤，绿树满堤，长堤便像一条蜿蜒大地的绿色长龙。那茂密的林荫，新鲜的空气，清脆的鸟鸣，和煦的湖风，犹如步入人间仙境；夏季的雷雨又使长堤变作一条搏风击雨的蛟龙，当狂风暴雨降临，大湖掀起万顷巨浪，发出阵阵怒吼，而百里长堤坚如磐石，岿然不动，又呈现一幅惊心动魄的战洪图；秋天到来，堤上森林黄灿灿的一片，长堤又变成一条金龙,夜雾在湖面上笼罩,白茫茫的水天相连,使你站在长堤上,犹如登临海市蜃楼的仙境;冬雪将长堤变成一条银色的长龙,大湖也披上一层银装,洪泽湖又变成了银装素裹的洁白世界。

登上百里长堤,如同登上水上长城。洪泽湖大堤全长67千米,全部用石料人工砌成。东汉建安五年(200),广陵太守陈登主持修建,初为15千米,始称高家堰。南宋以后,黄河夺淮日益频繁,使洪泽湖底淤积垫高,湖水常常漫溢成灾,修筑大堤已势在必行。《淮民谣》中"谁谓洪泽宽,一身无所依。荒村日西斜,破屋三两家"的曲调,哀婉的声韵,悠长的淮腔,正是洪泽湖经常泛滥成灾的艺术表达。明永乐年间,河漕督运陈瑄在武墩至周桥之间兴工修堤。明万历年间,总理河漕潘季驯将大堤延筑至蒋坝。至此,洪泽湖大堤基本建成。从明万历八年(1580)起,洪泽湖大堤的迎水坡就开始增筑直立式条石墙护面,时称石工墙,历经明清两代171年形成规模。石工墙使用千斤重的条石及糯米石灰浆砌筑,共用条石三十多万块,规格统一,筑工精细,充分显示了我国古代水利建设的高超技艺。现在远远地望去,洪泽湖大堤就像一条水上长城,蜿蜒曲折,雄伟壮观。

洪泽湖百里长堤的古老和博大,积蓄着黄河夺淮后900年历史的沧桑;洪泽湖百里长堤的恢宏和磅礴,更蕴含着江淮百姓祖祖辈辈与自然灾害抗争流下的汗水和血泪。所有这些汇聚在一起,便构成了洪泽湖的厚重与悲壮的历史。

当你沿着大堤继续往前行走,你就会觉得,留给洪泽湖的歌谣,绝非只有像《淮民谣》那样的凄凄惨惨戚戚。如果说洪泽湖的一片汪洋,是900年黄河夺淮水灾的汇集,如果说那高出地平线20多尺的湖底泥沙,是900年江淮百姓的苦难沉淀,那么湖边130多华里长的人工大堤,不正是苏北民众与天抗争、与人抗争的历史印记吗？曾记得抗战期间新四军在洪泽湖神出鬼没地打击敌人，张爱萍同志便站在湖堤上唱出了"淮上天方晴，洪泽水翻腾。敌伪西扫荡，韩顽东侵凌。三军齐携手，敌后建奇功"的昂扬战歌。

我想，这就是贯穿洪泽湖 900 年的英灵吧？这就是洪泽湖纵横三千里的水魂吧？正是这样的壮烈、这样的坚韧，和着委婉，和着多情，也和着凄惨，从而构成了洪泽湖大堤的人格力量，构成了江淮百姓的人生走向，也构成一个完整的洪泽湖悲壮的人生。

悲壮的大堤，悲壮的湖。

当你来到三河大闸边，看到毛泽东主席"一定要把淮河修好"的石碑高耸在大堤上，望着脚下中华人民共和国成立后全面翻修改建的百里大堤，联想起高良涧闸、杨庄闸、淮沭新河和苏北灌溉总渠等大型水利枢纽工程，你不禁会把刚才的悲壮和着一种高亢，和着一种激越，也和着一种对未来的热望，去引吭高歌："悠久的古堤百曲弯长，到处展现壮丽的风光。东看田野，翻滚金浪，西望湖水，千帆飞翔。洪泽湖大堤，多么美丽，多么雄壮！"这便是洪泽湖的厚重之美了。

厚重的大堤，厚重的湖。

洪泽湖的美是厚重之美、悲壮之美。

如今，当你行走在这条遍植树木的大堤上，你肯定会被这座举世无双的悬湖的深邃内涵陶醉，你肯定会被这座大湖厚重的魅力倾倒。那百里长堤用忍辱负重的坚韧承担了 900 年的悲伤；那大堤上铁铸的九牛二虎一只鸡，就是洪泽湖身边的饰物，她用善良与勤劳装点着自己的期待；那湖底的古城与明陵，是洪泽湖的心脏，她用沉默的废墟，抒发着生命的悲壮；那宏伟壮观的水利枢纽就是洪泽湖的臂膀，托起了运河、淮河、古黄河复苏的一轮火红的希望。

厚重悲壮的大堤就是洪泽湖的脊梁。

3

洪泽湖的美,还是中和之美、刚柔并济之美。

洪泽湖的中和之美主要表现在洪泽湖的树。洪泽湖的树不像江南太湖的树柔情似水,也不像山东微山湖的树粗犷豪放,而是刚柔并济、南北兼容。

洪泽湖周边的树,东岸长堤长的主要是白杨,南岸老子山长的主要是白杨,西岸国家森林公园长的大都还是白杨。洪泽湖白杨是一种落叶乔木,最高能长至20米,树冠呈圆形,到了秋天长出了满身的金黄叶,就像是一个巨大的金色华盖,风流倜傥。这种白杨不讲究生存条件,田上、湖边、路旁,哪里有泥土的地方,哪里就是它生存的地方。它不追求雨水,不贪恋阳光,哪怕在板结的土地上,只要给它一点儿水分,白杨的一截枝条就会生根抽芽。它不需要人去施肥,也不需要人去浇灌,只要给它一点儿宽松的环境,让它吸收自由的空气,它就会挺拔向上。正是由于它们有了这种秉性,它们才能无怨无悔地在洪泽湖这样曾经灾难沉重的土地上成长。洪泽湖白杨不像江南太湖的香樟树那样雍容华贵,也不像山东微山湖的刺槐那样粗犷豪放,却多了几分随遇而安、与世无争的中和包容。

洪泽湖白杨树林的代表作,自然是国家级的洪泽湖森林公园。这是一座天然植物园,位于洪泽湖西岸,占地面积1.22万亩。我踏入森林公园的大门,沿着蜿蜒的林间石板小路向前漫步,就会看到林间树木笔直耸立,树间小鸟嬉戏,耳畔蝉鸣阵阵,脚下踩着松软的落叶,顿感一股浓郁的野趣向我扑面而来。

从一座索桥过河,就是那座郁郁葱葱的大森林了,只见林间小径的上空,已经被浓郁的树木遮掩得严严实实了。小径的两侧都是各种叫不出名字的奇树异草。那挺拔高大的罗汉松、奇干怪枝的苦楝，还有葛根、地皮菜、何首乌、马齿苋，当然还是那挺拔林海的白杨最多。

我走进洪泽湖国家森林公园的大门，就一脚跨进了秋天，一脚跨进了由黄叶渲染而成的版画意境里。那生长在洪泽湖边的一大片一大片艳丽夺目的黄叶，就是大湖胸前的装饰，就是大湖内心的柔情，更是千里洪泽湖飘逸不散的魂。

清晨时分，朝阳喷薄欲出，湖边白杨的黄叶好似刚刚睡醒的羞赧美女绰约秀丽。随着旭日东起，云雾散去，黄叶由暗变亮，一眼望去，金黄一片。到了傍晚，彩霞轻笼，层层叠叠的黄叶被雾锁云封，此时让人仿佛置身于梦幻的仙境。站在早晨的湖边朝远处遥望，那一大片一大片的黄叶，就像给这无边无垠的洪泽湖，用大写意的手法点缀的金砂；而中午登上观景台扶着栏杆朝下俯视，透过缭绕在湖水间的白雾，那一大片一大片的黄叶却又像一缕缕云霞。每一根枝条都延伸出无数片心形的黄叶，每一片黄叶都迎着轻柔的湖风摇摆出它们生命的最后热情，又哗哗作响地留下了无数个细言碎语，这是它们在与树干作最后的诀别。

在我看来，在黄叶们浓妆艳抹、祥和温情的外表里，蕴含着一种坚韧不拔的生命意义。无数片黄叶伴着秋风的节奏，在洪泽湖边的广袤平原上，上下飞舞着，左右翻转着，前后飘飞着，高低起伏着，快慢盘旋着，飘飘洒洒，纷纷扬扬。这时，树上摇曳的，空中飞舞的，地上回旋的，全都是黄叶的身影，洪泽湖国家森林成了黄叶的世界。

这时，我想起当年洪泽湖西岸牺牲的平均只有 14 岁的抗日小英雄们。黄叶就是英雄的魂，就是洪泽湖的魂。

4

大气与悲壮是洪泽湖的品格,也是洪泽湖美的特质。

洪泽湖的美是大气之美,是悲壮之美。当你登上水上立交桥头堡的观光电梯,直达高耸入云的观景台时,你就会深深地感受到这种大气与悲壮相融的品格了。

初冬的风就是带着这种大气与悲壮,呼呼啦啦地向你蜂拥而来,一幅大气磅礴的洪泽湖水景便展现在你的眼前。冬日的风成为辽阔而壮美的水景里的风骨,会让你荡气回肠,激情万丈。

大气成为这幅洪泽湖水景的线条轮廓,悲壮成为这幅洪泽湖水景的深刻内涵。我便是被这大气恢宏的线条和悲情厚重的内涵深深震撼了。

水上立交的岸边淮水安澜陈列馆,给我们展现了历史上洪泽湖边的淮河、黄河、运河三条河流在这里交汇,成为历朝历代最难治理的地方。历史上的交汇点位于今天淮安北郊的清口。清康熙二十七年(1688)开通中运河后,运河自北而南在清口处与黄、淮交叉。作为三条大河交汇点的清口,也就成为治理水患的重点。为此,清代兴建了大量的水利设施。但是,这些工程仅能延缓黄河的淤堵,到乾隆以后清口处黄河终于淤高,南灌运河口,西淤洪泽湖口,淮水不能出,运河口不能开,最终还是无法解决治水保运的目的,水患还是连年发生,运河还是时常断航。这便是我从当今的水上立交这幅大气磅礴的画面里读出的历史悲壮了。

是否能够解决黄河、淮河、运河三河相交历史难题的根本在于社会体制。只有在社会主义制度下,在中国共产党的领导下,我们的民族才能真正地解决这样的世界难题,才能创造出水上立交这样的奇思妙想,才能创造出水上立交这样的世界奇迹。这时,你或许才能真正体会到洪泽湖的大气之美、悲壮之美的丰富内涵了。

为了真正根治洪泽湖的水患,除了建设这座水利枢纽工程,还建有气势雄伟的三河闸,它控制着洪泽湖出水的第一条重要通道——淮河入江水道;还建有大气磅礴的高良涧闸,它控制着洪泽湖另一条入海通道苏北灌溉总渠;还建有高大雄壮的杨庄水利枢纽,它则控制着洪泽湖第三条入海通道淮沭新河,和第四条入海通道淮河入海水道。而所有这些重大的水利枢纽工程结合在一起便构成了洪泽湖的大气之美。

我在这幅具有大气之美的洪泽湖水景里,看到了中华民族无比强大的精神力量。

5

从天边刮来一阵温柔的风,令洪泽湖滨的荷花荡将花红叶绿渲染得风情万种,整个荡区便深陷在南国美人那恣意横溢的清香深渊里了。傍晚,当我走进洪泽湖边的这袭清香之中,荷花的世界下起一阵多情的雨,我便在洪泽湖边尽享起荷花的温情来。

在那个月光如洗的夜晚,我与荷花荡的夜色亲近,顷刻之间就坠入芙蓉的美艳之中不能自拔了。当荷花荡的上空挂起一轮朦胧的月,五千亩荷花便飘逸出少女的韵。这时,满荡的荷都睡着了,我乘一艘游船在荷花荡里缓缓而行,我生怕船舷划开水面的声音会撩醒荷的梦。

仲夏七月正是荷花最美的季节,整个荷花荡正蓬蓬勃勃地盛开着荷的青春。这浩荡盎然的青春,由湖水烘托,与蓝天相拥,艳丽夺目,恣意汪洋。当清晨的红日从东边的洪泽湖大堤上冉冉升起时,我的游船已经淹没在这青春的湖光水色里了。早起的白鹭们也知道享受清晨的荷花荡,随心所欲地在花红水绿之间游戏,高兴时便发出一串串婉转动听的歌唱，它们肯定是想把自己变成了芙蓉国里一群多情的王子。

中午时分登上湖心瞭望塔，穿越五千亩荷花荡放眼四望，你就会发现一望无际的洪泽湖荷花荡，面积大、品种多，这里的荷花莲子还具有特别惊人的生命力，它饱经风霜严寒，历经 900 年之后，居然能够长出新莲来。我眼前洪泽湖边的这片一望无际的荷花，正是历经水患，在 900 年后重新发芽生长出来的。

看到这里我才明白，洪泽湖荷花之美，不仅在于它的外表美，更在于它的顽强之美，在于它的新生之美。这便是洪泽湖边这片精美绝伦、柔情似水的荷花荡的美学意义所在了。这片荷花荡已经不仅仅是一处美丽的风景，还是一种青春的意象，一种坚韧的品格，一种苏北民众战胜水患重获新生的象征。

洪泽湖的美，是重获新生之美。

洪泽湖水患被根治之后，洪泽湖的生态环境因此获得新生，成千上万种动植物也由此重新繁衍生息，国家级的洪泽湖湿地自然保护区也就由此诞生了。湿地保护区位于洪泽湖西岸泗洪县东南部，核心区面积达到 15 万亩。如今，每年都有近 200 个种类约 45 万只鸟飞到这里越冬停留。过去曾因环境破坏而失去的天鹅身影，现在又重现洪泽湖，每年都有几百只天鹅来此越冬。

每当冬季来临，洪泽湖就变成一个童话的世界，随着一曲悠扬婉转的《天鹅湖》音乐旋律，几百只白色的天鹅，像是一个个高傲圣洁的天使，展开美丽的双翅飞临洪泽湖。它们十分惬意地在湖面上翩翩起舞，风姿绰约，使原本沉寂的洪泽湖，变成了精美绝伦的"天鹅湖"。圣洁优雅的天使们，雍容华贵地披着一身白瓷一般的光滑羽毛，高傲地昂起它们的长颈，风华绝代地舒展两翅，清澈见底的湖水也随着音乐，荡漾起了阵阵涟漪。当傍晚到来，夕阳如血,霞光满天,归巢的天鹅们,成群结队,在洪泽湖的上空优雅曼妙地展翅盘旋,在空中发出一阵阵高亢的长鸣。

据了解,"洪泽湖湿地野莲、野菱等原生境保护"等一大批项目先后被国家立项,在洪泽湖建成了包括野生植物在内的十多个自然保护区,使洪泽湖的生态系统得到了不断的修复,使野生植物、鱼类、底栖动物得以和谐共生。这便是两百多只天鹅重现洪泽湖的根本原因,也是鲢鱼、草鱼、青鱼、团头鲂等几十个鱼种在洪泽湖人工繁殖成功,以及一大批过去因为生态被破坏而濒临灭绝的植物、鱼类、野生动物,现在又复活的生态原因了。

这时,我终于明白,优美绝伦的天鹅之舞,和风情万种的荷花之香,全都是洪泽湖重获新生的优雅表达。

三、 运河桥梁:运河之上

这些不同风格的桥,因为有了一条大运河将它们串在一起,包容于一体,从而使它们亲密不可分,仿佛是无数颗美丽的珍珠被一根金线串联,形成了一个统一的整体,这就是大运河的文化力量。

——题记

1

"扬州城有没有我这样的好朋友,扬州城有没有人为你分担忧和愁……"

一桥秋色,歌声如水。在这条千年运河上,一曲扬剧如轻风飘拂,穿越秋天的萧瑟,在茱萸湾大桥的四周回荡起来。

扬剧清曲也就使这座新建的茱萸湾运河大桥充满了生命的

灵动。

如果说运河上的桥梁全都具有生命,那么和瘦西湖相距仅几千米的这座茱萸湾大桥,肯定就是五亭桥、二十四桥的后裔了,五亭桥、二十四桥自然是它们的"祖先"。

这时,秋风将这座年轻的茱萸湾大桥下那片茱萸林染成了红色。

这片茱萸树枝的所有红果似乎跟随着扬剧清曲一起轻轻地吟唱,扬剧的清唱小调也就沿着运河里的流水漫溢出来,跟随着一河的清秋涓涓东流而去。

茱萸湾运河大桥便生动地站立于这片秋色里,站立于这片扬剧清曲的吟唱里。

我看到整个绿色的大桥,被桥西那片火红的茱萸林衬托着,犹如一位年轻气盛的帅哥被一群美女缠绕不休。

只见那片茱萸树上的红果缀满了枝头,漫山遍野,如火如荼,如同红玛瑙一般闪耀着醉人的光彩。

这片茱萸林树干挺拔,树冠宽阔,枝繁叶茂,这时已经结满了红彤彤的果实,一个个明艳剔透,光泽如玉,亦如佳人的红唇。

这扬州茱萸湾风景区之东紧靠着这条举世闻名的京杭大运河。

茱萸湾有多条河流交汇于此,除京杭大运河之外,还有芒稻河、廖家沟,在此形成了三条水运通道,使之成为水上交通进入扬州城的第一要津,茱萸湾大桥也就建造于此。

据《重修扬州府志》记载:"汉吴王刘濞开(邗沟)于此(茱萸湾)通海陵仓(位于今泰州)。"因为此地茱萸遍地,又是河湾,故以茱萸湾命名。汉吴王刘濞所开的自扬州茱萸湾通海陵仓的运河,是一条运盐之河。隋唐时期,茱萸湾是大运河进入扬州的门户,隋炀帝三下扬州,均是由此舍舟登岸。清人张幼学写的《茱萸湾》一诗里有一句"隋代通漕有此途"，就是对此地简明扼要的描写。由此可见，这座茱萸湾大桥的地理位置十分地重要。

这座刚刚竣工的运河大桥，是京杭大运河扬州城区段的众多桥梁中"桥龄"最短的一座。大桥全长 224 米，设计时速 80 千米/小时，双向八车道，总宽 53.2 米，是京杭大运河上的一座钢桁架拱桥结构的超宽桥梁。

此刻，大桥沉默无语地横卧在京杭大运河上，巍巍的桥身呈现两条巨大的曲线弧形，犹如双龙并行而飞，独具一种与生俱来的男人气概。

我徘徊于大桥的四周，凝望着这座一桥飞架南北的庞然大物，聆听着不时飘来的扬剧小调，便感觉到这座大桥尽管是一座现代化的钢筋建筑，可它的身体里早已渗透了运河悠久历史的文化血液，否则它的身上为何让我感受到一种灵动的生机？

据《京杭运河志》记载，在整个扬州地区，京杭大运河上现在已拥有大型桥梁 23 座，古运河上也已建成桥梁 22 座，从而使扬州成为一座名副其实的桥城。

这时，十月恣意弥漫的秋色，给茱萸湾大桥全身披上了灿烂金光。我站立于这座秋天的桥上，看到桥下的红和着秋光一起弥漫而去，又看到桥上的绿和着秋水一起涟漪开来。

茱萸湾大桥不只是沐浴着浓郁的秋色，更沐浴着浓厚的历史。

"扬州城有没有我这样的知心人哪，扬州城有没有人和你风雨同舟沿着运河行走……"

我敢肯定，这支扬剧清曲就是那片茱萸树对这座大桥的爱的倾诉。

2

有一次我随团采访大运河文化长廊,驱车沿着京杭大运河行走,来到运河与盐运河交叉处时已近黄昏。我们下车站在宽阔浩瀚的水边,远远地眺望全长 2062 米的淮安五河口特大桥,看见它如同一艘巨轮在一片夕阳的辉映下,虎虎生威地停泊于五河相交之处。

此时,桥上车辆川流不息,桥下船队穿梭来往,桥上下一片繁忙景象。

在这片浩瀚秋水之上,大桥的姿态像是要扬帆启航,劈波斩浪。

大桥的主体是双塔双索斜拉桥,仿佛是一艘鼓起白色风帆的巨轮。那两座高大的钢塔便是巨轮的桅杆,钢塔两侧的 31 对斜拉索仿佛组成这艘巨轮的风帆,整个大桥给人以一种强劲有力的动感。

天色已晚,桥上的灯光便一齐闪亮,顿时将这五河交汇的宽阔水面照耀得灯火通明,一片闪烁。

这座大桥便披上了一身的辉煌。随即,这成千上万盏彩灯,明暗闪烁,不断变幻,五彩缤纷,美轮美奂。这座大桥亮化技术设计,使大桥的照明不仅高效、更绿色、环保、节能,又采用投光灯照射钢塔,用变色灯具对桥梁进行变色处理,从而让人看到整个桥梁有一种灵动的视觉效果,就如同电影《阿凡达》里的那棵生命树。

我推想这座桥肯定是想通过灯光,和桥下的这条京杭大运河产生心灵的感应。

据专家介绍,这座大桥地处水网密布的五河口水面之上。所谓"五河口"是指京杭大运河、盐运河、古淮河、淮沭新河、二河五条大河。这里最早是古泗水入淮河的河口,南宋以后黄河夺淮入海,堵塞了众多的河道,使最早的大运河(邗沟段)北入淮河之处也被堵塞。自明清以后逐步对这里进行河道治理,这里便成了京杭大运河、古淮河、盐运河的三河交叉口。中华人民共和国成立后,又先后新开凿了二河、淮沭新河,成就了这里五条大河交汇的水上壮观。

专家刚介绍完,我就听到一段老淮调伴随着一阵秋风悠悠地飘来,悠扬婉转,如水如流。

"襟吴带楚客多游,壮丽东南第一州。屏列江山随地转,练铺淮水际天浮……"

这是我们文艺采风团的淮剧表演艺术家许老师在即兴演唱。

她唱的这段淮剧叫"下河调",音调刚柔相济,委婉细腻,适用于抒情性的场景,有着质朴纯正的淮剧风味,特别是她将淮剧声腔"以悲为美"的特征,用动感极强的声腔旋律演唱,娓娓动听,也就一下子吸引了所有人。

大家听她这么一唱,都鼓起掌来,要她再唱一首。

"多少人听过你的传说,运河之水慢慢流过;多少人经过留下诗歌,又换了多少船客漫游……"

她由高而低,声调低软,一字一句,如珠坠盘,也就将淮剧的艺术特征表演得淋漓尽致了。

我在想,这支如同一河秋水般的淮剧"下河调",难道不是我们这群人,和这座桥、这条河之间的一种情感倾诉?我还敢肯定,这座运河之桥已经听懂了淮调的韵律,否则他身上所有的灯光为何会应着淮剧的节拍在不停地闪烁?

我还想,这大桥上闪亮的灯火,难道不是和这一夜的秋色在互诉衷肠?

3

如果说宿迁运河文化大桥是项羽的力大无穷,那么,淮海戏肯定就是虞姬的缠绵悱恻了。否则,这座横空出世的大桥为何会像项羽一般高高地挺立在古楚大地上?淮海戏的曲调又为何总是缠绕着他久久不肯散去?

凝视着宿迁的运河文化大桥,我固执地认为它就像是力大无穷的项羽,心里也就自然而然地想起淮海戏里的那段"拉魂腔":

"力拔山兮气盖世,时不利兮骓不逝,骓不逝兮可奈何,虞兮虞兮奈若何……"

这就是淮海戏用"拉魂腔"唱的"乐句",起先唱得平缓悠扬,唱到结尾"奈若何"时,突然翻高八度,一个"耍腔"就滑上了高音,也就将人的魂魄给拉走了。

音调婉转,声音跌宕,情感苍凉。

这是我童年时代经常听到的曲调,这"拉魂腔"似乎早就变成了一种基因,根植于我身体的血液里了。

我在大运河边的扬州城东关街出生,街头便是那座举世闻名的东关古渡。古时在运河上很少建桥,东关古渡就是用渡船代替桥的功能。后来,我被送回老家宿迁的泗阳乡下,在那里度过了我的童年。老家的那个村庄恰恰又位于京杭大运河边,处于运河和古泗水之间,这条古泗水则是唐宋时期大运河的一部分。只是两条运河上都没有桥,我的老家被两条运河阻隔着,几乎与世隔绝,也就导致了当时的封闭和落后。一直到改革开放之后,这里才先后建造了泗阳县京杭运河特大桥、洋河大桥、成子河公路大桥、众兴大桥、泗阳船闸大桥、泗阳大桥、泗阳三桥、泗阳四号桥。现在,整个宿迁市在京杭大运河上的桥梁已经有 23 座之多,我现在每次回老家根本不用再坐渡船了。

我儿时就是听着"拉魂腔"长大的,对这段《霸王别姬》烂熟于心,直至今日也无法忘怀。因此,今天看到家乡的这座宿迁运河文化大桥时,也就情不自禁地将这座大桥看成了项羽,也自然而然地想起了这段"拉魂腔"。

我觉得淮海戏的"拉魂腔"肯定和这座大桥具有同一种艺术风格,否则这座大桥为何要设计成独塔结构,还要将这座独塔披上一件深红色的战袍?这分明就是一座将项羽抽象化之后的精神雕塑。

我眼前的这座宿迁运河文化大桥是一座独塔斜拉桥,主塔的造型是由南京艺术学院所设计的,采用钢筋混凝土"门"字式造型,又在独塔的身上增加了古典元素,刻上了浮雕进行装饰,还在独塔的横梁上刻上篆体印章,仿佛就是淮海戏里项羽额头上的脸谱。只见那直插云霄的红色"门"字形独塔壮观夺目,几十根斜拉钢索则像项羽古装戏里的"靠旗"威风凛凛。

此刻,宿迁运河文化大桥正气度非凡地耸立在我的眼前,也耸立于秋天的一片金黄景色里,肯定也耸立于淮海戏"拉魂腔"的"耍腔"高音里。

否则,大桥之东为何就是项王故里景区?

这座项王故里简称项里,又称梧桐巷,是秦末农民起义军领袖、楚国贵族、力拔盖世的英雄、西楚霸王项羽的出生地。项羽少年时就志向远大,身材伟岸,臂力过人,相传双手能举起千斤大鼎。24岁起兵反秦,是农民起义军中最具影响力的人物。当陈胜、吴广起义失败之后,他高举义旗,大败秦兵,自称"西楚霸王"。最后却在楚汉战争中大败,自刎乌江,死时年仅31岁。

今天,从这座运河大桥的独特造型上,难道不能够清楚看出项羽的刚烈而伟岸的形象?

这座大桥下面还建有一座运河文化公园,有运河历史博物馆、观光塔、运河游船码头等设施。爬上观景塔远眺,可以一览运河风光,可以看到运河船厂遗址公园、小暑桥、运河边桃花岛、丽人岛、博弈岛,还有运河水上乐园、千里运河第一漂、民俗博物馆、运河老码头、老式民居等运河景观。

所有的这些运河景观,难道没有项羽当年留下的豪气盖世的风格?

此时此刻,我便爱上了家乡的这座桥,爱上了秋天里的这座桥。

我就不由自主地再次想起《霸王别姬》里的那段"拉魂腔",耳畔便回响起淮海戏既粗犷豪放又温柔婉约的曲调,在三弦、二胡、竹笛、唢呐等乐器的伴奏中,项羽的唱腔粗犷、爽朗、嘹亮,虞姬的唱腔婉转、悠扬、凄美。只是在唱腔的落音处,用"小嗓子"翻高八度,将情感唱到了伤心的极处:

"汉兵已掠地,四面楚歌声,君王意气尽,妾妃何聊生……"

这时,我眼前的这座桥的壮观,在一片秋光里也就蜕变成了一位盖世英雄。

4

去徐州参加苏北创作会,早晨起床后习惯去慢跑,从宾馆出来,一路来到了新秦洪桥下,也就和这座京杭大运河上的提篮拱桥,进行了一次人生的邂逅。

这是一个深秋的清晨,一股秋雾铺天盖地地将运河两岸笼罩着,秋阳刚刚从东边的运河大堤上冉冉升起,眼前这座大桥便被秋阳和晨雾共同包装出别样的唯美来。

这时，大桥上三架如同卧龙一般的弧形钢拱，在秋色里化成了三道蓝色的虹。大桥下的秋水波光荡漾，像晶莹的曲线，又像闪光的虚线；桥头水边的那片高大的银杏，都在展示着各自的金黄，像灿烂的霓裳，又像辉煌的云霞。秋水和银杏一起双双沉浸于对这座新秦洪桥的暗恋之中，久久不能自拔。

这时，我立于桥下，看到无限的秋色早已爬上了桥头。

我眼前的这座大桥是徐州市区在京杭大运河上建造最早的一座公路大桥，对于徐州这座城市而言自然有着很多的故事。当然，这个故事不但延续至今，肯定还会延续未来。

中华人民共和国刚刚成立，这里建造的第一座老秦洪桥算起，至今已经有四座秦洪桥先后在此诞生了。

据《京杭运河志》记载，除了这座新秦洪桥外，目前徐州的京杭大运河上还拥有31座这样的大型桥梁；还记载这座新秦洪桥全长185.2米，是徐州市区最大的提篮拱桥，为下承式钢箱提篮拱桥结构，主桥钢结构总重量达到1584吨。

我在想，对于这座大桥的造型，每个人都会有自己的想法，而我偏偏认为它就是一座京杭大运河上的钢铁雕塑，肯定就是大汉风骨的一种精神呈现。

我来到桥下的一处古碑旁，看到这块古碑上刻着"历史名村，秦梁洪，泗水捞鼎之地"的字样，这才明白这座新秦洪桥的位置，正是汉画像石《泗水捞鼎》所描绘的故事发生地。

昨天，会议组织大家去参观汉画像石艺术馆，就看到一块出土于西汉的画像石。这块石头上刻着捞鼎的场面，鼎内伸出一个龙头咬断了绳子，拉绳的六人都摔倒在地。我没有想到我昨天看到的这个故事，居然就发生在我眼前的这座新秦洪桥下。

这时，我在桥头公园里慢跑，不时地举头仰望这座由三道巨大的弧形拱梁组成的大桥,心里总是觉得应该有一支徐州梆子为它配乐才好,如果唱出汉高祖刘邦所作的《大风歌》,就更能契合这座大桥磅礴恢宏的特质了。

"大风起兮云飞扬,威加海内兮归故乡,安得猛士兮守四方……"

当然,在高歌《大风歌》时,如果再用枣木梆子和皮鼓竹板来敲击节奏,也就会让唱腔更能显出激昂醇厚、高亢刚烈了。

这个时候,粗犷豪放的徐州方言也会使徐州梆子更加厚重刚硬,声腔高亢,最后在唱到"安得猛士"时肯定要用花腔、甩腔,在甩腔之后又在"守四方"的后面,加上一个"啊"音,也就如同春雷炸响一般,尽展徐州梆子的大气豪放了,能够将这座新秦洪桥的大汉风骨,表现得淋漓尽致了。

在我看来,这座大桥向南不远的徐州汉文化景区,就是这座新秦洪桥大汉风骨的历史底蕴。

那里的狮子山楚王陵、汉兵马俑博物馆、汉画像石艺术馆、刘氏宗祠、水下兵马俑博物馆等两汉文化精髓景点尽在其间。

想必那座汉文化广场上高矗的汉高祖刘邦的铜铸雕像,肯定就是这座新秦洪桥钢铁雕塑的一种大气恢宏的精神呼应了。

5

这条运河的故事很长,一直流传到今天。每个运河的子民都是这个漫长故事里的主人,而我的人生则是一个小小情节。

或许我和运河,和运河上的桥,与生俱来就有着无法割舍的机缘,使我的一生和它们无法分开。当年我出生于扬州,就在运河岸边,后来我被送回老家宿迁的泗阳乡下,恰巧又在运河岸边,再后来我来到了淮安工作,偏偏又在运河岸边。更令我感叹的是,在淮安虽然搬了好几次家,可一直都在运河的两岸徘徊,始终没有离开过运河。因此,我自命"运河之子"也就绝不是一句妄言了。

如今,我住在古淮河边的一座小高层上,每天都能站在窗口望着这条河的风景,特别是望着河上的那座红桥。

我眼前的这条古淮河和宿迁老家门前的那条古泗水相连,再流向西北,又和古汴水相通,一直通到大唐都城长安,这也就有了白居易的"泗水流,汴水流,流到瓜洲古渡头"的名句。我家门前的这条古淮河便是唐宋时期的大运河。

今天,站立在秋天的楼上,俯视着眼前这座秋色沐浴的红桥,它带着红蓝两种色彩静卧于季节的流水上,苏北的秋色一直盯着这座满身沧桑的桥,仿佛是在聚精会神地聆听这座桥诉说自己的人生。

我眼前的这座古淮河桥,是一座1949年以前的老桥,后被弃用,也就在河面上留下了一排桥墩。一直到2009年,经国家测绘局批准,在这些桥墩上建造了这座红桥,使之成为中国南北分界的标志性建筑。

在这座蜿蜒曲折的桥梁正中位置,建有一个巨大的用彩色钢化玻璃安装而成的圆球,还根据南北气候的不同,给这个巨大的球体和两侧的曲桥上,涂满了红蓝两种不同的颜色,北方的一侧涂为蓝色,南方的一侧涂为红色。

我在想,这座红桥岂止是一座桥梁?岂止是一处南北地理的标志?肯定还是一座中国南北文化的分界。

淮安这座城市因为坐落在南北地理分界线上,明清时期江南物资船只运抵淮安之后,便要改为车马陆运,淮安便有了"南船北马,九省通衢"之称。现在,那块"南船北马"的碑石还伫立于淮安的清江大闸边。

当然,古时的交通运输主要是依靠船只,大运河上的桥梁极少。可是,今天在淮安市境内的京杭大运河上,就已架起了21座大型桥梁,在里运河上也架起了35座大桥。

我又在想,苏北四百多千米的大运河上共有两百多座桥,每一座桥的文化特征各不相同。而这些不同风格的桥,因为有了一条大运河它们被串在一起,包容于一体,从而使它们亲密不可分,仿佛是无数颗美丽的珍珠被一根金线串联,形成了一个统一的整体,这就是运河的力量。

风也飘飘,水也萧萧。我从住宅楼上下来,在红桥上静静地走过,轻轻地拍遍所有栏杆,满眼的秋色并未停住它们的脚步,桥上的风也并未理会于我,依然随着秋水一起远行而去。

四、沿运城市:移来一座锦绣江南

> 大运河沿岸的所有城市以各自的地方特色文化,雄姿尽展。
>
> ——题记

1

扬州姓"扬",是扬子江的扬。扬州的本性是江淮的婉约温情。

扬州位于京杭大运河和扬子江的交汇处。扬州刮的是运河的风,下的是运河的雨,住的是运河的园林,弹的是运河的丝竹,品的是运河的茶。虽然许多外乡人把扬州当作江南,许多扬州人也将扬州当作江南,但他们只是看到了扬州的外表,而扬州的骨子里却流着运河的血。

你站在瘦西湖的五亭桥上,就能深深地感受到,整个扬州城无处不流泻出运河的风韵。一面湖就已经尽显出扬州美人般的瘦小曼妙了，一座桥更增添出扬州美人的精致温情。

一股运河的风，温柔多情地吹拂着江北的花红柳绿，瘦西湖的岸边就扭动起杨柳细腰，瘦西湖便被渲染在一幅大写意的山水画里了。从运河边的乾隆御码头开始，沿着湖向西，走红园、绿杨村，经大虹桥、长堤春柳，至徐园、小金山、莲性寺、观白塔、凫庄、钓鱼台、登五亭桥，再向北至蜀岗平山堂、云龙山，所有的美景便组合成一幅江淮山水画长卷。从这幅国画长卷里，流泻出舒卷飘逸，流泻出窈窕妩媚，更流泻出运河的风韵、运河的柔情。

扬州是运河的化身，运河是扬州的品格。

扬州的市花银杏、芍药、琼花，开出了运河的芳香；扬州的市歌《茉莉花》，回荡着运河的韵律；扬州人唱的扬剧，既和苏州评弹一样的委婉，又和淮剧一样的凄惨；扬州人吃的淮扬菜，更多了几分运河风韵；扬州话说得抑扬顿挫；扬州的富春包子，是那样玲珑剔透；扬州的"三把刀"，是那样技艺精湛；扬州的慢生活"早上皮包水（早茶），晚上水包皮（泡澡）"，又是那样悠闲自得。

当然，扬州的园林更是堪称运河园林的经典。有人说，扬州地处运河和长江交汇点，北有大气磅礴的皇家园林可借，南有苏州的江南私家园林可鉴，从而形成金碧辉煌和精致小品相融的风格。但我觉得，运河品格才是扬州园林的本质，运河风韵才是扬州园林的特色。个园用石料堆叠而成春夏秋冬，用的就是太湖石；何园的厅楼山亭，错落有致，蜿蜒透迤，展现出江南的工艺；小盘谷的集中紧凑，以少胜多，更是体现出江淮精致的本质；还有逸圃、鲍庐、珍园、蔚圃、西园、徐园、平园等一批扬州园林，表达的是运河建筑设计理念，从而使扬州园林成了扬州运河品格的艺术代言。

中华人民共和国成立后，地处淮河入江水道口的扬州，也就承担起治理淮河的重任。经过60多年的治理，淮河入江水道扬州段特别是里运河段，如今已经成为国家南水北调东线输水通道。因此，扬州是连接长江与淮河的纽带。

扬州城是一座运河风格的城市，扬州城到处飘拂着运河的风韵。阳春三月，烟雨迷蒙。在一片运河的细雨笼罩中，文昌阁尽显优雅文静，琼花观也是清秀端丽，古街巷更为幽静恬适，古运河的夜色在细雨中静静地流光溢彩。你走在烟雨氤氲的运河边的东关古街上，就会品味出扬州和江南周庄古镇和苏北窑湾古镇的不同了。街心的湿漉漉的石板路，两旁街市的湿漉漉的店铺旗幌，悠扬漫长而又湿漉漉的叫卖，还有花枝招展的扬州女子撑着湿漉漉的花布伞，都是烟雨运河的情调、烟雨运河的婉约。

沐浴着温情的细雨，脚踏着石板路一直走到尽头，见到一座高大的"东关古渡"石牌坊，静静地耸立在京杭大运河岸边，静静地立在一片雨雾之中，静静地耸立在一片运河的风韵里。而运河岸边的那座高大巍峨的东关古城楼更是风情万种，想必它伫立于此，一面是繁花似锦的东关古街，一面是流金淌银的运河古道，早已历经人间风雨，早已阅尽运河春色了。而在古城楼脚下，那条古运河正在烟雨的笼罩下默默地流淌。

其实，河里流淌的不仅是水而且是文化。我这时方才明白，扬州之所以是运河的扬州，完全是因为有了这条大运河，扬州才与长江血脉相连，扬州才与南北气息相通，扬州人才能具备运河的品格。

2

淮安位于京杭大运河和淮河的交汇点，是一座"漂浮在水上的城市"。

你站在钵池山脚下宽阔广袤的洪泽湖边，就会深深地感受到这一点。在这里放眼望去,满眼都是恣意汪洋的水,无边无际的湖水碧波荡漾,你能见到美丽妖艳的鱼,扭动着水蛇般的腰在水中漫步。湖边的花红柳绿,像是给这座大湖化了一个华丽的晚妆。而无数座高层建筑就像无数个"高富帅",缠绕着大口子湖这位水美人,争先恐后地高耸入云,又争先恐后地倒映入湖。湖边花园和翔宇大道、水渡口大道景观绿岛连成一片,奇花异草,争芳斗艳,便是大湖向"高富帅"们展现的千娇百媚了。淮安就这样风姿绰约地倒映在湖面上,成就了一幅苏北水城江南般的风景。

淮安是一座水做的城市,大运河、里运河、古淮河、盐河穿城而过,大口子湖、桃花垠、荷花汪、清宴湖、石塔湖、楚秀湖、勺湖、萧湖遍布城中。一座城市能拥有八座大湖、四大名河,你能说它不是漂浮在水上的城市吗?

淮安的一切都与水结下了不解之缘,连地名都是带水的,淮阴、清江浦、淮安、洪泽,水连着水,河连着河;淮安人讲的是江淮官话,有三点水;唱的是淮戏,有三点水;吃的是淮扬菜,有三点水;好玩的去处是清江浦、钵池山、柳树湾、古河下,没有不带三点水的。沿着古淮河就有古淮河风景区、母爱塔、雕塑园、樱花园、黄河广场、荷花公园、桃花岛、西坝公园,都是依河傍水的景区;沿里运河就有清晏园、楚秀园、常盈桥、大闸口、文庙、慈云寺、清江浦、御码头、淮扬菜一条街,又都是淮味十足的水景。淮安就是这样把一座水上城市的风情万种演绎到了极致。

淮安姓"淮",水的特质赋予了它独特的魅力。淮安的水不像苏南那样温柔,也不像北方那样狂放,而是多了几分中和之美,多了几分南北兼容,多了几分刚柔并济。

站在高大巍峨的清江浦楼上,你会看到从南国飘来的那阵婉约派的细雨,和从北国刮来的那阵豪放派的狂风,汇合在一起让里运河变得迷蒙一片。你还会看到岸边的那排垂柳用它们湿漉漉的枝条,反复抚拂着那座"南船北马舍舟登陆处"的石碑,使里运河水彰显出南北混合的个性来。

这里曾经是全国的交通枢纽,南方人从大运河乘船而来,到这里登陆上岸更换车马,再向北直达京城。但海运和铁路相继开通后,这里变得帆船冷落鞍马稀,只剩下眼前的这座五米长两米高的石碑。它向后人昭示着这里曾经的繁华,也提醒着后人,这条里运河就是中国南北交汇的见证。当然,也正是淮安的这种独特的地理位置,如今又变成了苏北的交通枢纽。

淮安本来就是一座坐落在中国南北分界线上的城市,在古淮河上的中国地理南北分界碑就是佐证。那座地球造型的不锈钢巨型雕塑,气象万千地矗立在古淮河的水面上。人们从雕塑的中间往返,就可以从中国的北方,一脚跨到了中国的南方。当夜幕降临,雕塑上的每一根经纬线,都放射出五颜六色的光,一下子就将古淮河变得富丽堂皇起来。

淮安的水是南北交汇的水,是刚柔并济的水,是中庸包容的水。正是这样的水,才养育了淮安人的品格。

3

位于京杭大运河东侧的盐城,人人都说姓"盐",我倒觉得应该姓"黄",黄海的黄;属海,黄海的海。因为盐城的盐只是盐城的表象,盐城的本质却是大海。当你走进位于亭湖区的盐渎公园,你就会深深地感受到这一点。盐城原本就是大海边生长出来的一片新大陆,盐城的海岸线是江苏沿海城市里最长的,盐城这座城市就是大海的儿子。

盐城只有面朝大海,才能春暖花开。

沿着古盐河一路向东，便能走进盐城的盐渎公园，登上山坡的凉亭，整个公园的美景便尽收眼底，你就会发现从石门踩浪、喷泉剧场、海上泛舟、碧海迷园、曲水流觞、海边湿地等水景里，流淌出大海的情怀，从盐渎湖的四周、护园河的两岸盛开着的盐渎百花、金粟园、海棠园，又呈现出一阵阵海边的风韵。你来到喷泉池的围栏前，一道粗壮的水柱直冲湛蓝的天空，然后在空中向四周洒落下来，你就能感觉到一阵阵带着咸味的海风，裹着水汽扑面吹来。而喷泉的水珠连成一片美丽浪漫的雾，在春天温暖的阳光照射下，反射出五颜六色的光，形成了一道流动的彩虹。这就是盐城特有的美景，特有的充满大海气息的风景。

盐城的每一处美景，都呈现出盐的特色。

在这条古代运盐河上行走，你就会看到盐渎公园里的盐民雕塑、水城里的盐商园林、中国海盐博物馆里的历史陈列、七海广场的煮盐景点，没有一处不是盐的景致，没有一处不是盐的味道。这条河是南北运盐的人工运河，古时就称之为"运盐河"。盐成了盐城的历史，盐成了盐城的名片，盐也成了盐城的自豪。

确实，盐城的沿海滩涂占江苏的 67%，海岸线占全省的 56%。盐城至今已有 2100 多年的产盐历史。因此，盐文化被认为是盐城文化的精髓，甚至被认为是盐城这座城市的文化之根，中国海盐博物馆顶部的那个六面晶体就是盐的造型，馆内还收藏了不少海盐文物，展现了古代盐城人淋卤、煎盐、晒盐、运盐的生活场景，在这里盐成了盐城的图腾。

然而，我还是觉得，盐城的盐，只是盐城的一个外表，只是盐城的一个象征，只是盐城的一个符号。因为先有大海后来才生长出盐城这片土地来，因为先有大海后来才生产出海盐来；更因为只有大海的大气与开放，才能成为盐城品格的内涵；只有大海的宽阔与开拓，才能成为盐城性格的特征。

大海才是盐城的本质，才是盐城的魂。

沿着这条古盐河一直向南，能到达通扬运河，再向西便和扬州城下的京杭大运河相通。其实，这条古盐河就是京杭大运河的支流。也正因为此，盐城这座城市的特性，还不只是大海的品格。盐城的大多数居民是历朝江南移民的后裔，因而盐城人的骨髓深处，还流淌着江南文化的血。所以，我们从水街的字里行间，就能读出海盐文化与江南文化在这里水乳交融。

水街紧邻那条曾经运盐的古盐河，位于东进路和世纪大道之间，是海盐历史文化风貌区的主景区。在这条河边的环形码头乘一条乌篷船，经水路入口，穿过横跨水街景区最南端的水城门，就进入了水街。或许有人不相信这是在苏北，简直就是在锦绣江南，可当你看到整个水街两岸亭台楼阁和飞檐翘角，到处高悬着盐城的字样时，就不得不信，这确实是在盐城了。乌篷船缓缓经过漂舟戏苑、老周茶社、翰墨阁、水云阁，你便是在江南般的水乡里行走，你便会在江南般的美景中徜徉。最后到达位于水街北端的盐商大宅，更像是一座苏州园林。这座大宅门占地面积约 2 万平方米，共有三进，是整个水街景区占地最大的一组江南式建筑。在这里你可以买到特色小吃、旅游工艺品、土特产和"文房四宝"，还可以看到龙舞、狮舞、百人腰鼓、威风锣鼓、踩街、淮剧、杂技、魔术的表演。在曲折的河道上，游走在古建筑之间，你肯定会领略出一番江南文化的风韵。这时，夕阳西下，一曲古筝在水面上悠悠扬扬地飘荡着，让你遐想那必定是位南国美人的纤纤玉手在拨弄琴弦，让你不得不遐想在月上高楼时与美人共舞，又让你不得不想起白居易的《江南好》，让你怎不忆江南？

其实，海洋文化与江南文化的融合，才是盐城这座城市的特质,才使盐城具有这样的胸襟和气魄,能够建设一座锦绣江淮。

4

那一天,宿迁的京杭大运河的水景被渲染成满目的葱翠,我便是披着一身的葱翠漫步而去。无数只白色的水鸟在葱翠的水景里放飞,一群高大雄伟的乔木变成了水景里的豪放诗人在摇头晃脑地吟诵。我推想乔木们肯定是和水鸟在一唱一和,它们是在歌唱这条运河的新生,肯定是在歌唱这座城市的新生。而整个水景公园的吊桥、廊桥、曲桥、栈桥,都像是为这首豪放的城市之歌在做实物注解,整个水景公园的凝翠阁、邀月亭、伊人亭、叠水池、观景台,又都在默默地展现着这种城市豪迈风格。大气磅礴的水景公园的灵魂是运河之水,两侧的池塘被运河水连接沟通起来,使气宇轩昂的亭台楼阁在水中相望,使风姿绰约的假山岛屿在水中相连。到了夜晚华灯齐放,气势宏伟的水景世界便呈现出一片五彩斑斓、富丽堂皇的水之美了。

我觉得地处京杭大运河边的宿迁,其城市的品质不仅是这样的豪放,而且还异常的悲壮。白酒之乡就是这种豪放与悲壮的自我陶醉,淮海戏就是这种豪放与悲壮的艺术发泄,意杨树就是这种豪放与悲壮的雄壮展示。我认定宿迁这个名字本身就有一种悲壮,还觉得宿迁不姓宿,而姓"黄"、姓"淮"、姓"运",因为就是运河、古黄河、淮河影响了宿迁这种豪放与悲壮的城市品质的形成。宿迁的这种品质使这座城市变得充满枯木逢春和凤凰涅槃的新生气息。走在河岸水景公园里的那座曲桥上,望着那片渗透着宿迁这座城市品质的水上景色,我深深地体会到了这一点。

其实,宿迁的这种城市品质,不仅仅表现在水景公园上,而是在这座城市的大街小巷都能够读到。宿迁的每一处建筑,都能表现出豪放大气的风度;宿迁的每一处历史遗迹,又能表现出悲壮感人的气息。那洪泽湖路的宽阔壮丽,那千鸟园的宏大格局,那骆马湖畔高耸着长三角最高的摩天轮,那五星标准的威尼斯大酒店,那罗曼园无边无垠的银色沙滩,那高大雄伟的宿迁运河体育中心,那设施先进的嬉戏谷动漫王国,都在向我们展现这座城市的豪放大气。

当然,乾隆皇帝的一首御制诗:"大河迤北注,宿桃清沭淮。岁久或淤滞,暴涨屡致殆。"又写出了宿迁纵横交错的水网壮美,更写出了宿迁因水患而产生的悲壮。宿迁曾经是一座悲壮之城,这座城市在历史上曾经有过许多名字,先后被称为犹县、宿豫、秉义、下相、南徐州、东徐州、东楚州、安州、泗州等,一个曾经使用过如此之多名称的地方,在中华大地上堪称绝无仅有。这些地名包含着宿迁令人叹息的历史,黄河每次改道南下,宿迁都首当其冲地遭殃,以致县城多次被毁。宿迁频繁地在一宿之间迁移,最后居然因此得名。宿迁正是因为这样的历史造成了基础薄弱,资源匮乏,发展滞后的情况。

当了解到这段历史之后,你肯定会感受到这座城市的悲壮品质了。正是因为有了这样的品质,宿迁才不得不背水一战,不得不绝地反击,不得不在一穷二白的土地上重建家园。因此,宿迁付出的代价要比其他城市更多更大更悲壮。

我行走在骆马湖公园的花红柳绿之间,看到由湖滨新区的一片拔地而起的高楼,一片郁郁葱葱、茂密参天的森林,一片广袤开阔、金光闪闪的沙滩,和一片一望无际、波光粼粼的湖面组成的水上风景。在这片水景里,那曲著名的《清清的骆马湖》从远处向我甜美地飘来:"清清的骆马湖啊,一望无穷,站在那湖岸上,从西望不到东……"这时,如血的晚霞大气磅礴地展现在宿迁的城市上空,在深蓝色天幕上流动成一条金黄色的天河,骆马湖的万顷波澜也被映衬得金碧辉煌,湖心的绿岛、湖上的曲桥、湖面的帆船、湖岸林立的高楼,都变成了剪影,而无数晚归的水鸟便在这幅剪影里放飞,在那乐曲声里放飞。面对此情此景,我没喝"三沟一河"(当地白酒总称)就已经醉倒了。

这座骆马湖直接和京杭大运河相联,这座宿迁城便坐落在大运河和骆马湖边。这条河、这座湖便是这座城的血脉,也是这座城的性格。

我沉浸于宿迁这种豪放与悲壮并存的城市气质中。

5

徐州姓汉,汉族的汉,汉字的汉,汉语的汉,汉文化的汉。

汉文化就是徐州这座城市的品格。

徐州地处江苏西北,京杭大运河穿城而过,陇海铁路、京沪铁路两大干线在此交汇,素有"五省通衢"之称。徐州是两汉文化的发源地,有"彭祖故国、刘邦故里、项羽故都"之称。徐州大运河横贯南北,古黄河斜穿东西,沂、沭诸水穿流于东,大沙河奔流于西,骆马湖、微山湖坐落两翼。这"五省通衢"的交通地位,给徐州奠定了楚韵汉风大气磅礴的基础。

当你来到徐州汉文化景区,就能深深地感受到这座城市的特点,这里让人尽情地感受汉文化的精深博大,也让你深深地感受到徐州这座城市的"大风歌"一般苍凉博大。

整个景区集历史博览、园林景观、旅游休闲于一体,每个景点都彰显了大汉文化的精髓。那狮子山楚王陵、汉兵马俑博物馆、汉画像石艺术、刘氏宗祠、竹林寺、羊鬼山王后陵、水下兵马俑博物馆、汉文化广场等景点,囊括了被称为"汉代三绝"的汉墓、汉兵马俑和汉画像石,尽展两汉遗风,能让你尽情地阅读一部汉文化史。

站在汉文化景区主入口的汉文化广场上,这种大气广博便扑面而来。走过那带着汉唐建筑风格的司南、两汉大事年表、展廊、辟雍广场,来到那座高耸入云的汉高祖刘邦的巨大铜铸雕像前,便会为一种"大风起兮云飞扬"的猛士雄风所震撼。整个广场以汉砖为主要建筑材料,装饰图案采取汉画像的勾连云纹。整个广场犹如一篇立体化的汉赋,通过起承转合四个章节,抑扬顿挫,张弛有度,将汉风古韵自然地呈现出来。

那座位于汉文化景区南门外的雕塑广场更是雄伟博大,群雕长达50米,宽达20米,高达12米,用花岗岩为基座,采用铜像与花岗岩像相结合的塑像手法,雕塑出一座《车马出行图》。只见三个骑马的武士在前开道,威风凛凛的楚王坐着由四匹马拉着的马车居中,一位宰相乘着马车、两个骑马的武士护卫在后。整个群雕再现了两千多年前大汉"威加海内兮归故乡"的盛况,成为徐州这座城市文化形象的一个标志,厚重而博大,粗犷而豪放。

楚王陵位于这座汉文化景区核心区内的狮子山,是西汉早期分封在徐州的第三代楚王刘戊的陵墓。楚王陵凿山为葬,结构奇特,工程浩大。墓中出土金、银、铜、铁、玉、陶等各类珍贵文物两千余件套,其中有金缕玉衣、镶玉漆棺、玉卮、金腰带扣,工艺精绝,令人叹为观止。

位于楚王陵西侧的汉兵马俑,则象征着卫戍楚王陵的军队,是楚王的陪葬品。那四千多尊汉俑采用写意技法,把汉代士兵的神态栩栩如生地刻画出来了。据该馆讲解员介绍:"汉兵马俑馆的北侧建有一座水下兵马俑博物馆,陈列着复原的俑坑和精心修复的兵马俑。离楚王陵不远的汉画像石博物馆,位于狮子潭水面的东侧,有一条300米长的汉画像石长廊,是一座以汉画像石文化体验为主旨的博物馆。"

"楚韵汉风,南秀北雄"是徐州这座城市最为鲜明的文化特质。

"两汉看徐州,秦唐看西安,明清看北京"。徐州的两汉文化遗存比比皆是,全城尽显楚汉雄风。楚王陵、龟山墓、戏马台、泗水亭、霸王楼、歌风台、拔剑泉、子房祠、兵马俑等,表现出两千多年前汉高祖刘邦在这里建立大汉王朝,使之成为世界最强帝国的历史风貌。

这种历史文化的传承,使现今流行于徐州地区的柳琴戏、梆子戏、柳子戏、花鼓戏、四平调、丁丁腔、皮影戏,都充满了北方高亢刚烈、粗犷朴实的风格,尽展大汉文化的雄浑大气。

这个时候,我真的想听一曲敲击着古筑,声音嘶哑着演唱的《大风歌》了。

后　记

这部长篇纪实散文几经修改终于定稿了,这对于我而言算是完成了自己人生的一项使命,也算是对家父当年从事水利事业的一种自觉的文化传承。或许正是因为此,我创作的大部分作品都是下意识地写运河、淮河、古黄河的人与事、今与昔、悲与喜。

因我出生于扬州,成长于宿迁,就读于盐城,工作于淮安,又常去徐州,这些城市都坐落在运河沿岸。因此,我对这几座运河城市的人文历史、风土民情算是比较了解,选择运河、古黄河、淮河、洪泽湖这些题材去进行创作,也就成为我在写作选材上的一个必然了。

这部书是我的"运河三部曲"的第二部。第一部《寻梦九百年》,已由江苏凤凰文艺出版社出版,第二部《流淌的史诗》今已定稿,第三部《水边盛典》正在创作中。创作《运河三部曲》的直接起因是在一次运河文学主题的采风笔会,当时有几位名家名编出席了这次活动,并且谈到了当代运河文学的创作。他们认为我长期生活在运河沿岸,应该创作关于运河主题的作品。自此,我便先后阅读了一批有关运河的历史书籍和资料,赴运河各地采风,又聆听一些研究大运河的专家讲座,最后才开始动笔创作的。

关于"苏北运河"的概念,这里是指北自徐州蔺家坝,南至扬州六圩口,全长 404 千米这段大运河,也就是京杭大运河苏北段,俗称苏北运河。此外,在苏北还有京杭大运河的支流中运河江苏段和淮安城区段里运河。苏北运河的名称在历史上变化很大,其中淮安至扬州段是中国历史上最早开凿的人工大运河,春秋末期称为邗沟,后来的隋代称之为山阳渎,《隋书高祖纪》:"开皇七年,开山阳渎以通运漕。"宋代称之为楚扬运河,元代的《元章记》中记载:"过淮溯里河,直奔大都。"这时,淮扬之间的这条运河被称为里运河,现在称淮安至扬州的运河为淮扬运河。徐州至淮安的这段运河的名称也是经常变化的,自元代建都北京后,开凿了纵贯南北的京杭大运河,徐淮之间的运河仍和唐宋一样循古泗水河道而行。明清两代相继开凿了徐州至宿迁的迦运河、宿迁至淮安的中运河。因为本书主要描写的是今天京杭大运河徐州至扬州段,故苏北运河这个名称专指现今习惯上说的位于苏北、苏中地区的徐州、宿迁、淮安、扬州的所在京杭大运河段,基本未涉及盐城的盐运河串场河、连云港的盐河、南通泰州的通扬运河。

《易经》言:"观乎人文,以化天下。"文化是民族内在精神的既有、传承、创造、发展的总和。本书就是想从"人文化以化天下"的视角切入,想用纪实散文的笔法,写出一部苏北运河的文化史。因此,采写了苏北运河沿岸的许多历史人物、文化名人、仁人志士,想表达出由这些人物组成的苏北文化之河,表达出正是因为这些人物才直接影响了苏北运河的发展演变。

本书试图以描写运河沿线的文化现象(人物、事物、景物),发现大运河文化内涵(主要是民族优秀文化、历史传统文化、地方特色文化),表达文化融合(通过大运河进行文化交流、融合、传承、发展),促进文化发展作为全书的主线,写出影响大运河的产生、曲折、发展、毁灭、新生的文化力量。

关于选材的问题,本书主要选择与京杭大运河直接相关,并且

后记

有一定文学价值的材料,如具有一定文学审美价值的因运河而建的古城镇、古建筑,与运河直接关联的河流湖泊,建在运河岸边风景名胜,生长在运河沿线的代表人物,以及直接影响运河存亡的重要历史、重要人物、重大事件等。非运河沿岸且与运河没有内在关联的风景名胜、古镇古建、河流湖泊等,则不在选材范围。当然,按照上述标准选材,可能也会有遗珠之憾。

江苏凤凰文艺出版社还邀请了著名大运河研究专家荀德麟先生等对本书进行审读,并提出了许多建设性修改意见。

在此,对本书的采访、创作、出版给予指导帮助的各位领导、师长、同仁表示由衷的感谢!

最后,感谢江苏省作家协会、江苏凤凰文艺出版社、淮安市文联、淮阴区文化广电和旅游局将本书先后列为重点创作出版项目!

吴光辉
2024 年 4 月 26 日